Lilly Alonso

Mallorquinische Strafe

LILLY ALONSO

MALLORQUINISCHE STRAFE

KRIMINALROMAN

WILHELM HEYNE VERLAG
MÜNCHEN

Sollte diese Publikation Links auf Webseiten Dritter enthalten,
so übernehmen wir für deren Inhalte keine Haftung,
da wir uns diese nicht zu eigen machen, sondern lediglich auf
deren Stand zum Zeitpunkt der Erstveröffentlichung verweisen.

MIX
Papier | Fördert gute Waldnutzung
FSC® C014496

Penguin Random House Verlagsgruppe FSC® N001967

Originalausgabe 04/2023

Redaktion: Ingola Lammers
Umschlaggestaltung: zero-media.net
unter Verwendung von Getty Images/Holger Leue
Satz: Uhl + Massopust, Aalen
Druck und Bindung: GGP Media GmbH, Pößneck
Printed in Germany
ISBN: 978-3-453-44138-5
www.heyne.de

Für Lula

1

11. Mai 1561, Finca Can Tamany, Sóller

Der Kuchen war der zündende Auslöser für die Ereignisse, die Jahrhunderte später in den Geschichtsbüchern verewigt werden sollten. Weder die drohende Gefahr, gewaltsam entehrt zu werden, noch die Aussicht, die letzten Momente dieses bedauernswerten Daseins zu erleben, hatten es vermocht, jene erstaunlichen Kräfte zu mobilisieren.

Vor Raub fürchtete sich Catalina Casasnovas nicht. Wer kaum etwas besaß, hatte wenig zu verlieren. Außer ihrer Würde. Und dem nackten Leben.

Die frühe Morgensonne arbeitete sich über die hohen Gipfel der Tramuntana und warf dämmriges Licht durch die schmalen Fenster des Erdgeschosses der Sandsteinfinca.

Catalina lehnte sich gegen das verwitterte Holz des Esstisches in der Küchenstube und starrte auf den unförmigen Teigberg vor sich: in drei Tagen erhungert, in einer Stunde zubereitet.

Der Duft nach frisch Gebackenem hing in der Luft und versprach mehr, als das armselige Gebilde hergab. Es hatte Catalina Mühe gekostet, die spärlichen Zutaten in eine ansehnliche Form zu bringen. Die letzte Tasse Johannisbrotkernmehl und ein im Tausch für eine Näharbeit ergattertes

Ei hatten letztlich die Masse verdickt, sodass sie nun auf einem Tonteller abkühlen konnte.

Es gab nie genug Nahrung, und zu mehr hatte es nicht gereicht. Doch angesichts der Ereignisse dieser Nacht war es absurd, sich über Kuchen den Kopf zu zerbrechen.

Catalina schloss die Augen in der vergeblichen Hoffnung, nach dem Öffnen aus dem Nachtmahr zu erwachen. Doch die Wirklichkeit löste sich nicht einfach auf. Dreiundzwanzig vor Anker liegende Piratengaleeren in der Bucht von Sóller! Die Korsaren hatten tatsächlich in dieser Nacht angegriffen.

Die Alarmglocken, die Capitán Angelats auf der Dorfplaza geläutet hatte, waren bis hier draußen zu hören gewesen und hatten Catalina und ihre Schwester Francisca aus dem Tiefschlaf gerissen.

Sie betastete die brennende Schürfwunde am Ellenbogen, die sie sich vor Schreck beim Stolpern über die Bettpfanne zugezogen hatte.

Zwar war die Warnung eines geplanten Großangriffs schon vor Tagen angekommen – gebenedeit seien die mallorquinischen Spione im Mittelmeer. Dennoch hatte man in Sóller der Dinge geharrt und im Stillen gehofft, wenigstens dieses Mal verschont zu bleiben. Schließlich gab es andere wohlhabende Häfen wie Andratx oder Pollença.

Catalina seufzte. Hoffnung, das Elixier der Träumer.

Während sie hier ihren Geist mit Kuchenbacken vor der Hysterie bewahrte, kämpften die Sóllerics draußen am Strand um ihrer aller Leben. Glücklicherweise hatten die Männer des Ortes gleich nach der Warnung ein Heer formiert und den vermaledeiten Piraten die Überraschung verdorben. Doch würden sie es schaffen, die Angreifer in die Flucht zu schlagen?

Dreiundzwanzig Galeeren … Ihre Gedanken sprangen sofort zu Juan, und die Angst griff mit kalten Fingern nach ihrem Herzen. Im Stillen bat sie dessen Santo, den heiligen Johannes, in der anstehenden Schlacht seine schützende Hand über ihren Bruder zu halten. Nach kurzem Zögern bekreuzigte sie sich. Schaden konnte es nicht.

Von Catalinas Mangel an Glauben ahnte außer ihren Geschwistern niemand etwas. Die Inquisitoren zu der langen Liste ihrer Misslichkeiten hinzuzufügen, fehlte zu ihrem Glück wie die Beulenpest. Dem Himmel war es gewiss egal. Verlorene Tochter und der ganze Kramanz … Gott sei gnädig, hieß es.

Himmel und Erde verbündeten sich dieser Tage, um die Menschen mit geeinter Härte zu bestrafen. Der letzte Starkregen lag seit Allerheiligen zurück, und die resultierende Dürre machte das Angebot der Marktstände spärlicher, die schmalen Antlitze der Leute knochiger und die Schultern gebeugter. Als reichte das nicht aus, spielte das Leben ihnen noch mit niederträchtigen Piratenangriffen übel mit.

Catalina richtete ihre Aufmerksamkeit wieder auf das Ergebnis ihrer Backkunst. Wenn Francisca schon das Pech hatte, an diesem schwarzen Tag volljährig zu werden, sollte sie wenigstens einen Geburtstagskuchen bekommen. Seitdem ein hohes Fieber die Eltern im letzten Winter dahingerafft hatte, fühlte Catalina sich verantwortlich für ihre Schwester, obwohl Francisca zwei Jahre älter war. Sie lächelte zum ersten Mal an diesem Tag, entfernte mit den Zähnen die klebrigen Krümelreste unter ihren Fingernägeln und ließ sie auf der Zunge zergehen. Ihr durch den ständigen Hunger geschrumpfter Bauch reagierte sofort mit einem Knurren auf die charakteristische Süße der gemahlenen Johannisbrotschoten.

Im ersten Stock fiel etwas mit lautem Poltern zu Boden. Ein Aufschrei folgte.

Catalinas Herz machte einen Satz. »Francisca?«, rief sie besorgt in das obere Geschoss hinauf.

»Alles in Ordnung.« Am Treppensatz erschien das Antlitz ihrer Freundin María, kugelrund im Gegensatz zu Catalinas hohlwangigem – ein Resultat der letzten Monate im Dienste der Gräfin de Falcó, deren Mägde selten Hunger litten. Wie die anderen Frauen Sóllers, die außerhalb des Dorfs und in den Bergen vor dem Angriff Unterschlupf gesucht hatten, war María vor zwei Tagen in die abgelegene Finca der Casasnovas-Schwestern geflüchtet.

Catalina presste die Hand auf ihren Brustkorb, bis ihr Herz in den gewohnten Takt zurückfand. Sie bemühte sich, ihrer Stimme einen ruhigen Ton zu verleihen. »Franciscas Überraschung ist gleich fertig, ihr könnt bald runterkommen.«

María musterte sie einen Augenblick und schien Catalinas aufgesetzte Zuversicht zu durchschauen. »Es wird alles gut, meine Liebe. Wir werden diese Barbaren schlagen.« Ihre Worte klangen überzeugt.

»Und wenn nicht?« Catalina schluckte hart. Dies war der größte Überfall, den die Insel bisher erfahren hatte, und es gab nur zwei Alternativen für Sóller: Triumph oder Untergang. Die Auslöschung ihres Dorfes.

»Fünfhundert Männer. Das ist ein beachtliches Heer.

Nicht eingerechnet die Verstärkung der hundert Burschen aus Bunyola und der Bandoleros aus den Bergen.«

»Bandoleros.« Catalina schnaubte. »Wer hätte gedacht, dass selbst Banditen einen Funken Anstand und Ehre besitzen.« Dennoch setzte sie auf die Straßenräuber, denn sie verfügten als Einzige über Gerissenheit und Kampferfahrung. »Aber da draußen liegen dreiundzwanzig Schiffe. Ich schätze über tausendfünfhundert Piraten.«

María zuckte unbeeindruckt die Schultern. »Die haben erwartet, ein unvorbereitetes Dorf im Schlaf zu überraschen. Wir sind im Heimvorteil. Sie kennen unsere Berge nicht.«

Catalina seufzte. Sie hatten diese Gedankenschleife allstündlich durchgespielt. »Es bleibt uns nichts anderes, als abzuwarten. Wie weit seid ihr?«

»Wir haben es endlich geschafft, den Stein aus der Wand zu lösen. Dabei ist er mir leider auf den Fuß gefallen.«

Catalina nickte halbherzig, die Sorge um die Schlacht ließ sich nicht einfach abschütteln. »Und?«

»Man muss gezielt danach suchen, um es zu entdecken.«

Bei ihnen würde niemand etwas Wertvolles vermuten. »Beschäftige Francisca noch ein paar Minuten. Der Kuchen ist fast so weit.«

María nickte und verschwand im oberen Stockwerk.

Gedankenverloren starrte Catalina auf den Holztisch, wo ihr Finger durch die Krümelansammlung um das Gebäck fuhr und ein M hineinzeichnete. M für *Molt anys* – Glückwünsche zum Geburtstag.

Ihre Lese- und Schreibfähigkeiten gehörten ebenfalls zu den Kenntnissen, die es in Aussicht auf eine problemlose Zukunft zu verbergen galt. Statt über Gott hatte Catalina sich von den Mönchen über die Schriftkunst belehren lassen und diesen Gefallen mit kleinen Näharbeiten vergütet.

Lesen und Schreiben schickte sich nicht für eine Frau, pflegte Juan zu sagen. So würde sie niemals einen Ehemann finden. Als ob die Fähigkeit, drei zusammenhängende Linien in den Staub zu zeichnen und ihnen einen Sinn zu entlocken, der Niederkunft eines Säuglings im Wege stünde.

Das altbekannte Zündeln des Ärgers loderte in ihr auf. Ungerechtigkeit schmeckte nach saurem Wein. Die Abhilfe für solche Momente stand griffbereit. Catalina trank einen Schluck aus dem Wasserkübel und löschte ihre Wut, bevor sie das Denken verhinderte und die Vernunft in Dunkelheit versenkte. Denn von der Leine gelassen, führte dieses Ungetüm, das sie in sich trug, wahrlich zu unziemlichem Benehmen.

Es hieß, es sei ein Erbe der Alcovers, der mütterlichen Seite ihrer Familie, die diesen Zug schmeichelhaft *carácter* nannten, obwohl Jähzorn es präziser traf. Muhme Eugenia besaß ihn, deren sanftmütiger Mann eines windstillen Tags friedlichere Gewässer gesucht hatte und nach dem Fischen auf spiegelglatter See nicht zu seiner Frau zurückgekehrt war. Auch Oheim Jaimes lautstarke Weigerung, den Gesandten des Königs drei Säcke Getreide abzutreten, wurzelte in dieser Wut. *Cojones* hatte er besessen, der gute Jaime – wenn auch danach kein Haupt mehr.

Catalina wischte sich die feuchten Hände an der Schürze über ihren schweren Leinenröcken ab, die ursprüngliche Farbe des Stoffs war vom häufigen Waschen und Flicken bis zur Unkenntlichkeit verblasst. Nachdenklich betrachtete sie den Kuchen. Eingefallen, trocken und krustig wie das Gemüsefeld hinter dem Haus.

Während sie mit dem Reisigbesen letzte Erdklumpen vom Lehmboden entfernte, durchquerte Catalina die L-förmige Stube zum Eingangsportal. Sie schob den schweren Riegel zurück und zog den massiven Holzbalken aus den Haltehaken. Eine Blume würde das Gebäck gebührlich verzieren und die hässlichsten Dellen verbergen.

Kühle Morgenluft schlug ihr entgegen, als sie in den von Oliven- und Orangenbäumen bewachsenen Garten trat. Auch an diesem Morgen folgte sie dem Ritual, das Panorama der Tramuntana in sich aufzunehmen, das sich vor ihrer Haustür entfaltete: Eine kolossale Wand aus grünen Bergen kesselte das Tal ein und trennte Sóller vom Rest der Insel, wo Catalina noch nie gewesen war. Doch die beruhigende Naturgewalt vermochte sich nicht gegen die vibrierende Unruhe dieses Tages durchzusetzen, die sich wie ein Vorbote des Unheils über Catalinas Gemüt gelegt hatte.

Ein Sonnenstrahl zwängte sich zwischen den Gipfeln des L'Ofre und des Teix, brachte glühendes Leben ins Lila der hüfthohen Lavendelsträucher und brach sich im Tau der Zitronenblätter. Die Früchte waren noch unreif, eine letzte weiße Blüte klemmte zwischen zwei grünen Zitrusknollen. Ohne die feinen Blätter zu beschädigen, pflückte Catalina sie vorsichtig und verstaute sie in ihrer Schürzentasche.

Ihr Blick streifte das ordentlich gestapelte Brennholz unter dem Feigenbaum, das Juan vor seinem Weggang für seine Schwestern gehackt hatte. Tränen schossen Catalina in die Augen, die sie geflissentlich fortblinzelte. Entschlossen lud sie sich einen Armvoll Scheite auf und lief zum Haus zurück. Sie quetschte sich durch das offene Eingangsportal, drückte mit der Fußspitze die Tür zu und warf das Holz neben die Feuerstelle.

Vorsichtig befreite Catalina die nun leicht zerquetschte Blüte aus den Tiefen ihrer Leinenschürze und drapierte sie auf die dickste Delle des Kuchens. In Erwartung des zarten jasminähnlichen Duftes beugte sie sich über das Gebäck und sog die Luft ein.

Ihr Kopf schoss in die Höhe.

Catalina rümpfte die Nase, schnupperte nach dem unverkennbar sauren Geruch, der sich wie eine Wolke in der Stube ausbreitete: stechender Männerschweiß.

Sie schreckte auf, doch in dem Schenkel des Raumes, den die kleine Küche einnahm, war niemand. Zwei Schritte weiter konnte sie den rechtwinklig zulaufenden Teil der Stube einsehen. Ihr Blick flog zur Eingangstür und fiel auf die blank polierte Klinge eines erhobenen Säbels. Der Pirat war unbemerkt eingedrungen, kein Geräusch hatte sein Kommen angekündigt. Lautlos und hinterrücks, wie es sich für eine Kreatur der Hölle gehörte.

Die Sekunde gefror in eine Ewigkeit, in der nur das Rasen ihres Pulses und das gespiegelte Morgenlicht auf der Waffe existierten. Catalinas Herz löste die Erstarrung, als es ihr in die schweren Leinenunterröcke rutschte.

Der Mann hatte ihr seinen mächtigen Rücken zugewandt und sah sich im Eingangsbereich um, sein erhobener Säbel vor ihm, als würde er Licht spenden. Das ärmellose graue Obergewand entblößte schweißglänzende Arme, dick wie Ibérico-Schinkenkeulen. Ein um den Kopf gebundenes rotseidenes Tuch verbarg sein Haar und betonte die güldenen Kreolen an seinen Ohrläppchen.

Der vermaledeite Kuchen, dachte Catalina und zog sich leise in die Küchenecke zurück, die den kürzeren Schenkel des L-förmigen Raumes bildete. Sie hatte vergessen, mit dem Balken die Tür zu versperren, nachdem sie aus dem Garten zurückgekehrt war.

Mögliche Szenarien spulten sich in ihrem Kopf ab. Der Tod war ihnen gewiss. Es stellte sich nur die Frage, wie viele Grenzpunkte der Hölle sie vorher passieren musste: geschändet, entehrt, als Sklavin verschleppt zu werden? Catalina wagte es, leise auszuatmen, obwohl ihr wummernder Herzschlag sie sicherlich schon verraten hatte.

Auf Zehenspitzen schlich sie zum Wandvorsprung, der ihnen für die Lagerung der nun leeren Getreidesäcke und Gemüsekisten diente, und duckte sich hinter den Leinenvorhang. Ein sinnloses Unterfangen, sie würden alle qualvoll sterben, durch ihre Schuld.

Die Schritte des Piraten klackten auf der schmalen Steinbodenstufe in der Stube und kamen bedrohlich näher.

Catalina kauerte sich in ihrem Versteck zusammen, froh über die verwaschene Farbe ihrer zerschlissenen Kleidung, die mit den Getreidesäcken ununterscheidbar zu einem einzigen Stoffmeer verschmolz. Blieb sie unentdeckt, bestand eine kleine Chance, dass der Pirat zu vielversprechenderen Orten ins Dorf weiterzog. Hier gab es nichts zu holen. Sie sandte eine stumme Botschaft zur Decke. Hoffentlich hielten Francisca und María oben still.

Die Schritte verstummten vollständig. Falls der Korsar sich rührte, geschah es wieder lautlos. Oder der Himmel hatte Catalina in einer seltenen Geste der Gnade erhört und den Mann zum Verschwinden bewogen.

Durch den Riss eines Mottenlochs im Vorhang spähte sie in die Küche.

Der Himmel schien noch immer taub für ihre Gebete zu sein, denn der Pirat stand nun in ihrem direkten Blickfeld. Das Ausmaß seines Körpers stockte ihr den Atem. Sie hatte nicht geahnt, dass es so hochgewachsene Menschen gab: größer als die goldverzierte Jesusstatue in der Kirche, die mittig hinter dem Altar türmend ihren mahnenden Finger erhob und niemanden in der Gemeinde im Zweifel ließ, dass Gehorsam der Weg und das Ziel war.

Der Barbar war beinahe vier Ellen groß, denn beim Passieren unter dem Querbalken vor der Steinspüle musste er den Kopf einziehen. Catalina schätzte Juans Junggesellenbett als zu schmal ein, um als Ruhestätte für diese Schultern zu dienen, über die sich das schmutzige Obergewand spannte.

Sie duckte sich tiefer hinter den Vorhang.

Der Pirat hob das Schwert und fuhr durch die aufgereihten Kräutersäckchen auf der Ablage über der Feuerstelle. Eine Wolke aus getrocknetem Oregano, Minze und Rosmarin tanzte durch die Luft.

Doch es war der Ring, der Catalinas Blick einfing: ein walnussgroßer grüner Stein in goldener Fassung, der am Mittelfinger der rechten Hand funkelte. Sie versuchte zu schlucken, doch ihr trockener Mund klebte die Zunge an ihren Gaumen.

Heilige Muttergottes.

Als Catalinas Herz für einen Moment sein Wummern

aussetzte, durchströmte sie Dankbarkeit, auf sanfte Art vom befreienden Tod heimgesucht zu werden. Denn so bliebe ihr das fürchterliche Geschehen erspart, das so sicher folgen würde wie die Sonne der Erde. Doch das trügerische Ding schlug einfach weiter.

Ein Riese. Der Ring. Die Legende. Es bestand kein Zweifel, um wen es sich bei diesem Mann in ihrer Küche handelte: der Protagonist der Schreckensgeschichten, die man Kindern erzählte, um sie gefügig zu machen. Die Bestie im Kleiderschrank. Der fleischgewordene Gehörnte, dessen Gräueltaten das gesamte Mittelmeer fürchtete.

Catalina sah sich in ihrem Versteck um, auf der Suche nach einer Waffe, um sie im Notfall gegen sich selbst zu richten. Gegen diesen Koloss konnte sogar ein Messer nichts bewirken.

Trotz vielfältiger Charakterschwächen rechtfertigte keine von Catalinas Sünden, ausgerechnet von diesem Piraten heimgesucht zu werden.

Sein Ruf eilte ihm voraus. Lang war die Reihe seiner geschändeten Opfer, die bei vollem Bewusstsein Zeuge der Verstümmelung ihres Leibes geworden waren, verrichtet von dieser Hand, an der der *Estrella del Este*, der Stern des Ostens, harmlos funkelte. Der Überlieferung zufolge hatte der Ring Hannibal dem Karthager persönlich gehört und verlieh dem Träger Unverwundbarkeit.

Catalinas Lid zitterte, als ihr Auge das Mottenloch aufsuchte, um den Piraten im Blick zu behalten.

Der Mann wandte sich um und sah auf den Tisch.

Eine fleischige Narbe entlang der Unterkante des Kinns beherrschte das sonnengegerbte Gesicht. Die mit dunklem

Kohlestift umrandeten Augen leuchteten im Bernsteinton einer Raubkatze.

Sein Name hing drohend über dem Mittelmeer wie ein nahender Wintersturm: Kiliç. Das Schwert. Ausführende Hand des Piratenhauptmanns Uluç Alis.

Wenn sie genug Geschrei verursachte und Kiliç vom ersten Stockwerk ablenkte, konnten Francisca und María aufs Dach klettern und von dort über die Wipfel der Steineichen in den Wald flüchten.

Catalina atmete tief aus. Gefeit für den Tod. Ihr Körper spannte sich, bereit zum Sprung aus dem Verschlag.

Ein schmatzendes Geräusch ließ sie innehalten. Kiliç hatte den Kuchen entdeckt. Seine suppentellergroße Pranke griff in das Gebäck und brach ein Stück heraus. Es zerbröselte zwischen seinen Fingern, als er den Teigbrocken zum Mund führte. Der Seeräuber kaute zweimal, hielt inne, verzog das Gesicht und spuckte die Masse angewidert aus. In abfälliger Geste wischte er den Rest des Kuchens vom Tisch, wo er sich auf dem Lehmboden verteilte.

Catalina starrte auf den traurigen Haufen. Das Bild brannte sich in ihren Kopf.

In drei Tagen erhungert. In einer Stunde zubereitet. In einer achtlosen Sekunde zerstört.

Etwas in ihrem Geist zerbrach. Wut regte sich erneut in ihrem Bauch, nur war dieses Mal das rettende Wasser nicht zur Hand. Catalinas Kehle entflammte, als der Ärger ihren Hals hinaufpeitschte. Der gefürchtete rote Schleier legte sich über ihre Gedanken, bedeckte ihre lähmende Angst. Ein letzter Blick zum Wasserkübel– doch das Gefäß stand direkt neben dem Piraten.

Aus dem oberen Stock ertönte ein ersticktes Geräusch. Noch bevor Catalina über dessen Ursprung sinnieren konnte, versank es schon in dem Rauschen des Zorns in ihren Ohren. Die Glut loderte auf und erfüllte ihren Leib mit summender Vibration. Fast wie Musik.

Kiliç schnellte geräuschlos herum, wandte sich zur Treppe und spähte in die obere Etage hinauf. Sie hätten ihn besser *La Sombra*, den Schatten, nennen sollen, so still und unbemerkt waren seine Bewegungen.

Der grobmaschige rote Schleier vor Catalinas Augen verdichtete sich, selbst die Angst um Francisca vermochte ihn nicht zu lichten.

Nach einem letzten Blick auf die braune Masse des Kuchens, jämmerlich verteilt auf dem Boden, verließ sie ihr Versteck. Auf leisen Sohlen, traumberückt wie eine Mondsüchtige, schlich sie die Wand entlang zur Tür. Die Oberfläche des Holzbalkens war warm und weich und schien in ihrer Hand nicht mehr zu wiegen als ein Weidenstab.

An die Schritte bis zur Treppe erinnerte Catalina sich nicht mehr.

Die Zeit stand still. Eine Sekunde? Oder waren es zehn?

Kiliç hatte seinen Fuß auf die erste Stufe gesetzt und blickte am Geländer vorbei in die Dunkelheit des oberen Stockwerks. Sein Rücken türmte sich bedrohlich und unüberwindbar vor Catalina auf.

Kraftvoll holte sie aus. Ihr Schlag zerteilte pfeifend die Luft, befeuert von den Ungerechtigkeiten des Daseins: dem jämmerlichen Teighaufen auf dem Boden, Sinnbild ihrer kargen Versuche, das Beste aus dem gegebenen Moment zu machen. Von jedem unausgesprochenen Wort, das sie wegen Unschicklichkeit geschluckt hatte. Dem Kneifen ihres Bauchs vor Hunger und dem unaufhörlichen Kratzen der billigen Wolle ihrer Strümpfe.

Catalinas Schrei mischte sich mit dem Laut, der nach berstender Wassermelone klang. Der Schleier vor ihren Augen verdichtete sich, umschloss Zeit und Raum und sog alles in sich auf.

Als er sich wieder hob und eine klare Sicht erlaubte, starrten ihr auf dem Treppenabsatz die entsetzten Antlitze Marías und Franciscas entgegen.

Benommen lenkte Catalina ihre Aufmerksamkeit auf den schweren Körper des Piraten, der ausgestreckt auf der Treppe lag. Sein Hinterkopf hatte eine neue Form angenommen, wo eine tiefe Beule sich unter dem seidigen Tuch senkte. Ein rotes Rinnsal lief seinen Hals hinab und sammelte sich in dem unebenen Relief der Steinstufen.

»Heilige Muttergottes.« Der Ausruf ertönte wie ein Echo, aus welchem Munde vermochte Catalina nicht zu sagen, vielleicht aus allen dreien.

Der gefürchtetste Pirat des Mittelmeers, niedergestreckt von einer halb verhungerten Bäuerin.

In Catalinas Kopf erklang ein irres Gelächter, das sich auf ihre Stimmbänder übertragen haben musste, denn sie erntete befremdete Blicke der anderen zwei Frauen.

Laute Männerstimmen aus dem Garten rissen sie aus ihrer Erstarrung.

María sprang die Stufen hinab und eilte zur hinteren Fensternische neben dem Spülstein. »Da draußen ist eine ganze Mannschaft.«

»Schnell. Legt den Riegel vor«, befahl Catalina.

María und Francisca hoben den Balken von der Treppe, rannten zur Tür und versperrten das Eingangsportal. Ein Ende des Holzes schimmerte dunkel und feucht.

Kaum war der Pfosten in der Vorrichtung eingerastet, zog jemand von außen an der Tür und versuchte, sich rüttelnd Einlass zu verschaffen. Doch der alte Riegel hielt.

»Was sollen wir denn jetzt bloß tun?«, erklang Marías Stimme schrill.

Catalinas Gedanken rasten. »Helft mir, ihn hochzuziehen«, sagte sie und wies mit dem Kinn aufs obere Stockwerk.

Selbst mit vereinten Kräften gelang es ihnen kaum, den Koloss die Treppe hinaufzubefördern. In dem Land, aus dem der Korsar stammte, schienen weder Entbehrung noch Hunger zu herrschen, die Mallorca seit vielen Jahren unterjochten.

María hatte sich in ein heulendes Wrack verwandelt, ein sinkendes Schiff, das mit Hingabe dem unausweichlichen Untergang entgegensah, während Francisca benommen und stumm die Befehle ihrer Schwester ausführte.

Eisige Ruhe legte sich über Catalinas aufgewühlten Geist. »Zum Fenster.«

Francisca öffnete die hölzernen Fensterläden. Unten im Hof hatte sich eine Horde Piraten versammelt, ein Bataillon des Bösen. Bunte Kopftücher und pluderige Beinkleider leuchteten rot, gülden und tiefblau im lehmigen Garten wie Gewächse der Hölle. Das alte Holzportal hielt noch immer dem Schulterrammen und den Fausthieben stand. Doch wie lange noch?

»Es sind so viele … Hat das ganze Piratenheer den Umweg

über diese Finca genommen?«, kreischte María beim Anblick der zahlreichen Männer.

»Raus mit ihm.« Catalina zog an Kiliçs unbeweglicher Schulter.

Francisca erwachte blinzelnd aus ihrer Entrückung: »Das ist unmöglich. Er passt niemals durch den Rahmen.«

Catalina ignorierte ihre Schwester und ergriff den Mann unter den Achseln. Feucht, klebrig und warm – die Berührung seiner Haut ließ sie erschaudern. Doch der Oberkörper war zu mächtig.

»Die Beine zuerst. Schnell.«

Im Erdgeschoss verstärkte sich das Hämmern, als würde sich die ganze Piratenhorde gleichzeitig gegen die Tür werfen.

María wimmerte, gehorchte aber und ergriff die Oberschenkel des Mannes. »Wir werden alle sterben. Heilige Muttergottes.«

»Gewiss. Nur habe ich einen anderen Zeitpunkt im Sinn. Also hör auf zu heulen und pack zu.« Catalina presste die Kiefer zusammen und zog mit letzter Kraft.

Die blutende Kopfwunde hinterließ eine rote Schleifspur auf dem Boden, während die Mädchen Kiliçs Beine immer weiter an die frische Luft beförderten.

Als die Schulterblätter des Piraten auf dem flachen Fenstersims ruhten, fehlte nur ein letzter Schubser.

Catalina ergriff den kopfüber baumelnden Arm des Mannes und zögerte. Der Stern des Ostens leuchtete in hellem Grün an seiner behaarten Pranke. Das innewohnende Feuer des Steins verhieß Verbrennen, doch wider Erwarten fühlte sich die glatte Oberfläche kalt an. Der Ring mochte seinem

Träger Ruhm und andere Vorzüge verleihen. Unverletzbarkeit zählte jedoch nicht dazu.

Mit letztem Kraftaufwand schubsten und pressten sie Kiliçs massive Schultern, die wie ein Korken in dem Rahmen feststeckten, nach draußen. Dabei rutschte María ab und traf Catalinas Hand. Ein abgebrochener Fingernagel bohrte sich schmerzhaft in die Risswunde, die sie sich am splitterigen Holz des Fensters zugezogen haben musste.

Sie schrie auf, was María wohl als Einladung verstand, ihr Kreischen zu verstärken.

Schrill, ohrenbetäubend, furchterregend. Die höchsten Töne, die Catalina jemals aus einer menschlichen Kehle vernommen hatte.

Sie widerstand dem Drang, sich die Ohren zuzuhalten, denn beide Hände benötigte sie zum Schieben. »Hör auf zu schreien«, brüllte sie ihre Freundin an, die es offensichtlich als Ansporn verstand, noch lauter zu werden.

Wie ein Säugling, der auf einen Schreck reagierte, stimmte nun auch Francisca in das Wehgeheul ein.

Der Lärm war unerträglich.

Das Feuer der Verzweiflung loderte in Catalinas Adern, als sie voller Inbrunst schrie, bis ihre Stimme sich überschlug und schließlich brach.

Begleitet von der Kakophonie des Wahnsinns, wurde Kiliçs Aufprall im Vorgarten von den Körpern seiner Kameraden und deren überraschten Ausrufen gedämpft. Die Männer sprangen erschrocken auseinander und rannten fort, um in sicherer Entfernung in Deckung zu gehen.

Kauernd in den Büschen, starrten sie erschrocken nach oben zum Haus, als erwarteten sie weitere vom Himmel fallende Piraten. Ein dicker Einäugiger mit Augenklappe hob die Faust zum Zeichen gegen den bösen Blick, den kleinen und Zeigefinger gespreizt.

»Sie halten uns für Hexen«, schrie Catalina und klang selbst in ihren eigenen Ohren wie eine Braut des Leibhaftigen.

»Hexen, Hexen«, warf das Echo der nahen Berge zurück.

Die Männer im Garten schienen die Wendung der Geschehnisse zu begreifen. In gebückter Haltung, kampf- und abwehrbereit, rannte eine kleine Gruppe zurück zum Haus, um den leblosen Körper ihres Anführers zu bergen.

Auch sie schrien wild durcheinander, und obwohl Catalina kein Wort verstand, war der Schrecken in den gutturalen Rufen nicht zu überhören. Entsetzen kannte keine Sprachbarrieren, klang in allen Ländern gleich. Eine hitzige Diskussion in kehligen Lauten entbrannte, haarige Arme zeigten zu ihrem Fenster.

Catalinas Herz drohte ihre Brust zu sprengen.

Vier Korsaren ergriffen den toten Kiliç und schulterten ihn in einer geschmeidigen Bewegung, als wiege er nicht mehr als ein Strohballen. Mit ihrer kostbaren Last traten sie hastig den Rückzug an.

Der Rest der Bande formierte sich in einer Verteidigungsflanke, spaltete sich und öffnete einen Fluchtweg für die Leichenträger.

Als sie die grundstücksbegrenzende Oleanderhecke erreichten, verließen sie ihre einstudierte Ordnung. Und rannten davon.

Catalina entließ den angehaltenen Atem in einem warmen Schwall.

»Sie sind fort! Glaubt ihr, sie kommen wieder? Heiliger Himmel, wir haben die rechte Hand ihres Hauptmannes getötet.« Marías normale Sprechstimme hallte zu laut in der plötzlich entstandenen Stille.

»Ich denke nicht, dass sie wiederkommen. Wir haben ihren Kampfgeist untergraben.«

Ich habe ihn umgebracht, dachte Catalina und lauschte dem Echo des Gedankens in ihrem Kopf. Nachdenklich schloss sie die Faust um den Gegenstand in ihrer Schürzentasche und starrte den Männern hinterher, die einer nach dem anderen hinter der baumhohen Blütenhecke verschwanden.

2

11. Mai, Gegenwart, Port de Sóller

Zwei Heere standen sich gegenüber und warteten mit erhobenen Plastikschwertern auf den Klang des traditionellen Blashorns. Den Startschuss für das Gefecht. Bauern gegen Piraten.

Die alljährliche Veranstaltung, die die legendäre Schlacht von 1561 zwischen den Korsaren und den Sóllerics nachspielte, war für viele Dorfbewohner eine Herzensangelegenheit. Und wie immer nahm der ganze Ort an dem Spektakel teil. Federico Fiol war überzeugt, dass nur die dramatischen Trommelschläge das Knistern in der Luft übertönten.

Er sah auf seine Smartwatch – zwanzig Minuten Verspätung – und verlagerte seinen Fuß, bevor dieser im weißen Puderzuckersand der Playa de Port Sóller versank.

Glücklicherweise hatte es sich bei der Niederschlagsfront vorgestern nur um einen Platzregen gehandelt, der einer für diese Jahreszeit ungewöhnlich heißen Woche gewichen war. Federico öffnete einen weiteren Knopf des weißen Hemdes seiner mallorquinischen Bauerntracht und fächerte sich mit dem Stoff Luft auf die verschwitzte Brust.

Das Festival Es Firó war einer der Gründe, warum der Mai zu Federicos Lieblingsmonaten zählte. Menschenmassen in traditionellen Trachten und Piratenkostümen tummelten sich am Hafenstrand, und die nicht aktiv am Festival teilnehmenden Zuschauer sahen in Freizeitkleidung von der Promenade aus zu, tranken Wein aus Pappbechern und verewigten das Schauspiel mit ihren Handys.

Noch fand alles gesittet statt, doch schon bald würde es hier wilder zugehen als auf der Tanzfläche des ibizenkischen *Amnesia* im Hochsommer. Dichtes Gedränge schwitzender Körper in ausgelassener Stimmung, so wie Federico das mochte, obwohl er sich mit seinen sechsunddreißig Jahren fast schon zu alt für das Nachtleben der Nachbarinsel fühlte. Das Gleiche galt für die feuchtfröhliche Party, die sich im Anschluss an die Schlacht im Dorf fortsetzte. Eine ganze Woche lang.

Federico verzog das Gesicht beim Gedanken an die bevorstehenden Kopfschmerzen. Die Regeneration hatte letztes Jahr acht Tage in Anspruch genommen und sein Aktivitätslevel beachtliche Einbußen erlitten. Auch hier machte sich sein Alter bemerkbar, mit fünfundzwanzig hatte Komasaufen keine Delle im Tagesablauf hinterlassen. Doch das konnte er sich als Businessman – wie er dieses Wort liebte – mit eigener Firma nicht mehr leisten.

Federico lüftete seinen Strohhut und blinzelte in die Sonne. Das helle Licht reflektierte auf den weißen Fischerbooten und Jachten an der Mole und verlieh ihnen einen Heiligenschein. Der Himmel und die hohen Berge rings um den Hafen leuchteten strahlend blau und grasgrün um die Wette.

Breitbeinig, sprungbereit und beflügelt hob Federico sein Holzschwert und rief laut: »Firó, Firó, Firó!«

»Tío. Alter, was hast du denn getrunken?« Joan, der zu Federicos Linken mit der Klinge seines Plastikschwertes eine Linie in den Sand zog, warf ihm einen skeptischen Blick zu. Er zupfte die rote Schärpe auf dem Bund der grauen, über die Knie reichenden Pluderhose zurecht. In Kombination mit dem weißen Leinenhemd und karierten Halstuch stand Joan die traditionelle Tracht besser als die einfallslosen Jeans und billigen T-Shirts, die er sonst trug.

»Nix getrunken. Ich freu mich nur.« Federico sah sich am überfüllten Strand um, wo vor fünfhundert Jahren trotz der Überzahl und Kampferfahrenheit der damaligen Seeräuber die Sóllerics durch Scharfsinn und Mut das Unmögliche geschafft hatten: den überraschenden Sieg gegen die Korsaren. Auch Federico hatte Grandioses vor.

Vom anderen Ende des muschelförmigen Hafens wehte eine Meeresbrise mittelalterliche Flöten- und Dudelsackmusik herüber, die sich zum Rhythmus der Trommeln gesellte. Ein dunkel gebeiztes Holzboot mit zwölf Rudern glitt über das smaragdgrüne Wasser, näherte sich unter Kanonenschüssen dem Ufer und zog eine Wolke aus blutrotem Rauch hinter sich her. Das schwarze Segel trug den typischen Halbmond der Korsaren, gekrönt von einer im Wind flatternden Totenkopfflagge der Piraten.

Der Seeräuberhauptmann Uluç Ali, gespielt vom Bäcker aus der Gran Vía, hielt seinen gebührenden Einzug. Federico erkannte ihn schon von Weitem auf dem Bug des Bootes – mit wehendem Umhang und knallrotem Turban eine imposante Galionsfigur. Sobald der Piratenchef den Strand erreichte, würde die Schlacht beginnen.

Federico zurrte seinen Hut zurecht und scannte die gegnerische Truppe der Freibeuter. Welcher von ihnen würde seinem geplanten Kampfrekord im Wege stehen?

Männer mit rußbeschmierten Gesichtern, viele davon alte Bekannte und Freunde, starrten unter bunten Seeräubertüchern mit entschlossenen Mienen zurück. Satinpluderhosen in allen Farben des Regenbogens, mittelalterliche Westen, goldene Ohrringe, Lederbänder und lange Ketten – wie immer hatten die Verkleideten kein Detail gescheut. Alles wirkte authentisch.

Doch keiner von ihnen besaß Federicos Disziplin, sich in der Kunst der Schlacht zu üben, wie sein zerlesenes Exemplar von Sun Tzus *Die Kunst des Krieges* bezeugte, das er mit Tesafilm vor dem Auseinanderfallen bewahrte. Nun übernahm sein Alter Ego, General Federico.

Fünfzehn zu drei war der Rekord vom Vorjahr, den er zu brechen gedachte: fünfzehnmal gewonnen, nur dreimal gestorben. Während die meisten Sóllerics aus reinem Vergnügen und Traditionsbewusstsein am Festival teilnahmen, weckte es in Federico den Sportsgeist. Den Duft des Abenteuers. Den Scharfsinn des Feldherrn.

Nuria, seine Frau, sagte stets, mallorquinische Männer seien infantil, nie erwachsen gewordene Kinder. Federico sah nichts Falsches daran. Wenigstens hatten sie Spaß, den er zu steigern gedachte, indem er Nuria mit Vollgas aus seinem Leben katapultierte.

Sein Blick huschte zum Café an der Strandpromenade, wo sie heute Nachmittag am Terrassenausschank Getränke an die Teilnehmer des Festivals verkaufte. Doch glücklicherweise stand sie gerade nicht an ihrem Platz hinter der Bierzapfanlage des eigens für das Fest installierten Tresens.

Rote und weiße Nebel stiegen aus versteckten Dampfmaschinen auf und hüllten den Strand in ein dramatisches

Rauch- und Feuerszenario. Das Horn erklang. Der Nebel wurde dichter und schob sich in einer Wand zwischen die zwei Heere.

Der Piratenhauptmann Uluç Ali, alias der Bäcker, hatte angelegt. Aus der undurchsichtigen Suppe ertönte ein Kampfschrei – in den die gesamte Seeräuberfraktion einfiel. Die Trommler schlugen ein Crescendo.

Wie ein Untoter sprang Uluç Ali aus dem dichten Rauch hervor. Die pluderigen Ärmel seines roten Satinhemdes flatterten in der Frühlingsbrise, als er mit weit ausgestreckten Armen seine beiden Säbel in die Luft stieß. Rußverschmiert und mit dunklem Bart, den er sich eigens für das Fest hatte wachsen lassen, sah er so furchterregend aus, dass selbst General Federico schluckte. Ein Turban mit riesigem Stein zierte Uluçs Haupt, und lange dicke Goldketten hüpften schwer auf seinem opulenten Bauch auf und ab.

Die Bauern grölten im Chor und liefen auf die Piratenschar zu. Der Kampf begann.

Federicos Strohhut löste sich von seinem Kopf und fiel ihm in den Nacken, gehalten durch eine Schnur, die ihn fast erwürgte.

Sein Holzschwert traf den ersten feindlichen Säbel aus Plastik, und in spielerischer Manier tanzte er lachend um seinen Piratengegner. Eine Finte zur Rechten, die der Seeräuber wie erwartet abwehrte, sodass sich der Weg links zum krönenden Schlag öffnete. Federico stellte einen tödlichen Stich nach und der Pirat krümmte sich. Mit theatralischem Stöhnen fiel er in den feuchten Sand in einen qualvollen Tod.

Eins zu null.

Federico grinste, hielt dem Mann eine Hand hin und half ihm auf. Der Seeräuber klopfte lachend den Sand aus der grünen Pluderhose, fasste sich ins verrußte Gesicht und verteilte mit Zeige- und Mittelfinger die dunkle Schmiere auf Federicos Wangen. Auch das gehörte zum Ritual des Firó, eine Schnittmenge der unvereinbaren Gegensätze zu bilden. Erschienen zu Beginn der Feier die Bauern hell und sauber, präsentierten sich die Piraten dunkel verschmiert, bis am Ende des Tages alle zusammen in Graunuancen feierten.

Nach einer kurzen Umarmung lösten sie sich voneinander und stellten sich dem nächsten tödlichen Widersacher. Der Kampf verging im Flug mit dumpfem Klacken von Holz und Plastik des Säbelrasselns und dem ausgelassenen Gelächter der Männer.

Federico hüpfte von Gegner zu Gegner und ließ virtuos sein Holzschwert tanzen. Die Kunst des Krieges.

Eine Gruppe Payesas, mallorquinische Bäuerinnen, die am Rande des Schlachtfelds an ihren Pappbechern nippten, verlieh mit Klatschen und Grölen ihrer Begeisterung Ausdruck. Wie alle Frauen, die aktiv am Firó-Spektakel teilnahmen, trugen auch sie die traditionelle Tracht.

Federico vollzog eine aufwärts gerichtete Drehung seines Schwerts und landete in der Position der zentralen Hut des Alber, breitbeinig die Waffe vor dem Körper, die Klinge gen Boden gerichtet. Verstohlen sah er zu den Frauen hinüber. Eine von ihnen winkte.

Federico blinzelte, sein Herz mit plötzlichen Flügeln versehen. Diese verdammten Trachten. Sie war es! Er hatte zweimal hinsehen müssen, um sie unter dem weißen Spitzen-Rebosillo der mallorquinischen Bäuerin zu erkennen.

Eine Mischung aus Haube und Kopftuch, ließ er nur den Haaransatz und Scheitel frei, wurde unter dem Kinn zusammengehalten und fiel ausschnittverdeckend über die Brust.

Federico winkte glücklich zurück, nachdem er sich vergewissert hatte, dass Nuria nicht unter ihnen weilte, um ihm später den Tag zu vermiesen.

Seine Frau hatte ebenfalls vorgehabt, in Tracht zur Arbeit zu erscheinen. Selbst mit einer Plastiktüte über dem Kopf hätte Federico sie erkannt – an der schwarzen Wolke der schlechten Laune, die sie immer umgab. Er verscheuchte den Gedanken an Nuria, ein Thema, das sich eh bald erledigt haben würde.

Euphorie stieg in Federicos Brust auf und ließ ihn über den Sand schweben wie einen Samurai. Alles verlief nach Plan. Im Geiste beglückwünschte er sich zum letzten großartigen Schachzug, den er gestern Abend eingefädelt hatte. Bald musste er sich um seine Zukunft nicht mehr sorgen.

Das Getümmel am Strand wurde dichter. Piraten und Bauern kämpften Rücken an Rücken.

Ein in Purpur gekleideter Seeräuber lief Federico direkt vors Schwert. Der Stoff seines Turbans setzte sich im unteren Bereich des Gesichts fort, verdeckte Nase und Mund, wie sich das für einen Banditen gehörte. Obwohl er nur die Augen frei ließ, war zu erkennen, dass der Pirat lächelte. Federico grinste zurück und hüpfte in einem kleinen Satz mit erhobener Klinge auf Purpur zu. Dieser parierte, sie entfernten sich voneinander.

Ein zweiter Seeräuber mit um die Arme gewickelten Lederbändern und Palästinensertuch schob sich dazwischen und übernahm den Tanz mit Federicos Schwert. Grinsend kreisten sie umeinander, bis Federico ihn überraschte und in blitzschnell angedeuteter Geste seine Waffe über die Kehle des Mannes zog. Dieser griff sich an den Hals, lachte, und wandte sich einem neuen Schwertduell zu seiner Linken zu.

Es stand sieben zu null für General Federico. Das harte Training hatte sich ausgezahlt.

Mit seiner Hingabe und Disziplin hätten die Dorfbewohner 1561 trotz dreifacher Überzahl der Piraten auch die ersten beiden Schlachten gewonnen. Und nicht wie Schlappschwänze die Hilfe der gewieften Frauen benötigt, um im Dorf die plündernden Seeräuber in die Flucht zu schlagen.

Rechter Hieb. Linker Hieb. Treffer. Acht zu null.

Jemand schob sich an seinen Rücken. Er spürte die Wärme und Härte des anderen Körpers, während ihm der Duft von Orangen und Anis, der an seinen Lieblingsgin Cabraboc erinnerte, in die Nase stieg.

Obwohl gleich zwei Piraten auf ihn losstürmten, drehte Federico sich zu dem Angreifer hinter ihm herum. Ein flüchtiger Blick auf purpurfarbenen Stoff, ein Schwert, das auf ihn zukam.

Er schnellte herum zum Parieren. Doch der purpurne Korsar war schneller.

Der Hieb durchbrach Federicos Verteidigungslinie. Anstatt kurz vor der roten Schärpe zu stoppen, zog die Bewegung der Klinge weiter, durchtrennte den schon fleckigen Stoff des vormals blütenweißen Hemdes. Und machte auch hier nicht halt. Der tiefrote Fleck um die Eintrittsstelle vergrößerte sich, als das Leinenhemd sich mit Blut vollsog.

Ungläubig starrte Federico auf die Säbelspitze, die in seinem Bauch verschwand.

Der Schmerz setzte verzögert ein, als hätte auch sein Körper die Überraschung erst überwinden müssen.

Federico hob den Blick und sah in die dunklen Augen des lila gekleideten Korsaren. Sie lächelten noch immer.

Acht zu eins für Federico.

Sein Blick trübte sich in einer schwarzen Wolke, als er in die Knie sackte und im Schatten der Promenadenmauer zu liegen kam.

Achtmal gewonnen. Einmal gestorben.

3

Sargento Lluc Casasnovas drückte sich in die Fensterecke im Rathaussaal und träumte von einem kühlen Bier. Überall wäre er jetzt lieber gewesen als bei der Abschlussfeier des Es Firó. Er schwitzte, seine Kiefermuskeln schmerzten vom stundenlangen freundlichen Lächeln, und die Müdigkeit des langen Tages holte ihn ein.

Doch der Dienst rief, und wie es schien, der Bürgermeister ebenfalls.

»Wieso sind die Dones immer noch nicht da?«, raunte Bürgermeister José Cadena ihm zu, ohne dass eine Bewegung seiner Lippen das aufgesetzte Lächeln ins Rutschen brachte.

Auch der Rest des Endfünfzigers wirkte poliert und aufgeräumt: teurer grauer Anzug, gestärktes Hemd, glitzernde Manschettenknöpfe. Selbst auf seinem Kopf herrschte penible Ordnung – seine Glatze strahlte mit den Hochglanzschuhen um die Wette.

Rasch widmete Cadena sich wieder dem Gespräch mit der Gräfin Condesa Isabel de Falcó und bezeugte ihr durch bestätigendes Nicken seine ungeteilte Aufmerksamkeit.

Der Sektempfang des neuen Bürgermeisters zum krönenden Abschluss des Piratenschauspiels war in vollem Gange. Ein Dutzend Gäste erwartete mit erhobenem Glas, dass der historische Hauptmann der Sóllerics den Sieg gegen die Seeräuber vom Balkon des Rathauses aus verkündete. Während die Sonne langsam über dem Meer versank, leuchteten im Dorf schon die Laternen und bescherten der feierlichen Stimmung ein andächtiges Ambiente.

Doch Lluc Casasnovas entging nicht das nervöse Kneten der Papierserviette in Cadenas Hand, genauso wenig wie der unruhige Blick durch die offenen Flügeltüren auf die Terrasse, wo die Darsteller der historischen Rollen schon ihren Platz vor dem Publikum eingenommen hatten.

Ein Menschenmeer ergoss sich über die große Dorfplaza vom Rathaus bis zu den mediterranen Sandstein- und Jugendstilhäusern der gegenüberliegenden Seite und ließ nicht ein Fleckchen Asphalt unbedeckt. Tausende waren gekommen, um am wichtigsten Fest des Ortes teilzunehmen. Eine Flaggenflut wogte über den Köpfen der Leute: rote mit dem Halbmond für die Piraten, ein Andreaskreuz auf weißem Grund für die Sóllerics.

Vielleicht war Cadenas übertriebene Nervosität der hübschen Gräfin geschuldet, oder auch sein Tag wich, genau wie Llucs, vom Drehbuch ab.

Lluc drückte sich in seine Fensterecke und warf einen verstohlenen Blick auf den unscheinbaren Mann mit Nickelbrille, der etwas abseits an seinem stillen Wasser nippte. Madrugada.

Die ersten Anzeichen von Komplikationen hatten sich früh angekündigt: Noch bevor der Bürgermeister am Morgen im Revier erschienen war und in seinem unbeholfenen Neulingselan Madrugada zum Empfang mit eingeladen hatte. Lluc konnte es ihm nicht verübeln, Cadena war höflich und wusste nicht um den Rattenschwanz, der an dem unauffälligen Mann hing.

Ausgerechnet heute, am stressigsten Tag des Jahres, an dem wegen des Festivals Ausnahmezustand herrschte, musste die kleine Tochter seiner Assistentin Francisca Gual in ihrer kindlichen Respektlosigkeit für traditionelle Kalenderereignisse krank werden, sodass Lluc ohne Guals Organisationskünste dastand. Stattdessen stemmte er die Anforderungen alleine mit seiner Kollegin Sargento Fina Garcia, zu der das Verhältnis bestenfalls als ambivalent zu bezeichnen war und sich in einem fragilen Burgfrieden befand. Und dann war der Tag vollends gekippt.

Das stumme Vibrieren seines Handys buhlte erneut um Llucs Aufmerksamkeit, die er der vermutlich sechsundsechzigsten Textnachricht in Folge nicht schenken wollte. Er biss die Zähne zusammen, ignorierte das Telefon und blickte aus den hohen Fenstern hinaus auf die menschenvolle Dorfplaza.

»Wo bleiben die verdammten Dones?« In Cadenas Frage steckte nun mehr Dringlichkeit.

»Sie haben die Frechheit besessen, sich nicht bei mir abzumelden.« Woher zum Teufel sollte Lluc wissen, wo die beiden Frauen steckten? Personenschutz war nicht seine Abteilung – nicht dass die Schwestern Hidalgo einen gebraucht hätten.

Gräfin Isabel schien über ein exzellentes Gehör zu verfügen. »Wer oder was sind die Dones?« Sie strich sich ihre langen braunen Haare hinters Ohr und zog fragend eine Augenbraue hoch.

Cadena knetete sein Taschentuch vehementer und warf

Lluc einen vorwurfsvollen Blick zu, als hätte dieser das Gespräch mit der Zwischenfrage nach den Dones unterbrochen. »Ich hatte ja schon erklärt, meine liebe Isabel, dass die Inszenierung dieses Festivals einem Skript folgt, das auf den damaligen Ereignissen beruht.« Wie um seine Worte zu ordnen, nahm er einen gemächlichen Schluck aus dem Weinglas. »Bei dem Großangriff von 1561 gewannen die Piraten zwei Schlachten unten im Hafen und zogen dann weiter ins Dorf. Sie belagerten dieses Rathaus und wurden von den zahlenmäßig unterlegenen Sóllerics geschlagen.«

Isabels schwarze Augen, die ihrem Aussehen einer südspanischen Flamencotänzerin das i-Tüpfelchen verliehen, weiteten sich überrascht. »Und wie haben sie das geschafft?« Obwohl sie jünger aussah, schätzte Lluc sie aufgrund ihrer souveränen Art auf Ende dreißig, so gelassen amüsiert, wie sie den peinlich geiernden Blicken der anderen Männer um sie herum begegnete, als wären sie nicht ernst zu nehmende Kinder.

»Der Legende nach haben die Frauen des Dorfes einen großen Anteil geleistet«, fuhr Cadena fort. »Besonders hervorgetan hatten sich zwei Schwestern, Catalina und Francisca Casasnovas. Ganz alleine sollen sie eine Horde Piraten aus ihrem Haus vertrieben haben. Verängstigte arme Bauernmädchen, denen es auf mysteriöse Weise gelang, die rechte Hand des Piratenhauptmanns zu töten und damit an der Vertreibung der Seeräuber maßgeblich beteiligt waren.«

Cadena runzelte die Stirn und sah zur festlich geschmückten Terrasse. Umringt vom Piratenchef im edelsteinbesetzten Turban und von mittelalterlich kostümierten Bauern begann der historische Hauptmann der Sóllerics die Siegesrede. Seine Begrüßungsworte versanken im ohrenbetäubenden Jubel der Menge auf der Plaza.

»Ihnen allen zu Ehren tragen die Sóllericas die mallorquinische Tracht und vertreten die mutigen Frauen, die den Piraten damals den Garaus gemacht haben. Auf Mallorquín: die Valentes Dones.« Und deren direkte Repräsentantinnen, die Schwestern Casasnovas, auf dem Balkon vor ihnen nun vermisst wurden.

Auch Lluc zog die Stirn in Falten. Die Unruhe des Bürgermeisters war begründet und die Abwesenheit der Schwestern mehr als merkwürdig. Diese geballte Aufmerksamkeit, die die Valentes Dones beim Es Firó bekamen, ließ sich niemand freiwillig entgehen.

»Valentes Dones, die mutigen Frauen! Das gefällt mir. Endlich wird der weiblichen Courage mehr Gewicht beigemessen. Schade, dass wir in Madrid nicht solche historischen Traditionen haben.«

»Es bedeutet mehr als nur Respekt für ihren Mut. Ohne diese Frauen würde es Sóller heute vermutlich nicht geben. Die ganze Ehre gebührt ihnen, sie werden hier gefeiert«, entgegnete Lluc, bevor er sich zurückhalten konnte. Er bereute seine Einmischung sofort. Bisher hatte er sich unauffällig im Hintergrund gehalten. Sollten sie doch denken, der Polizist hätte nichts beizutragen.

Isabel legte den Kopf schief und sah ihn interessiert an. Ihr direkter und leicht belustigter Blick durchleuchtete ihn wie ein Suchscheinwerfer.

Bürgermeister Cadena setzte seine Erklärung fort: »Das dort ist der Hauptmann des damaligen Sóller-Heers, Capitán Angelats.« Er deutete auf den Mann in ockerfarbener mittelalterlicher Uniform in der Mitte der Terrasse. Jedem seiner Sätze folgte eine kleine Pause, die Raum für den Beifall des Publikums schuf. »Der beendet heute den kostümierten Teil des Festivals. Danach wird bis spät in die Nacht weitergefeiert.«

»Wie werden die Rollen besetzt?«

»Sie werden gewählt. Es gibt das Kollektiv der Piraten, das der Bauern und Bäuerinnen, jeweils mit Tausenden von Mitgliedern, die zum alleinigen Zweck existieren, die jährlichen Inszenierungen des Festivals zu planen und zu organisieren. Sie vergeben auch die Rollen. Es ist eine große Ehre, Capitán Angelats spielen zu dürfen, der auf vier Jahre gewählt wird. Und besonderes Ansehen gebührt den Rollen der Valentes Dones, der Schwestern Casasnovas, die jährlich neu besetzt werden.« Der letzte Teil des Satzes ging in einem Murmeln unter.

Die jungen Frauen des Dorfs rissen sich ein Bein aus, um die Rolle der Schwestern zu ergattern – umso unverständlicher war es, nun mit Abwesenheit zu glänzen. Erst gestern war ein Bericht über Francisca und Catalina Hidalgo im lokalen Fernsehsender IB3 gesendet worden, und die Última Hora hatte ein doppelseitiges Interview publiziert mit dem Titel: »Die Schwestern spielen die Schwestern.«

Isabels Blick wanderte über das Publikum, das sich auf der Plaza des Rathausplatzes versammelt hatte. Menschen in Trachten und Piratenkostümen drängten sich dicht zwischen der gotischen Kirche Sant Bartomeu und dem Gaudí-inspirierten Bankgebäude. Sogar die für gewöhnlich geschlossenen grünen Holzfensterläden vor den balkonartigen Austritten der mediterranen Wohnhäuser waren geöffnet und von klatschenden, singenden oder Fahnen schwingenden Leuten bevölkert. »Was für eine schöne Geschichte. Vereint besiegen wir den überlegenen Feind«, sagte Isabel und legte die Hände an ihren Brustkorb. »Mir war gar nicht bewusst, dass die Piraten im Mittelalter so einen Einfluss auf diese Region hatten.«

»Nicht nur in der Vergangenheit«, meldete sich eine Stimme aus dem Hintergrund. »Die Piratenkultur im Mittelmeer lässt sich nur schwer ausrotten.«

Lluc unterdrückte ein Stöhnen.

»Gerónimo Madrugada«, stellte der Mann sich vor und reichte der Gräfin die Hand. »Guardia Civil.« Obwohl er mit seinem schwarzen Schal, den er nie abzulegen schien, eher wie ein Künstler wirkte. Von kleinem Wuchs, mittlerem Alter und mausbraunem Haar war er ein Muster unauffälliger Harmlosigkeit. Ein Mann, der übersehen wurde, selbst wenn er als einzige Person mitten im Raum stand, ein Meister der Camouflage.

Isabel lenkte ihre gesamte Aufmerksamkeit auf Madrugada, der nun in den Genuss kam, im Rampenlicht ihres Zaubers zu stehen. »Ach, dann sind Sie ein Kollege von unserem Sargento hier?« Ihre schlanke Hand deutete auf Lluc.

»Ja, wir arbeiten beide für die Polizei.« Trotz Bestätigung und sachlichem Ton vermittelte seine Antwort genau das Gegenteil – kühle Distanziertheit.

»Wollen Sie etwa sagen, dass es hier noch immer Piraten gibt?« Isabel lächelte und schaffte es, sogar Unglauben in Charme zu kleiden.

»Sie kommen heutzutage nicht mit Schiffen.« Madrugada nahm andächtig einen Schluck von seinem Wasser, als trinke er aus der Quelle der Weisheit. »Auch tragen sie keine Schwerter, Seeräubertücher oder Augenklappen. Man kann sie nicht von normalen Bürgern unterscheiden.«

Nicht nur Isabel lauschte erwartungsvoll, auch Llucs Neugier war geweckt. Moderne Piraten?

»Das, was sie über Jahrhunderte gemein haben, ungeachtet ihrer Vorgehensweise oder Erscheinung ist eins: Ausbeutung. Ausplünderung des gesetzestreuen Bürgers.« Ein weiterer Schluck aus der Quelle. In einer fließenden Bewegung drehte er sich zur Fensternische und sah Lluc direkt an. »Sie nehmen sich, was sie wollen, und treten das Gesetz mit Füßen.«

Als Madrugadas Blick den Bruchteil einer Sekunde zu lang auf Lluc verweilte, um als zufällig durchzugehen, dämmerte es ihm. Der Bastard meinte es ernst.

Madrugada wandte sich der Gräfin zu und lächelte zum ersten Mal. Seine bemerkenswert weißen, ebenmäßigen Zähne veränderten sein Erscheinungsbild und stachen so sehr aus der bisherigen Unscheinbarkeit heraus, dass Lluc vor Überraschung zweimal hinsehen musste. »Doch damals wie heute gelten unsere geeinten Bemühungen dem Ziel, dieses Übel auszurotten. Oder vereint gegen den Feind, wie Sie so schön sagten, liebe Condesa.«

Lluc schluckte. Obwohl ihn kein weiterer vielsagender Blick traf, begriff er, dass der Kommentar ihm galt. Also war der Besuch des Vertreters des Servicio de Asuntos Internos, der Internen Dienst- und Fachaufsichtsbehörde der Guardia Civil, keine Routineangelegenheit. Alle eingeweihten Kollegen im Sóller-Revier hatten vermutet, dass die absurde Korruptionsanschuldigung gegen Lluc, die seit letztem Jahr in der Luft hing, wegen Beweismangel zu den Akten gelegt werden würde. Doch sie hatten sich getäuscht. Madrugada war hinter Lluc her.

Natürlich hatte er keine Bestechungsgelder angenommen. Seine Weste war blütenweiß. Er besaß keine nennenswerte Information, die man nicht Tage später sowieso gratis aus der Zeitung erfahren hätte, und sein Einfluss auf lokalpolitischer Ebene reichte mit Mühen dazu, ein Parkticket loszuwerden. Doch irgendjemand hatte Lluc beschuldigt, und jetzt hing ihm der berüchtigste Spürhund der Internen am Rockzipfel. Wie die Piraten, erschien auch dieser in moderner 2.0-Version.

Auf dem Balkon begann Capitán Angelat seine Ansprache, die Begrüßungsworte erstickt vom Gesang der Menge und von den Schüssen aus historischen Donnerbüchsen.

Wie aus Solidarität spuckte Llucs Telefon eine Signalsalve von hintereinander eingehenden Textnachrichten aus. Er riskierte einen Blick – und bereute es sofort. Das Display zeigte eine Kette WhatsApps, alle vom selben Absender. Die letzte Nachricht unmissverständlich und endgültig: *Lass uns Freunde bleiben.*

Lluc ließ das Handy sinken und steckte es in die Hosentasche.

Der Lärm der feiernden Menge schrumpfte zum Rauschen einer Nautilusmuschel in seinen Ohren, getaktet vom Rhythmus seines adrenalinbeschleunigten Herzschlags.

Sein Blick schweifte aus dem Fenster und verharrte auf einer Frau in Tracht, die sich in der ersten Reihe verstohlen die Augen wischte. Vermutlich Tränen der Rührung, von denen es im Laufe der Festlichkeiten noch viele geben würde. Lluc blinzelte und schluckte trocken, als die Züge der Frau in seiner Fantasie zu Lucías Gesicht verschwammen.

Er konnte nicht behaupten, sonderlich überrascht zu sein. Im siebten Himmel ihrer Beziehung hatten sich schon seit einiger Zeit die Wolken zu einer Tieffront zusammengezogen. Obwohl er geglaubt hatte, gegen das Unausweichliche gewappnet zu sein, überzog eine kalte Taubheit seinen Körper. Auch gut, so musste er wenigstens nichts fühlen.

Die räumliche Entfernung zwischen Madrid und Mallorca hatte seit Beginn in ihre aufrichtigen Vorsätze und Bemühungen gegrätscht. Lucía und Lluc hatten versucht, ihre Liebe zu retten, doch die Breaking News des nächsten Bombenangriffs, des landesweiten Streiks der Lastwagenfahrer und die Liveschaltungen von Roten-Teppich-Events nahmen keine Rücksicht auf romantische Wochenenden in der verschlafenen Tramuntana.

Lluc konnte es ihr nicht verübeln. Die Karriere als Fernsehjournalistin war alles, wofür Lucía geschuftet hatte. Ihre Arbeit trug nach ihrer außergewöhnlichen Berichterstattung über den Mordfall im Sóller-Express endlich Früchte, nachdem sie die Chance ergriffen und das Jobangebot bei La 1 in Madrid angenommen hatte. Was nutzten gegenseitige Vorwürfe? Lucía war eine tolle Frau, die das Beste verdiente, und Lluc würde ihrem Glück nicht im Wege stehen.

Die Flügeltüren des schweren Holzportals öffneten sich mit einem Quietschen, das ihn aus seinen Gedanken riss.

»Na, endlich! Wird ja Zeit, dass die Valentes Dones kommen.« Der Bürgermeister sah erleichtert auf seine Armbanduhr.

Capitán Angelats hatte sich unter Jubelrufen warm geredet und die Menge aufgeheizt. Bald würde seine zeremonielle Ansprache ein Loblied auf das besondere Verdienst der Schwestern Casasnovas anstimmen, die dann seinen Dank unter dem Beifall der Menschenmenge entgegennahmen.

Lluc erwartete, Francisca und Catalina Hidalgo hereinstürmen zu sehen, die in Rebosillo-Hauben gewickelten Köpfe gebeugt vor Scham über die Verspätung. Doch stattdessen duckte sich die lange Gestalt des Verlegers Luís Rodriguez durch die Tür. Er nickte in die Runde und eilte zielsicher auf die Gräfin zu, die er wie eine alte Freundin begrüßte.

Erstaunlich groß für einen Mallorquiner, braunhaarig und gut aussehend auf die konventionelle Art eines Politikers, der alle Geschmäcker befriedigte, trat Luís sofort auf die Gruppe der Gäste zu. »Entschuldigt meine Verspätung. Ich hab mich mit dem Bürgermeister von Palma festgequatscht. Danach gab es kein Durchkommen durchs Verkehrschaos mehr.« Sein freundlicher Ton traf immer die richtige Note und trug zur allgemeinen Beliebtheit des Mittvierzigers bei.

»Wir haben dich nicht vermisst, Luís«, sagte Cadena. »In der Zwischenzeit habe ich mich um deinen charmanten Gast gekümmert. Du kannst gerne wieder gehen.« Die Männer lachten jovial, während Isabel in gespielter Verlegenheit zu Boden sah, die Augen verdrehte und grinste.

Zur Rodriguez-Verlagsgruppe, die von Luís' Großvater gegründet worden war, gehörten die größte Tageszeitung der Insel sowie diverse multimediale Marken und Zeitschriften. Außerdem besaß Luís die bedeutendste Kunstsammlung der Balearen und diente diskret als Schirmherr jedes erdenklichen Wohltätigkeitsvereins, ohne sich dafür in der

Öffentlichkeit feiern zu lassen. »Ich habe es befürchtet. Hoffentlich nehmt ihr mich trotzdem noch in euren Kreis auf.« Er lächelte und legte in einer ihm typischen Art den Kopf schräg. Verschmitzt und spitzbübisch, schien es einem Habitus zu entsprechen, der sofort alle Sympathien auf sich zog.

Die Gräfin wandte sich vertraulich an Rodriguez und legte ihm die Hand auf den Arm. »Luís, ich bin begeistert. Das ist ja wie eine gigantische Theateraufführung, bei der das ganze Dorf mitspielt. Im nächsten Jahr würde ich gerne mitmachen. Wie kommt man an diese Trachten?«

Luís lüftete den Kragen seines gestreiften Hemds und fächerte sich Luft zu. »Kein Problem, meine Liebe, dein Outfit steht schon morgen parat. Du musst nur dafür sorgen, nächstes Jahr rechtzeitig hier zu sein.« Er strich sich eine verschwitzte Haarsträhne aus der Stirn.

Isabel lachte. »Ihr werdet mich so schnell nicht los. Bis ich mal mit dem Schreiben vorangekommen bin, dauert es noch.«

Neugierig geworden, rückte Lluc näher. »Was schreiben Sie denn?«

»Ich versuche, unsere Familienchronik zu erstellen. Mein Großvater, der große Clanpatriarch, wird im Januar hundert Jahre alt, es soll ein Geschenk zu seinen Ehren werden. Leider fehlt mir ein wichtiger Zweig der Familie, dessen Spur sich vor langer Zeit auf Mallorca verloren hat. Nun bin ich hier, um ihn zu rekonstruieren und meinen Aufenthalt zum Schreiben zu nutzen.«

Madrugada schien beeindruckt. »Hundert Jahre, das ist wirklich beachtlich.«

»Nicht wahr?« Isabel lachte. »Noch beeindruckender ist

seine mentale Verfassung, die unsere ganze Familie in die Tasche steckt. Großvater wird nicht ein Wort der Chronik entgehen, ich sollte besser keine Fehler machen.«

Der Bürgermeister legte Lluc eine Hand auf die Schulter. »Meine liebe Isabel, selbstverständlich stehen ich und Sargento Casasnovas Ihnen mit Rat und Tat zur Seite, sollten Sie seine Hilfe bei Ihrer Recherche benötigen.«

Natürlich. Es wäre Lluc ein Vergnügen, da er ja sonst nichts zu tun hatte. Zwischen den vernachlässigbaren Aufgaben, wie Verbrechen aufzuklären, ein zusammengewürfeltes Team zusammenzuhalten, mit seiner Freundin Schluss zu machen und sich gegen ungerechtfertigte Korruptionsanschuldigen zur Wehr zu setzen, blieb eine Menge Zeit, die er mit nichts Sinnvollem zu füllen wusste.

Nach kurzem Zögern nickte er höflich. »Sie finden mich im Revier der Guardia Civil, wenn ich Ihnen helfen kann.«

»Casasnovas? Wie die Valentes Dones?«, fragte die Condesa, ohne auf das Angebot einzugehen.

»Genau. Meine Vorfahrinnen waren die gefeierten Schwestern.« Das war gelogen. Nur sollten sich die Aristokraten des Festlands nicht einbilden, die Einzigen mit jahrhundertealten Stammbäumen zu sein.

Llucs Tante Marta schwor, in direkter und linearer Verwandtschaft mit Catalina und Francisca Casasnovas zu stehen – genau wie die anderen fünftausend Mallorquiner mit demselben Nachnamen. Gemäß der Überlieferung starb zumindest eine der historischen Schwestern im hohen Alter, ohne Nachfahren zu hinterlassen. Und die Wahrscheinlichkeit hielt sich in engen Grenzen, dass die andere die Urmutter Tausender Sóllerics gewesen sein sollte.

Eine lange Donnerbüchsensalve erklang draußen auf dem Kirchplatz, die vom ohrenbetäubenden Grölen der Besucher übertönt wurde. »Und jetzt kommen wir zum Höhepunkt unseres Dankes«, verkündete Capitán Angelats draußen auf dem Balkon und legte dann eine gewichtige rhetorische Pause ein, unterstrichen von einer ausholenden Armbewegung.

Jubel brach aus. Der lebende rot-weiße Fahnenorganismus tanzte über den hüpfenden Köpfen der Menschen.

Erwartungsvoll drehte Angelats sich um. Doch der Platz neben ihm blieb leer. Die Schwestern Hidalgo waren nicht aufgetaucht.

Lluc sah auf die Uhr. Unruhe krabbelte mit kalten Fingern seinen Rücken hinauf. Hier stimmte etwas überhaupt nicht.

Auf dem Marktplatz ebbte der Applaus ab und wich einer für diesen Abend unnatürlichen Stille, die in ein Raunen überging.

»... unsere Valentes Dones!«, stieß Angelats triumphierend aus. Er trat zur Seite, um Platz für zwei in Bauerntracht gekleidete Frauen zu machen, die er wie ein Magier aus seinem Zylinder gezaubert zu haben schien. Die beiden Mädchen trugen den Rebosillo tief in die Stirn gezogen, winkten mit ausgestreckten Armen und ließen sich von der Menge feiern.

Der Bürgermeister atmete erleichtert aus, lachte künstlich und prostete mit seinem Glas der Gräfin und Rodriguez zu.

Lluc spitzte nachdenklich die Lippen. Die Schauspielscharade fand nicht nur auf dem Balkon statt. Was auch immer den Schwestern Hidalgo widerfahren war, sie standen nicht dort draußen auf der Terrasse. Zwei andere

Frauen waren eingesprungen – wenn Lluc sich nicht täuschte, war die kleinere der beiden die Tochter des Elektrikers aus S'Horta.

Capitán Angelats beendete seine Ansprache. Der lautstarke Enthusiasmus auf der Plaza erreichte seinen Höhepunkt, als die ersten Noten der Balanguera aus den Lautsprechern schallten.

Eine Bewegung ging durch die Menschenmasse, als jeder Teilnehmer des Festivals auf ein Knie fiel. Das Dorf lag mittlerweile vollständig in Dunkelheit gehüllt, und selbst aus der Entfernung des ersten Stocks erkannte Lluc auf den zum Rathausbalkon erhobenen Gesichtern der Menschen Spuren von Ruß und die im Schein der warmen Straßenlaternen glitzernden Tränen der Rührung.

Condesa Isabel sog hörbar die Luft ein und starrte mit aufgerissenen Augen auf das Ereignis unter ihnen. »Was ist das?«

Gänsehaut ließ Lluc frösteln und stellte die feinen Härchen auf seinen Armen auf, als fünftausend Menschen aus vollem Hals die mallorquinische Hymne der Balanguera anstimmten.

Obwohl er Pflichtbesuche im Rathaus hasste, war Lluc dankbar, dem überwältigenden Geschehen von diesem exklusiven Platz aus beiwohnen zu dürfen.

Wenn es sich auch bei den Schlachten am Strand von Port Sóller und der Besetzung des Rathauses um gespielte Inszenierungen handelte, so war das hier echt: Piraten, Bäuerinnen und kniende Bauern, die sich die Arme um die Schultern legten und mit tränenverschleiertem Blick auf Capitán Angellats wie aus einer Kehle die Geschichte der Balanguera sangen. Der Schicksalsspinnerin, die ihrer aller Lebensfäden in den Händen hielt. Die weiße Flagge der Sóllerics wehte im Einklang mit der roten der maurischen Piraten, vereint im gemeinsamen Schicksal.

Lluc blinzelte mehrfach, presste die Lippen zusammen und schluckte.

»Impresionante. Wirklich beeindruckend«, flüsterte Bel gerührt. »Was singen sie? Leider verstehe ich kein Mallorquín.« Ihre Augen schimmerten verdächtig in dem dämmerigen Raum.

»Es ist die inoffizielle mallorquinische Hymne.«

»Ich wusste gar nicht, dass es eine gibt. Wovon handelt sie?«

»Sie besingt die Balanguera, die Spinnerin, die all unsere Bestimmungen in den Stoff der Realität webt.«

Isabel nickte stumm, ohne ihren Blick von den singenden Menschen zu lösen.

Das schrille Klingeln von Llucs Telefon störte die Magie des Moments. Welcher Idiot rief ausgerechnet jetzt an?

Er seufzte und zog das Handy aus der Hosentasche. Es war Fina García. »Was gibt's?«

Seine Kollegin kam direkt auf den Punkt. »Komm sofort an den Strand von Can Generós. Wir haben eine Leiche.«

4

Als Lluc Port Sóller erreichte, war die Sonne gerade in der Hafeneinfahrt versunken und färbte den Horizont über dem Meer blutrot. Die schattige Kontur eines Zweimasters schob sich in der Ferne ins Bild, ein vorbildliches Postkartenmotiv.

Es hatte einige Mühe gekostet, sich ohne großes Aufsehen durch die Menschenmassen auf der Plaza im Dorf zu kämpfen, deren nun schwarz verschmierte Trachten, Kostüme und Freizeitkleidung zu Zeugen des ausgelassenen Feierns geworden waren.

Das letzte Licht verwandelte die Bergspitzen des Penyal des Migdia in flüssiges Gold, während sich hier unten im dunklen Hafen die Fischerboote und Jachten schon von dem leisen Plätschern der Wellen in den Schlaf schaukeln ließen. Die romantische Stimmung wurde nur von drei grün-weißen Fahrzeugen der Guardia Civil gestört, die quer über der Zufahrt zum Strand von Can Generós parkten.

Lluc stellte seinen Dienstwagen daneben ab und stieg aus.

Aus der Ferne hallte mittelalterliche Dudelsack- und Flötenmusik. Die Luft roch nach Sommer – schwerer und samtiger als oben im Dorf, wo der Duft der Orangen- und Zitronenblüte über dem Tal hing. Friedlich, als wäre nichts geschehen.

Er spürte den Sand unter seinen Füßen, als Lluc zu der Beamtengruppe hinter der Promenadenmauer stapfte.

Die große schlanke Gestalt seiner Kollegin Fina García war schon von Weitem auszumachen. Sie wirkte ernst und besorgt, als sie von ihrem Moleskin-Notizbuch aufblickte und sich eine Strähne der perfekt gestylten, schulterlangen dunklen Haare hinters Ohr schob und ihren Montblanc-Kugelschreiber nachdenklich an die Lippen führte. Während der Kuli früher ungeachtet der Tätigkeit wie ein sechster Finger untrennbar mit ihrer Hand verbunden gewesen war, hatte er sich in der Zwischenzeit zu einem bloßen Schreibutensil zurückentwickelt. Vielleicht vertraute Fina mittlerweile einfach darauf, dass niemand im Team ihren kostbaren Stift mitgehen lassen würde.

Sie entdeckte Lluc und winkte ihm zu.

Lluc atmete tief aus und vertrieb das Bild der Hidalgo-Schwestern aus seinen Gedanken. Seitdem sie nicht im Rathaus erschienen waren, schaffte er es nicht, das ungute Gefühl abzuschütteln. Und nun eine Leiche. Wenn er an die morgigen Schlagzeilen dachte …

Die Spurensicherung war schon am Tatort. Umgeben von Koffern und Kisten voller Pulver, Pinsel und anderem Zubehör, bildeten die Mitarbeiter der Criminalística einen Wall um einen Körper am Boden, der die Sicht auf diesen verdeckte. Merkwürdig deplatziert, wie gestrandete Aliens vor dieser romantischen Kulisse, raschelten ihre weißen Schutzanzüge in der sanften Ruhe der heranbrechenden Nacht.

»Der Gerichtsmediziner ist unterwegs.« Fina trat zu Lluc und wies mit dem Kinn auf den Sand. »Ein Desaster. Das können wir jetzt gar nicht gebrauchen.« Sie stellte sich auf die Zehenspitzen und blickte über seine Schulter. »Wo ist Madrugada?«

»Scheiße. Den hab ich in der Eile ganz vergessen.«

»Natürlich total unbeabsichtigt.« Finas Augenbraue schoss in die Höhe.

»Ich kann nichts dafür. Das ist meine SSKS.« Lluc zuckte die Schultern.

»Was soll das denn sein? Eine neue Art von ADHS?«

»Selektive spontan-kognitive Störung. Äußerst hilfreich in der Alltagsbewältigung.«

»Ah. Morbus Lluc.« Fina verdrehte die Augen und wurde dann gleich wieder ernst. »Ich kann es dir nicht verübeln. Madrugada ist unheimlich. Den sollten wir schnellstens loswerden.«

Man steckte so richtig in der Klemme, wenn selbst eine couragierte und selbstbewusste Frau wie Fina, die sogar einem Freddy Krueger von der Elm Street den Marsch geblasen hätte, vom Vertreter der internen Dienstaufsichtsbehörde beunruhigt war.

Doch Lluc nahm erfreut das »Wir« zur Kenntnis. Es hatte einige Zeit und viel Mühe gekostet, bis sich die Kollegen aus dem teamsabotierenden Modus des letzten Jahres zu einer funktionsfähigen Einheit zusammengerauft hatten.

Besonders er und Fina, die ursprünglich seine Nachfolgerin hätte werden sollen, waren ständig aneinandergeraten. Doch im Laufe des letzten Falls hatten sie zwar keine Freundschaft geschlossen, aber immerhin respektierten sie sich nun gegenseitig. Eine Entwicklung, über die Lluc sich freute, denn Fina war eine herausragende Ermittlerin.

Lluc atmete tief durch. »Was haben wir hier?«

Finas Telefon klingelte. Sie signalisierte ihm zu warten und wandte sich ab.

Das jugendliche Gesicht von Catalina Hidalgo drängte sich erneut vor Llucs inneres Auge. Ihre stets geröteten Wangen, erst kürzlich dem Teenageralter entkommen, die er jetzt befürchtete, blass und sandverkrustet auf dem Boden zu entdecken. Er wappnete sich fürs Unaussprechliche.

Ein Mitarbeiter der Spurensicherung pickte zwei Zigarettenkippen aus dem Sand, warf sie in separate Plastiktütchen und verstaute sie in einem der offenen Koffer. Dabei entstand eine Lücke im Wall der hockenden Kollegen, die die Sicht auf das Opfer freigab.

Lluc blinzelte. Sein Blick folgte dem schwarzen Schuh entlang kräftiger Waden in weißen Kniestrümpfen. Er runzelte die Stirn. Catalina Hidalgo war schmal und zierlich. Er trat einen Schritt zur Seite, erweiterte sein Blickfeld und folgte den Strümpfen zu dem Saum grauer Pluderhosen. Das war nicht die Kluft der Valentes Dones. Auf dem Boden lag ein Pages, ein Bauer, in seiner mallorquinischen Tracht.

Lluc drängte sich an den anderen vorbei.

Der Tote lag zusammengekrümmt an der Mauer, den Kopf auf einen angewinkelten Arm gebettet, als hätte er sich schlafen gelegt. Der Sand um seinen Körper schimmerte dunkel und nass. Sein Strohhut hatte sich vom Kopf gelöst und lag hinter dem hellbraunen Schopf gewellter Haare wie der Heiligenschein einer Kirchenikone.

Ein Fotoapparat der Spurensicherung blitzte direkt vor Lluc auf und tauchte den Tatort in grelles Licht. Er kniff die Augen zusammen und wartete, bis die Supernova verlosch.

Fina hatte ihr Telefonat beendet und trat zu ihm. »Federico Fiol, sechsunddreißig Jahre. Er war Klempner im Dorf.«

»Hola, Casasnovas.« Castañer, der Leiter der Spurensicherung, der neben der Leiche hockte, nickte Lluc zu.

»Hab dich schon vermisst, Castañer«, erwiderte Lluc den Gruß. Er mochte den Chef der Los Polvos, der Kollegen mit den Pudern, wie sie die Criminalística intern nannten. Ein kompetenter Mann mit Humor, kein eingebildeter Spinner, von denen viele in Palma herumliefen.

Castañer erhob sich aus der Hocke und richtete sich zur vollen Größe auf. Seine hünenhafte Gestalt wirkte wie ein Duplikat des Leuchtturms Far de Sa Creu, der sich hinter seinem Rücken auf dem Felsen über der Hafeneinfahrt erhob. »Er hat eine Bauchwunde, die die Todesursache sein könnte. Seine Smartwatch wird uns Auskunft über den genauen Todeszeitpunkt geben können.« Er zeigte auf das Handgelenk des Toten, das wie ein Kissen unter seiner Wange lag. »Die gleiche wie meine. Wirklich praktisch. Ich weiß gar nicht, wie ich früher ohne sie gelebt habe.« Castañer hielt sein linkes Handgelenk hoch.

Obwohl sie beide die fünfzig überschritten hatten, war Castañer im Gegensatz zu Lluc ein Technik-Aficionado, ein Liebhaber aller digitalen Errungenschaften, während Lluc sogar damit gehadert hatte, seinen aufziehbaren Wecker gegen einen batteriebetriebenen zu tauschen.

»Hat man den Toten jetzt erst gefunden? Die Wunde hat er sich doch bestimmt in der Schlacht zugezogen.« Lluc sah sich um. Obwohl das Hauptgeschehen des Fests und die Party nun oben im Dorf stattfanden, war der Hafen bevölkert von Spaziergängern und Restaurantbesuchern.

»Er liegt genau hinter der Mauer, deshalb kann man ihn von der Promenade aus nicht sehen.« Nachdenklich betrachtete Fina die Leiche. »Und selbst dann wirkt er, als würde er seinen Rausch ausschlafen.«

»Nach der Autopsie wissen wir mehr. Die Gerichtsmedizinerin ist im Anmarsch.« Castañer wies mit dem Kinn auf eine kleine Frau, die sich unter dem blau-weißen Flatterband der Absperrung hindurchduckte und resolut auf sie zustapfte. Die energischen Schritte wurden durch das Versinken ihrer hohen Blockabsätze im feinen Sand abgemildert.

»Buenas tardes, ich bin Doctora Gomez«, stellte die Frau sich vor, noch bevor sie die Gruppe erreicht hatte.

»Sargento Casasnovas und meine Kollegin Sargento García.« Lluc begrüßte sie mit Handschlag. Gomez' Gesicht war faltenlos und ihr Haar vollständig ergraut, was es schwierig machte, ihr Alter einzuschätzen. Obwohl ihre kleine Statur und die gemütliche Erscheinung auf den ersten Blick harmlos wirkten, hatte sie etwas Respekteinflößendes, und Lluc schien es, als streckten die Mitarbeitenden der Spurensicherung bei ihrer Ankunft die Rücken durch.

Gomez sprach leise, als erwartete sie die Stille, die sich tatsächlich einstellte. Gespräche, Papierrascheln und Kofferkramerei verstummten wie auf ein Signal hin. »Encantada, angenehm.« Sie fixierte Lluc mit wachen braunen Augen. »Sie sind also dieser Casasnovas. Ich freu mich, Sie persönlich kennenzulernen. Habe schon viel von Ihnen gehört.«

Ihr Tonfall ließ keinen Rückschluss zu, ob das ein Kompliment oder ein Vorwurf sein sollte, also nickte er nur.

Erstaunlich geschmeidig, ihren Blockabsätzen zum Trotz,

kniete die Doctora sich in den nassen Sand und begann, den toten Mann zu untersuchen. »Er hat eine Einstichwunde im Abdominalraum, die wahrscheinlich zum Tod geführt hat. Der Rest des Körpers wirkt auf den ersten Blick unverletzt.«

»Können Sie eine erste Schätzung über den Todeszeitpunkt abgeben?«

»Bis zur Autopsie natürlich nur unter Vorbehalt. Aber ich vermute mal seit vier bis sechs Stunden.«

»Die Smartwatch sollte genaue Parameter liefern können. Er trägt das neueste Modell, es hat sogar einen Sensor für die Blutsauerstoffsättigung«, wies Castañer begeistert auf die Vorzüge seiner neuen Errungenschaft hin.

Die Doctora nickte unbeeindruckt und entblößte ihr eigenes Handgelenk, das eine rosé-goldene Version des gleichen Modells zierte.

»Dann ist es während der Schlacht geschehen«, sagte Lluc.

»Ich dachte, die spielen die Schlacht nur?« Fina machte sich Notizen.

»Natürlich ist alles gespielt. Wir hatten niemals einen Unfall, in all den Jahren nicht.« Lluc ließ seinen Blick bis zur nächsten aufgeschütteten Steinmole wandern, die den Strand in mehrere Abschnitte unterteilte. Unzählige Pappbecher und Papiermüll jeder Art verwandelten das für gewöhnlich blitzreine Areal in ein buchstäbliches Schlachtfeld. Ein verlorenes rot-weißes Palästinensertuch lag im hellen Puderzuckersand wie ein Relikt aus der Wüste. »Wird schwierig, hier irgendwelche Spuren zu isolieren.«

»Könnte die Verletzung aus Versehen entstanden sein?« Fina jonglierte ihren Stift zwischen Zeige- und Ringfinger in virtuoser Taschenspielerart, die sie beim Nachdenken zu inspirieren schien.

Lluc zog skeptisch die Brauen in die Höhe. »Mit Plastikschwertern?«

Doctora Gomez ließ sich nicht auf Spekulationen ein. »Wir werden sehen, was die Untersuchung zeigt. Gleich in der Früh mache ich mich an die Autopsie. Sie bekommen den Bericht morgen Mittag.«

Lluc seufzte. Es würde eine lange Nacht werden. Das Festival lief die ganze Woche, und ein Tod gleich zu Beginn warf einen finsteren Schatten auf die ausgelassene Stimmung der Feiernden.

»Unfälle sind während des Es Firó noch nie vorgekommen?« Fina García sah nachdenklich zu, wie Doctora Gomez ihre Untersuchung beendete, sich mit einem klatschenden Geräusch die Gummihandschuhe abstreifte und mit leiser Stimme den Transport der Leiche in die Pathologie anordnete. Der milde, aber verbindliche Tonfall, in dem sie sprach, sorgte bei den anderen für unaufgeregte Effektivität.

Obwohl Fina sich mittlerweile bemühte, im Dorfgefüge ihren Platz zu finden, stach sie noch immer heraus. Erst letztes Jahr war die Kollegin aus dem Hauptsitz der Guardia Civil in Palma zu ihnen nach Sóller gestoßen. Ein Abstieg in die verschlafene Provinz, der nur durch einen in Aussicht gestellten Chefposten als Llucs Nachfolgerin ihr Interesse geweckt hatte. Doch der hatte seine Lektion der Anpassung an veränderte Umstände von seinen jungen Kolleginnen gelernt, die Frührente nicht angetreten und war geblieben – und Fina zu ihrer aller Überraschung ebenfalls.

Lluc schüttelte den Kopf. »Bis vor einigen Jahren war es

ein ziemliches Trinkgelage. Kein Wunder bei gratis Alkoholausschank. Seitdem es den Firó gibt, war ein versuchter Missbrauch die schlimmste Eskalation. Ansonsten nur harmlose Rangeleien betrunkener Jugendlicher.« Lluc kratzte sich über das borstige Kinn, das nun stachelig bleiben durfte in Abwesenheit einer zarten Wange, die sich an ihm rieb. Er verscheuchte den Gedanken an Lucía. Jetzt war nicht die Zeit dafür.

»Grundsätzlich ist es ein sehr friedliches Festival, weil das ganze Dorf sich darauf freut und den symbolischen Wert ernst nimmt.« Egal ob jemand Großveranstaltungen dieser Art mochte – das Fest respektierten alle Sóllerics. »Zu Tode gekommen ist dabei noch niemand. Und ehrlich gesagt, bin ich neugierig, wie das mit den Holz- und Plastikschwertern möglich sein soll.«

»Eher verwunderlich, dass bisher noch nie etwas geschehen ist. Ich habe gesehen, wie die Piraten und Bauern aufeinander losstürmen. Es sah so ernst aus. Voller Eifer.« Fina verzog das Gesicht.

Lluc lächelte bei dem Gedanken. »Sóllerics sind eben gute Schauspieler. Sie identifizieren sich mit ihren Rollen.«

So war es bisher zumindest immer gewesen. Augenblicklich fielen ihm die Hidalgo-Schwestern ein, die ihren Auftritt offenbar nicht besonders ernst genommen hatten.

Lluc machte sich eine mentale Notiz, später das inoffizielle Radio Sóller – seinen Freund Tolo – nach Neuigkeiten zu den zwei Frauen zu befragen. Natürlich waren die Gäste auf dem Sektempfang nicht die Einzigen gewesen, die das skandalöse Fehlen bemerkt hatten. Das halbe Dorf würde sich das Maul zerreißen, bis der nächste lokale Eklat das

Stadtgespräch ablöste. Solange sie in diesem Sonnensystem lebten, waren ein Geschehnis und Tolos Wissen darum untrennbar miteinander verbunden.

Fina sah zur Promenade, die Cafés und Restaurants beherbergte. Ein Krankenwagen parkte mit offenen Hecktüren, wo eine junge Frau in eine Rettungsdecke gehüllt auf der Ladefläche saß und von einem Sanitäter mit einer Blutdruckmanschette versorgt wurde.

»Das ist übrigens Federicos Frau«, wies Fina mit dem Kinn auf den Krankenwagen.

»Wie kommt die so schnell hierher? Selbst mit Autorität und Blaulicht habe ich länger gebraucht.« Die Decke umhüllte die Kleidung der Frau, sodass Lluc keine Kostümierung erkannte, die ihre Teilnahme an dem Festival bestätigt hätte. »Oder war sie die ganze Zeit hier?«

Fina schüttelte den Kopf. »Sie arbeitet in der Bar Rosso, gleich hier vorne an der Promenade, und hat heute den Ausschank auf der Terrasse übernommen. Deshalb war sie sofort zur Stelle, als wir kamen.«

»Hast du sie schon befragt?« Lluc wusste nicht, warum ihn etwas irritierte. Vielleicht waren es einfach nur zu viele Merkwürdigkeiten an diesem Tag.

»Das ist der nächste Punkt auf der Liste. Ich dachte mir, du wärst gerne dabei.«

Lluc blinzelte verstört. Er konnte sich noch immer nicht an die Von-Saulus-zu-Paulus-Metamorphose seiner Kollegin gewöhnen, die früher keine Mühe gescheut hatte, aus Prinzip die Gegenposition zu Lluc einzunehmen.

»Sie steht unter Schock, die Sanitäter haben ihr ein Beruhigungsmittel verabreicht.«

»Lass uns kurz mit ihr sprechen.«

Als sie zum Krankenwagen traten, sich vorstellten und ihr Beileid aussprachen, sah die junge Frau mit verquollenen Augen auf und nickte. »Nuria Vega.« Schmale Nase, spitzes Kinn, blonde Strähnen, die sich durch das brünette Haar zogen. Ein bitterer Zug umspielte ihren Mund.

Nuria drückte sich ein schon feuchtes Taschentuch ans Auge. »Entschuldigen Sie bitte, ich kann es immer noch nicht fassen.« Sie schnäuzte sich geräuschvoll. »War es ein Unfall? Ich habe ihm immer gesagt, er übertreibt es mit seinem Kunst-des-Krieges-Scheiß.«

»Kunst des Krieges? Wie in Sun Tzu?«

»Sie kennen das?« Sie schnäuzte ins zerknüllte Taschentuch und sah Lluc erstaunt an. »Ich dachte, er sei der einzige Spinner.«

Lluc setzte zu einer Erklärung an, doch Fina kam ihm zuvor. »Entschuldigen Sie, wenn wir Sie nach dieser schmerzhaften Nachricht mit Fragen bedrängen«

»Hatte Federico irgendwelche Feinde?«, kam Lluc zurück auf den Punkt.

»Feinde?« Nuria sah sie verwirrt an. »Ich dachte, es sei ein Unfall während der Schlacht gewesen? Federico kannte fast jeden hier im Dorf. Er hatte viele Freunde. Ich glaube nicht, dass er mit irgendeinem von denen Streit hatte.« Sie blickte Fina erwartungsvoll an und fuhr fort, als keine Antwort kam. »Wollen Sie damit andeuten, er wurde getötet? Wer sollte so etwas tun?« Die Überraschung in ihrer Stimme spiegelte sich nicht in ihren Augen wider. Schnell wischte sie sich mit dem Taschentuch übers Gesicht und verteilte dunkle Schlieren der Wimperntusche auf ihren blassen Wangen.

»Nur Routinefragen.«

»Er hat die Firó so geliebt, dafür trainiert … wie ein kleiner Junge. Als müsste er tatsächlich Piraten bekämpfen und sein Dorf vor der Vernichtung retten.«

»Und hier kam dann Sun Tzu ins Spiel«, mutmaßte Lluc.

»Schön wär's.« Nuria Vega lächelte traurig. »So hätte sich der Quatsch ja bis zum nächsten Firó erledigt.«

»Was dürfen wir uns darunter vorstellen?«

Überfordert winkte die Frau ab. »Strategisches Handeln im Alltag. Hat ihn ja weit gebracht.« Wieder rollten Tränen. »Entschuldigen Sie, mir geht es nicht gut.«

»Wie war seine berufliche Situation?«

»Er ist … war Fontanero.« Wieder begann sie zu weinen. »Selbstständiger Klempner.«

Lluc nickte nachdenklich. Ein strategisch denkender Handwerker. Sehr unüblich für Mallorca. »Wirkte er irgendwie anders, besorgter oder gereizter als sonst in letzter Zeit?«

Nuria zögerte erneut. »Ganz im Gegenteil. Er wirkte beschwingter, fast als … « Sie sah aufs Meer hinaus, wo ihr Blick sich in der Schwärze verlor.

»Fast als was?«

Nuria schüttelte den Kopf. »Nichts, nur so eine Idee. Er hatte große Pläne für seine Zukunft. Wollte etwas aus seinem Leben machen, und es schien sich tatsächlich alles in die richtige Richtung zu bewegen. Und jetzt …« Ihre Stimme brach.

»Unsere Mitarbeiterin wird sicherlich noch einmal auf Sie zurückkommen. Falls Ihnen noch etwas einfällt, bitte zögern Sie nicht, uns anzurufen.« Lluc reichte Ihr eine Visitenkarte und verabschiedete sich.

Fina folgte mit ihrem Blick dem Verlauf der Straßenlaternen auf der Promenade, wo montierte Kameras das Hafengeschehen aufzeichneten. »Wenn es ein Unfall war, wird es schwierig, den Fall aufzulösen. Da waren Hunderte von Menschen am Strand.«

Lluc nickte. »Eine lange Nacht voller Kameraauswertungen. Wobei fraglich ist, ob wir viel erkennen werden.« Dafür brauchten sie alle Arbeitskräfte, die sie mobilisieren konnten. Lluc holte sein Telefon aus der Hosentasche. »Zeit, Gual zurückzuholen.«

Noch bevor er die Nummer seiner Assistentin wählen konnte, klingelte das Handy in seiner Hand.

Lluc runzelte die Stirn. »Das ist Vicente.« Vielleicht hatte der Kollege, der den Telefondienst im Revier belegte, schon erste Hinweise.

»Was gibt's?«

»Sargento, wo sind Sie?«

»Am Strand von Can Generós.«

Vicente, die friedliche Seele des Reviers, schien ebenfalls das Land der Ruhe verlassen zu haben. Vor Aufregung überschlug sich seine Stimme. »Was für ein Glück, dass Sie noch dort sind. Im Dorf gibt es kein Durchkommen, die Straßen sind verstopft. Alles voller Menschen, als hätten sie noch nie den Firó besucht.«

Vicente holte tief Luft, und Lluc wartete auf den Grund seines Anrufs. Der Kollege rief nie aus Langeweile an, das erledigte meistens Gual, die erstaunlicherweise kein Update über ihre kleine Tochter übermittelt hatte.

»Sargento, gehen Sie bitte sofort an die Platja d'en Repic. Am Strandabschnitt vor dem Burger-Restaurant wurde eine weitere Leiche gefunden.«

5

Die andere Seite des nierenförmigen Naturhafens lag schon in Dunkelheit getaucht, als Lluc und Fina den Tatort erreichten.

Das Zusammenpacken ihrer Utensilien und der Abtransport des Toten von Can Generós würde die Spurensicherung und die Gerichtsmedizinerin noch einige Zeit aufhalten, weswegen Lluc und Fina als Erste am Strand von d'en Repic eintrafen.

Auch hier säumten Lokale, Geschäfte und Cafés die Promenade, von einer niedrigen Steinmauer vom Badestrand getrennt. Ein Stück weiter begann der felsige Schenkel des Hafens, wo die Straße zum Leuchtturm von Cap Gros hinaufführte. Dort lag das Agapanto, von dessen fackelbeleuchteter Terrasse die jazzigen Klänge eines Live-Saxofons über die Bucht wehten. Maria, die Besitzerin, veranstaltete einen ihrer musikalischen Abende, die das Restaurant zum romantischsten des Ports machten, in dem Lluc viele Sommernächte mit Lucía genossen hatte.

Der Gedanke an seine Ex-Freundin wurde augenblicklich von einer jungen Frau vertrieben, die vor dem Burger-Lokal wartete und ihnen aufgeregt entgegenkam.

Das sonst belebte Restaurant lag im Halbdunkeln und wirkte geschlossen. Nur eine Lampe im Eingangsbereich und die Notbeleuchtung im Innenraum spendeten schummeriges Licht.

Klein, schlank und in schwarze Jeans und T-Shirt gekleidet, fuhr sich die Frau in nervöser Geste durch die braunen Locken, um dann ihre Hände in einer verkrampften Verschränkung zur Ruhe zu zwingen. »Gut, dass Sie da sind. Ich wusste nicht, was ich machen sollte. Ich glaube, er ist tot. Dort hinter der Mauer. Ich … « die Worte sprudelten aus ihrem Mund, und sie holte Luft, um Nachschub aus den Tiefen ihrer Kehle zu formen.

Lluc und Fina wechselten einen Blick und rannten gleichzeitig auf den Strand zu.

Auf dieser Seite des Hafens senkte der Sand sich nicht zum Wasser ab, sondern verlief auf gleicher Ebene mit dem Spazierweg.

Hinter der flachen Mauer, eingebettet zwischen zerknüllten Pappbechern, einer leeren Plastiktüte des lokalen Supermarkts und anderem im Dunkeln nicht identifizierbarem Unrat, befand sich bäuchlings der ausgestreckte Körper eines Mannes.

Eine brokatbestickte hellgrüne Weste, weite lila Hose und ein schwarz-weißes, in Freibeuterfasson um den Kopf gebundenes Palästinensertuch identifizierten ihn als aktiven Teilnehmer der Piratenfraktion des Festivals. Der rechte Fuß ruhte in abgespreizter Stellung im Sand.

Lluc aktivierte seine Handytaschenlampe, kniete sich hin und leuchtete.

Auf den ersten Blick stellte er keine Verletzung fest.

Der Kopf des Mannes lag zur Seite gedreht mit dem Gesicht zur Mauer, halb stranguliert von zahlreichen Lederbändern und Metallketten, die sich beim Niederlegen um seinen Hals gewirrt hatten.

Lluc schob den Schmuck und die Enden der Kopfbedeckung beiseite und fühlte den Puls am Hals.

»Er ist tot.« Er richtete sich auf und sah Fina an.

Das Blaulicht eines eintreffenden Einsatzwagens reflektierte gespenstisch auf ihrem Gesicht. Der Streifenwagen der Guardia Civil bremste vor der Promenadenmauer ab, die Türen flogen auf, zwei uniformierte Beamte sprangen heraus. Castañers langer Körper schälte sich vom Rücksitz des kleinen Fahrzeugs.

Während die Polizisten mit der Tatortabriegelung begannen, stapfte der Chef der Spurensicherung trotz Plastiküberzug an den Füßen geübt an den Strand. »Ich bin schon da.« Noch immer in den weißen Schutzanzug gehüllt, watete er durch den Sand und legte atemlos seinen schweren Koffer auf dem Boden ab. »Die anderen beenden drüben die Dokumentation und kommen gleich nach. Wir können also beginnen.«

Lluc und Fina halfen, in Windeseile eine große Leuchte aufzustellen, die den Strandabschnitt erhellte. Der Unterschied und Gegensatz zum romantischen Fackellicht des Agapanto schmerzte in den Augen.

Nachdem Castañer seine Fotos geschossen hatte, die die Position der Leiche dokumentierten, drehte Lluc den Körper auf den Rücken.

Der Schock traf ihn unerwartet.

Der Tote war jung, praktisch noch ein Kind. Das Gesicht glatt und schmal, ohne die Schatten eines sich abzeichnenden Bartwuchses, die Stupsnase übersät mit jugendlichen

Sommersprossen. Nasse Strähnen des dunklen Haares klebten ihm auf der sandverkrusteten Stirn und verdeckten die geschlossenen Augen.

Die Vorderseite seiner Weste wies auf Bauchhöhe das Batikmuster eines zerlaufenen Flecks auf.

»Ach, du Scheiße. Was ist das heute, die Nacht der Unfälle?« Fina zog ihr Telefon aus der Tasche und wählte. »Es sieht genauso aus wie bei dem anderen. Ich sag Doctora Gomez Bescheid.«

Lluc starrte auf das verkrustete Meer des geronnenen Blutes auf dem Bauch des Opfers. Er mochte nicht älter als Llucs Nachbarsjunge Jaime sein. Siebzehn, vielleicht auch schon achtzehn.

Nachdem er sich Handschuhe übergezogen hatte, untersuchte Lluc die Taschen der seidigen Hose. Erstaunlicherweise trug der Junge kein Handy mit sich, obwohl sie doch in diesem Alter mit dem Telefon so verwachsen schienen wie … früher Fina mit ihrem Montblanc-Stift. Die rechte Hosentasche war leer, doch aus der linken fischte er eine Personalausweiskarte und einen Fünfzigeuroschein. »Juan Carlos Romero, aus Sóller. Achtzehn junge Jahre.« Lluc seufzte.

Ein Toter im Gerangel der Schlacht mochte als Unfall durchgehen – doch zwei?

Zu viel des Zufalls, der häufig als Synonym für Gesetzmäßigkeiten missbraucht wurde, denen noch keine kausale Erklärung zugrunde lag. Was nicht hieß, dass es keine gab. Lluc zählte nicht zu den Anhängern der Theorien über Aliens oder vorherbestimmtes Schicksal. Er glaubte nicht an Spuk. Und schon gar nicht an Zufälle. Seine Bibel basierte auf Logik und gesundem Menschenverstand.

Fina beendete ihren Anruf. »Die Doctora ist gleich da.«

Lluc sah zum Burger-Lokal hinüber, wo auf der Terrasse Tische und Stühle zusammengerafft und angekettet im dämmrigen Licht der Straßenlaterne die Nachtruhe antraten. »Lass uns die Kellnerin befragen.«

Das Mädchen saß an einem Ecktisch neben der Theke, der im Vergleich zum Rest des Raumes wie ein Weihnachtsbaum strahlte. Diverse eingeschaltete Wandlampen leuchteten die Ecke aus, und sogar die neue Stumpenkerze in dem Windlichtglas auf der kleinen Tischplatte brannte mit langer Flamme. Licht, das Antidot zum Tod.

Sie sprang von ihrem Hocker auf. »Ist er tot?« Der Duft von Hochprozentigem hing in ihrem Atem, den Lluc einige Minuten zuvor noch nicht wahrgenommen hatte.

Er nickte. »Leider ja. Sargento Casasnovas, und das hier ist meine Kollegin, Sargento García. Wir hatten uns noch nicht vorgestellt.«

Sie nickte eingeschüchtert und schüttelte Llucs ausgestreckte Hand. »Susana Oliver.«

»Können Sie uns bitte berichten, wie Sie den Mann entdeckt haben? Immerhin liegt er direkt hinter der Mauer. Wie haben Sie ihn gesehen?«

Susanas Blick hüpfte ängstlich von Fina zu Lluc und zurück. »Ich bin von Santa Catalina hierherspaziert und habe das letzte Stück am Strand zurückgelegt. Barfuß.« Sie zeigte auf ihre Füße, die nun in schwarzen Plateauturnschuhen steckten. »Es ist momentan so heiß, und ich finde es erfrischend, durch den Sand zu laufen. Außerdem ist das Grounding gut für die Gesundheit. Da ich im dritten Stock einer Mietwohnung lebe, nutze ich den Weg zur Arbeit immer für etwas Grounding.«

Lluc nickte ernst, als wüsste er, was dieses *Grounding* bedeutete. Er würde später Fina fragen, dessen regungsloses Gesicht auf Verständnis deutete. Jetzt erforderten zwei Tote mit unbekanntem Tatgeschehen seine Aufmerksamkeit. »Ihr habt heute geschlossen?«

Susana folgte seinem Blick in den dämmrigen Innenraum. »Montags ist immer Ruhetag. Ausnahmsweise hatten wir heute über Mittag geöffnet, wegen der Schlachten und der Feier. Meine Kollegen hatten Dienst.« Sie sah verstohlen zu einem Glas auf dem Tisch. »Ich trage für das Restaurantmanagement die Verantwortung und bin eigentlich nur hier, um sicherzustellen, dass für morgen alles bereit ist. Zu Mittag ist eine große private Veranstaltung mit geschlossener Gesellschaft gebucht. Sollte etwas fehlen, müssen wir es morgens besorgen.«

»Wann sind Sie im Restaurant angekommen?«

»Die genaue Uhrzeit kann ich Ihnen nicht sagen, aber mein Anruf ist bestimmt aufgezeichnet. Ich war zur Balanguera im Dorf, hab zu Hause die Klamotten gewechselt und mich auf den Weg hierher gemacht. Sie wissen ja, wie rußverschmiert und schmutzig man nach dem Firó ist.« Susana zögerte kurz, ergriff das Glas und nahm einen hörbaren Schluck. »Er lag dort an der Mauer, als schliefe er. Was während des Firós in Anbetracht des fließenden Alkohols keinen außergewöhnlichen Anblick darstellt. Aber sein Fuß war so merkwürdig abgewinkelt, dass ich dachte, er hätte sich verletzt.«

Auch Lluc war die seltsame Stellung aufgefallen.

»Also fragte ich, ob es ihm gut ginge, worauf er nicht antwortete.«

»Was geschah dann?«

»Dann kam dieser große Hund angelaufen, direkt auf ihn zu. Er schnüffelte an ihm und bellte. Das hätte sogar Lazarus von den Toten aufgeweckt. Ihn aber nicht. Da wurde mir mulmig.« Susana nippte erneut an ihrem Glas und wischte sich mit dem Handrücken über die Lippen. »Ich habe mich zu ihm heruntergebeugt und an seiner Schulter gerüttelt.«

Gedankenversunken drehte sie das Glas in ihrer Hand und starrte auf die zerkratzte Holzplatte des Tisches. Entsetzen hatte sich in ihr knochiges Gesicht gegraben, das nur aus den aufgerissenen Augen zu bestehen schien. »Er war kalt und fühlte sich merkwürdig steif an.« Sie nahm einen weiteren Schluck, als müsste sie die Erinnerung an die Berührung fortspülen. »Da habe ich dann die Polizei angerufen.«

»Waren irgendwelche anderen Leute in der Gegend? Was ist mit dem Halter dieses Hundes?«

Susana zuckte mit den schmalen Schultern. »Als ich mich wieder erhob, war das Tier weg. Und sein Herrchen habe ich nicht gesehen.«

Lluc hakte nicht weiter nach, da der Tod schon viel früher erfolgt war, wie die eingesetzte Leichenstarre vermuten ließ.

Nachdenklich warf Lluc einen Blick durch die Fensterfront des Lokals, hinaus über den menschenleeren Strand aufs Wasser. Das rhythmische Lichtsignal des Leuchtturms zerschnitt die Tintenschwärze und zauberte silbrig funkelnde Wellen in seinen langen Scheinwerferkegel.

Lucs Telefon klingelte. Gual.

Er entschuldigte sich, entfernte sich vom Tisch und nahm ab. »Ich hoffe, der Durchfall ist ausgetrocknet.«

»Nicht ganz, er hat jetzt eine Farbe angenommen, die darauf hindeutet, dass …«

Guals Liebe zum Detail übertraf sicherlich sogar die zu ihrem Ehemann, und da mangelte es gewiss nicht an Gefühl. Sie hatte sich der Gleichberechtigung auf ganzer Linie verschrieben, was nicht bei Geschlechterfragen endete, sondern das Motto lebte, dass kein Ding einem anderen unterzuordnen war. Zu der Kategorie Ding zählten alle beweglichen und unbeweglichen, von Leben erfüllten oder daran mangelnden Begrifflichkeiten wie zum Beispiel auch Fakten.

»In Ordnung, mach meinetwegen ein Foto von der Windel, das du mir dann gerne zeigen kannst. Aber komm sofort zur Platja d'en Repic. Wenn du schon vom Tod redest: Wir haben zwei Leichen am Strand.«

»Warum sagst du das denn nicht gleich, sondern schwafelst von Durchfall?« Guals zu nahe in den Hörer gehauchtes Schnauben rauschte durch die Leitung. Eine Tür fiel ins Schloss, Schritte klackten über harten Boden. »Bin schon auf dem Weg.«

6

Das gelbe Deckenlicht im Polizeirevier warf lange Schatten auf den Fliesenboden des Gemeinschaftsbüros.

Lluc rieb sich die brennenden Augen. Auch Gual blinzelte ermüdet vor den Auswertungen auf ihrem Computerschirm, während Fina ungeniert über ihrer fünften Tasse Kaffee gähnte.

Es war schon weit nach Mitternacht. Die mobilisierten Hilfskräfte der Guardia Civil und des zweiten Polizeikörpers der Policia Local waren nach stundenlangem Wälzen der Videoaufnahmen schlafen gegangen, ohne einen Erfolg zu verzeichnen.

Im Büro herrschte ungewohnte Stille nach dem Vielklang eingespielter Kamerasequenzen, Telefongeklingel und den besorgten Stimmen der Mitarbeiter an den Apparaten, die Hinweise der Sóllerics entgegengenommen hatten.

Auch Miguel Ballester war geblieben, und streckte seine langen Arme und Beine aus. Der Kollege war vor einem halben Jahr von seiner Fortbildung auf dem Festland ins Dorf zurückgekehrt, um bis zum Antritt seines neuen Postens mit ihnen die Stellung zu halten. Höhere Gehaltsstufe, größere Wohnung, andere Abteilung, Palma. Dafür hatte er sechs Monate die Seminarbank gedrückt und Bücher über Wirtschaftskriminalistik gewälzt. Was wie eine bezahlte Urlaubseinlage in der Zwischenstation Tramuntana erschienen war, erforderte nun überraschenderweise doch Einsatz.

»Mir flirrt alles vor den Augen. Ich kann nicht mehr klar denken.« Miguel fuhr sich mit seinen Prankenhänden über die dunklen Knopfaugen. Groß, breit und gemütlich wie ein Braunbär, wobei sich die Assoziation auf die honigschleckend-friedfertige Variante bezog.

Lluc warf einen Blick hinaus in den Patio, doch anstatt blühender Zitronenbäume schlug ihm nur Finsternis entgegen. Auch die Bergspitzen des L'Ofre, die sich bei seinem gewöhnlichen Ausblick im Hintergrund über die mediterranen Dächer des Dorfes schoben, versanken jetzt im schwarzen Loch der mondlosen Nacht. Die Lichter vereinzelter Häuser oben im Gebirge leuchteten winzig in dunkler Höhe, als wären sie Sterne.

Nur die Zikaden waren wach und gaben ihr kostenloses Nachtkonzert.

»Wir sind auf uns allein gestellt. Noch hat Palma kein Team geschickt, das die Ermittlung leiten soll.« Lluc strich über sein dunkles Haar, das dringend wieder einen Schnitt benötigte.

»Normalerweise würde ich mich darüber freuen. Wer braucht schon dieses Zuständigkeitsgerangel für tragische Unfälle. Aber wenigstens sind wir Madrugada los. Er ist vom Rathaus direkt nach Palma gefahren und hat wahrscheinlich gar nichts mitbekommen.« Fina García verdrehte die Augen, doch Lluc entging nicht der aufständische Zug um den Mund, der sich einstellte, wenn ihr Ermittlerehrgeiz im Begriff war, eine öffentliche Aufwartung zu machen. »Doch Tausende von Menschen auf einem Haufen – wie sollen wir das alleine aufklären?« Sie legte in gespielter Verzweiflung die Stirn auf der Tischplatte ab und verschwand unter einem dichten Fächer ihrer dunklen Haare, der dabei einen Hauch Parfüm in die stickige Büroluft sandte.

Die Startschwierigkeiten mit der Kollegin aus Palma hatten sich glücklicherweise aufgelöst. Was nicht bedeutete, dass sie nun singend in den Sonnenuntergang ritten und mit einem Wenn-sie-nicht-gestorben-sind-dann-leben-sie-noch-heute ihre Eintracht besiegelten.

Fina zeigte fast wöchentlich neue, überraschende Seiten. Erst letzte Woche hatte sie unaufgefordert Guals Schicht übernommen, damit diese einen Arzttermin mit ihrer kleinen Tochter wahrnehmen konnte. Um Gual dann am nächsten Tag, als sie Fina ihr Entgegenkommen zurückzahlen wollte, fast den Kopf abzureißen. Es sei eine Gefälligkeit gewesen, kein Tauschgeschäft.

»Gual, fass doch bitte noch einmal zusammen, was wir über die zwei Opfer wissen.«

Seine Assistentin setzte sich aufrecht und schüttelte ihren hellbraunen Stufenschnitt.

Auch wenn alle im Revier sich beim Vornamen nannten, benutzte niemand Guals.

Francisca.

Lluc vermochte den Grund nicht zu sagen. Möglicherweise weil gefühlt jede zweite Frau im Dorf so hieß und Gual somit auf die Stufe normaler Durchschnittlichkeit befördert hätte, die ihr nicht gerecht wurde. Es mochte viele Franciscas geben, doch nur eine Gual.

Obwohl sie mit achtunddreißig etwas jünger als Fina war, wirkte sie reifer. Das lag möglicherweise auch daran, dass sie ihre Kleidung aus dem lokalen Shop im Carrer de sa Lluna bezog, in der auch Llucs Mutter und Tanten den *letzten Schrei* von der Stange kauften. Sóller setzte auf Tradition.

Gual brachte ihre Notizen in Form, was beinhaltete, Ecke auf Ecke zu legen und die Blätter zentriert vor sich auf dem Tisch zu positionieren.

Fina beobachtete den Prozess und knibbelte an einer vermeintlichen Macke ihres perfekt lackierten Daumennagels. »Warum legst du eigentlich die Blätter immer so hin?«

»Jede andere Formation behindert mein Denken«, entgegnete Gual, ohne mit einer ihrer azurblau getuschten Wimpern zu zucken. »Die Identität des ersten Mannes konnten wir aufgrund seiner Papiere feststellen und von seiner Frau bestätigen lassen. Federico Fiol, sechsunddreißig Jahre alt. Verheiratet. Er ist Klempner mit eigener Firma und passionierter Bauer beim Es Firó«, las sie ab.

Sorgsam legte sie das Blatt zur Seite und zentrierte das nächste Papier vor sich, auf dem nur zwei Zeilen standen. Gual starrte drauf. »Der Zweite ist nicht ganz so einfach. Ich finde ihn nicht.«

»Was soll das heißen? Er trug doch einen Ausweis bei sich?« Fina sah Lluc fragend an, der nur die Schultern zuckte. »Juan Carlos Romero. Du hast ihn doch selber aus seiner Hosentasche gezogen.«

»Das ist ja das Problem. Als ich seine Angehörigen informieren wollte und im Melderegister nachschlug, gab es niemanden mit dem Namen, Geburtsdatum oder der Adresse. Auch in der zentralen Datenbank der Guardia Civil nicht. In der Gerichtsmedizin erreiche ich keinen mehr. Wir müssen gleich morgen früh die Fingerabdrücke abgleichen und sie durch das Register laufen lassen.«

»Es gibt die Person nicht?« Fina zog die Brauen bis zur knappen Wiedervereinigung zusammen und wippte ihren Stift zwischen Daumen und Zeigefinger.

»Der Ausweis ist gefälscht.«

Lluc war ebenso überrascht wie Fina. »Für mich sah er ziemlich echt aus. Das muss ein Irrtum sein.«

»Es war dunkel, Lluc. Ihr habt einen Toten untersucht, keine Razzia in einem Klub illegaler Einwanderer durchgeführt. Ich habe es überprüft. Es ist eine Fälschung. Eine äußerst gute. Nichts, was man an der Ecke bekommt.«

»Ich wüsste nicht, wo man als Achtzehnjähriger falsche Papiere – egal welcher Qualität – auf der Straße erwirbt. Auch nicht als Fünfzigjähriger.«

»Wofür braucht ein Jugendlicher einen gefälschten Ausweis?«

Das war die große Frage.

Fina notierte sich etwas in ihrem Moleskin und ließ dann nachdenklich die Stiftkappe über ihr Kinn tanzen. »Was auch der Grund sein möge. Meine Theorie bleibt bestehen. Es waren zwei Unfälle. Voneinander unabhängig. Das Brot fällt immer auf die Marmeladenseite. Murphy's Law. Pech. Nennt es, wie ihr wollt.«

Miguels Stuhl knarzte gefährlich, als er das Gewicht seines Oberkörpers nach vorne beugte. »Und der Ausweis?«

»Was weiß ich?« Fina hob resigniert die Hände. »Ein Jugendlicher, der zu viel fernsieht? Jason Bourne zum Vorbild nimmt? Sich wichtigmacht oder rebellisch fühlt?«

»Wichtig fühlen und Rebellion sind die Kardinalsymptome eines Teenagers, zumindest aus dem Fundus meiner bescheidenen Jugenderfahrung geschöpft.« Lluc kratzte sich übers borstige Kinn, ein Geräusch, das ihn mittlerweile beruhigte. »Mir sind das zu viele Zufälle. Es muss einen Zusammenhang geben.«

»Welchen?«

Er zuckte die Schultern. »Einen, den wir noch nicht kennen. Dafür brauchen wir die Identität des Jungen. Dann suchen wir den gemeinsamen Nenner. Vielleicht entdeckt jemand doch etwas auf dem Video.«

Fina schürzte die Lippen. »Die Videos sind ein Desaster. Weiterhin tippe ich auf Unfälle im Gedränge.«

»Gleich zwei?«

»Eine kleine Quote bei Tausenden von Menschen.«

Fina nahm einen Schluck aus ihrer dampfenden Kaffeetasse und verzog das Gesicht. »Das Zeug ist so stark, dass ich vermutlich erst morgen Abend wieder schlafen werde. Was wohl Sinn der Sache war.« Sie pustete geräuschvoll in die Tasse und nippte vorsichtig.

Gual zauberte ein Fläschchen Desinfektionsgel aus ihrer Minitasche, in die kaum ein Päckchen Taschentücher passte, drückte sich eine Wurst auf die Handfläche und rieb es ein, als müsste sie sich von dem Albtraum des Abends reinwaschen. »So etwas ist noch nie passiert. Ich kann mir das nicht erklären.«

»Ich kann mir nicht erklären, warum es nicht schon *früher* passiert ist.« Fina unterstrich jedes Wort mit einem Klopfen ihres Kugelschreibers auf der Tischplatte. »Ihr seid zu nah dran. Lasst euch deshalb von einer neutralen Außenstehenden gesagt sein: Da waren Hunderte, nein Tausende von

Menschen auf engstem Raum am Strand, die aufeinander zuliefen, um sich zu prügeln. Wie kann euch ein Ereignis wie heute überraschen?«

»Sie haben sich nicht geprügelt. Sie haben eine Schlacht nachgestellt«, berichtigte Gual.

Lluc verbiss sich einen Kommentar zur *neutralen Außenstehenden.*

»Wegen des Ausfalls der letzten Feste haben dieses Jahr doppelt so viele Menschen teilgenommen. Richtig?« Fina öffnete ihre lederne Computertasche, kramte aus den Tiefen ein Haargummi heraus und zwirbelte die Haare zu einem Dutt.

Lluc nickte. »Das lässt sich nicht leugnen.«

»Eben. Zweimal so viele Leute mit Schwertern, die aufeinander einhauen?«

»Wenn du das sagst, klingt es barbarisch und primitiv.« Gual presste ihre perlmuttschimmernden Lippen zusammen und fixierte die Kollegin.

Doch Fina hielt dem Blick stand und verschränkte die Arme vor der Brust. »Die moralisch hohe Bedeutung ist mir bisher entgangen.«

Bevor der Disput in einer Zeit- und Ressourcenverschwendung endete, grätschte Lluc dazwischen. »Den Leuten im Dorf bedeutet dieses Fest viel, Fina. Es hat sentimentalen Wert.«

»Diese Piratengeschichte ist fast fünfhundert Jahre her.«

»Umso mehr Grund, Jahrhunderte von Freiheit zu feiern. Wir sehen es als unseren Independence Day.«

»Unabhängigkeit von zivilisiertem Denken und Handeln?«

Lluc seufzte. Es war spät, und sie mussten zwei Tode aufklären. Schnellstens. Zwei Leichen – ein Drama für das Fest, ein Skandal für den Ort. »Wir sehen das hier anders: Sóller hat sich als Vorreiter der modernen Emanzipationsbewegung erwiesen, als schon 1561 das Dorf den Sieg gegen die Piraten nur mithilfe der Valentes Dones, der mutigen Frauen, davongetragen hatte.«

Fina wirkte unbeeindruckt, ließ das Thema aber ruhen. »Wie sehen unsere nächsten Schritte aus?«

»Wir müssen alle Augenzeugen befragen, die die beiden Männer während der Schlacht gesehen haben.«

»Wie sollen wir das bewerkstelligen? Ein Zeitungsaufruf?«

»Das habe ich zusätzlich im Sinn. Als Erstes sind die Assoziationen zu vernehmen. Die Präsidenten der Bauern- und Piratenvereinigung sind avisiert und finden sich morgen früh zur Befragung ein. Ich habe ihnen nahegelegt, auch bei den Mitgliedern vorzufühlen.«

»Die sind alle im Halbkoma, das bringt heute nichts. Selbst wenn die Nachricht sie im Chaos des Festes erreichen sollte, sind die meisten wohl zu betrunken, um einen klaren Gedanken zu fassen.«

Die Müdigkeit und Angespanntheit des Tages forderten von allen ihren Tribut. Finas Strategie des Advocatus Diaboli, des Anwalts des Teufels, brachte für gewöhnlich neue Ansatzpunkte. Doch langsam verlor auch Lluc die Geduld. »Deshalb sagte ich ja *morgen*.«

»Hoffentlich ist nicht im Zuge des Rauschnebels die Erinnerung verschwunden, wenn schon das Gehirn zur Größe einer Hülsenfrucht schrumpft.«

Lluc seufzte erschlagen. »Wir werden das Rätsel heute Nacht nicht lösen. Die Autopsie wird ebenfalls einige Fragen beantworten. Lasst uns Schluss machen.«

7

Die Straße von Son Sales lag in absoluter Finsternis, als Lluc die Auffahrt zu seinem Grundstück abbog.

Auf dieser Seite des Tales, in der alte Sandsteinfincas im mediterranen Stil dominierten, war die Straßenbeleuchtung nur spärlich verteilt und Lichtverschmutzung ein Fremdwort.

Obwohl es schon nach zwei Uhr morgens war, meldete sich die Erinnerung an die von seiner Nachbarin Joana zubereitete Zwiebelsepia, die in Llucs leerem Kühlschrank ein einsiedlerisches Dasein fristete. Sein letztes Mahl – Linseneintopf mit Chorizo-Wurst – lag viele Stunden zurück. Joana besaß ein Herz für einsame Junggesellen mit zwei linken Händen am Herd, und solange sie ihn mit Tupperdosen an ihrer gemeinsamen Oleanderhecke erwartete, korrigierte Lluc das Missverständnis nicht. Er war nicht einsam.

Er freute sich auf eine heiße Dusche, um die Ereignisse des Tages abzuwaschen und den Kopf freizubekommen. Zumindest für heute Nacht.

Lluc stieg aus dem verbeulten Jeep und atmete tief die kühle Nachtluft ein. Intensiver Orangenblütenduft und das Zirpen der Grillen begrüßten ihn aus dem wilden Garten, der sich in der Dunkelheit verbarg.

Das Haus lag in absoluter Finsternis.

Schritte auf dem Kiesweg, ein Hecheln und etwas Warmes, Pelziges, das sich an sein Bein schmiegte.

»Hola, Iago.« Llucs Hand fuhr gedankenverloren durch das dichte Fell des Berner Sennenhundes, der ihm zum Haus folgte.

Die automatische Außenbeleuchtung mit Bewegungsmeldern schaltete sich ein, als sie die Terrasse betraten.

Lluc ignorierte das Schachbrett, an dem er mit Joanas Enkel Jaime jeden Tag einen Zug spielte. Lluc setzte seinen für gewöhnlich morgens, um am Abend die Antwort des Jungen zu erhalten.

Der Junge war ein verdammtes Genie, und sich von einem Achtzehnjährigen einnorden zu lassen, beleidigte Llucs mallorquinischen Stolz.

Er fütterte Iago und begab sich ins Bad. Das warme Prasseln des Wassers massierte seine verspannten Schultermuskeln und löste die Verhärtungen des Tages. Duschen sollte zu einer Meditationstechnik erhoben werden, denn nur Wandern in der Natur bereinigte die Gedanken noch schneller als das wohlige Nass.

Den Kopf gegen die Steinkacheln gelehnt, rieb er sich die juckenden Lider. Wie erwartet hatte das Videomaterial außer unzähligen Menschen kein relevantes Detail offenbart, das ihnen einen Anhaltspunkt geliefert hätte.

Lluc beendete seine Körperpflege, zog frische Jeans und ein T-Shirt über und putzte sich am Waschbecken vor dem Spiegel die Zähne. Nichts war langweiliger als Zähneputzen. Da sein Handy noch in der Küche lag, musste er sich in der Zwischenzeit anderweitig ablenken. Sein Blick landete auf den Toilettenartikeln auf der Ablage. Eine Reiseflasche Mundspüllösung für sensible Zähne, die farblich – lila – hervorragend zu der fliederfarbenen Gesichtscreme für reife Männerhaut passte, die er von seiner Schwester zu Weihnachten bekommen und genau zweimal geöffnet hatte. Dabei duftete sie sogar angenehm.

Während er sich die pappige Masse in die Bartstoppeln rieb, wanderte sein Blick weiter, auf das Fläschchen Chloë-Parfüm. Das Reinigungswasser gegen tränende Augen. Die Nachtlotion für sensible Damenhaut.

Tiefe Traurigkeit übermannte ihn. Schnell spuckte er ein hellblaues Muster aus Zahnpasta ins Waschbecken, spülte den Mund und lief hinunter in die Küche.

Hier holte er die von Joana zubereitete Zwiebelsepia aus dem Kühlschrank, öffnete den Deckel der Tupperbox. Der würzige Geruch von Knoblauch stieg ihm in die Nase und ließ ihm das Wasser im Mund zusammenlaufen. Doch das Nachtmahl zog erneutes Zähneputzen nach sich, und eine Wiederholung der Kosmetikartikellektüre war das Letzte, was er heute brauchte.

Lluc schloss den Glasbehälter und stellte ihn zurück in den Kühlschrank. Der Appetit war ihm vergangen. Stattdessen goss er einen Fingerbreit Cabraboc-Gin in ein großes Glas, füllte es mit Eiswürfeln und Tonic und einem Kringel Orangenschale aus Eigenanbau.

Seine magerere Ausbeute der vergangenen Jahre hatte sich dank der Hilfe seines Freundes Juan auf ganze zwei Bäume erweitert. Das reichte für viele Gin Tonics.

Lluc schlurfte auf die Terrasse, setzte sich an den alten Esstisch und legte die Füße auf der Holzplatte ab. Das Blut zirkulierte in seinen müden Beinen mit einem wohligen

Kribbeln. Nachdenklich schwenkte er sein Glas, lauschte dem beruhigenden Klirren der Eiswürfel und starrte ein Loch in das Schachbrett.

Vernünftigerweise hätte er jetzt ins Bett gehen müssen. Nur wenige Stunden Schlaf trennten ihn von den anstrengenden Anforderungen und Aufgaben des morgigen Tages.

Seine Gedanken kreisten um den toten Jungen, den das Schicksal vorzeitig aus dem Leben gerissen hatte. Jemand hatte ihn um die Möglichkeit gebracht, einen ordentlichen Bartwuchs zu bekommen. Einen Orangenbaum zu pflanzen. Eine nette Frau zu heiraten und eine Familie zu gründen. Zugegebenermaßen hatte Lluc außer Ersterem in den anderen Punkten auch keine Glanzleistung vollbracht. Und trotzdem saß er hier, einigermaßen zufrieden.

Die lächerliche Dienstaufsichtsbeschwerde schlich sich erneut in seine Gedanken. So absurd die Korruptionsbeschuldigung klang, nervte sie doch wie ein kleiner Splitter unter der Haut. Die Schonzeit war nun abgelaufen, er musste sich nun aktiv damit befassen.

Noch immer fragte er sich, wie es zu so einer Anschuldigung kommen konnte, deren Prozess sich seit einem Dreivierteljahr hinzog.

Niemand kannte die genauen Details, außer dem Vorwurf, außerrechtliche Gelder im Austausch für Informationen bezogen zu haben.

Die Auflösung des großen Mysteriums würde in Kürze erfolgen, wenn in einer Woche der Untersuchungsausschuss tagte.

Die Akten, in die Lluc Einsicht erhalten hatte, spezifizierten weder den Donor der Finanzspritzen noch Daten.

Der Name Manuel Verdera fand Erwähnung, ein mallorquinischer Hotelier mit Resortketten in ganz Spanien und Südamerika. Ein Mann, dem Lluc auf diversen öffentlichen Veranstaltungen und im Kreis einiger Jagdausflüge die Hand geschüttelt und zugeprostet hatte.

Da er davon ausgegangen war, dass sich die Beschwerde von selbst erledigte, hatte Lluc keine große Mühe in die Recherche der Umstände gesteckt. Alles mit null Multiplizierte ergab weiterhin null. Es existierten keine Verbindung, Freundschaft oder sonstiges Abkommen mit Verdera.

Doch das heutige Zusammentreffen mit Madrugada-dem-Stillen-Wasser hatte die Notwendigkeit zum Handeln offenbart, wenn er nicht ernsthafte Schwierigkeiten bekommen wollte. Aus unerfindlichem Grund hatte Madrugada sich auf Lluc eingeschossen. Die Sache würde nicht von alleine verschwinden.

Ungläubig schüttelte er den Kopf. Nichts verabscheute Lluc mehr als die Schleimerei von Politikern und Wirtschaftsgrößen, die meinten, ihn durch Zuwendungen jeglicher Art in der Tasche zu haben.

Da er dieses Thema jetzt abgehakt hatte, stellte er sich dem, was eine noch schnellere Verdrängung erforderte: Lucía.

Der Anfang bedingte das Ende. Jung, mit plötzlichem Erfolg als Fernsehreporterin in Madrid, hatte Lucía andere Pläne, als jedes Wochenende auf die Insel in die Provinz zu kommen. Lluc wäre es an ihrer Stelle genauso gegangen. Ihre Schuldgefühle führten das Wort in den meisten ihrer überflüssigen Streitereien. Zugegeben, er hatte sich auch nicht mit erwachsenem Ruhm bekleckert.

Jetzt war es aus.

Lluc fühlte in sich hinein und verspürte nur …

Leere.

Kalte Leere. Nicht die der angenehmen Art.

Trotz der lauen Nacht fröstelte Lluc.

Schnell warf er einen Blick auf das Schachbrett, schließlich entband ihn nichts von seiner Verpflichtung, die Tradition zu wahren und morgen früh seinen Zug zu spielen.

Lluc runzelte die Stirn. Blinzelte.

Er nahm die Füße vom Tisch und beugte sich über das Brett.

Die Figuren standen in gleicher Formation, wie er sie am Morgen nach seinem letzten Spielzug verlassen hatte.

Jaime hatte gar nicht gespielt.

Dieser Tag nahm immer merkwürdigere Züge an. Es war das erste Mal seit zwei Jahren, dass der Junge nicht zu seinem Schachzug erschienen war. Mit Ausnahme der Tage, an denen er mit Fieber im Bett gelegen und Lluc trotzdem telefonisch seinen Zug mitgeteilt hatte.

Telefon.

Lluc kehrte zurück in die Küche, wo er sein Handy an der Küchenzeile an einem seiner strategisch im Haus verteilten Ladekabel angeschlossen hatte. Er öffnete WhatsApp und checkte seine Nachrichten.

Tatsächlich war um 23.12 Uhr eine Message von Jaime eingegangen.

Lluc lächelte erleichtert. Sicherlich feierte der Junge mit seinen Freunden auf dem Firó und schickte hier den nächsten genialen Schachzug per Nachricht.

In der Erwartung, eine Planquadratnummer zu sehen, überflog er die Zeilen, und sein Lächeln gefror.

Auch wiederholtes Lesen öffnete statt klärender Antwort eine Schleuse nicht schachrelevanter Fragen.

Melde dich, sobald du kannst. Es geht um Leben und Tod.

Llucs Puls beschleunigte sich.

Seine adrenalinbefeuerten Finger drückten die Wahltaste. Es klingelte mehrfach ins Leere, bis die Verbindung erstarb.

Ein weiterer Anruf endete mit dem gleichen Ergebnis.

Lluc tippte eine Message ein.

Melde dich, sobald du wach bist. Du hast mir einen Heidenschreck eingejagt.

Er trank den Rest des Gins in einem Zug.

Es würde eine verdammt kurze Nacht werden.

8

Lluc schreckte auf. Das schrille Klingeln seines Handys aus dem angrenzenden Badezimmer bohrte sich schneidend in sein benebeltes Bewusstsein.

Sein Herz schlug ihm bis zum Hals. Er sprang aus dem Bett, löste das Telefon vom Aufladekabel am Waschbecken und nahm den Anruf entgegen.

»Ich hoffe, ich habe dich nicht geweckt?« Jaimes Stimme krächzte zerknirscht.

Lluc warf einen Blick auf die Uhranzeige am Display. Jeder andere hätte sich jetzt eine Standpauke abgeholt, aber Jaime hatte den weichen Punkt in ihm okkupiert, der für besondere Menschen reserviert war.

In einem Frauenhaushalt aufgewachsen, von Oma und Mutter mit traditionellen Werten und Benehmen großgezogen, weckte der Junge dieselben Gefühle in Lluc, die auch Iago als acht Wochen altes Wollknäuel in ihm ausgelöst hatte. Emotionen, die mit Für-einen-ins-Feuer-Springen und glasigem Blick assoziiert waren. »Nein, um zehn vor sechs koche ich doch immer das Mittagessen für morgen vor.« Lluc rieb sich die Augen und setzte sich zurück auf die Bettkante. »Was ist los? Erst geht die Welt unter, und dann gehst du nicht ran, wenn ich zurückrufe? Oder ist das alles ein Ausweichmanöver, weil dich mein Schachzug überfordert hat?«

Jaime lachte mit hörbarer Erleichterung auf. »Danke, dass du nicht sauer bist. Ich …« Beschämung gesellte sich zur Beruhigung.

Lluc wartete. Als nichts folgte, sagte er: »Also, was ist das für eine Geschichte um Leben und Tod, die so wichtig ist, dass du mich um sechs Uhr beim Vorkochen meiner *Albondigas* störst?«

»Ein Kumpel von mir ist nicht zu einem vereinbarten Treffen erschienen. Wir haben von dem Toten gehört. Und da bin ich etwas ausgeflippt …«

Lluc war hellwach. »Ist ja sonst nicht deine Art. *Auszuflippen*, meine ich.«

Jaime klärte seine Stimme in einem Räuspern, doch die raue Heiserkeit blieb und beantwortete Llucs Frage. »Wir haben ein bisschen getrunken.«

»Ein bisschen?«

»Ein bisschen mehr.«

»Ja, da gehen die Pferde schon mal mit einem durch.« Das erklärte auch sein Nichtabheben des Telefons. »Und dann bist du ins Koma gefallen.«

»So ungefähr. Mir ist so schlecht, und alles dreht sich. Bitte sag nichts Oma oder Mamá.«

Lluc kratzte sich am Bart. »Jaime, du bist jetzt erwachsen. Höchste Zeit für die Erfahrung, wie es sich anfühlt, drei Köpfe zu haben.«

Vom anderen Ende ertönte nur ein stöhnender Laut.

»Was ist jetzt mit diesem Freund?« Llucs unbekümmerter Ton wirkte beiläufig und verbarg das mulmige Gefühl, das sich in seiner Magengrube ausbreitete.

»Wir waren zu viert an der Plaza verabredet. Er kam

nicht. Wahrscheinlich hatte er da schon zu viel getrunken, genau wie wir. Als sich dann herumsprach, dass eine Leiche im Puerto gefunden wurde, bin ich durchgedreht.« Jaime räusperte sich. »Irgendjemand erzählte uns später, dass der Tote älter war. Sorry, Lluc. Ich habe mir einfach Sorgen gemacht.«

»Hast du denn in der Zwischenzeit etwas von deinem Freund gehört?

»Nein, natürlich nicht. Hast du mal auf die Uhr geguckt?«

Herzlichen Dank, das hatte er. »Wie heißt er überhaupt?«

»David Medina.«

»Schick mir doch mal ein Foto von David.«

Die folgende Stille klang nach toter Leitung, doch selbst durch den Hörer war die statisch aufgeladene Bestürzung zu spüren.

»Warum, Lluc?« Panik sprach aus Jaimes Ton. »Bitte sag, dass alles in Ordnung ist.«

»Nur Routine.«

Jaime zögerte und schien sich zu entscheiden, ihm zu glauben. »Okay, ich schicke dir gleich einen Screenshot seines WhatsApp-Fotos. Für den Schachzug komme ich später vorbei. Entschuldige, dass ich unsere Routine sprenge, kommt nicht mehr vor.«

Lluc verabschiedete sich, noch immer ein schales Gefühl im Magen, und legte auf.

Nun war es zu spät, sich wieder hinzulegen. Er sprang unter die Dusche, zog sich an, und während der Kaffee durchlief, fütterte er Iago.

In der Zwischenzeit war Jaimes Nachricht eingetroffen. Lluc nahm einen tiefen Atemzug. Wappnete sich für das

Kommende, öffnete die Message und betrachtete das Foto des Freundes.

Er atmete tief aus. Der Tag konnte beginnen.

Da er das Telefon schon in der Hand hielt, nutzte Lluc die Gelegenheit, um Fina und Gual zu benachrichtigen, sich so bald wie möglich im Revier zu treffen.

Die Sonne war schon aufgegangen, als er die Ma-11 zum Revier entlangfuhr. Das Versprechen des bevorstehenden Sommers lag in der milden Luft. Die von meterhohen Dattelpalmen gesäumte Straße schien direkt in den Anfabiaberg zu münden, der sich wie eine von Giganten erschaffene Mauer vor ihm aufbaute.

Am Kreisel der einzigen Tankstelle des Ortes bog er links ab, und wenig später parkte Lluc das Auto vor der Dienststelle der Guardia Civil.

Vicente, der wachhabende Beamte am Eingang, der immer als Erster im Revier erschien, unabhängig davon, zu welcher Zeit der zweite eintrudelte, blätterte hinter seinem Pult in der Última Hora.

»Bon dia, Sargento.« Er wies mit dem Kinn auf den Stapel Zeitungen. »Wir sind wieder die Titelstory. Haben sogar den MigaTech-Aktienskandal in die zweite Reihe geschubst.«

»Wurde auch Zeit. Dieses Investor-Blabla war ja nicht mehr auszuhalten.« Lluc schlug dem älteren Mann im Vorbeigehen auf die Schulter. »Es geht nichts über Promistatus. Sind die Kolleginnen schon da?«

Die Frage erübrigte sich, denn der zarte Vorbote des Parfümdufts im Eingangsflur kündigte Finas Anwesenheit an.

Jedes glänzende Haar an seinem Platz, die weiße Bluse

faltenfrei gebügelt, rosige Haut wie nach einer Detoxkur, scrollte Fina durch Daten im Computer. »Buenos días«, sagte sie, ohne aufzublicken.

Bevor Lluc antworten konnte, wurde die Tür aufgerissen, und eine völlig atemlose Gual stürmte ins Büro.

»Es ging nicht schneller.« Ihre knitterige und falsch geknöpfte Uniformbluse wirkte, als hätte Gual sie gerade aus ihrer Minitasche gezogen.

»In der Küche ist Kaffee.« Fina führte ihre dampfende Tasse zum Mund und pustete hinein.

»Wir haben die Identität des zweiten Opfers.«

Finas Abkühlungsversuche gerieten außer Kontrolle. Der Kaffee schwappte über und hinterließ einen braunen Fleck auf ihrer weißen Bluse. Ein ausgleichender Akt, der Lluc seltsam zufriedenstellte. »Scheiße.« Fina legte die Tasse ab und nahm dankend das von Gual gereichte feuchte Taschentuch entgegen.

»Spann uns nicht auf die Folter.« Gual kreuzte die Arme über der Brust.

»David Medina. Er ist ein Freund meines Nachbarjungen. Jaime. Der, mit dem ich immer Schach spiele.«

»Wusste nicht, dass du Schach spielst«, murmelte Fina. »Immer mehr Überraschungen diese Woche.«

»Bist du sicher?« Gual setzte sich an ihren Arbeitsplatz.

Lluc rief das Foto in seinem Smartphone auf und reichte es der Kollegin, die es mit zusammengekniffenen Augen betrachtete. »Ich weiß nicht … Das Opfer hatte rußverschmiertes Gesicht …«

»Er ist es. Die fast mädchenhafte, kleine Stupsnase. Eindeutig.« Lluc war überzeugt, dass es sich um denselben Jungen handelte. »Schick bitte das Foto an die Gerichtsmedizin zum Abgleich.«

Gual verschwand hinter dem riesigen Bildschirm.

»Die Präsidenten der Bauern- und Piratenvereinigung kommen um acht Uhr. Vielleicht erfahren wir mehr über eine mögliche Verbindung der beiden.«

»Oder auch nicht. Ich tippe noch immer auf Zufall. Aber natürlich dürfen wir keine Möglichkeit auslassen.« Fina schlürfte einen geräuschvollen Schluck aus ihrer heißen Tasse.

»Glücklicherweise sind wir nicht die einzigen Frühaufsteher.« Gual tauchte hinter dem Bildschirm wieder auf.

»Und?«

»Er ist es. Es handelt sich tatsächlich um David Medina.«

»Mist. Ich hatte eine Resthoffnung, dass Fina mit ihrem Zweifel recht behält.« Lluc wischte sich über das brennende Gesicht. Wie sollte er das Jaime schonend beibringen?

9

Gual rangierte den Wagen so nah wie möglich an die Grundstücksbegrenzung vor dem Haus der Medinas.

Die schmale, von Trockensteinmauern begrenzte Straße am Rande von Sóller schlängelte sich an pittoresk renovierten Sandsteinfincas und rustikalen Anwesen vorbei in Richtung Fornalutx. Hier, nur wenige Hundert Meter entfernt vom städtischen Ortskern mit seinen bourgeoisen Dorfhäusern, begann der *Campo*, das Land.

Knallige Bougainvillea, Wildrosen und Zitrushaine explodierten in bunten Farben bis hoch zu den stufenförmig angelegten Olivenbaumterrassen der Berghänge.

Einzig der schmale Graben am Rand der Straße verschandelte das Panorama. Lange Schächte und Erdhügel durchzogen das Straßenbild, als würde ein gigantischer Maulwurf das Erdreich aufreißen. Anstatt mit einzelnen Bezirken zu beginnen, hatten die städtischen Wasserwerke die Erneuerung des Abwassersystems überall gleichzeitig vorgenommen, um so die Arbeiten vor der Urlaubssaison und den Sommerferien abzuschließen. Verstopfte Toiletten gehörten nicht ins Paradies.

Gual öffnete alle Fensterscheiben, ließ den Duft der Orangenblüte in die abgestandene Muffigkeit des Wageninneren.

Sie schälte sich aus dem Auto, nickte den Arbeitern der Wasserwerke zu und zog ihre zwickende Uniform zurecht.

Doch der äußere Leibespanzer kam ihr gelegen in Situationen wie dieser. Ein weiches Polster, das die Schicksalsschläge des Lebens abfing. Zumindest klang es nach einem überzeugenden Argument.

Um Zeit zu sparen, hatten sie im Revier die Aufgaben aufgeteilt. Während Lluc für die Gespräche mit den beiden Vereinspräsidenten im Büro geblieben war, sah Fina sich in Federicos Firma um. Somit fiel der Besuch von Davids Familie Gual zu.

Sie drückte das unverschlossene Gartentor auf und beschritt den geraniengesäumten Weg zum Haus.

Die Fassade der alten Finca war neu verfugt, die Sandsteine waren abgestrahlt und sauber. Ein fuchsiafarbener Himmel aus Bougainvilleablüten spannte sich über dem eisernen Vordachgerüst der Terrasse.

Gual klopfte an die Haustür. Die Mittagssonne brannte auf ihren Rücken.

Selbst Mutter einer kleinen Tochter zu sein, gab ihr die Empathie für dieses Gespräch, aber erschwerte es, die nötige emotionale Distanz zu wahren.

Jahrelang hatten Gual und ihr Mann versucht, ein Kind zu bekommen. Und wie immer im Leben hatte es erst geklappt, als sie die Hoffnung auf eine natürliche Schwangerschaft begraben und sich Informationsmaterial über die besten Fertilitätszentren Palmas besorgt hatte. Loslassen – der bewährte Zaubertrick.

Allein der Gedanke, dass der kleinen Carolina etwas passieren könnte … Das Kaleidoskop der Gefühle kündigte sich mit einem Ausläufer der Panik an, den Gual sofort verscheuchte.

Sie hob den Blick zum ersten Stock, sah sich um, vergewisserte sich, unbeobachtet zu sein.

Ihr Ritual war stets dasselbe. Dreimal auf den Boden spucken. Ihre Standposition verändern, wobei die Schuhspitze unter keinen Umständen die Fuge der Steinplatten berühren durfte – das lud das Unglück ein. Auf Holz klopfen.

Unbeabsichtigt wirkte Letzteres wie eine ungeduldige Geste einer Wartenden.

»Ich komme ja schon.« Eine männliche Stimme hinter der Tür, hallende, sich nähernde Schritte.

Ein junger Mann öffnete, musterte Gual aus rot geränderten Augen. »Ja bitte?« Ende zwanzig, groß und schlaksig, das dunkle Haar streng nach hinten gegelt, trug er seine aufgesetzte Souveränität wie einen neuen Anzug. Vielleicht Teil seiner Berufsausrüstung, denn sein Outfit, bestehend aus heller Hose und blau-weiß kariertem Hemd mit Manschettenknöpfen, signalisierte das Wort *Anwalt*, als hätte er es sich auf die gestärkte Seitentasche gedruckt. Warum *Abogados* diese Kleidung bevorzugten, blieb Gual ein ewiges Rätsel.

Sie hielt ihm ihren Ausweis unter die Nase. »Agente Gual von der Guardia Civil.«

Der Ausdruck des Mannes wurde weich. »Kommen Sie herein. Oscar Medina, Davids Bruder.« Er hielt ihr das schwere Portal auf und führte Gual durch einen dunklen Flur in ein gemütliches Wohnzimmer mit unverputzten Sandsteinwänden.

Ein deckenhohes Buchregal, in dem sich zerlesene Bände in zweiter und dritter Reihe stapelten, dominierte den

Raum. Zwei einladende Maxisofas. Ein Bataillon von Bilderrahmen auf einer mallorquinischen Holzkommode, die der von Guals Eltern glich, als wären sie demselben Tischlerhobel entsprungen.

»Ich hole meine Mutter. Sie hat sich etwas hingelegt.« Oscar wies auf eines der Sofas. »Nehmen Sie doch Platz.«

Trotz der Müdigkeit, die sie zu übermannen drohte, lehnte Gual dankend den angebotenen Kaffee ab und widerstand dem Drang, in den weichen Polstern zu versinken. Stattdessen setzte sie sich auf die Kante, die es ihr erlaubte, schneller aufzustehen. Der Bund ihrer Uniformhose schickte eine kneifende Ermahnung, ihre Vorsätze nicht zu vergessen.

Ihre Sitzposition erlaubte einen offenen Weitblick auf den knalligen Garten und das Panorama der grünen Berglandschaft um Biniaraix.

Kleine Dattelpalmen und Bananenbäume ergänzten das Sortiment der heimischen Zitronenbäume mit einem exotischen Touch. Einige trugen sogar Stauden winziger grüner Früchte.

Die Natur besaß die Unverfrorenheit, sich in einer Weise zu präsentieren, die nicht zu dem traurigen Anlass ihres Besuches passte. Nicht einmal eine Wolke hatte den Anstand, sich vor die schamlos strahlende Sonne am azurblauen Himmel zu schieben.

Es erinnerte Gual an die Farbexplosion eines Bildes ihrer vierjährigen Tochter, die sämtliche Töne des neuen Doppeldecker-Tuschkastens in einem Werk ausprobiert hatte. Alle außer schwarz und braun. Die seien *ein Loch*, keine Farbe. Gual verspürte den Impuls, einen Pinsel in genau diese zu tunken und der Umgebung den gebührenden Respekt hinzuzumischen.

Ablenkung suchend wanderte ihr Blick über die aufgestellten Bilderrahmen. Das Foto einer glücklich in die Kamera lächelnden Familie stach ihr ins Auge.

Ein athletischer Mittfünfziger mit attraktiven silbernen Schläfen lachte vom Deck eines Segelboots, den Arm um eine blond gesträhnte Frau gelegt. Vermutlich die Eltern des toten Jungen. David, sein Bruder Oscar und ein junges Mädchen, dessen Alter und Gesichtszüge sich hinter einer riesigen Sonnenbrille verbargen, lehnten gelangweilt an der Reling.

Gual hoffte, auch Davids Vater bei diesem Gespräch anzutreffen. Mütter reagierten meist emotionaler auf Tragödien, während die Familienväter sich oft nicht erlaubten, die Fassung zu verlieren, und so die Diversität der Auskünfte erhöhten.

Schritte und gedämpfte Stimmen näherten sich aus dem Flur.

Die dunkelblonde Frau vom Foto betrat den Raum, gefolgt von Oscar, der ihr die Tür aufhielt und sie mit einer Hand in ihrem Rücken beschützend ins Wohnzimmer leitete.

Gual erhob sich von ihrer Sofakante. »Vielen Dank, dass Sie sich die Zeit nehmen. Agente Gual. Mein herzliches Beileid für diesen schweren Verlust.«

Klein und hager, in lilafarbener Yogahose mit passendem Oberteil, sackte die Mutter auf den weichen Polstern der Couch zusammen. Ihr olivfarbener Teint wirkte fahl und grünlich, als müsste sie sich übergeben. »Angenehm. Margalida«, stellte sie sich vor.

Gual blinzelte überrascht. Dieser zarte Körper erzeugte eine tiefe, fast männliche Stimme.

»Ich möchte Sie in diesem schweren Moment nicht unnötig stören. Nur ein paar Fragen, bis wir rekonstruiert haben, was geschehen ist.«

Oscar beugte sich vor, die Hände akkurat auf seinen Knien gefaltet. »Wissen Sie schon, wie das passieren konnte? War es ein Unfall?«

Gual zuckte die Schultern. »Wir warten bislang noch auf die Ergebnisse der Pathologie und können dann mehr …«

Oscar unterbrach sie brüsk. »Wir haben gehört, es gab einen weiteren Toten?« Der Ton war anklagend, in dieser unhöflichen Autorität, die manche Leute wählten, um ihr Durchsetzungsvermögen zu steigern.

»Das stimmt. Auch darüber können wir zurzeit nicht viel sagen, auch nicht, ob ein Zusammenhang mit David existiert.«

»Ich verlange Akteneinsicht in den Fall – es wird ja hoffentlich einen geben.« Oscar zog eine Visitenkarte aus seiner Hemdtasche, reichte sie über den Wohnzimmertisch.

Oscar Medina Bennassar, Abogado.

Gual hatte seinen Aufzug richtig interpretiert, der junge Mann war Anwalt.

»Momentan versuchen wir noch, das Tatgeschehen zu rekonstruieren. Wahrscheinlich ein tragischer und zufälliger Unfall, aber wir dürfen andere Alternativen nicht außer Acht lassen.«

Oscar nickte wissend, signalisierte Gual sein Einverständnis weiterzusprechen.

»Gab es in Davids Verhalten in letzter Zeit irgendwelche Auffälligkeiten? Wirkte er zurückgezogener? Belastete ihn etwas?«

Die Mutter schüttelte den Kopf. »Nein. Zumindest nicht in sich gekehrter als sonst.« Sie glättete ein Taschentuch in ihren Händen, breitete es auf ihrem Schoß aus und begann, es in Ziehharmonikaformat zu falten. »Als Teenager ist man in einem schwierigen Alter, und der Tod seines Vaters hatte David mitgenommen.« Sie hielt in ihrer Faltkunst inne und sah auf. »Mein Mann ist vor einigen Monaten verstorben. David stand ihm sehr nahe, und der Verlust hat ihn schwer getroffen.«

»So würde ich das nicht sagen. Er ist nur ein stillerer Typ, als ich es damals war«, warf Oscar ein.

Margalida zuckte die Schultern, widmete ihre Aufmerksamkeit erneut ihrem Origami, kämpfte sichtbar mit den Tränen.

Guals Augen brannten unangenehm, das Mitgefühl für die arme Frau drohte sie zu übermannen. Glücklicherweise hatte Margalida weitere Kinder, die ihr in dieser harten Stunde zur Seite standen.

Nicht wie Gual mit ihrer Einzelkindprinzessin, über der sie ihre ganze Liebe auskippte. Es hatte noch keinem Kind geschadet, durch Geschwister soziale Strukturen zu erlernen. Die Idee eines zweiten Babys streifte unwillkürlich Guals Gedanken, verschwand im dumpfen Nichts der Unmöglichkeiten und hinterließ das scharfe Ziehen ihres alten Dilemmas.

»Ging David noch zur Schule?«

»Er hatte sie erfolgreich beendet und wollte im Herbst

sein Studium beginnen. Vor David lag eine große Zukunft.« Oscar senkte den Blick auf seine hellen Hosenbeine.

»War er ein guter Schüler?«

»Einer der besten seines Jahrganges.«

Gual versuchte erfolglos, einen solchen Jugendlichen mit einem gefälschten Ausweis in Verbindung zu bringen. Noch fehlte ihr jegliches Gefühl für Davids Wesen, seine Persönlichkeit.

»Für welchen Studiengang hatte er sich eingeschrieben?« Die Wahl des zukünftigen Berufes mochte zumindest aktuelle Auskünfte über Interessen, Vorlieben und Stärken eines Menschen geben. Auch wenn Gual es für übereilt hielt, sich in diesem Alter für den Rest des Lebens festzulegen.

Gual selbst hatte aufgrund ihres Fremdsprachentalents eine Karriere im Touristikbereich angestrebt. Deutsch und Englisch klangen für sie so selbstverständlich, als wäre die Erinnerung daran in ihren Zellen gespeichert. Allerdings hatte ihre große Liebe für Details im geschäftigen Alltag eines Fünfsternehotels keine Wertschätzung oder fruchtbaren Boden zur Entwicklung erfahren. Gegen die Natur zu leben, das war nichts für Gual. Sie war *green*. Eine wahre Naturliebhaberin liebte und achtete die Natur – selbst die eigene.

»Wirtschaftsengeneering.«

Das Wort klang aufgeblasen, wichtig und für Gual so nichtssagend wie die Schlagwörter der Marketingmeetings ihres alten Hoteljobs. Trotzdem offenbarte es die Ahnung eines nüchternen Geistes. »Womit hat er seine Zeit bis zum Studium verbracht?« Oftmals resultierte das Ende eines Lebensabschnittes bis zum Beginn eines neuen in einem gefährlichen Vakuum.

»David war sehr geflissentlich. Anstatt zu reisen oder faul am Strand zu liegen, hatte er einen Job angenommen, um Geld für sein Studium zu verdienen«, sagte die Mutter, ohne aufzusehen. »Er arbeitete als Hilfskraft und Mädchen für alles auf einer Baustelle. Eine Fincarenovierung. Schubkarren schieben, Löcher im Garten ausheben, Rasen mähen – solche Sachen. Er fand, dass körperliche Arbeit ein guter Ausgleich sei.«

»Ausgleich für was?«

»Mein Sohn verbrachte wie die meisten jungen Leute in dem Alter viel Zeit vor dem Computer.«

Gual nickte zustimmend. »Verstehe. Eine Baustelle hier vor Ort?«

»So ein Deutscher hat Can Tamany gekauft, er rüstet das Haus auf«, sprang Oscar zu Hilfe.

Guals Brauen schossen in die Höhe, doch sie kommentierte diesen merkwürdigen Zug des Schicksals nicht. Can Tamany, wo vor fast fünfhundert Jahren die Schwestern Casasnovas den Piraten erschlagen hatten, um Jahrhunderte später auf einem Festival gefeiert zu werden, bei dem David verstarb.

Gual konzentrierte sich auf die delikate Frage, die ihr auf der Zunge brannte. Das Heim der Medinas wirkte behütet, die Bewohner belesen und gebildet, das Familienleben beherrscht von geordneten Zuständen. Das alles passte nicht ins Bild des gefälschten Ausweises. Sie suchte nach den richtigen Worten, entschied sich dann aber für die simple, direkte Variante. »Steckte David in Schwierigkeiten?«

Die Mutter sah überrascht auf. »Wie meinen Sie das? Was für Schwierigkeiten?«

Oscar beugte sich interessiert vor, zog die Stirn skeptisch in Falten und brachte seine leicht bröckelnde autoritäre Haltung zurück in Position.

Gual wählte ihre Worte mit Bedacht. »Die Art Misslichkeiten, in die Teenager manchmal tappen, wenn sie rebellisch werden.« Sie vollführte eine vage Geste mit der Hand, wie eine halbe Acht, die sie bei Fina abgeguckt hatte. »Alkohol? Drogen?«

Oscar schnaubte amüsiert durch die Nase. »Sie kannten meinen Bruder nicht. Seine Vorstellung von Rebellion war, bis spät in die Nacht vor dem Computer zu sitzen, obwohl er am nächsten Tag Schule hatte.«

Trotz des humorvollen Tons meinte Gual noch etwas anderes hinter Oscars Ironie zu vernehmen. Erleichterung?

»Wieso fragen Sie so etwas?« Verstärkt durch das Prisma der Tränen, sprühte pures Misstrauen aus den Augen der Mutter.

»Gab es Streit zu Hause? Wollte er sich vielleicht absetzen?«

»Absetzen?«, schoss es aus Mutter und Sohn in einem Ton, als hätte Gual etwas Absurdes wie einen Falcon-9-Flug mit Musks SpaceX geäußert, von dem sie gestern in der Zeitung gelesen hatte.

»Na, wie weglaufen?«

»Selbstverständlich nicht. Warum sollte er weglaufen?« Die Stimme der Mutter überschlug sich, als ihre traurige, aber gefasste Ruhe schwand.

Oscar hob eine Hand, signalisierte Einhalt. »Worauf wollen Sie hinaus, *Agente*? Was sollen diese Fragen?«

»Sagt Ihnen der Name Juan Carlos Romero etwas?«

Mutter und Sohn wechselten einen schnellen Blick, der Gual trotz der bemühten Unauffälligkeit nicht entging.

Oscar verneinte mit Bestimmtheit. »Nie gehört. Wer soll das sein?«

»Señora? Kommt der Name Ihnen bekannt vor?«

Ohne aufzusehen, schüttelte die Frau den Kopf.

»David trug einen gefälschten Ausweis bei sich auf den Namen Juan Carlos Romero«, sagte Gual.

Oscar starrte sie stumm an, als wartete er auf die Pointe, während seine Mutter überhaupt nicht reagierte.

Aus Respekt für das Leid der Familie überging Gual diese seltsame Reaktion. »Haben Sie eine Idee, wofür er den Ausweis brauchte oder wo er ihn erworben haben könnte?«

Die Mutter zuckte desinteressiert die Schultern. Ihr Gesichtsausdruck spiegelte weder sonderliche Überraschung noch Entsetzen über die Information.

»Wahrscheinlich irgendein dummer Jungenstreich«, wiegelte Oscar ab.

»Sie sagten doch vorhin, dass der größte Akt der Rebellion Ihres Bruders im Langaufbleiben bestand. Ich finde es etwas befremdlich, das über das Führen gefälschter Ausweise zu stellen. Gerade Sie als Anwalt sollten wissen, dass Dokumentenfälschung ein Strafbestand ist, der als Delikt und nicht als Vergehen bewertet wird.«

Oscars Augen blitzten. »Wagen Sie es nicht, mit rechtlichen Verordnungen zu kommen. Das ist pietätlos und der falscheste aller Momente. Ich habe gerade meinen Bruder verloren, meine Mutter ihr Kind.«

Gual hob eine beschwichtigende Hand. »So war das nicht gemeint. Ich versuche nur nachzuvollziehen, was geschehen ist. Und es ist nun einmal nicht alltäglich, dass unbedarfte Jugendliche erstklassige, gefälschte Persos mit sich herumtragen.«

Die Mutter räusperte sich, übernahm das Wort: »Ich habe nicht die geringste Ahnung von diesem Ausweis. Vielleicht fehlt Ihnen die gebührende Empörung in meiner Reaktion, Agente Gual. Doch verglichen mit dem Tod meines Kindes ist jeder andere Verstoß eine Bagatelle, über die ich mir im Moment keine Gedanken machen kann und möchte.«

Gual seufzte über die Ironie des Lebens. Ausgerechnet sie, in ständiger Achtsamkeit, an welcher Stelle sie ihren Fuß platzierte, war zielgerichtet ins Fettnäpfchen getrabt. »Natürlich, Señora.« Sie erhob sich, richtete den Gurt ihrer quer über die Brust gebundenen Tasche. »Bitte rufen Sie mich an, wenn Ihnen noch etwas einfällt.«

10

»Lasst uns zusammentragen.« Lluc lehnte sich im Bürostuhl zurück, streckte die Beine aus und zog sie beschämt wieder ein, als ihm die im Auflösungsprozess befindliche Sohle seiner grauen Stoffsneakers ins Auge fiel. Stattdessen lenkte er seinen Blick in die Runde des Ermittlungsteams.

Fina schlug ihr schwarzes Notizbuch an der mit Lesezeichen markierten Stelle auf und fuhr mit manikürtem Zeigefinger die Seite nach, während Gual ihre Aufmerksamkeit dem Schokoladentörtchen vor ihr auf dem Tisch widmete.

Es war noch nicht einmal Mittag, und sie hatten jede freie Minute genutzt, Informationen in allen Richtungen zu sammeln.

»Die guten Nachrichten vorweg: Palma wird sich vorerst nicht einmischen. Wir haben grünes Licht, den Fall selbst zu klären, ohne Drama.« Lluc lächelte Miguel zu, der leise in den Raum trat und sich mit einem Nicken für seine Verspätung entschuldigte. »Dafür haben wir Miguel, der uns unterstützen wird, bis er seinen Job in Palma antritt.«

Der Kollege lächelte in die Runde, drapierte seinen mächtigen Körper auf dem Besucherholzstuhl, der mit einem Knarzen Beschwerde einlegte.

»Hola, Miguel.« Gual rammte ein Fähnchen mit der Aufschrift *Bienvenido* in ihr Törtchen und schob dem Kollegen den Teller über den Tisch zu. »Herzlich willkommen.«

Überrascht richtete Miguel sich auf. »Aber ich bin doch schon eine Weile hier, Gual.« Mit verlegener Geste wischte er sich über die kurzen Haarborsten. »Trotzdem lieben Dank, ich fühle mich geehrt.«

»Nun bist du aber offiziell mit an Bord. Wir wollen, dass sich alle wohlfühlen.« Gual strahlte ihn mit kindlicher Begeisterung an.

Natürlich hatte Lluc den Kuchen für Guals Mittagessen gehalten, die regelmäßig nahrhafte Mahlzeiten durch Süßwaren ersetzte. Sein Einfühlungsvermögen schien wirklich nicht sehr gut entwickelt zu sein, wenn es ihr so mühelos gelang, ihn immer wieder zu überraschen. Denn die rührende Geste war eigentlich typisch für Gual.

Sie atmete erleichtert aus. »Gott sei Dank. Wenn nun auch Madrugada nicht mehr auftaucht, bleiben wir gänzlich von Palma verschont.«

Llucs Magen zog sich zusammen.

Unangenehmes zu vergessen hieß nicht, dass es verschwand. Im Aktionismus des Morgens war die Madrugada-Geschichte wieder in Llucs Gehirn versunken. Jetzt setzte er sie ganz oben auf seine Prioritätenliste.

Fina hielt sich ihr Notizbuch vor die Nase, als hätte sie Schwierigkeiten, ihre eigene Schrift zu lesen – einer der Gründe, warum Lluc sich selten etwas aufschrieb. »In Federico Fiols Betrieb herrscht tiefste Betroffenheit. Die Mitarbeiter haben offen geweint, was ich rührend fand.« Fina sah nachdenklich in die Runde, als überlegte sie, ob auch ihr jemand nachtrauern würde.

Doch bevor Lluc in die Versuchung kam, ihr zu versichern, sie in ihrem Todesfall persönlich zu rächen, sprach Fina weiter. »Worauf ich hinauswill – Federico war wirklich beliebt. Sie haben ihn ehrlich gemocht, sowohl bei der Arbeit als auch im Dorf.«

»Irgendjemand scheint nicht so angetan gewesen zu sein«, warf Lluc ein.

»Das wissen wir nicht, momentan gehe ich von einem Unfall aus.«

Um nicht die alte Kerbe vorangegangener Gespräche zu vertiefen, wechselte er das Thema. »Was sagen sie über ihn?«

»Der allgemeine Tenor ist lustiger, umgänglicher Typ, manchmal ein bisschen kindsköpfig.«

»Ist er alleiniger Teilhaber der Firma? Irgendwelche Partner? Wie viele Mitarbeiter?«

»Außer ihm noch sechs freiberufliche Handwerker, eine Sekretärin, eine Buchhalterin. Anstatt auf Kleckerarbeiten hat er sich auf Großaufträge und Sanierungen spezialisiert und so die gute Auftragslage der letzten Jahre ausgenutzt. International lassen die Leute ihr Geld nicht mehr auf der Bank liegen, sondern shoppen Immobilien wie andere Menschen ihre T-Shirts. Als wäre es Zara.« Fina schüttelte ungläubig den Kopf. »Angst vor der Inflation. Die habe ich auch, nur leider fehlt mir das nötige Kleingeld für die Shoppingtour.«

»Irgendetwas Auffälliges in der Firma? Hat jemand seine Frau erwähnt?«

Fina sah ihn entgeistert an. »Natürlich nicht! Die Leute waren mit Entsetzen beschäftigt, den Tod ihres Chefs zu verdauen.«

»Ja, vermutlich hast du recht, und ich sehe Gespenster.

Sie hatte mich nur so sehr an meine Ex-Frau erinnert, die mir dauernd Vorwürfe machte. Berechtigterweise – muss ich zugeben.«

»*Du* warst verheiratet?« Finas Augenbrauen schossen vor Erstaunen fast in den Haaransatz.

»Warum diese Überraschung? Ich hab doch schon ein paar Jährchen auf dem Buckel.« Lluc strich sich verlegen über den stoppeligen Fünftagebart. In welche Richtung sollte er die Frage interpretieren?

»Keine Ahnung, nein. Du wirkst nur wie ein ewiger Junggeselle.«

Das klang selbst mit dynamischem Bewertungsspielraum nicht nach einem Kompliment. »Warte ab, bis dich jemand einfängt und unter die Haube bringt.« Fina war definitiv unverheiratet, und sollte sie einen festen Partner haben, hatte sie ihn bisher gut versteckt.

Fina grinste. »Heutzutage gibt es Tinder.«

Lluc verdrehte die Augen. »Bei uns hieß das früher *Flaschendrehen.*«

Miguels Stuhl knackte gefährlich, als er sich lachend in die Lehne warf, doch die Kollegin zuckte nur die Schultern, klappte ihr Notizbuch zu und kehrte zur Tagesordnung zurück. »Mehr habe ich zum gegebenen Moment nicht in Erfahrung bringen können.«

»Danke Fina. Mein Gespräch mit dem Präsidenten heute früh bestätigt deine Information. Federico war als umtriebiger Mann im Dorf bekannt. Ein Sympathieträger, der allen ein Schmunzeln entlockte.«

»Umtriebig in welchem Sinne?«, fragte Miguel und wischte sich eine Lachträne aus dem Augenwinkel.

»Jemand, der neue Wege sucht, um im Leben voranzukommen. Das war mein Eindruck.«

Fina nickte.

Lluc fuhr fort: »David Medina ist genau das Gegenteil. Scheu, zurückgezogen. Ein ernster Junge, der erst vor einem halben Jahr in die Piratenvereinigung eingetreten war, den kaum jemand gekannt hatte.«

»Mein Besuch bei der Familie von David hat auch nicht viel ergeben«, meldete sich Gual zu Wort. »Ich habe mit Mutter und Bruder gesprochen. Der Vater ist vor einigen Monaten verstorben, was David sehr zugesetzt und ihn bewogen hat, sich weiter in sich zurückzuziehen.« Sie schürzte nachdenklich die Lippen. »Die Familie weiß nicht, woher der falsche Ausweis stammt und welchem Zweck er diente. Allerdings haben sie es als Teenagerstreich abgetan und gleichzeitig behauptet, er sei ein Musterschüler, viel zu ernst für sein Alter, ohne die typischen Dummheiten eines normalen Jugendlichen aufzuweisen. Passt irgendwie nicht so zusammen, oder?«

»David war mit meinem Nachbarjungen befreundet. Ernster und anständiger als dieser ist kaum möglich in der heutigen Zeit. Allerdings sticht der Ausweis heraus.« Llucs nagende Sorge wuchs, dass die Jungen sich in irgendeine Scheiße manövriert hatten. »Heute Abend werde ich mit Jaime sprechen.« Der Trauer seines Freundes ohnmächtig entgegentreten, nicht die richtigen Worte finden, die Grenze seiner emotionalen Intelligenz erreichen.

»Ging David noch zur Schule?«

»Nein, er hat gerade seinen Abschluss gemacht und bereitete sich auf sein Studium im Herbst vor. Der Studiengang sagte mir so wenig, dass ich ihn fast wieder vergessen hätte.« Gual wies auf die Innenseite ihrer Handfläche, wo die Reste einer Kuli-Beschriftung ihrem Desinfektionsgel erfolgreich Widerstand geleistet hatten.

Gual fuhr zerknirscht fort: »Leider hatte ich auch den Block vergessen und musste dann meine Hand zu Hilfe nehmen.« Das erklärte, warum entgegen ihrem sonstigen Modus Operandi kein ordentlich gefaltetes Papier vor ihr auf dem Tisch lag. »Es hat mich etwas aus der Bahn geworfen, mit einer Mutter über den Tod ihres Kindes zu sprechen.« Mehr, als sie zugeben wollte.

»Was wollte er denn nun studieren?« Fina gab sich keine Mühe, ihre Ungeduld zu verbergen.

»Wirtschaftsengeneering.« Gual schnaubte verächtlich, als wäre der Begriff eine Beleidigung. »Die Onlineerklärung ist nicht hilfreich, da es irgendwie alles beinhaltet. Ein Bauchladen aus Wirtschaft, Technik, Recht. Jedenfalls arbeitete er auf einer Baustelle, um seine Kopflastigkeit zu kompensieren und sich Geld fürs Studium zu verdienen.«

Lluc runzelte die Stirn. »Baustelle?«

Da war es wieder, das Ruckeln am Zipfel seines Bewusstseins. »Hier in Sóller?«

Gual fischte ein Minipäckchen feuchter Taschentücher aus ihrer Minitasche und entfernte den Kulirest mit einem geübten Wisch. »Genau. Stell dir vor, er arbeitete in Can Tamany. So ein Deutscher hat die Finca gekauft und lässt sie groß umbauen. Fand ich makaber, in Anbetracht dessen, dass David während des Firó starb.«

»Warum?«, fragte Fina.

»Can Tamany ist die Finca, in der die Schwestern Casasnovas damals den Piraten getötet haben. Der Ort, wo alles begann. Für diese Tat werden sie noch heute gefeiert.«

Gual plapperte aufgeregt weiter über Synchronizitäten und merkwürdige Fügungen des Lebens, in die Miguel höflicherweise einstieg und ihr wie ein *Caballero* einen unterstützenden Arm bot. Noch ein netter Mensch mit einem großen Herzen.

Doch Lluc hatte sich ausgeklinkt. »Fina, was sagtest du, arbeitete Federico?«

»Hast du gerade geschlafen?«

»Ich meine deine Recherche von heute früh. Worauf hatte er sich spezialisiert?«

»Ach so. Vollsanierungen von Großprojekten.«

Lluc klopfte auf die Tischplatte.

Fina nickte, hob gleichzeitig die Hände in einer abwehrenden Geste. »So weit war ich auch schon. Auf die Frage, an welchem Projekt sie arbeiten, sagte die Sekretärin, es sei ein Mehrparteienhaus in Palma, das für den Verkauf vorbereitet wird.«

Eine Bausanierung erfolgte in Etappen, wie Lluc von seiner stammbaumfixierten Tante Marta wusste. In einer Erbengemeinschaft hatte sie vor dem Immobilienboom einen im Rechteck angeordneten Steinhaufen geerbt, der vor dreihundert Jahren eine Finca mit Viehstall gewesen sein mochte. Motiviert von ihrem Liebhaber, einem Dachdecker, hatte sie die anderen Erben ausgezahlt und ihr Restgeld in die Renovierung investiert. Glücklicherweise war das Dach schon fertig saniert, als die Liebschaft zerbrach, der Elektriker die nächste Bauphase und Martas Bett übernahm.

»Ruf bitte noch einmal an und frag explizit, ob sie an der

Sanierung von Can Tamany beteiligt waren. Wenn nicht, hat sich diese Spur erledigt, aber wir haben sie wenigstens überprüft.«

Fina zuckte mit einer Schulter, griff zum Telefon und wählte.

Als jemand abhob, erklärte sie ihr Anliegen, lauschte und äußerte Zustimmung, während sie den Ausführungen am anderen Ende folgte. Ihre Brauen schossen in die Höhe und malten Erstaunen auf ihr Gesicht. »Interessant. Verstehe.«

Sie drehte sich zu Lluc, formte das Okay-Zeichen, bedankte sich und legte auf. »Erstaunlich.«

»Was?«

»Du hattest recht. Vor zwei Wochen hat die Firma *Obras Fiol* die Arbeiten in Can Tamany beendet.«

11

Lluc parkte sein Auto neben einem silberfarbenen Dinosaurier der Mercedes-G-Klasse, der sogar sein Jeep-Ungetüm an Urzeitlichkeit und Größe übertraf. Das deutsche Kennzeichen war kaum lesbar, rot-gelbe Schlammspritzer überdeckten die weiße Tafel.

Frisch gestreuter Ziersplitt knirschte unter seinen Sohlen, als Lluc den lavendelgesäumten Gartenpfad zur Finca von Can Tamany nahm. Der aromatische Duft wehte ihm in die Nase, entfachte Instant-Entspannung wie beim pawlowschen Hund. Die jahrelange Duftsäckchen-Konditionierung seiner Mutter wirkte, die damit noch heute unter Kopfkissen Unruhe und Schlaflosigkeit bekämpfte.

Drei oberkörperfreie junge Burschen fuhren steinbeladene Schubkarren zu einem baufälligen Stallanbau neben dem Haupthaus, begutachteten Lluc schweigend, glühende Kippen in ihren Mundwinkeln.

»Bon dia. Ist der Chef da?«, rief er dem hochgewachsenen Blonden zu, dessen Arme schon eine Bauarbeiterbräune mit exaktem T-Shirtrand aufwiesen.

»Max ist im Büro«, sagte der junge Mann und zeigte auf die Scheune.

Lluc betrachtete das alte Gemäuer, versuchte den Geist der Vergangenheit zu erfassen, der vielleicht noch immer in den Natursteinen hing und vom Mut der zwei Schwestern Casasnovas berichtete.

Doch das Einzige, was seine Aufmerksamkeit erregte, war das Schnaufen eines Betonmischers und der Schimmel an den Wänden des alten Scheunenputzes. Er schmunzelte. Vielleicht konnte der Geist ihn auch gleich zum Schatz von Can Tamany führen, über den nach all den Jahrhunderten immer noch Legenden kursierten. Bei manchen handelte es sich um Truhen voller Gold, die irgendwo in dem Gemäuer versteckt sein sollten. In anderen um so mächtiges Wissen … dass man am besten nicht einmal darüber nachdachte.

Die Größe eines Ortes verhielt sich umgekehrt proportional zu seinem Spuk: je kleiner das Dorf, desto immenser die Märchen.

Der Anbau des Haupthauses, früher Schlafstätte für Vieh und Pferde, hatte neue Fabrikssprossenfenster erhalten, die einen edlen Kontrast zu dem jahrhundertealten Natursteinbau bildeten.

Lluc klopfte an die Glastür und trat ein.

An einem zum Arbeitsplatz umfunktionierten Esstisch saß ein blonder Mann um die vierzig in knallblauer Hose und weißem Hemd. Die beginnenden Geheimratsecken leuchteten fuchsiarot in einem schmerzhaft aussehenden Sonnenbrand. Selbst in dunkelhaariger Version hätte Lluc ihn auf der Straße als *alemán*, einen Deutschen, erkannt, obwohl kein bestimmtes Merkmal darauf hinwies.

»Max Thiel?«

Der Mann sah fragend vom ausgebreiteten Grundriss auf, nickte. »Wie kann ich Ihnen helfen?«

»Sargento Casasnovas von der Guardia Civil. Ich habe ein paar kurze Fragen, wenn Sie einen Moment Zeit hätten.« Lluc wechselte auf Deutsch und hoffte, sich auch ohne Gual einigermaßen zu verständigen. Er besaß keine Information über das Niveau von Thiels Spanisch.

Der Mann richtete sich zur vollen Größe auf, die Llucs eins siebenundachtzig um einiges überragte. Trotz athletischen Körperbaus verströmte er eine Welle der Müdigkeit und Abgespanntheit. »Eigentlich bin ich gerade beschäftigt.« Thiel blickte sich um, wie um Unterstützung für seine Aussage zu erhalten, doch die leeren Stühle vor dem Schreibtisch eilten ihm nicht zu Hilfe. Als Übersprunghandlung bewegte er die Computermaus vor ihm, die auf einem eleganten Pad mit den imprägnierten Initialen M. T. ruhte. Max Thiel.

»Wir ermitteln in einem Mordfall, *perdón*, es sind sogar zwei.« Der Fall war zwar offiziell noch nicht zu einem solchen deklariert worden, doch es hatte sich stets ausgezahlt, als visionärer Pionier seiner Zeit voraus zu sein. »Aus diesem Grunde ziehe ich es vor, nicht zu warten.«

Max Thiel setzte sich wieder, schloss den Mund und starrte Lluc aus halb geschlossenen Augenlidern an.

»Sie haben sicherlich schon gehört, dass zwei Ihrer Mitarbeiter gestern ums Leben gekommen sind.«

Thiel erwachte aus seiner Starre, schluckte und kratzte sich am roten Hals, wo seine Fingernägel dunkle Spuren hinterließen. »Schrecklich. Wir sind zutiefst geschockt. Ich dachte, es waren Unfälle?«

Lluc überging den Einwand. »Wenn ich richtig verstehe, waren beide ganztägig hier am Werk?«

»Federico hatte den Großteil seiner Arbeit schon erledigt und war seit zwei Wochen nicht mehr auf der Baustelle. Der arme David hat wie die anderen jungen Männer ausgeholfen, um sich Geld dazuzuverdienen.« Er wies mit dem Kinn nach draußen, wo der Schubkarren-Blonde mit einem Hochgewachsenen tuschelte und in ihre Richtung zeigte.

Die blonde Afrofrisur des Großen kam Lluc vage bekannt vor. Als sich ihre Blicke kreuzten, hielt der junge Mann ihn eine Sekunde länger als nötig, nickte ihm zu und verschwand hinter einem Bauschuttcontainer.

Nachdenklich sah Lluc seinen federnden Schritten hinterher. »Wann haben Sie David zum letzten Mal gesehen?«

»Vorgestern. Gestern hatten alle frei, wegen dieses Fests.«

»Waren Sie auf dem Firó?«

Thiel lachte auf. »Sie meinen die Schlachten? Nein, ich mag kein Gewühl. Das ist mir zu voll. Auch möchte ich nicht beschmiert werden mit dieser Farbe, die sie alle im Gesicht tragen. Und für Feiern habe ich momentan wenig Zeit, ich muss meine Sinne beisammenhalten.« Mit einer ausladenden Handbewegung zeigte er auf die Skizzen und Baupläne, die hinter dem Arbeitstisch in A0-Format an der Wand hingen.

»Gab es Streit zwischen den Mitarbeitern?«

Thiel schüttelte den Kopf. »Nein, das sind alles friedliche Männer. Freitagnachmittags lassen wir hier für gewöhnlich die Woche mit einem Bierchen ausklingen – ich habe mir eine Zapfanlage mit dem lokalen Rosa Blanca eingebaut. Möchten Sie vielleicht eins?« Er lächelte jovial und zeigte auf einen Tresen am Ende des Saales, wo eine voll ausgestattete, messingbeschlagene Bar mit zentralem Bierhahn Lluc bisher entgangen war. »Wir stoßen hier auf die Arbeit an, bevor die Jungs dann das Wochenende auf der Plaza einläuten. Letzten Freitag hatten wir wie gewohnt Superstimmung in der Truppe. Die Männer scherzten und lachten miteinander, alles war locker und harmonisch.«

»Finden Sie es nicht merkwürdig, dass beide Opfer bei Ihnen auf der Finca arbeiteten?«

Thiel verzog das Gesicht zu einer Grimasse, die sich überlappende schiefe Zähne entblößte, als hätte die Natur noch zwei, drei in die bestehende Reihe quetschen wollen und die anderen wie Dominos verschoben. »Sargento, es arbeiten kontinuierlich bis zu dreißig Leute auf der Baustelle. Und Federicos Firma ist einer der größten Klempner-Allrounder im Dorf.«

»David?«

»Sehen Sie die jungen Männer da draußen? Für die meisten ist es ein Aushilfsjob, bevor die Sommersaison wieder losgeht. Andere arbeiten im Dorf in Cafés, oder wie der arme David, der Säcke schleppte und den Garten umgrub, um sich etwas für sein Studium dazuzuverdienen.«

»Was wollte er denn studieren?«

Thiel runzelte die Stirn, kam jedoch zu keinem Ergebnis. Stattdessen präsentierte er achselzuckend seine Handinnenflächen. »Ich weiß es ehrlich gesagt nicht.« Trotz geselliger Freitagnachmittage schien Thiels Interesse Limitierungen unterworfen.

Mitten in der Bewegung stockte er, als wäre ihm etwas eingefallen, dann wischte er es mit einem Kopfschütteln fort.

Lluc sah ihn auffordernd an.

Thiel gab sich einen Ruck. »Das Einzige, was mir aufgefallen war …, aber es könnte auch genauso gar nichts bedeuten.«

»Manchmal sind die unwichtigsten Details ausschlaggebend«, ermutigte ihn Lluc.

»Der Junge. David. Er war sehr verschlossen. Doch kam er mir die letzten Wochen noch zurückgezogener vor als sonst. Am Freitag, als wir anderen bei dem Bier zusammensaßen, stieß er nicht dazu, sondern verkroch sich mit seinem Sandwich in die Waschküche. Hat sich mit diesem Knochen beschäftigt.«

»Was meinen Sie damit?«

»Man würde ja denken, dass die ohne Internet nicht lebensfähig sind.« Thiel zwinkerte Lluc zu. »Wir ja mittlerweile auch nicht mehr. Aber immerhin haben wir die Schule ohne Google und Wikipedia geschafft.«

Hund, Katze, Maus – Lluc fühlte sich wie in einem Ratespiel. Wovon redete der Mann? »Ich kann Ihnen nicht folgen.«

»Es war eines dieser alten Dinger. Das Telefon. Sie wissen schon, Nokia, Ericsson. Diese Geräte ohne Internet. In Deutschland nennen wir sie Knochen.«

Lluc blinzelte erstaunt. Ein altes Handy? David trug bei seinem Tod zwar kein Telefon bei sich, aber man hätte ein modernes Smartphone neuester Generation erwartet. »Hatte David immer dieses Gerät dabei?«

Thiel überlegte einen Moment, unterzog seine Unterlippe einer Massage zwischen Daumen und Zeigefinger. »Mit Gewissheit kann ich das nicht sagen. Auch nicht, ob ich ihn vor Freitag damit gesehen habe.«

Ein weiterer Punkt auf Llucs langer Liste. Er sah sich in

der Scheune um, die hier trotz der rustikalen Deckenholzbalken durch die frisch verputzten Wände und den hellgrauen Estrichboden einen modernen Anstrich erhalten hatte. »Was hat Federico denn für Arbeiten übernommen?«

»Seine Firma hat die Leitungen und Rohre neu gelegt. Alle Wände mussten aufgerissen werden. Die Finca ist uralt und dementsprechend das ganze Innenleben. Installationen der Klimaanlagen und der Wärmepumpe. Ich habe alles entkernt und werde Can Tamany zu neuem Glanz erwecken.« Wie um seinen Worten Nachdruck zu verleihen, erwachten seine Augen in Enthusiasmus, konkurrierten im Strahlen mit den Plänen für das zukünftige Gebäude.

»Was machen Sie beruflich, wenn ich fragen darf?« Aus eigener Erfahrung wusste Lluc, dass ein kompletter Neubau wesentlich günstiger war, als ein historisches Gemäuer wie dieses zu renovieren. Es würde Thiel ein Vermögen kosten, für das er zwei neue Häuser hätte erwerben können. Aber für jemanden, der seine Initialen selbst auf die Mousepads drucken ließ, sollte so etwas kein Hindernis darstellen.

Der Glanz der Augen erlosch, zurück kehrten Misstrauen und Halbmaststellung. »Ich bin Investor.«

»Worin investieren Sie?«

Thiel schien es als Indiskretion zu empfinden, sah ihn pikiert an. »Aktien, Firmen. Beantwortet das Ihre Frage, oder suchen Sie nach Insidertipps?« Er lachte im Versuch, es ins Scherzhafte zu ziehen.

»Solange Sie mir nicht MigaTech ans Herz legen … Für die armen Schweine, die dort ihr Geld gelassen haben, sieht es ja nicht so gut aus nach dem Konkurs.« Der Konkurs der Aktie beherrschte seit Tagen die Schlagzeilen.

Thiel verzog die Lippen.

»Ich kann mit der Idee eines Investors genauso wenig anfangen wie mit *Geschäftsmann*. Ein dehnbarer Begriff, der sowohl für einen Tomatenverkäufer auf dem Markt wie für den Chef eines Drogenkartells gilt«, sagte Lluc.

Thiel räusperte sich, steckte die Hände in die Hosentaschen, verlagerte sein Gewicht. »Ersteres könnte eines Tages auf mich zutreffen. Biotomaten auf dem Markt zu verkaufen schließe ich nicht aus.«

Lluc lachte, klopfte ihm auf die Schulter, was Thiel vor Überraschung zusammenzucken ließ. »Da haben wir ja Glück, dass es nicht Letzteres ist, sonst hätte ich Sie verhaften müssen.«

Thiel fiel ins Lachen ein, das seine Augen nicht erreichte.

»Ein schönes Haus haben Sie hier. Ich habe auch eine Steinfinca in Son Sales, nur ist meine deutlich kleiner.«

Thiels Augen leuchteten auf, er schien es als Ende des Gespräches zu werten und wandte sich zur Tür. »Vielen Dank, es ist tatsächlich etwas ganz Besonderes. Oder wird es zumindest, wenn die Arbeiten erledigt sind.« Er geleitete Lluc in Richtung Ausgang, eine Hand hinter seinem Rücken, als würde er ihn hinausschieben, ohne ihn zu berühren.

Draußen legte sich die schwere Hitze wie ein feuchtes Tuch auf Llucs Haut. Es schien, als brannte die Sonne noch heißer als noch wenige Minuten zuvor, im Kontrast zu der klimatisierten Luft der Scheune.

Lluc ließ seinen Blick über den sorgsam angelegten Garten mit grundstücksbegrenzenden Zypressen wandern, wo bis vor Kurzem nur wilde Zitronenbäume auf lehmigem Boden standen: die saftige Rasenfläche, die selbst mit Wimbledon hätte mithalten können, humusangereicherte Erde in Blumen- und Gemüsebeeten.

Vermutlich hatte Thiel in die Gartenarchitektur den gleichen Betrag versenkt wie für die Grundrestauration der Finca – ein Vermögen. Seine Investments schienen von Erfolg gekrönt.

Auf dem Weg zum Wagen wandte Lluc sich noch einmal um. Das Haus warf einen langen Schatten über die Veranda und schützte die Baustelle vor der Sonne. Ein Lichtstreif stahl sich durch die Zweige einer Mimose, landete auf einem Haarschopf und brachte die hellblonde Afromähne zum Erglühen. Der junge Mann schulterte eine Metallgitterrolle, überquerte mit federnden Schritten die Veranda, hielt inne. Sein Blick verschränkte sich mit Llucs. Die Sekunde gefror.

Dann verschwand er hinter dem Haus.

Doch es genügte, um Llucs Erinnerung zu wecken.

Er wusste nun, wo er den jungen Mann fand.

12

Isabel de Falcó schwenkte das Buch in ihrer Hand, doch der dicke Band war als Fächer unbrauchbar.

Die Luft staubte genau wie der Rest der dämmrigen Bibliothek. Das trockene, stickige alte Gebäude im Herzen Sóllers war vermutlich vor Jahren das letzte Mal gelüftet worden. Der Schutz der uralten Dokumente, Alben und Bücher wurde mit dem nahen Erstickungstod erkauft, ein geringer Preis, wie ihr die Wächterin der Atlanten hinter dem Tresen des städtischen Archivs versichert hatte.

»Gehen Sie den Gang hinunter, und dann ist es das dritte Regal. Das Buch, das Sie suchen, müsste sich zwischen der gebundenen Kartensammlung des Königreichs Mallorca und den Berichten der Carmeliter befinden.« Die Angestellte der Bibliothek wies mit dem Kopf in die beschriebene Richtung, was ein Glockenspiel der Glaskügelchen ihrer Brillenkette auslöste. Ihre Mundwinkel zuckten minimal – ein beträchtliches Zugeständnis an Sozialkompetenz in Anbetracht der schamlosen Unterbrechung ihres Mittagsnickerchens.

Doch dieses Zeichen von Goodwill genügte, um Isabel gnädig zu stimmen. »Das ist sehr lieb von Ihnen. Dürfte ich Sie rufen, wenn ich es nicht finde?« Sie vertiefte ihr Lächeln, bis es beinahe schmerzte und tatsächlich ein Fünkchen Sympathie für die strenge Frau in Isabel aufkeimte. Fake it, until you make it.

Natürlich war ihre Frage rhetorisch. Denn schon zweimal hatte sie die Regale dieses Ganges abgesucht, eine dunkle Rinne mit dem Zeigefinger in die dichte Staubschicht entlang der Buchrücken gefahren. Dennoch hatte sie den Reisebericht nicht gefunden.

Die freundliche Taktik wirkte wie immer Wunder, die harte Schale der Frau brach in einem ehrlichen Lächeln auf. »Selbstverständlich, Señora. Rufen Sie nur. Es ist aber auch unübersichtlich hier, und die Dunkelheit erleichtert die Suche nicht gerade. Doch das ist nur, um …«

»… die Bücher zu schützen. Ich weiß. Das ist auch sehr wichtig.« Die Arme machte nur ihren Job: Es war ja nicht ihre Schuld, dass es sich dabei meist um langweilige Atlanten und nicht die Archive des Vatikans handelte.

Isabel begab sich vor das besagte Regal, zählte zehn Sekunden ab und rief dann nach der Dame, die sich gemessen am Quietschen der Gummisohlen auf dem gebohnerten Linoleum sofort in Bewegung setzte.

»Das ist ja merkwürdig …«, die Bibliothekarin schob ihre Brille auf der Nase zurecht und trat näher an das Regalbrett. »Don Calva, wo bist du denn?«, murmelte sie, während sie die Buchrücken einzeln scannte und ihr Finger die Suche mit dem Ziehen einer zweiten Linie in den Staub unterstützte. »Letzte Woche war es noch hier. Da kam ein Herr, der sich für die gleiche Epoche interessierte.«

Ihr Blick verlor sich in der Ferne an einem Regal balearischer Seekarten des 17. Jahrhunderts.

»Wenn Sie wollen, kann ich Ihnen Don Calvas *De Natura*

Tramuntanae zeigen. Immerhin war der illustrierte Atlas jahrhundertelang das Nachschlagewerk der Flora und Fauna der Tramuntana.«

Isabel hatte keinerlei Interesse an mit Tinte und Feder gezeichneten Rotmilanen, Heidekraut und Rosmarin. »Gerne«, sagte sie trotzdem, denn vielleicht war der Reisebericht beim letzten Sichten dieses anderen Interessenten zu den weiteren Werken des viel zitierten Don Calva geordnet worden.

»Ich wundere mich über das plötzliche Interesse an Calva. Jahrelang im Dornröschenschlaf gelegen und auf einmal scheint er neuen Ruhm zu erlangen.«

Isabel folgte der Dame einen noch dunkleren Gang entlang ins fensterlose Innenleben der alten Bibliothek, wenig überrascht, dass Calvas Werk hier in tiefen Schlummer gefallen war. Mit jedem Schritt, den sie weiter in den schlauchartigen Saal eindrangen, wurde die Luft abgestandener, das Atmen fiel schwerer. Die Hitze drückte unerträglich. Es roch sogar nach Staub – falls so etwas überhaupt möglich war. »Unsere Klimaanlage ist ausgefallen«, entschuldigte sich die Bibliothekarin, ohne ihr zielgerichtetes Streben vorbei an ledergebundenen Nachschlagewerken und Kartenrollen zu unterbrechen.

Isabel hatte sich die Aufgabe leichter vorgestellt, wegen der sie nach Mallorca gekommen war beziehungsweise die sie als Grund vorschob.

In die Bibliothek wandern, Werk suchen, schreiben. Es konnte doch nicht so schwer sein, der Spur einer bekannten adeligen Familie zu folgen, deren gesellschaftlicher Exhibitionismus über die Jahrhunderte bis heute anhielt.

Ob Konzile geopolitischer Entscheidungen, Sitzungen über Krieg und Frieden, europäische Hoffestlichkeiten, Hochzeiten und Begräbnisse hochrangiger Namen – die de Falcós hatten auf keiner Gästeliste gefehlt. Und als einflussreiche und vermögende Figuren des spanischen Hofes waren eben auch famose Illustratoren wie Calva in ihren Dunstkreis gestoßen.

Das lautlos geschaltete Handy in Isabels Tasche vibrierte kontinuierlich, als gingen mehrere Anrufe hintereinander ein. Heute früh hatte schon wiederholt eine ihr unbekannte Nummer versucht, sie zu erreichen, und ihr schwante Schlimmes. War es bereits so weit? Isabel sah ihre Hoffnung schwinden, etwas mehr Zeit zu haben, bevor ihr alles um die Ohren flog. Bis die Neuigkeiten die Runde machten, ihrer Ruhe und dem Leben, wie sie es kannte und liebte, vorerst ein Ende bereiteten. Denn im Gegensatz zu ihren schillernden Vorfahren liebte sie die Anonymität und den Frieden, den diese brachte.

»Hier sind wir schon.« Die Frau war stehen geblieben, zog mit beiden Händen einen dicken Schinken aus der Regalreihe und reichte ihn weiter. Isabel nahm das Buch entgegen. Bibeldick, mit laminierten Seiten, die extra Gewicht auftrugen, wog das Ding geschätzte zehn Kilo.

De Natura Tramuntanae.

»Er hat auch einen zweiten Teil geschrieben, über die Küste um Sóller. Calva galt als der beste Vogelkundler seiner Zeit.« Die Bibliothekarin runzelte die Stirn. »Wie heißt der Begriff dafür noch einmal?«

»Ornithologe.«

»Genau, Or-ni-tho-lo-ge. Die zerklüftete Felsküste hier

oben bietet mit den kleinen Höhlen und Löchern im Gestein das perfekte Brutgebiet für viele Vögel. Wollen Sie den Band auch …?«

Isabel verneinte schnell, bevor der zweite Wälzer in ihren Armen landete. »Ist der gesuchte Reisebericht auch hier?«

Die Bibliothekarin inspizierte die Bücher neben der soeben entstandenen Leere, zog einen schmalen Einband links davon heraus und hielt ihn triumphierend in die Luft. »Ah, ich wusste, er muss hier irgendwo sein. Hier haben Sie ihn.«

»Sie sind die Beste. Ich danke Ihnen vielmals für Ihre Hilfe.«

Die Bibliothekarin schien Geschmack an ihrer Hilfsaktion gefunden zu haben. »Was genau recherchieren Sie denn? Vielleicht kann ich Ihnen in anderen Belangen weiterhelfen?«

»Liebend gerne komme ich schon bald auf Ihr Angebot zurück. Ich bin freie Autorin und arbeite an einer Familienchronik. Ein Teil des Clans verschwand hier auf Mallorca, und ich versuche, die Geschichte der Mitglieder der Familie zu rekonstruieren.« Sie formulierte es absichtlich vage, ließ aus, dass es sich um ihre eigene Sippschaft handelte. Publicity bekäme sie schon bald mehr als genug. »Ich schaue den Bericht hier eben durch.« Isabel wies auf die Tische und Sitzgelegenheiten am anderen Ende des Saales, die den Besuchern zum Studieren und Sichten der Werke zur Verfügung standen.

»Sagen Sie Bescheid, wenn Sie was brauchen.« Auf leise quietschenden Gummisohlen schlich die Frau davon.

Isabel verzog sich in die Leseecke. Außer ihr war nur ein schrecklich schwitzender, gelehrt aussehender Herr um die siebzig anwesend, der bei ihrem Nähertreten aufblickte und mit einem Nicken grüßte.

Bevor sie das Buch aufschlug, haderte sie mit sich, ob sie das Handy checken sollte.

Sie nahm einen tiefen Atemzug und entsperrte das Display.

Doch es war nur ihr Bruder, der sich Sorgen um ihren Verbleib machte.

Das Handy landete ausgeschaltet wieder in der Tasche, bevor sie den Fokus zurück auf ihre Suche und den Reisebericht des Mönches Calva lenkte. Sie strich über den mit rotem Stoff bezogenen Einband des Buches und schlug es auf. Der Reisebericht war glücklicherweise nicht auf Latein verfasst, das Isabel nur noch rudimentär beherrschte. Doch auch das ermüdende Altspanisch vereinfachte die Literaturrecherche nicht und forderte ihre volle Konzentration.

Wahllos blätterte sie die Seiten durch. Der kastilische Gelehrte hatte im 16. Jahrhundert die Insel bereist und war, gemäß ihren ersten Recherchen, bei der Überfahrt von Barcelona auf Isabels Verwandte gestoßen. Aus Calvas intensiven, detailverliebten Dokumentationen hoffte sie, Rückschlüsse ziehen zu können, was mit dem Zweig der Familie geschehen war.

Um keine Zeit mit der Aufzählung der Ur-Ur-Urs zu verplempern, nannte Isabel ihn einfachheitshalber Großonkel Eduardo und seine Frau Dolores. Über die Anzahl der Nachkommen stritten sich die Gemüter – Großvater ging von fünf aus, während Isabels Vater zehn vermutete. Sie neigte dazu, trotz seines Alters auf den scharfen Verstand ihres Großvaters zu setzen. Erstens, weil er immer recht behielt, und zweitens, weil die Nachverfolgung von fünf Kindern erheblich leichter war, als die doppelte Anzahl ausfindig zu machen.

Dolores und Eduardo verschwanden irgendwann von der Bildfläche höfischer Feierlichkeiten, ihre Namen waren aus Reiseberichten und Briefen gestrichen. Niemand kannte das Schicksal der Kinder. Ausradiert, als hätte es sie nie gegeben.

Isabel blätterte und las quer, übersprang enthusiastische Landschaftsbeschreibungen, Brutplätze und schwärmerisches Sinnieren, bis sie es endlich entdeckte: Graf Eduardo und seine Familie, die in Barcelona die *Fortuna*, eine dreimastige Handelskaracke zur Überfahrt auf die Balearen mit ihrem Gefolge bestiegen. Wie erwartet, behielt der Großvater recht. Calva berichtete von fünf Kindern.

Isabels Puls galoppierte erfreut, als sie die Seiten durchblätterte und in die Erzählung eintauchte.

Es las sich wie ein Zeitbericht der drei Musketiere: die Zeiten gefährlich, die medizinische Versorgung quacksalberisch bis nicht existent, wettgemacht durch Ehre, Doppelmoral und kodexgeschwängerte Gesten im Überfluss.

Isabel fotografierte die entsprechenden Seiten mit dem Handy, übertrug säuberlich Jahreszahlen, Orte und Namen in ihr Notizbuch.

Nachdem die Fortuna im Hafen von Sóller angelegt hatte, setzte Calva seine an Bord geschlossene Freundschaft mit dem Grafen auf feierlichen Abendessen und Gesellschaften im Orangental fort. Die mühsame Reise über die Tramuntana nach Palma unternahmen sie selten, stattdessen pflegten sie eine kameradschaftliche Verbindung mit einem Baron in Valencia und einem Edelmann in Marseille.

Isabels Wangen glühten, ihr Herz pochte gegen die Rippen, als sie voller Spannung die nächste Seite aufschlug.

Und stockte.

Die folgenden Textstellen passten nicht zusammen.

Sie blätterte mit spitzen Fingern zurück, vermutlich hatten sich zwei Blätter des pergamentdünnen Papiers verklebt.

Doch nach Seite dreiundachtzig folgte rückseitig die vierundachtzig und dann die siebenundachtzig.

Ein Blatt fehlte.

Sie presste den Buchrücken auseinander und starrte auf die spitzen Papierzähnchen einer ausgerissenen Seite.

Erstaunt blickte sie auf, blinzelte gegen die fliegenden Staubpartikelchen, die im Lichtkorridor des einzigen Sprossenfensters der dämmrigen Bibliothek tanzten.

Wer riss etwas aus einem langweiligen Reisebericht heraus, der außer Historikern und Verwandten niemanden interessierte? Und warum gerade diese Seite?

Isabel war der Lösung so nahe gewesen, doch abgesehen von der Anzahl der Kinder war sie keinen Schritt weitergekommen.

Nicht einmal die Namen der Nachfahren hatte sie in Erfahrung gebracht, um wenigstens diese Abzweigung des Stammbaumes zu beenden.

Seufzend klappte sie das Buch zu. Sie musste sich etwas anderes einfallen lassen.

Schnell.

13

Als Lluc wieder im Büro erschien, war die aufgeregte Stimmung im Revier ein zuverlässiger Gradmesser für Neuigkeiten.

»Was gibt's?«

Gual sah von ihrem Papierstapel auf, den sie mit einem Highlighter in eine grellpinke Fläche verwandelte. Genauso gut hätte sie das Dokument auf einem rosa Papier ausdrucken können. Doch so sah es eben aus, wenn ein Nebendetail wie eine vergessene Handtasche die gleiche Bedeutung besaß wie die Tatsache, dass die betroffene Person anschließend vom Bus überfahren wurde.

»Der Autopsiebericht ist zurück.« Die Aufregung hatte wie immer zwei kreisrunde Rötungen auf Guals Jochbeine gezeichnet, als hätte ihre vierjährige Tochter Hand ans Make-up angelegt.

»Und?«

Fina klatschte die Handflächen auf die Tischplatte. »Du scheinst recht behalten zu haben. Beide Wunden sind von langen, äußerst scharfen Tatwaffen zugeführt worden. Beide sehr zielgerichtet, ohne dass das umliegende Gewebe großen Widerstand geleistet hätte.« Sie presste die Lippen zu einem Strich, fuhr fort: »Was bedeutet, dass weder Holz- noch Plastikschwerter so eine Art Verletzung verursachen können. Die Klinge ist in den Körper eingedrungen und durch das Gewebe gefahren, als sei es Butter.«

»Also kein Unfall?«

»Die Pathologin kann es nicht mit hundertprozentiger Wahrscheinlichkeit ausschließen. Aber nein, sie glaubt nicht an einen Unfall.«

Dann hatte sich Llucs Vermutung bewahrheitet.

»Allerdings gibt es eine Überraschung«, fuhr Fina fort. »Die Wunden entstammen unterschiedlichen Waffen. Es scheint, als hätten wir es nicht mit einem, sondern zwei Tätern zu tun.«

»Tatsächlich?« Lluc setzte sich erstaunt auf. »Oder ein Täter, der die Tatwaffe gewechselt hat.«

Fina schürzte die Lippen. »Nicht auszuschließen, denn die Schnittführung ist ähnlich.«

Llucs Telefon klingelte, das Display meldete einen anonymen Anrufer mit unterdrückter Nummer. »Casasnovas.«

Am anderen Ende herrschte kurze Stille, bis der Teilnehmer auflegte.

Fina prustete los. »Bist du mit diesen Schwestern von damals …«

»Nein, ich bin kein Urenkel der Schwestern Casasnovas. Es gibt hier so viele Menschen, wir sind nicht die Einzigen mit dem Namen.«

Fina lachte. »Das habe ich schon bemerkt. Bitte versteht mich nicht falsch, aber es muss hier ziemlich inzestuös zugegangen sein. Entweder man ist ein Alcover, ein Arbona oder ein Casasnovas.«

»Ich bin eine Gual und trotzdem seit Generationen aus dem Dorf.« Gual drückte energisch die Kappe ihres Markers wieder auf, verfehlte dabei den Stift und verzierte ihren Daumen mit einer langen pinken Linie.

»Wie gehen wir weiter vor?«

»Wo ist Miguel?« Lluc sah sich suchend im Gemeinschaftsbüro um.

»Er hört sich bei den Mitgliedern der Verbindungen um, solange alle noch im Feiertagsmodus sind. Die meisten haben ja den Rest der Woche frei.«

Da der Firó in Sóller zu den wichtigsten Ereignissen des Jahres gehörte, galten der zweite Montag im Mai und der darauffolgende Diensttag als Feiertage, während der Rest Mallorcas einem normalen Arbeitstag entgegensah. Ähnlich verhielt es sich mit den jeweiligen Schutzpatronen der anderen Dörfer, denen im Mikrokosmos der Orte mit einem freien Tag gehuldigt wurde.

»Ich habe mir diesen Thiel und die Finca gerade angeschaut. Der Kerl weiß von nichts, war nicht auf dem Fest und hat das halbe Dorf auf der Baustelle für die Arbeiten angestellt. Komischer Typ.«

Gual spreizte den pinken Daumen und erweckte den Bildschirm ihres Computers aus dem Halbschlafmodus. »Ich schau mal, was ich über den Mann herausfinden kann.« Blind fanden ihre Finger in sicheren Bewegungen die richtigen Tasten. »Meine bisherigen Recherchen ergaben außer einem Ticket für schnelles Fahren rein gar nichts.«

»Es muss eine Verbindung zu Thiel geben. Es kann kein Zufall sein, dass beide Männer dort gearbeitet haben.« Sein Blick fiel auf die Zeiger der Plastikwanduhr des Büros, ein Werbegeschenk der BBVA-Bank, die mit kurz vor zwei Uhr die Mittagszeit ankündigten.

»Ich fahre zu Federicos Frau.« Fina nahm Schlüsselbund und Tasche vom Stapel der Tageszeitungen, die seit Durchsicht der Berichterstattungen achtlos gefaltet neben ihrem Computer lagen.

Die Titelblätter der Última Hora und des Dario de Mallorca zeigten einen jubelnden Capitán Angellats auf dem Balkon des Rathauses, gleich neben der neuesten Enthüllung über den Konkurs der MigaTech-Aktien, die seit Wochen die Schlagzeilen füllten. Lluc beglückwünschte sich wiederholt zu einer schlanken Portokasse, die riskanten Investments im Wege stand. »Sind die Hidalgo-Schwestern eigentlich wieder aufgetaucht?«

Gual stockte mitten im Tippen und sah erstaunt auf. »Wieso?«

»Sie waren nicht bei der Siegesdeklaration auf der Terrasse.«

»Was?« Gual starrte ihn mit offenem Mund an. »Das ist mir neu. Muss in dem Leichendrama untergegangen sein.«

»Noch eine Sache. Thiel behauptet, dass David eines dieser alten Telefone besaß. Ihr wisst schon, wie früher, ohne Internet. Nokia, Ericsson, so etwas«, sagte Lluc und schob seinen Stuhl zurück. »Nicht ortbare Wegwerfhandys, falsche Ausweise … für einen professionellen Drogenschieber die normale Berufsausrüstung. Aber für einen behüteten Sohn der Tramuntana sehr fragwürdige Utensilien.«

Gual hielt in ihrem Tippen inne. »Wir haben nur sein Smartphone, und das ist bislang ziemlich unauffällig.«

»Frag bitte bei der Familie nach, ob die etwas von diesem Telefon wissen. Und bei der Gelegenheit sollten wir auch seinen Computer abholen.«

»Federicos Telefon ist auch unauffällig. Kurz vor dem Fest gab es nur Firó-relevante Fotos und Nachrichten. Wie zum Beispiel die hier.« Gual drückte einige Tasten, rief Bilder auf dem Bildschirm auf, die eine Gruppe von Männern in Bauern- und Piratenkostümen zeigten.

Federico in Tracht mit Schwert. Federico in Tracht ohne Schwert. Das Schwert allein. Ein Pirat und ein Bauer, lachend mit Biergläsern in der Hand.

»Oder das hier.« Sie klickte eine weitere Taste, und das Foto einer behaarten Männerhand erschien auf dem Monitor. Die Handgelenke mit speckigen Lederbändern umwickelt, auf dem Mittelfinger ein kitschiger Piratenring mit riesigem Stein, wie aus dem Kaugummiautomaten.

»Die Nachrichten im Sinne von: *Traut ihr euch? Die Schlacht beginnt.* So ein Schlachtkram eben.«

»In Ordnung. An die Arbeit«, sagte Lluc und erhob sich. Er selbst würde sich um den potenziellen Informanten kümmern.

14

Wenn schon nicht geografisch, dann stellte die Plaça de Constitució doch den gesellschaftlichen Mittelpunkt Sóllers rund um das Rathaus und die neogotische Kirche des Sant Bartomeu dar.

Lluc nahm die Route hintenrum durch die schattigen Gassen über den Carrer de sa Lluna, sozusagen die Champs-Élysées des Dorfes, mit ihren Einkaufsmöglichkeiten vom Abendkleid bis zum Nudelsieb – manchmal sogar im selben Shop.

Wie jedes Jahr wochenlang um den Es Firó herum hingen noch immer die roten und weißen Fahnen der *moros y cristianos* an Balkonen und aus Fenstern. Die Absperrungen des Festes vom Vortag waren abgebaut, Bestuhlungen der Caféterrassen wieder aufgestellt, der Alltag zurückgekehrt. Nur noch Straßenstände und Kirmesbuden, die mallorquinische Spezialitäten, Stoffe und Schmuck feilboten, erinnerten an das Festival und den Ausnahmezustand des Vortages.

Idealerweise könnte Lluc mit einer kurzen Mittagspause an der Plaza zeitsparend drei Fliegen mit einem Schlag erledigen.

Während er seinen Körper mit den notwendigen Nährstoffen versorgte, um den Tag zu überstehen, hoffte er sowohl den Jungen als auch Tolo anzutreffen und nach Infos auszuquetschen.

Die Afrofrisur des Typen von der Baustelle war ein Blickfang, der sich in Llucs Unterbewusstsein gebrannt hatte. Jeden Tag lief er auf dem Rückweg von seiner Mittagspause auf der Plaza an dem Café vorbei, wo der Junge arbeitete.

Außerdem wusste er, dass Tolo, das inoffizielle Radio Sóllers, heute kurz vor Filialschluss den ersehnten Banktermin bezüglich eines weiteren Kreditantrages wahrnahm.

Nachdem die neueste Errungenschaft seiner Bootsverleihflotte, die schnittige Blu, so ausgezeichnet angekommen war – am besten bei Tolo selbst –, dachte er an eine Neuinvestition und Erweiterung um ein zweites Zodiac Ribboat – für die Touristen. Damit er sein Baby an niemanden abtreten musste.

Über dem Gipfel des Penyals de Migdia spannte sich ein wolkenloser Himmel, die Sonne brannte auf das Kopfsteinpflaster und reflektierte von dem hellen Sandstein der Kirche. Lluc stellte sich in den Schatten eines Orangenbäumchens, zog sein Handy aus der Hosentasche und wählte Tolos Nummer. »Wo steckst du?«

»Hola. Bin jetzt fertig in der Bank. Das neue Baby kann gekauft werden.« Sein gackerndes Lachen hallte durch den Hörer, und Lluc stellte auf Lautsprecher.

»Ich habe eine halbe Stunde. Mittagessen in der Bar Plaza?«

»Bin gleich da.«

Lluc überquerte den kleinen Kirchplatz, und als er das Lokal auf der anderen Seite des Platzes erreichte, hatte Tolo seinen hageren Körper schon über einen Stuhl drapiert und studierte die Tageskarte.

Die ungewöhnlich blasse Haut seines Freundes hatte trotz Lichtschutzfaktor tausend, ohne den Tolo niemals seine Haustür verließ, einen Sonnengruß erhalten. Rot wie ein britischer Tourist, der sich beim ersten Sonnenstrahl im Februar das Hemd vom Leib riss, kontrastierte seine Haut mit den nachtschwarzen Haaren.

»Du solltest dir Aloe Vera draufschmieren. Das sieht schmerzhaft aus.«

Tolo löste seinen Blick nicht von der Karte. »Das ist kein Sonnenbrand. Es ist Aufregung.«

»Gratuliere zum Kredit. Wie kommst du überhaupt so schnell hierher? Ich stand an der Kirche, die Bank ist viel weiter weg.«

»Schlanke Leute sind eben schneller.«

»Willst du damit sagen, ich sei fett?« Im Vergleich zu Tolo schnitten die meisten Menschen übergewichtig ab.

»Ich enthalte mich eines Kommentars. Wie geht's dir, alter Junge?«

Die Bedienung eilte heran, Lluc bestellte ein alkoholfreies Bier und wegen der schnelleren Zubereitung ein kleines Lachstatar, während Tolo die halbe Speisekarte herunterrasselte. »Als Vorspeise Gambas in Knoblauchöl, dann bitte das Lamm. Und eine Extraportion *Pan cristal con tomate.* Nichts geht über knuspriges Brot zum Eintunken ins heiße Öl.«

Nachdem Tolos erste Priorität erledigt war, kam er gleich auf das zweitwichtigste Thema zu sprechen. Er legte die Karte beiseite, faltete die behaarten Hände auf dem Tisch und sah Lluc ernst an. »So. Jetzt erzähl mal, was ist da los?«

Lluc entwischte ein Lachen, obwohl eigentlich gar nichts

komisch war. »Was soll ich dir denn sagen? Wir haben zwei Tote und keine Täter.«

Tolos Augen weiteten sich, als hätte er Morbus Basedow. »Nein! Es war Mord?«

»Du weißt, dass ich keine Interna preisgebe, spar dir also weitere Fangfragen. Doch im Moment schließen wir einen Unfall aus.«

Tolo wischte sich ein imaginäres Haar vom fliehenden Kinn. »Was für ein Firó. Alles scheint schiefzugehen.« Er schüttelte ungläubig den Kopf, ohne seinen starren Blick zu verändern. »Erst die Schwestern, die nicht auftauchen. Und dann das …«

»Könntest du bitte das mit den Augen lassen, es ist sehr irritierend.« Tolo fand immer neue Wege, die komplexe Diversität seines Geistes auszudrücken – um es schmeichelhaft zu umschreiben. »Ich wurde mitten in der Rede zum Strand gerufen. Die Dones sind nicht mehr aufgetaucht?«

»Wahrscheinlich haben sie sich vor Schande versteckt. Das ganze Dorf hat gesehen, dass zwei andere Mädchen in letzter Minute eingesprungen sind.«

»Und? Was ist mit ihnen geschehen? Welche Ausrede haben sie vorgebracht?«

Tolo zuckte die Schultern.

»Was soll das heißen?« Die Spitze der Gabel bohrte sich schmerzhaft in seinen Ellenbogen, als Lluc sich erstaunt auf dem Tisch abstützte.

»Ich habe nicht die geringste Ahnung.«

Unbehagen kroch mit kaltem Kribbeln Llucs Wirbelsäule entlang. »Keine Theorie?«

»Nada. Nichts.«

Lluc schluckte. Etwas höchst Ungewöhnliches geschah im Dorf. Tolo, der besser vernetzt war als eine Seidenspinne, besaß keine Information über Ursache, Wirkung oder Motiv. Viel erstaunlicher: Es mangelte sogar an Hypothesen. »Irgendjemand muss sie irgendwo gesehen haben. Sonst breitet sich doch hier alles so rasant aus wie ein Sommerwaldbrand.«

»Niemand hat sie bisher getroffen. Ich vermute, dass dieser Skandal in dem Drama am Strand untergegangen ist.«

Genau wie Lluc vermutet hatte. Die Gerüchteküche brodelte, und nur eine Sache war gepfefferter und gesalzener als ein Mord: zwei Morde.

Tolo plapperte glücklich über seinen heiligen Bootsverleih, nachdem die Bank ihren Segen auch auf das zweite Ribboat-Geschütz erweitert hatte, während die Kellnerin seine Vorspeisen und Llucs Tatar servierte.

Lluc sah auf die Uhr. »Ich muss los. Wir sehen uns die Tage.«

Er hinterließ einen Geldschein für seinen Teil des Mittagessens und lief zum östlichen Schenkel des überfüllten Platzes, wo der große Junge hoffentlich seinen Dienst begonnen hatte.

Um diese für gewöhnlich noch sehr milde Jahreszeit zog es neben den Wanderern besonders Radsportler aus aller Welt in die Tramuntana.

Eine Gruppe Männer in engen Radfahrerhosen und orangefarbenen Trikots mit dem Logo eines Versicherers schob klackenden Radschuhschritts ihre Rennräder vor ihm her, fiel ins Lokal ein und belagerte die halbe Terrasse.

Lluc spähte an ihnen vorbei ins Innere des Cafés, doch sein Blick spiegelte sich in der Fensterfront des Ladens.

Er betrat die kühlen Räumlichkeiten. Eine Mitarbeiterin checkte hinter dem Tresen die Nachrichten ihres Handys, von der Bedienung weit und breit keine Spur.

»Bon dia«, grüßte er in den Raum.

Nach einigen Sekunden des Ignoriertwerdens von der emsigen Señorita, die sich eifrig weigerte, in Llucs Richtung zu sehen, räusperte er sich.

»Entschuldige, hier arbeitet doch so ein großer *chico,* ein junger Mann mit hellblonder Afrofrisur.« Lluc beschrieb etwas um seinen Kopf, das eher wie ein Astronautenhelm wirkte.

Das Mädchen hinter dem Tresen sah endlich von ihrem Handy auf und verstand die Pantomime.

»Das ist Kevin.« Sie zog eine Schnute und verdrehte die Augen. »Er ist zu spät, müsste aber jeden Moment hier sein.« Sie schien sich an den Grund ihrer Anwesenheit in diesem Etablissement zu erinnern und wechselte nach der Konsultation eines Zettels das Kaffeepulverdepot der großen Maschine.

»Einen *Cortado*, bitte.«

Sie wandte sich nicht einmal zu ihm um. »Kaffee müssen Sie bei meinem Kollegen ordern, ich nehme am Tresen keine Bestellungen auf.«

Lluc seufzte, fand sich mit einer Wartezeit ohne Erfrischung ab, als die lange Gestalt des jungen Mannes mit federnden Schritten die Terrasse überquerte. Eine Hand lässig am Gurt seines über eine Schulter geschlungenen Rucksacks, legte er trotz seiner Verspätung keine Eile an den Tag und trottete gemütlich in das Lokal.

»Na endlich, ich bin hier schon am Rotieren. Die Leute wollen bestellen«, rief das Mädchen ihm zu, was Kevin mit einem Nicken zur Kenntnis nahm.

Ebenmäßige Gesichtszüge, exotische Frisur und über einen Meter neunzig groß, passte sein Äußeres mehr auf ein Basketballfeld oder einen internationalen Laufsteg als ins Dorfcafé der Tramuntana.

Erst dann entdeckte er Lluc und hielt inne. Erkennen blitzte in seinen Augen auf, gefolgt von Zögern und offensichtlicher Unsicherheit.

Er entschied sich für ein unbestimmtes Nicken, durchquerte den Innenraum zu einer Tür, verschwand einen Moment und kam ohne seinen Rucksack, dafür mit umgebundener schwarzer Schürze zurück.

»Hier haben wir ja die Bedienung. Einen *Cortado*, bitte«, nutzte Lluc die Gelegenheit.

Der Junge wirkte verwirrt, gab die Bestellung einen Meter über die Bar an seine Kollegin weiter, die zufrieden nickte, sich dann endlich in Bewegung setzte.

»Bitte sehr.« Sie stellte die kleine Tasse vor Lluc auf den Tresen, Espresso versehen mit einer geringen Menge Milch, um die bittere Note des Kaffees abzumildern.

Kevin zupfte stumm an der Naht seiner Schürze. Seitdem er Lluc erkannt hatte, klebte sein Blick auf dem Boden, als würden die schwarz-weißen Karofliesen eine Geschichte erzählen.

Bevor der Junge auf die Idee kam, den Bedürfnissen seiner ungeduldigen Gäste auf der Terrasse nachzukommen, ergriff Lluc das Wort. »Ich hab dich vorhin auf der Baustelle gesehen. Du arbeitest auch bei Thiel.«

Der Junge sprach zum ersten Mal, seine Stimme war ein

angenehmer Bass. »Vormittags helfe ich auf der Baustelle aus. Am Nachmittag bin ich hier.«

»Wie du bestimmt schon weißt, bin ich von der Polizei und untersuche den Tod von Federico und David.«

Mit der Spitze seiner Chucks zeichnete Kevin ein Muster auf den karierten Boden. »Es waren keine Unfälle.«

»Du scheinst nicht überrascht.«

Beunruhigt sah der Junge sich um, wie um sicherzugehen, nicht belauscht zu werden. »Wir sind alle vor den Kopf gestoßen.« Er fuhr sich mit einer riesigen Hand übers Gesicht, sah Lluc zum ersten Mal aus graugrünen Augen an.

»Gab es irgendeine Verbindung der beiden, außer dass sie auf der gleichen Baustelle arbeiteten?«

»Nicht dass ich wüsste. David war sehr zurückgezogen, wirkte gedankenversunken und irgendwie immer traurig. Er war nett, hat aber nie etwas von sich erzählt. Obwohl ich ihn seit Wochen jeden Tag gesehen habe, weiß ich fast nichts von ihm.«

»Er hatte so ein Vintage-Telefon. Nokia oder Ericsson?«

Der Junge runzelte verwundert die Stirn, schüttelte den Kopf. »Ne, er hatte ein iPhone. Die neueste Generation. Das weiß ich genau, weil er mich kürzlich nach einem Aufladekabel fragte. Ich hab aber ein Android.« Schulterzucken.

»Und Federico? Kanntest du ihn besser?«

Kevin lachte auf. »Jeder kannte Federico. Er war das andere Extrem. Was David zu wenig hatte, war Federico zu viel. Er redete ständig, scherzte, war gut drauf. Die beiden hatten keinerlei Berührungspunkte.«

»Aber trotzdem überrascht es dich nicht, dass es keine Unfälle waren?«

Kevin schwieg, sah auf die Terrasse hinaus, zeigte auf die besetzten Tische. »Ich muss da gleich raus.«

»Einen Moment noch.« Llucs erhobene Hand gebot ihm zu warten. »Warum bist du so beunruhigt?«

Kevins Finger verschwanden im dichten Wald seiner exotischen Frisur. Er rang sichtlich mit sich.

Lluc schwieg und wartete. Im Gegensatz zu dem Jungen hatte er Zeit.

»Wegen Francisca und Catalina«, sagte Kevin und entließ den Atem in einem Seufzer.

»Erklär mir das«, bat Lluc überrascht.

»Die Schwestern Hidalgo, die die Valentes Dones spielen sollten.«

»Was ist mit denen?«

»Sie sind bei der Veranstaltung gestern nicht aufgetaucht.«

Er ermunterte den Jungen mit einem Nicken weiterzureden.

»Bei der Arbeit waren sie heute auch nicht.«

Lluc versuchte, das Gesagte in einen Kontext zu bringen. »Warte. Welche Arbeit?«

»Na, die Baustelle.«

Lluc zögerte einen Augenblick, um das Gehörte zu verarbeiten.

»Willst du etwa sagen, sie schieben Schubkarren und zementieren den Zugang?« Seine Gedanken wirbelten durcheinander.

Kevin lachte. »Nein, die doch nicht.« Ein leichter Unterton schlich sich in seine unbeschwerten Worte. »Sie kümmern sich um die Inneneinrichtung, beraten Thiel in Stilfragen.

Die Ältere der beiden handelt mit Kunst und soll so einen Deal eingefädelt haben. Sie wissen schon, solche Kleckse, für die Spinner Tausende hinblättern. Ich könnte das für einen Bruchteil in zehn Sekunden mit der Malerbürste erledigen, dann bräuchten wir noch nicht einmal einen Rahmen.«

Er lachte über seinen eigenen Witz. Lluc lächelte höflich mit, während in seinem Kopf die Gedankenrädchen rotierten.

»Kennst du die beiden näher?«

Die Kiefermuskulatur des Jungen zuckte. »Als würden die sich mit einem wie mir abgeben. Hochnäsig hoch zwei. Ne, auf die kann ich verzichten, obwohl die Kleinere nicht ganz so schlimm ist.« Er grinste beiläufig, doch Lluc war der bittere Unterton nicht entgangen. »Ich muss jetzt wirklich los.« Kevin nickte mit dem Kinn in Richtung Terrasse, wo einer der Radfahrer mit wildem Winken um Aufmerksamkeit buhlte.

Lluc verabschiedete sich, während die gerade gewonnenen Informationen ein neues Bild ergaben: Catalina und Francisca Hidalgo hatten ebenfalls auf dieser Baustelle gearbeitet – und wurden noch immer vermisst.

15

Fina klingelte an der Haustür der schicken Villa am Hang über Alconasser. Hier hatte sich Federicos Frau nach dem Tod ihres Mannes zu ihren Eltern verkrochen.

Einige Fahrminuten von Sóller entfernt in Richtung des mondänen Bergdorfes Deiá befand sich in atemraubender Höhe der Steilküste hinter der siebten Serpentine eine Ansammlung von Häusern, vor die irgendjemand ein Ortsschild gesetzt hatte.

Fina war davon ausgegangen, dass die Villen reichen Menschen als Feriendomizile dienten, und fragte sich, wie es war, hier permanent zu wohnen. Zwar fiel man praktischerweise aus der Haustür direkt ins Meer – mehrere Hundert Meter –, doch sollte einem die Milch ausgehen, führte einen der Weg zum nächsten Tante-Emma-Laden über dieselben schwindelerregenden Serpentinen des Hinwegs.

Die Tür öffnete sich. Eine ältere Frau, die sich als Nurias Mutter vorstellte, bat Fina herein. »Gehen Sie doch bitte gerade durch, meine Tochter erwartet Sie im Salon.« Die Frau wies nach links und verschwand in die entgegengesetzte Richtung hinter einer Tür.

Fina bedankte sich und betrat das stilvolle Wohnzimmer.

Das Haus stammte aus den Achtzigerjahren und schien

seitdem keine nennenswerten Renovierungen erfahren zu haben, doch das zeitlos elegante Mobiliar alterte wie ein guter Wein.

Obwohl sie einen sensationellen Blick erwartet hatte, musste Fina sich einen Moment sammeln, als sie den Salon mit der aufziehbaren Fensterfront betrat. Wie eine Infinity-Plattform setzte der helle Marmorboden sich direkt im türkisfarbenen Wasser der kleinen Bucht geschätzte fünfzig Meter unter ihnen fort. Da es keinen Sandstrand an der Felsküste gab, war sie menschenleer. Nur ein einsames Segelboot ankerte friedlich in den glitzernden Wellen des von hohen Bergen umrahmten Meerbusens.

Nuria sprang vom Sofa auf und schüttelte Fina die Hand. Ihre Lider waren vom Weinen geschwollen. Ausgebeulte Pyjamahosen mit Sternchenprint und farblich unpassende Socken weckten Finas Sympathie. Beruhigend, dass auch reiche Leute im selben Schnodderlook zu Hause rumliefen, allerdings das beneidenswerte Selbstbewusstsein besaßen, sich nicht für Besucher umzuziehen. Doch die arme Frau hatte jetzt andere Probleme.

»Danke, dass Sie sich Zeit für einige Fragen nehmen.«

Nuria nickte und bot Fina einen Platz auf der Couch an, der den vollen Blick auf die funkelnd blaue Weite des Mittelmeeres gewährleistete.

»Ich muss Ihnen leider mitteilen, dass wir jetzt in einem Mordfall ermitteln, da wir ein Tötungsdelikt mit Vorsatz nicht ausschließen können.«

Nuria hielt sich die Faust vor den Mund und starrte Fina wortlos an.

»Federico hatte bis vor Kurzem auf einer Baustelle gearbeitet, die die Finca von Can Tamany renovierte. Hat er Ihnen davon erzählt?«

Nuria räusperte sich, was die Kratzigkeit nicht aus ihrer Stimme entfernte. »Natürlich. Mit der Geschichte von Can Tamany und Federicos Obession mit diesem Kunst-des-Krieges-Quatsch hat er tagelang von nichts anderem gesprochen.« Sie schüttelte traurig den Kopf und stützte ihre Stirn mit der Hand ab.

»Was kann ich mir darunter vorstellen?«

Nuria zog die Knie an und begann, den Saum ihrer Söckchen hinabzurollen. »Es sind alte chinesische Kriegsweisheiten, die Federico auf sein Leben übertragen hat.« Als ihr Knöchel entblößt lag, rollte Nuria den Strumpf wieder hoch, um wieder von vorne zu beginnen. »*Erscheine schwach, wenn du stark bist, und stark, wenn du schwach bist.* So ein Quatsch eben.«

»Hm.« Fina führte die Kappe ihres Stiftes zu den Lippen. So richtig sagte ihr das Ganze noch immer nichts.

Nuria schien ihr Dilemma zu bemerken, eilte zu Hilfe. »Er war überzeugt, wenn er die Grundsätze der Kunst des Krieges auf seine anderen Lebensbelange ausdehnte, könnte er die Schlacht des Lebens gewinnen.«

Fina runzelte die Stirn. »Schlacht des Lebens?« Leider war Federicos Rechnung nicht aufgegangen.

»Eigentlich geht es da um strategisches Vorgehen im Krieg. Er machte das Leben zu einem Gefecht, nur damit er seinem Spieltrieb frönen konnte. Und das hat er nun davon.« Ihre Augen füllten sich mit Tränen. Nuria fummelte ein zerknülltes Taschentuch aus der Hosentasche und wischte sich übers Gesicht. »*Jede Kriegsführung basiert auf Täuschung.* Wie er das umgesetzt hat, will ich lieber nicht wissen.« Ein bitterer Zug legte sich um ihren Mund. »Er kannte die Grundsätze des *Art of war* auswendig. Sah sich selbst als Feldherrn. *General Federico.*« Sie schlug sich mit der Hand mehrmals auf die Stirn, als wollte sie damit das Begreifen vereinfachen.

Der verächtliche Ton passte nicht zu der trauernden Witwe, und Llucs instinktive Vermutung über die Eheleute kam Fina widerstrebend in den Sinn.

»Entschuldigen Sie bitte, ich bin nur so sauer. Auf ihn, aufs Leben – dass er sich eventuell in diese Situation gebracht hat … Und nun ist er fort.« Die Tränen kullerten der armen Frau übers Gesicht.

Finas Zweifel lösten sich auf wie das nasse Taschentuch in Nurias Hand. »Es tut mir sehr leid.« Sie warf einen Blick auf die sauber geschwungenen Buchstaben ihrer Notizen. »Zurück zu Can Tamany. Ist dort etwas Außergewöhnliches geschehen? Hatte er Ärger auf der Baustelle?«

Nuria schürzte die Lippen, ihr Blick verlor sich durch das Fenster in der Weite des Meeres. »Probleme hatte er nie erwähnt. Da schien alles rundzulaufen. Er muss sich sogar bestens mit denen verstanden haben, gemessen an der Zeit, die er dort bis spät in den Abend verbrachte.« Sie lachte auf, zwinkerte gestellt. »Wäre es nicht eine Baustelle, würde ich eine Affäre vermuten.«

Fina lächelte höflich, notierte sich aber den Hinweis.

»Das Einzige, über das Federico sich einmal aufgeregt hatte, war ein Zahlungsverzug seitens des Inhabers, sodass mein Mann kein Material bestellen konnte. Aber da er später nicht mehr darüber sprach, gehe ich davon aus, dass sich das erledigt hatte.«

Finas Augenbrauen schossen in die Höhe. Auch der Punkt offene Rechnungen fand Eintrag in ihr Moleskin. Gleich im Anschluss würde sie in der Firma anrufen.

Als Nuria immer weiter in die Horizontale rutschte und ihr vor Müdigkeit beinahe die Augen zufielen, steckte Fina ihren Kuli in die Tasche.

»Vielen Dank für Ihre Zeit. Dürfte ich die Toilette benutzen, bevor ich die Serpentinen wieder hinunterfahre?« Für ein Desaster bedurfte es nur einer vollen Blase in Kombination mit einer trainierenden Radfahrergruppe vor sich in den unüberholbaren Bergkurven, die einen zu Schneckentempo zwangen.

»Natürlich. Den Gang runter links.«

Fina nahm den schmalen Flur, bog im rechten Winkel um die Ecke auf die einzige Tür am Ende zu. Auch hier dominierte zeitlose Eleganz. Alte Truhen, Gemälde und Fotos, die Herren in Uniform in verschiedenen Epochen der Weltgeschichte zeigten. Federico musste sich hervorragend mit seinen militärisch vorbelasteten Schwiegereltern verstanden haben.

Zwei goldbeschlagene Schwerter und ein Kurzsäbel hingen akkurat über einem finster blickenden Mann mit ausladendem Schnurrbart, der selbst Hercule Poirot vor Neid hätte erblassen lassen.

Fina dachte an ihr Elternhaus. Statt militärischen Vorvätern hing in der kleinen Wohnung ihrer Mutter die schwarz gerahmte Stickerei eines Eichhörnchens neben dem ehrlichen Kunstblumenstrauß, der keine falschen Versprechen über seine Chinaladen-Herkunft machte.

Eines der Schwerter baumelte nicht ganz parallel zum

anderen und sabotierte das sonst akkurate Gesamtkunstwerk der Dekoration. Fina korrigierte es schmunzelnd mit einem leichten Ausrichten. Nun färbten Guals kompulsive Marotten doch noch auf sie ab.

Sie benutzte die Toilette, wusch sich die schwitzenden Hände und verabschiedete sich von einer müden Nuria.

Der Schweiß juckte Fina im Nacken unter dem dichten Haar, als sie in den stickigen Wagen kletterte. Sie öffnete alle Fenster, holte ihr Telefon aus der Handtasche und suchte den Namen aus der täglichen Anrufliste heraus, obwohl sie sogar mit drei Promille die Nummer hätte ausspucken können.

»Hola, Ima.« Die Begrüßung und Finas Spitzname stolperten ungelenk aus dem Mund ihrer Schwester.

Doch Fina lauschte ihnen verzückt, als wären sie Musik. Getragen von der schönsten Harmonie, dem Glücklichsein.

Adas Freude besaß fast materialisierte Präsenz. »Was macht meine Lieblingsschwester?«

»Du hast doch nur eine.« Wie immer kicherte Ada über den ewig selben Spruch. »Nuno holt mich gleich ab. Ich habe das blaue Kleid angezogen, das so schön meine Augen betont.«

Finas Lächeln gefror auf ihren Lippen.

Sie unterdrückte das aufsteigende Gefühl der Panik und warf so viel Unbedarftheit in ihre Stimme, wie sie zusammenkratzen konnte. »Das ist toll. Was macht ihr denn?«

»Wir gehen spazieren und ein Eis essen.«

Fina versuchte, sich zu beruhigen und ihren Puls in seine gewohnte Frequenz zu zwingen. Sich für das zarte Liebesglück ihrer kleinen Schwester zu freuen.

Spazieren und Eis essen – normale Tätigkeiten, die selbst Zwölfjährige ohne Begleitperson durchführten und unbeschadet überstanden.

Doch Ada war leider genauso wenig normal wie ihr Freund Nuno, den sie in ihrer Reha-Arbeitsgruppe zur Rückbildung unfallbedingter Behinderungen kennengelernt hatte. Seitdem ihre geliebte Schwester nach dem Unfall körperliche und geistige Einschränkungen davongetragen hatte, bei dem auch ihr Vater verstorben war, hatte Fina sich in eine Jeanne d'Arc verwandelt, mit der alleinigen Mission, Ada zu schützen.

Doch wovor? Vor dem Glück?

Was konnte beim Flanieren vor der Haustür mit anschließender Einkehr im Einkaufszentrum von S'Escorxador die Straße weiter runter schon geschehen?

Eine Menge, fand Fina, wenn sie sich auch nur eine Sekunde erlaubte, darüber nachzudenken.

Vor lauter Gedankenlosigkeit überfahren zu werden, auch wenn es glücklicherweise keine großen Straßen zu überqueren gab, war zum Beispiel eine ernst zu nehmende Gefahr. Besonders für unbedachte Menschen.

Das Leben war sehr kreativ in der Ausübung seiner Widerwärtigkeiten, der Möglichkeiten gab es viele.

Herzbruch war ein weiteres Beispiel.

Was, wenn dieser Nuno nach anfänglicher Begeisterung die süße Ada einfach entsorgte? Dieser Schmerz stach und brannte genauso wie ein gebrochener Körper.

Manchmal sogar schlimmer, wie Fina aus eigener Erfahrung wusste.

Besser niemals zu lieben, als diesen Verlust zu ertragen.

Unerklärlich das Bestreben der Menschen, sich zu binden. Diese erniedrigende Suche und Betteln nach Zweisamkeit, nur damit man abends nicht allein auf dem Sofa saß und den Film im Selbstgespräch kommentierte.

Die Effizienz der Sicherheitsvorkehrungen, die Fina für ihr Gefühlsleben getroffen hatte, war sicher wie Fort Knox. Kein unerlaubtes Eindringen, ohne dass der Bittsteller auf Herz und Nieren geprüft, Zutrittsanträge und eidesstattliche Absichtserklärungen vorlegte.

Keine verschwendete Mühe, denn immerhin schützte es das teuerste Gut. Was aber der Grund sein mochte, dass Fina ein beziehungsloses, glückliches Leben führte. Glücklich wie in *zufrieden*. Oder wie in *Abwesenheit von Unglücklichsein*, was nach logischen Gesichtspunkten praktisch dasselbe wäre wie Glück. Oder?

Glück, das sie sich für ihre Schwester wünschte.

»Viel Spaß, Ada. Ruf mich danach sofort an.« Damit sie vor Sorgen nicht durchdrehte. »Damit du mir alles Aufregende erzählst.«

Ada versprach, sich sofort zu melden, und legte auf.

Verärgert schmiss Fina das Telefon auf den Beifahrersitz.

Por Dios, gütiger Gott, sie hasste diesen Nuno jetzt schon.

Sie schalt sich eine Idiotin, doch auch das beste Zureden konnte nicht den schalen Beigeschmack ausrotten, den das Telefongespräch hinterlassen hatte.

Fina würde diesen Nuno mal genauer unter die Lupe nehmen.

Was war das überhaupt für ein Name?

16

Lluc trat aus dem Bahnhofsgebäude hinaus unter das Pappeldach der Plaça d'Espanya.

Ein alter Holzzug aus Palma war soeben eingetroffen, aus dem nun die Touristen strömten.

Vorbei an der Menschenmenge schlängelte er sich quer über den Platz und trat in die kühlen Schatten der Altstadtgasse gegenüber, dessen eng stehende Gebäude nicht viel Sonneneinfall erlaubten.

Sein Besuch beim Paten von Sóller hinterließ wie alle Zusammenkünfte mit diesem Unikat einen ambivalenten Geschmack. Jedem Kontakt mit Antonio Colom folgte so sicher ein Nachspiel wie ein Elfmeterschießen dem Unentschieden in der K.o.-Phase der Fußballweltmeisterschaft. Um dann doch den Kürzeren zu ziehen.

Doch alles hatte seinen Preis, und Lluc war bereit, ihn zu zahlen. Es blieb ihm nichts anderes übrig.

Zwei Namen standen auf der Liste der Informanten, die Details über die Dienstaufsichtsermittlung der *Asuntos internos* ausgraben konnten. Llucs Freund Emilio im Hauptsitz der Guardia Civil in Palma und natürlich Colom, der Betreiber des Zuges.

Colom hatte ein todsicheres Gespür für Gerüchte.

Darüber hinaus war er mit dem involvierten Hotelbetreiber eng befreundet, und der musste ja schließlich wissen, was ihm angekreidet wurde.

Colom hatte versprochen, in Kürze mit Informationen zurückzukehren, sodass Llucs Guthabenbilanz der *favores*, der Gefallen, rote Zahlen schrieb. Nichts war umsonst, selbst der Tod kostete das Leben.

Froh und erleichtert, diesen Punkt von seiner Liste streichen zu können, bog Lluc in die Carrer d' Isabel II ein, als es in seiner Hosentasche vibrierte.

Leicht außer Atem nahm er den Anruf entgegen.

Es war Fina, deren Stimme leise durch das Telefon klang. Lluc presste den Lautstärkeregler auf Maximum.

»Federicos Ehefrau kann sich an keine Streitigkeiten auf der Baustelle erinnern. Ganz im Gegenteil schien er sich ausnehmend gut mit den Leuten zu verstehen und verbrachte erstaunlich viel Zeit dort, sodass sie schon eine Affäre vermutete.« Fina lachte heiser. »Du Brontosaurus hattest die richtigen Vibes aufgefangen.«

»Danke für die Blumen.«

»Allerdings war er verärgert über einen temporären Zahlungsrückstand«, fuhr Fina fort. »Ein Anruf bei der Firma ergab, dass dieser Rückstand den Zeitplan durcheinandergebracht hatte, weil Federico das Rohmaterial nicht rechtzeitig bestellen konnte. Das wiederum führte zu einem Verzug zum nächsten Projekt, was im Anschluss in Palma stattfand.«

»Und wurde die Zahlung beglichen?«

»Leider ist die Buchhalterin, die über Konteneinsicht verfügt, noch im Urlaub. Thailand. Keine gute Wahl zu dieser Jahreszeit. Die haben gerade Monsunregen.« Eine Tür fiel ins Schloss, Schritte klackten über hartes Pflaster, Finas

Stimme hallte von nackten Wänden nach. »Wegen der Zeitverschiebung ist es dort gerade mitten in der Nacht. Ich habe der Dame eine Nachricht hinterlassen mit der Bitte um dringenden Rückruf.«

»Gut gemacht, Fina.«

»Außerdem gibt es Neuigkeiten von Gual. Davids Familie weiß von keinem zweiten Handy. Sie haben noch nie ein altes Modell bei ihm gesehen.«

»Hm. Der andere junge Mann von der Baustelle auch nicht. Vielleicht lügt Thiel?«

»Gut möglich. Um von sich abzulenken, damit es aussieht, als hätte David ein dubioses Geheimnis gehütet.«

Ein Minivan der städtischen Straßenreinigung fuhr schnaubend den Bordstein entlang.

»Da ist noch was«, fügte Fina hinzu.

Lluc wartete, bis der lärmende Wagen vorbeigefahren war, was ihm Gelegenheit gab, seine Gedanken zu ordnen. »Jetzt kann ich dich hören.« Er nahm eine Abkürzung über eine kurze Treppenpassage, die zwei kreuzende Gassen verband.

»Davids Laptop ist verschwunden.«

Lluc verfehlte eine Stufe, strauchelte, fing sich im letzten Moment. Versicherte einem besorgten Passanten, keine Hilfe zu benötigen. Der etwa neunzigjährige Mann lächelte erleichtert und schlurfte auf seinen Stock gestützt vorsichtig weiter.

»Was heißt verschwunden?«, hakte Lluc nach.

»Wie in: nicht da.«

Schlaumeierin. »Hat David ihn vielleicht woanders deponiert?«

»Gual sagt, die Mutter kann es nicht ausschließen, meint

aber, bei der letzten Inspektion seines Zimmers den Computer gesehen zu haben. Hundertprozentig beschwören kann sie es allerdings nicht.«

»Externe Festplatten, Sticks, Back-ups?«

»Die Mutter findet nichts. Wir schicken einen Kollegen vorbei.« Fina hatte den hallenden Ort verlassen, erklang nun ohne Echo in Llucs Ohr.

»Ich habe auch interessante Neuigkeiten. Rate mal, wer ebenfalls auf der Baustelle gearbeitet hat.« Doch bevor Fina die Einladung zur wilden Spekulation annahm, fasste Lluc zusammen, was er von dem Jungen mit der Afrofrisur erfahren hatte. »Nicht nur, dass die Schwestern ihren Auftritt auf dem Balkon verpasst haben. Beide Frauen sind heute nicht auf der Finca erschienen.«

»Wenn Thiel ihnen ebenfalls das Gehalt mit Verzug bezahlt hat, ist das ja nicht verwunderlich. Ich würde auch die Arbeit einstellen, wenn der Lohn von Mai erst Ende Juni auf mein Konto eingeht. Worauf willst du hinaus?«

»Ich hab kein gutes Gefühl. Hoffentlich ist ihnen nichts zugestoßen.«

»Dafür fehlen Hinweise und Vermisstenanzeige. Wir sollten uns auf das vorliegende Drama und die zwei Opfer konzentrieren.«

Ein Wasserfall langer dunkler Haare erschien einige Meter vor Lluc in einem der Stadthauseingänge und weckte seine Aufmerksamkeit.

»Danke für das Update, Fina.« Er beendete das Gespräch, verlangsamte seinen Schritt.

Er hatte sich nicht getäuscht. Die Mähne gehörte zu dieser Gräfin, die sich einem vom Türbogen verdeckten Begleiter zuwandte und dabei Lluc entdeckte. Ihre Augen leuchteten in Erkennen auf, ein breites Lächeln erhellte ihr Gesicht.

Den Arm voller Bücher trat sie hinaus in die schmale Altstadtgasse.

»Sargento, wie schön, Sie zu sehen. Sie waren am Montag so plötzlich verschwunden. Ich hatte gehofft, Sie später noch zu entdecken, aber die traurigen Ereignisse …«

Die aristokratische Höflichkeit saß genauso perfekt wie die Frisur und das geblümte lange Kleid im Countrystil.

»Me alegro, die Freude ist ganz meinerseits, Gräfin.«

»Bitte nennen Sie mich nicht wie meine Großmutter. Ich bin Isabel.«

Lluc nickte erleichtert. Das Titel-Gedöns irritierte ihn, er war unsicher, wie er die Menschen ansprechen sollte, ohne Egos zu verletzen. »Freut mich, Bel.«

»Isabel«, korrigierte sie ihn freundlich, doch bestimmt.

»Bel ist die mallorquinische Abkürzung für Isabel«, sagte Lluc und beobachtete interessiert, wie ihr anfänglicher Widerstand bröckelte.

»Na gut, man passt sich Land und Leuten an. Bel gefällt mir«, lachte sie. »Darf ich Lluc sagen?«

»Natürlich.« Auf der Insel siezte sich kaum jemand. »Ich hoffe, du kommst voran mit der Recherche?«

Sie lachte, hob den bücherbeladenen Arm wie zum Beweis. »Noch muss ich deine Ermittlungsfähigkeiten nicht in Anspruch nehmen, aber wenn ich mich weiterhin so blöd anstelle, könnte ich auf das liebenswerte Angebot zurückkommen.« Ein Angebot, zu dem Lluc genötigt worden war in der Hoffnung, dass es als Höflichkeitsfloskel aufgefasst und ignoriert würde.

Ihr Begleiter war nun ebenfalls aus dem Eingang getreten. Der Verleger Luís hielt das schwere Holzportal auf, verabschiedete sich winkend von jemandem im Haus und schlug dann die Tür zu. Ein Hauch von Orangenduft und Anis wehte auf die Straße. »Hola, Lluc«, sagte er und legte den Kopf auf seine charakteristische Weise schräg. Händeschütteln, Schulterklopfen.

»Luís hat den Kontakt zu dem netten Herrn ermöglicht, der ein passionierter Sólleric mit beachtlicher Literatursammlung ist«, fuhr sie fort und wies mit dem Kinn auf den nun verschlossenen Eingang. »Nachdem mein gesuchtes Buch in der städtischen Bibliothek nur in unvollständiger Ausführung vorhanden ist.«

Was auch immer das bedeuten mochte. Vielleicht höflicher Aristo-Jargon für: war nicht da – wie Fina sagen würde.

»Was genau suchst du denn?«

»Berichte aus dem 16. Jahrhundert, in denen ein Familienzweig von uns Erwähnung findet. Sie sind aus gesundheitlichen Gründen meiner Großtante auf die Balearen ausgewandert. Seitdem verliert sich die Spur.«

Pest, Hungersnöte, Überfälle, Stürme und andere Naturkatastrophen – Lluc fielen zahlreiche Faktoren ein, die ein Leben im dunklen Mittelalter und in der frühen Neuzeit schnell ausradiert hatten. Wer sollte das aufgezeichnet haben? Obwohl einer aristokratischen Linie entstammend, war Bels Großonkel nicht der König von Aragón. Möglicherweise war Verschwinden genau die Absicht der guten Herrschaften gewesen, die aus diversen Gründen untergetaucht sein mochten: andere Adelige verprellt, beleidigt oder dem uralten Prinzip von *Cherchez-la-femme* gefolgt, welches seit jeher in Verfeindungen und Kriegen endete.

Lluc überflog im Kopf die Liste seiner Bekannten. »Der Gelehrte!« Wie hatte er den alten Freund seines Vaters vergessen können? »Pau ist pensionierter Historiker der Universität von Palma, deshalb nennen ihn alle nur den Gelehrten.« Schon in Llucs Kindheit war er wegen seiner frühzeitig ergrauten Haare uralt erschienen, und nun, ein halbes Jahrhundert später, zählte er zu den betagtesten Menschen des Dorfes. So alt, dass Llucs kleine Nichte erst kürzlich gefragt hatte, ob der Gelehrte Jesus noch persönlich kennengelernt hatte.

»Ich bringe dich gerne mit dem alten Herrn zusammen. Er hört zwar nicht mehr gut, aber sein Oberstübchen funktioniert noch einwandfrei. Vielleicht kann er dir weiterhelfen oder dich an die entsprechende Stelle leiten.«

»Herzlichen Dank, ich weiß das sehr zu schätzen und werde mich revanchieren.« Bels warmer, intensiver Blick ging ihm unter die Haut.

Lluc räusperte sich und vergrub die Hände in den Hosentaschen. »Keine Ursache. Wir sind nur ziemlich mit den Ermittlungen eingespannt.«

Entsetzt schlug Bel die Hände vor dem Mund zusammen. Am Ringfinger funkelte ein erbsengroßer Solitär über einem schmalen, diamantenbesetzten Band.

»Schreckliche Sache mit den jungen Männern.« Der Verleger Luís presste die Lippen aufeinander und schüttelte verdrossen den Kopf. »In all den Jahren hat es so was noch nie gegeben. Wir hoffen alle auf eine schnelle Aufklärung.«

»Wir sind dran.«

Luís sah auf die Uhr. »Wir müssen weiter, Isabel. Marcos in Biniaraix wartet auf uns. Das Haus seines Großvaters oben in den Bergen ist mit verstaubten Karten und Stammbaumdokumenten vollgepackt. Es ist auf jeden Fall einen Blick wert.« In besitzergreifender Geste legte er ihr die Hand auf den Rücken.

Lluc schüttelte beiden die Hände, tauschte mit Bel Telefonnummern aus, bevor die zwei in Richtung Parkplatz Gran Vía zum nächsten Termin davoneilten.

Lluc sah ihnen nach.

Ganz offensichtlich war der arme Luís dem Charme der Gräfin völlig verfallen. Dabei galt er als glücklich verheiratet und – gemäß dem Felsen an Bels Finger – sie ebenfalls.

Doch wie das Sprichwort so schön sagte: Der Apfel fiel nicht weit vom Stamm. Man munkelte, dass Luís' Vater, der Verleger senior, den Damen auch nicht abgeneigt sei, was schon immer seine Ehe schwer belastet hatte. Laut Dorfklatsch waren nur Tradition, Gewohnheit und die Angst vor der Meinung der Nachbarn der Grund, dass er und seine Frau noch immer zusammen waren.

Lluc seufzte und setzte seinen Weg fort, froh, dass er zumindest in diesem Punkt seine Ruhe hatte.

17

Die untergehende Sonne brannte noch immer in für diese Jahreszeit ungewöhnlicher Intensität, als Lluc den Wagen an seiner Finca parkte. Er verschloss den Verrieglungsmechanismus und anstatt zum Haus zu gehen, öffnete er das kleine Tor, das sein Grundstück von Joana Moreys trennte.

Es war kurz nach acht Uhr, und er hoffte, Jaime noch vor dem Abendessen zu erwischen.

Das cremefarben verputzte Häuschen befand sich in makellosem Zustand, da Oma Morey sich nicht nur am Herd in eine Maschine verwandelte, sondern auch die Fähigkeit besaß, welche zu bedienen.

Alle anfallenden Handwerksarbeiten, die den Einsatz von Elektrowerkzeugen erforderten, erledigte die Nachbarin entweder selbst oder ihre Tochter, Jaimes Mutter. In einem seiner denkwürdigen Scherze hatte das Leben ausgerechnet diesen zwei geschickten Frauen einen vergeistigten Jungen geschenkt, der nicht erkannte, welches Ende vom Schraubenzieher das funktionsfähige war. Doch was ihm in den Fingerspitzen fehlte, machte Jaimes Kopf mehr als wett. Dabei hatten die Fähigkeiten offenbar einen Potenzierungsprozess durchgemacht, dessen Ausmaß Lluc noch immer nicht abzuschätzen vermochte, den Jungen aber befähigte, ihn seit seinem achten Lebensjahr im Schach zu schlagen. Vielleicht war das heutzutage auch normal für jemanden, der seine gesamte Freizeit vor dem Computerbildschirm verbrachte. Zufluchtsort vieler Kinder, Jugendzentrum 2.0. Joana saß im Schaukelstuhl auf der Terrasse und blätterte im Möbelhauskatalog eines französischen Unternehmens.

Als er sich mit knirschenden Schritten auf dem Kies näherte, hob sie den grauen, im feschen Kurzhaarschnitt gestutzten Schopf, der ihren sportlichen Stil unterstrich.

»Hola, Lluc.« Sie verzog den Mund zu einem traurigen Lächeln.

»Hola Joana. Ist Jaime da?«

»Du findest ihn in seinem Zimmer.« Sie wies ins Innere des einstöckigen Gebäudes. »Vielen Dank, dass du ihn mit deiner Nachricht schonend vorbereitet hast. So musste er es nicht aus dem Fernsehen erfahren.«

Lluc nickte, drückte ihr im Vorbeigehen die Schulter und betrat das schattige Haus, wo der französische Möbelhersteller seinen eindeutigen Stempel hinterlassen hatte: dunkel gebeizte Holzstühle, klobige Kommoden von Uroma und andere traditionelle Elemente, die in keinem Haushalt der Insel fehlten, trafen auf geknüpfte Teppiche im Bastlook, balinesische Schnitzereien und gefranste Rattanlampenschirme. Der bunte Gesamteindruck war so divers wie das Angebot eines Kirmesstandes auf dem Festival.

Wie von Joana angekündigt, traf er Jaime in seinem Zimmer vor einem dunklen Computerbildschirm an. Er schien schwer beschäftigt, Löcher aus dem Fenster in den Garten zu starren.

Der Junge sah nicht einmal auf, als Lluc leise die Tür

hinter sich schloss und sich aufs ordentlich gemachte Bett setzte.

»Hola, Jaime.«

Statt einer Erwiderung erklang ein Grunzen, das Lluc erleichtert aufatmen ließ. Wenigstens ein Zeichen der Wahrnehmung. Wenn die Jugend mit Endlichkeit konfrontiert wurde, gesellte sich Schock häufig zum Schmerz des Verlustes.

»Wie geht es dir?« Lluc fiel nichts Gescheiteres ein. Jedes Wort überflüssig, unbeholfen, deplatziert. Genau wie eine potenzielle Antwort darauf, die nicht erfolgte.

So schwiegen sie einige Minuten in der vereinenden Gemeinschaft der Stille.

Llucs Blick wanderte durch das winzige Zimmer. Ein Ausstrecken des Fußes aus dem Bett hätte eine Betätigung der Computertastatur auf dem Schreibtisch ermöglicht, ganz ohne Aufstehen. Zwei riesige Bildschirme okkupierten die in ein Kinderzimmerregal integrierte Tischplatte. An der einzigen freien Wand neben der Tür hing das Poster einer im Juli stattfindenden Informatikmesse in Madrid.

»Wer könnte so etwas tun?«, flüsterte Jaime, ohne seinen Blick von den knarzigen Stämmen der Olivenbäume zu lösen.

»Das herauszufinden ist mein Job. Und ich verspreche dir, ihn akkurat zu erledigen.« Llucs Worte gingen im Schweigen unter.

»Doch dafür brauche ich deine Hilfe, Jaime. Wie gut kanntest du David?«

»Gut.«

Lluc presste die Lippen zusammen, mahnte sich zur Geduld. »Dem entnehme ich, dass er ein enger Freund war?«

»Nicht mein bester, aber ein guter.« Die blasse Haut um Jaimes Brillengestell schimmerte verdächtig feucht.

»Was war David für ein Mensch?«

»Wie ich. Er war wie ich, Lluc.« Endlich wandte sich der Junge ihm zu. Dicke Tränen liefen nun über sein Gesicht.

Lluc wurde es schwer ums Herz.

Jaime wandte sich mit gesenktem Kopf ab. Seine knochigen Schultern zuckten, geschüttelt von leisem Weinen.

»Steckte David in irgendwelchen Schwierigkeiten?«

Jaime sah überrascht auf, wischte sich über die nassen Wangen. Es vergingen einige Sekunden, bis die Frage vollständig durchgesickert war, dann richtete sich sein schmaler Oberkörper empört auf. »Nein. Er saß wie ich jeden Tag vor seinem Bildschirm und hat keiner Fliege etwas zuleide getan.«

»David befindet sich nicht auf der Anklagebank. Ich muss es nur wissen, damit wir seinen Tod aufklären können. Außerdem saß er nicht ständig vor seinem Computer, immerhin hat er auf dieser Baustelle gearbeitet.«

»Er verdiente sich Geld für die Uni.«

»Warum nicht mit Computerkram? Der wird doch viel besser bezahlt.«

»Er glaubte, ein bisschen physischer werden zu müssen. Körperliche Arbeit und mit abgehärteten Handwerkern Zeit zu verbringen war sein Verständnis davon, das schnell zu erreichen.« Jaime sah ihn nachdenklich an, doch sein Blick glitt durch Lluc hindurch, als wäre er ein Geist. »Im Nachhinein glaube ich … ich glaube, er hatte Angst.«

»Wovor?«

Jaime zuckte die Schultern. »Keine Ahnung. Wir waren

eine Truppe, vier, fünf Kumpels, alle mit den gleichen Interessen. Wie du bezeugen kannst, bin ich nun wirklich kein Stand-up Comedian auf der ständigen Suche nach Publikum. Aber David war noch verschlossener. Seit dem Tod seines Vaters hat er sich zurückgezogen. Und nicht mit uns darüber geredet.«

Die direkten Fragen trafen auf eine nicht unbedingt beabsichtigte Wand, also gab Lluc seinem Ton eine beiläufige Note, tastete sich aus anderer Richtung heran. »Was habt ihr in eurer Freizeit zusammen unternommen?«

Jaime schien erleichtert, über sicheres Terrain zu sprechen. Die Spannung löste sich. »Was Jungs wie wir halt so machen. Strings entworfen und so was.«

Lluc stockte erstaunt. Jaime hatte bisher noch nie sein Interesse an Mädchen bekundet, geschweige denn eine Vorliebe für deren Unterwäsche geäußert. Das Entwerfen von Slips klang nach einem Fetisch, der verblüffend war, wenn Jaimes Kopf diese Art von Kreativität entsprungen sein sollte.

Lluc wählte seine Worte mit Bedacht, um seine Überraschung zu verbergen. Vielleicht war das heutzutage normal, und er outete sich als politisch inkorrekter Tyrannosaurus, indem er sein Befremden äußerte. »Damenunterwäsche ist das einzige Kleidungsstück, für das man viel Geld hinblättert, um es schnell wieder auszuziehen.«

Jaime starrte ihn verständnislos an. Dann begannen seine Mundwinkel zu zittern.

Llucs Herz sank. Jetzt hatte er es wieder vermasselt. Über Jaimes sexuelle Gesinnung war ihm nichts bekannt, und er hoffte, seinen kleinen Freund mit dem unbeholfenen Elefantengestampfe nicht verletzt zu haben.

Selbst als toleranter Mensch konnte er mit den täglich neuen *woken* Benimmregeln nicht Schritt halten.

Jaimes Lippen verzogen sich zu einer Grimasse, die sich in einem herzhaften Gelächter löste.

Er bog sich förmlich vor Lachen und hörte nicht mehr auf zu gackern, bis nur noch seine Schultern bebten. Weinte er jetzt wieder?

Sprachlos folgte Lluc dieser geballten Entladung widersprüchlicher Gefühle, eindeutig Zeichen von Ohnmacht und grenzenloser Trauer …

Der Junge sprang vom Stuhl, landete mit nur einem Zwischenschritt – mehr Platz existierte nicht – auf dem Bett. Er schlang seine dürren Arme um Lluc, drückte ihn fest. »Danke. Das habe ich jetzt gebraucht. Ich dachte wirklich, mein Herz platzt vor Traurigkeit.«

Lluc strich unbeholfen über die nur mit Haut und T-Shirtstoff bedeckten Rippen seines Freundes.

»Immer gerne«, murmelte er verwirrt. Was zum Teufel geschah hier gerade?

Jaime löste sich und kehrte zurück auf seinen Platz hinter den Computern wie Kapitän Kirk zu seiner Kommandokonsole. »Strings sind Zeichenfolgen. Datentypen in der Programmierung.« Jaime holte tief Luft, erweckte den dunklen Bildschirm zu neuem Leben und wies auf eine Seite voller kryptischer Zeilen. »Keine Frauenunterwäsche.«

»Ach so. *Diese* Strings meinst du.« Lluc strich sich übers Kinn, als wäre jetzt alles geklärt. Er hatte das Wort nur mit winzigen Stoffdreiecken an einer Schnur und weiblichen Rundungen in Zusammenhang gebracht. Niemals mit der Welt der Bits.

Lluc nahm sich vor, Jaime bei Gelegenheit um ein *Tutorial* zu bitten – so lautete doch heutzutage die schicke Bezeichnung für Nachhilfestunde.

Was war nur mit der guten alten Welt geschehen beziehungsweise unter welchem Stein hatte *er* während dieser Veränderung geschlafen?

»David trug einen gefälschten Ausweis bei sich …«, *als er starb*. Lluc ließ den Satz absichtlich unbeendet. »Hast du eine Idee, woher er ihn hatte? Oder wofür er einen falschen Perso benötigte?«

Jaime verschränkte die Hände im Schoß und inspizierte seinen Daumennagel, wo ein abstehendes Stückchen Haut sein Interesse weckte. Er näherte den Finger an seine Hornbrille, bis dieser fast das Glas berührte, und schenkte ihm seine ungeteilte Aufmerksamkeit.

Lluc rief sich mit einem Räuspern in Erinnerung.

»Darknet vermutlich«, murmelte Jaime.

Scheiße. Die Stichflamme der Sorge in Llucs Brust versengte sowohl die Geduld als auch das behutsame Auf-rohen-Eiern-Gehen. »Du sagtest doch, er wäre nicht in Schwierigkeiten?«, polterte er los und pfiff sich sofort wieder zurück. Trieb Jaime sich ebenfalls im Darknet herum?

Doch bevor Llucs Kopfkino neue Filmspulen einlegte, beruhigte ihn der Junge: »Ich wüsste sonst nicht, wo er so etwas aufgetrieben haben könnte. David war wirklich ein guter Mensch, Lluc. Er hat keinen Mist gebaut. Ich vermute, dass er nur zur falschen Zeit am falschen Ort war.«

»Und der Ausweis?«

»Wahrscheinlich für seine Recherchen. Er wollte keine Spuren hinterlassen.«

»Was für Recherchen?« Die Liste der Möglichkeiten ratterte durch seinen Kopf: eine offizielle Anmeldung, um Zutritt zu einer Datenbank zu erlangen. Eine Genehmigung kaufen, die vorherige Registrierung erforderte. Oder David hat sich unerlaubt in eine Datensammlung eingeschlichen, die …

»Wollte er irgendetwas hacken? Seid ihr Hacker?« Llucs Stimme machte einen Abstecher in höhere Oktaven und klang selbst in seinen Ohren hysterisch.

Die Puzzleteilchen fielen in eine Ordnung, ergaben ein klares Bild: zurückgezogene Streber-Jungs, die heimlichen Treffen dieses lokalen Pseudo-Computerchaosklubs im Schatten der Tramuntana, das Poster an der Wand, die *Strings*.

Die Vorstellung von Jaime auf der Anklagebank schob sich vor Llucs inneres Auge. Dünn, blass, die Brillenbügel mit Tesafilm geklebt, nachdem er sich die erste Schelle im Gefängnis eingefangen hatte …

»Du schaust zu viele Filme.« Jaime prustete durch die Nase und unterbrach Llucs persönlichen Horrorfilm. »Als Hacker bräuchte er ja keinen Ausweis. Die gehen einfach rein, ohne zu fragen, sich anzumelden oder vorzustellen.«

Lluc nahm erleichtert das *die* zur Kenntnis und interpretierte es als Abgrenzung zum *wir*.

»David war an irgendetwas dran. Irgendeine große *Fuckery*. Nur leider hat er uns nicht erzählt, um was es sich dabei handelte. Aber er musste dafür auf Versammlungen mit Gästelisten.«

»Was für Versammlungen?« Langsam fühlte Lluc sich wie ein Ara, der brav die ihm vorgesprochenen Worte nachkrakeelte.

Und was fiel alles in die Rubrik *Fuckery?* Seit Neuestem benutzte Jaime Anglizismen, die im Dorf auf wenig Verständnis stießen. Kämpften doch viele mallorquíne Einheimische sogar mit der korrekten Schreibweise des *castellano*, des Spanischen.

Jaime schürzte nachdenklich die Lippen. »Auch das hat er nicht gesagt. Aber er hat sich bei einer Gelegenheit einen Anzug von unserem Freund geliehen, den dieser zur Hochzeit seiner Schwester getragen hatte. Ob das im Zusammenhang mit einer Recherche stand, weiß ich nicht. Vermutlich nicht.«

Sein Blick verlor den Fokus. »Ich muss mir dauernd sein Foto ansehen. Es ist so unwirklich, dass David jetzt für immer weg ist.« Jaime sank in sich zusammen, während er eine App in seinem Smartphone aufrief, scrollte. »Sein Account ist noch aktiv. Er …«

Jaime stieß einen Schrei aus, sprang vom Stuhl und warf das Handy erschrocken auf den Boden, als wäre etwas Haariges auf acht Beinen aus dem Display gekrabbelt.

Llucs Herz schlug einen Salto, polterte gegen seinen Brustkorb. »Was ist los?«

»Der Account.« Jaime wies mit zittrigem Finger auf das Telefon zu seinen Füßen.

Mit einem Satz war Lluc auf den Beinen, hob das Gerät vom Boden auf. Die aufgerufene Seite zeigte Davids Profil auf Instagram, der letzte Post ein Foto des toten Jungen lachend mit einem älteren Mann. Sie trugen Hemd und Sakko, posierten mit Sektgläsern in der Hand vor der Pressewand bei etwas, das nach Event oder Party aussah. *Tiempos felizes. Te echo de menos.* Glückliche Zeiten. Vermisse dich.

Lluc sah verwirrt auf. »Wer ist der ältere Mann?«

Jaimes Lippen zitterten, die Worte formten sich lautlos, bis sie schließlich hörbar wurden. »Sein Vater.«

Lluc runzelte die Stirn. »Und? Was ist daran so schrecklich?« Er scrollte das Profil hinab, das nur fünf weitere Bilder mit Landschaftsmotiven enthielt und ein Foto der Informatikmesse, die in Form des Posters an der gegenüberliegenden Wand hing.

Jaime starrte ihn an. »Der Zeitstempel. Das Foto wurde vor 20 Minuten gepostet.«

18

Guals Stimme hallte aufgeregt durch den Hörer. »Wir haben die IP-Adresse zurückverfolgt. Ein gewisser Marc Fontes. Ich schicke dir die Koordinaten. Ein Streifenwagen ist schon unterwegs.«

Die Räder der Polizeimaschinerie schienen frisch geölt, hatten volle Fahrt aufgenommen und in kürzester Zeit die Identität des Posters aufgedeckt.

»Das ging ja schnell. Scheint nicht so schwierig gewesen zu sein«, sagte Lluc und stieg in seinen Wagen.

»Der Typ hatte sich nicht die Mühe gemacht, sich hinter einer VPN zu verstecken. Oder wusste nicht, dass so etwas möglich ist.«

Was im bisherigen Zusammenhang mit den Computerkids wie ein schlechter Witz klang. »Wir werden sehen. Bis gleich.«

Lluc rief Guals Routenbeschreibung in Google auf, startete die Zündung und fuhr los, noch bevor er sich angeschnallt hatte.

Die ruhige Straße von Son Sales surrte an ihm vorbei, als er viel zu schnell Spaziergänger und Radfahrer passierte und einem nicht angeleinten Hund auswich.

Nach dem gesendeten Standort befand sich der Poster mitten in Sóller. Die monotone Stimme des GPS führte

Lluc am Bahnhof vorbei quer durchs Dorf, tiefer hinein ins Geflecht immer kleinerer Altstadtgassen.

Das Ziel befand sich fünfzig Meter weiter in einem schmalen Weg, liebevoll gesäumt von Topfpflanzen vor jedem Eingangsportal. Lluc stellte sein Fahrzeug in einer Garagenausfahrt ab, schaltete die Warnblinker ein und setzte den Weg zu Fuß fort. Die aus dem Zement ragenden Spitzen des mallorquinischen Kopfsteinpflasters drosselten sein Schritttempo, trotzdem fiel Lluc in ein tänzelndes Joggen.

Ein vor einem Ladenlokal telefonierender Streifenpolizist markierte den gesuchten Eingang. Schnell beendete er sein Gespräch, hob die Hand zum Gruß. »Hier entlang, Sargento.«

Gequetscht zwischen zwei Dorfpalästen mit geschlossenen Fensterläden zur Straßenseite, die Gartenpatios nach hinten vermuten ließen, befand sich das winzige Schaufenster einer familienbetriebenen Reinigung und Wäscherei.

Llucs Eintreten wurde durch das Klimpern eines Glockenspiels angekündigt für den Fall, dass der Betreiber ihn in dem drei Quadratmeter großen Raum übersah.

Der uniformierte Beamte von der Straße und sein Kollege nahmen die Daten eines Jugendlichen auf, der sie hinter dem Tresen aus riesigen Kinderaugen anstarrte. Wie bei einer Zeichentrickfigur sammelten sich in sackartiger Ausstülpung Tränen im Augenwinkel, die nur ein Wimpernschlag vom Überlaufen trennte.

»Sargento Casasnovas«, stellte er sich vor. »Bist du Marc Fontes?«

An seiner statt antwortete der nur geringfügig ältere Beamte. »Das ist er, Sargento. Wir haben seine Personalien aufgenommen und wollten ihn mit aufs Revier nehmen.«

»Danke Agente, das wird jetzt nicht nötig sein. Ich übernehme hier.«

Die Augen des Jungen gingen zwischen den Sprechern hin und her, wagten nicht zu blinzeln. Seine kurz geschorenen Haare wiesen helle Ränder im Nacken und Gesicht auf, wo kürzlich eine längere Frisur ihren Abdruck in der leichten Bräune hinterlassen hatte. Offensichtlich kein Mitglied des lokalen Chaosklubs, die allesamt weiß wie Pizzateig waren.

»Können wir deine Eltern anrufen?«

Marc drückte den Rücken durch, brachte seine zitternden Lippen unter Kontrolle. »Das hängt davon ab, was Sie mir vorwerfen. Ich bin volljährig.«

Ein überraschender Umstand, doch vereinfachte es natürlich vieles. Jungen hinkten den Mädchen in allen Aspekten der geistigen und körperlichen Entwicklung hinterher, die schon mit vierzehn aussahen und sich benahmen wie ausgewachsene Frauen.

Lluc sah sich im kleinen Laden um, an dessen Wänden ringsherum die gereinigte Kleidung in transparenten Plastikhüllen hing.

»Du arbeitest hier?«

»Ich helfe aus in der Abendschicht. Die Reinigung gehört meinen Eltern.«

Lluc nickte und musterte den Jungen nachdenklich. »Im Instagram-Account von David Medina erschien heute ein Beitrag, der von deinem Telefon online gestellt wurde.«

Marcs Schultern entspannten sich sichtlich, eine erleichterte Miene wich der Besorgnis in seinem Gesicht. Was auch immer er befürchtet hatte, Davids Post war es nicht.

»Ach das. Was ist damit?« Er verschränkte die Arme, lehnte sich lässig zurück und brachte die Bügel der hinter ihm in Folie verpackten Kleidungsstücke raschelnd zum Schaukeln. So schnell mutierte verängstigter Respekt zu Flapsigkeit.

»Falls es dir entgangen ist: David ist tot. Ermordet. Wir klären seinen *Mord* auf, und die Suche führt uns vor *deine* Tür.« Je länger der Tag, desto kürzer der Geduldsfaden. Universelle Regel.

Die Schnodderigkeit rutschte aus Marcs Haltung, der Junge wurde ernst, senkte beschämt den Kopf. »Natürlich, Entschuldigung. Ich wollte nicht …«

Lluc wischte die Rechtfertigung mit einer Handbewegung fort. »Also, was ist das jetzt mit diesem Beitrag auf Instagram?«

»David hatte mir vor zwei Wochen aufgetragen, wenn ihm etwas zustoßen sollte, dieses Bild mit einem bestimmten Text zu posten.«

Die Rädchen in Llucs Kopf drehten durch. »*Glückliche Zeiten. Vermisse dich*?«

Marc nickte.

»Kannst du das beweisen?«

Der Junge fuhr erschrocken auf. »Warum sollte ich mir so etwas ausdenken?«

»Sag du es mir?«

»Nein. Ich schwöre.« Panik hatte sich in seine Stimme geschlichen, als ihm der Ernst der Situation klar zu werden schien. Hastig kramte er ein Handy aus der Hosentasche seiner Jeans. Er öffnete WhatsApp, scrollte eine gefühlte Ewigkeit, bis er erleichtert die richtige Nachricht fand und Lluc das Gerät unter die Nase hielt. »Hier.«

Ein Chatverlauf mit David, dasselbe Profilbild, das Jaime erst heute Morgen zu Erkennungszwecken geschickt hatte.

Lluc scannte den Nachrichtenverlauf. »Da steht nicht, was du damit machen sollst.«

»Was?« David sah panisch von Lluc zum Handy und wieder zurück. »Vielleicht hat er mich angerufen und es erklärt. Ich weiß nicht mehr. Auf jeden Fall bin ich nur seinen Anweisungen gefolgt.«

»Warum sollte er die gegeben haben?«

»Keinen Schimmer. Ich habe nicht nach seinen Gründen gefragt. David war ein Freund aus der Schule, wir kennen uns, seitdem wir fünf sind.«

»Fandest du es nicht merkwürdig? Besonders die Ankündigung, es könnte ihm etwas passieren?«

Das obligatorische Schulterzucken folgte auf dem Fuße, das wie ein Schatten die Aussagen dieser Generation begleitete. »Um ehrlich zu sein, habe ich es zuerst nicht ernst genommen. Diese Jungen waren eben so. Merkwürdig. Ich bin daran gewöhnt, habe nicht nachgehakt.«

»Und als ihm dann tatsächlich etwas zustieß, kam es dir nicht in den Sinn, uns sofort anzurufen?« Das Wort *schamlos* poppte Lluc in den Kopf.

Marc richtete die zerstörte Ordnung der Bügel hinter ihm. »Ich habe seinen Wunsch respektiert. Das bin ich ihm schuldig. Ohne Davids Hilfe hätte ich die Klasse nicht geschafft. Außerdem haben Sie den Beitrag ja sofort bemerkt.«

»Mit deinem Zögern hast du wertvolle Zeit und Ressourcen der Polizei verschwendet.« Lluc schüttelte den Kopf. »Warum hat er diese Aufgabe ausgerechnet dir aufgetragen?«

Der Junge zuckte die Schultern.

»Du gehörst also nicht zu seiner Clique?«

»Gott bewahre«, winkte Marc ab. »Das sind alles nette Jungs, aber Streber. Wie gesagt, wir kennen uns aus dem Kindergarten, mehr nicht.«

Llucs Kopf schwirrte. Wenn David Befürchtungen gehegt hatte, in Lebensgefahr zu sein, dann steckte mehr hinter allem als eine Tat im Affekt.

Nur was bedeutete das Foto?

»Was jetzt, Sargento? Nehmen wir ihn mit?« Der jüngere der Streifenpolizisten hakte beide Daumen in die Gürtelschlaufen seiner Hose, verlagerte das Gewicht seiner breitbeinigen Position und musterte Marc mit einem Blick, der einschüchternd wirken sollte.

Lluc öffnete den Mund zu einer Verneinung, als es aus seiner Hosentasche klingelte. Sicherlich Gual, die auf heißen Kohlen den Lagebericht erwartete.

Doch es war Jaime. »Es ist gerade schlecht. Ich bin hier noch …«

»Komm schnell, Lluc. Du musst dir das ansehen«, unterbrach ihn sein Freund. »Ich weiß jetzt, was das Foto soll.«

19

»Es ist ein Dead man's switch.« Jaime schob die Brille auf dem Nasenrücken hoch, obwohl sie keinen Millimeter verrutscht war.

Lluc saß wieder auf seinem Platz, rückte sich auf heißen Kohlen zurecht. »Seitdem du diese englischen Ausdrücke benutzt, verstehe ich kein Wort mehr. Wir sind in Spanien, *chaval.* Ich bin mir sicher, dass wir eine schöne Umschreibung dafür haben. Also, was soll das sein?« Gespannt beugte er sich weiter vor, um keine Sekunde der Präsentation zu verpassen, und sog den würzigen Duft des Schälchens *Arroz brut* ein, den Jaimes Großmutter ihm trotz seines Widerstandes in die Hände gedrückt hatte. Essen und gleichzeitig zuhören sei zeitsparend, hatte Joana gemeint und ihm die Reste des Reiseintopfs vom Abendessen unter Gewaltandrohung aufgezwungen.

Jaimes Verwandlung war bemerkenswert. Verschwunden die traurigen Augen, der bohrende Blick ersetzt von glühendem Eifer. Doch die Veränderung ging über einen bloßen Stimmungswechsel hinaus. Sein Gesicht hatte eine fremdartige Qualität angenommen, die ihn wie eine andere Person wirken ließ. Der weiche, jungenhafte Zug löste sich auf, als würde er sich schälen, um darunter eine neue Seite zu offenbaren. Smarter, abgekochter. Härter.

Lluc blinzelte, und der Eindruck verschwand. Der Junge war in seinem Element, bekam Luft unter seine Schwingen, flog. Einem Fisch erschien ein Vogel immer furchterregend und fremdartig.

»Man könnte es Totmannschalter nennen.« Jaime rümpfte die Nase, als hätte er etwas Unwürdiges in den Mund genommen. »Es dient der Absicherung. Nach dem Motto: Für den Fall, dass mir etwas zustößt, ist eine Sequenz von Ereignissen eingerichtet.«

Lluc runzelte die Stirn. »Also wie im Film, wenn sie sagen: Geschieht mir etwas, hat mein Anwalt die Anweisung, XY zu veröffentlichen?«

»Genau das.«

»Und?«

»Mir kam die Geschichte komisch vor, noch bevor ich wusste, dass David sie Marc aufgetragen hatte. Dieses Foto, dieser Text – selbst für jemanden wie David ist das befremdlich. Also habe ich mir die Metadaten des Bildes angeschaut.«

Seine Finger flogen über die Tasten des Keyboards, dann wies er auf den Bildschirm.

»Jedes Foto trägt eine Signatur. Eine Zeichenfolge als Untertitel. Ich hatte gehofft, dass er hier eine Botschaft, einen Subtext, irgendetwas versteckt hat.«

Lluc starrte auf den Bildschirm und versuchte, die verschwommene Unterschrift zu lesen. Das Adrenalin rauschte in seinen Adern, vertrieb alle Reste von Müdigkeit. Gedankenverloren rührte er in seinem Schälchen Eintopf, ohne auch nur einen Löffel probiert zu haben. »Und?«

»Nichts. Es ist eine Kombination von Zeichen und Buchstaben, die keinen Sinn, keine Botschaft ergeben.«

Die Worte bohrten sich wie eine Nadel in Llucs Hoffnung. Doch bevor die ganze Spannung entwich, hakte er nach: »Aber?« Jaime hätte ihn nicht angerufen, um von einer potenziellen Entdeckung zu berichten, die in einer Sackgasse endete.

»Ich habe die Zeile durch mir gängige Dechiffrierungsalgorithmen laufen lassen.«

»Und?« Die Frage nach Ursprung, Kenntnis und anderen mit diesen Entschlüsselungsverfahren in Zusammenhang stehenden Themen sparte er sich für später. Vielleicht bei seinem *Tutorial*. Auch die Überraschung und die Verwunderung hatte er vorerst in Urlaub geschickt.

»Negativ. Dann habe ich mich in Davids Position versetzt und überlegt, was er sonst gemacht haben könnte. Aus Verzweiflung hab ich die Folge einfach in Google eingegeben.«

Lluc hielt den Atem an, auch das Rühren des Löffels in der Keramikschale stellte er ein.

Das Klicken von Jaimes Fingern auf der Tastatur und die gedämpfte Stimme des Nachrichtensprechers aus dem Wohnzimmer waren die einzigen Laute im Raum.

Jaime wählte Googles ersten Vorschlag in der Liste der Suchergebnisse aus. Drückte auf Enter.

Eine dunkle Seite öffnete sich.

»Die Metadaten des Fotos führen auf eine Webseite.«

Aus der Tiefe des zeichenlosen Schwarz formierte sich eine Wiedergabetaste, die Jaime betätigte.

Ein tonloses Video lief ab.

Jemand lief durch einen Wald, die verwackelte Kameraführung aus Sicht des Laufenden, wie die Aufnahmen beim Wandern, die Lluc mit seinem GoPro-Gerät machte.

Schnitt und Szenenwechsel zu einer Lichtung, wo in der Ferne ein Jugendlicher im Gebüsch zu sehen war.

Schnitt, eine Mauer. Schnitt. Eine Party. Schnitt, der Jugendliche in der Ferne, der nun fortlief.

Anschließend wieder Wald, ein Weg am Berg. Ein Abhang. Schnitt. Ein Glas Rotwein auf einem Tisch, das umfiel und den Wein verschüttete. Ende.

Nach der letzten Kameraeinstellung erinnerte Lluc sich daran, seinen Mund zu schließen.

»Das ist alles?«

»Si, Señor.« Jaime ließ die Arme baumeln, lehnte sich kraftlos im Stuhl zurück. Er presste die plötzlich blutleeren Lippen zu einem hellen Strich und wirkte wie ausgesaugt.

»Was soll das bedeuten?« Jemand, der normalen Schrittes durch einen Wald ging? Geschwindigkeit und Verwacklungsgrad hielten sich im Rahmen, sodass Lluc eine Flucht ausschloss.

Doch obwohl die Szene eine gewöhnliche Tätigkeit darstellte, hing seltsamerweise etwas Drohendes über ihr, als hätte eine Kreissägenkiller-Psychomusik sie untermalt.

Möglicherweise erzeugte auch nur der vergilbte Ton des Videobearbeitungsfilters diesen Eindruck.

Lluc kratzte sich am Kinn. »Leider hat David versäumt, die Schauspieler im Abspann zu würdigen. Er hätte uns die Interpretation sehr vereinfacht. Hast du eine Idee, wer das ist? Oder was das soll?«

Jaime schüttelte den Kopf. »Nicht den leisesten Schimmer.« Sein blasser Teint hatte eine grünliche Farbe angenommen.

Llucs Besorgnis wuchs. Die Situation überstieg die emotionale Strapazierfähigkeit des armen Jungen. Er spannte seinen Körper an, bereit einzuschreiten und das Treffen abzubrechen, als der rosige Ton in Jaimes Mundpartie zurückkehrte.

»Das ist eine Botschaft Lluc. Er fordert uns auf, der Spur zu folgen.«

»Hätte er das nicht simpler machen können?«

»Er hat ein Ratespiel vorbereitet. So etwas macht Spaß. *Folge der Spur*. Als wir jünger waren, haben wir oft solche Games gespielt. Botschaften und Codes in der Kommunikation eines Videogame-Spielforums versteckt, die die anderen finden und entziffern mussten. Sie in scheinbar harmlosen Beiträgen der sozialen Medien eingebaut und uns gefreut, wenn einer der Jungs die Fährte entdeckte.«

Jaime nahm die Brille ab, rieb sich die geröteten Augen. »Wahrscheinlich hat David nicht ernsthaft geglaubt, dass es so enden würde.«

»Dieser Marc ahnte nichts von den digitalen Spuren, die er hinterlässt?«

»Genau aus dem Grund hat David niemanden von uns gebeten. Wir hätten sofort den Dead man's switch erkannt und die Reißleine gezogen. Außerdem weiß jeder von uns, dass die IP-Adresse zurückverfolgbar ist.«

»Trotzdem verwunderlich, dass Marc diese merkwürdige Aufforderung nicht stutzig gemacht hat.«

»Er ist nicht die hellste Kerze auf der Torte. Sie kennen sich ewig. Und obwohl er nicht einmal ein enger Freund war, hat David ihn vermutlich gewählt, weil er wusste, dass Marc anstandslos seine Anweisungen ausführen würde, ohne sie zu hinterfragen. Für Menschen wie ihn sind Leute wie ich nicht nur anders, sondern eine Abzweigung der Evolution. Per se verschieden, unverständlich. Eine Gattung, die er zwar respektiert, doch nicht näher zu verstehen versucht.«

Lluc griff seufzend zum Telefon. Die Nacht hatte sich soeben um Etliches verkürzt. »Spiel das Video noch einmal ab.«

20

Das Büro im Polizeirevier hatte vermutlich noch nie so frühe Arbeitszeiten erlebt.

Auch die zweite Nacht nach dem Mord war kurz gewesen. Der Raum vibrierte. Der Hauch einer ersten Spur, der Moment, in dem die unzusammenhängenden Puzzleteile ineinanderrasteten. Ein überdrehter Adrenalinrausch hing in der Luft und überlagerte die Müdigkeit.

Fina wuselte ungezielt um das Whiteboard im Versuch, die neuen Erkenntnisse für alle übersichtlich auf die Tafel zu bringen. Neben der ungewohnten Fahrigkeit ihrer Bewegungen hatte sich die Aufregung auch in der welligen Naturbelassenheit ihrer sonst akkurat geglätteten Haare optisch niedergeschlagen – mit zauberhaftem Ergebnis.

Sie quetschte in runder Schönschrift den Namen Thiel zwischen die von Lluc beschrifteten Opfer.

»Was sagt ihr zu dem Video?«, fragte Lluc.

»Ihr glaubt also wirklich, dass David alles geplant hat und dieser Marc keinen Quatsch erzählt?« Miguel wirkte nicht überzeugt. »Was bedeutet dieses Filmchen überhaupt?«

»Marc fehlt das Know-how, um die Metadaten eines Fotos zu verändern oder eine Webseite zu erstellen. Außerdem hatte David ihm die Zugangsdaten für sein Instagram-Konto per WhatsApp geteilt. Der Chatverlauf liegt den Kopien bei.« Lluc wies auf die kleine Mappe, die Gual für jeden der Kollegen zusammengestellt hatte.

»Werdet ihr aus dem Ding schlau?«

Gual öffnete ihre mitgebrachte Flasche frisch gepressten Orangensafts aus dem Garten, goss vier Becher ein und verteilte sie für die morgendliche Vitamin-C-Spritze unter den Kollegen. Dann drehte sie allen ihren überdimensionalen Computerbildschirm zu und startete den zwanzigsekündigen Kurzfilm.

Obwohl schon zigmal gesehen, starrten sie gespannt auf die Aufnahme, als könnten das kollektive Begutachten und erneute Abspielen auf wundersame Art eine verborgene Szene hervorbringen, eine Lösung oder erhellende Idee liefern. Was alles nicht geschah.

»Irgendetwas ist in diesem Wald geschehen. Nichts Gutes. Mehr kann ich nicht deuten. Was sagt ihr?« Auch die Nacht hatte nicht zu einer neuen Sichtweise geführt, keine der Szenen öffnete die Tür zu einer frischen Interpretation. Lluc hoffte auf einen Geistesblitz der jüngeren Kolleginnen.

Doch auch Fina und Gual schüttelten ratlos den Kopf.

»Das ist ebenfalls meine Schlussfolgerung. Etwas ist im Wald geschehen, und dieser Jugendliche hat es gesehen«, stimmte Fina zu. »Vielleicht hat David es beobachtet und musste sterben?«

»Und was soll der Wein am Schluss? Jemand war besoffen?«

Schulterzucken begleitete das kollektive Schweigen.

»Und das Foto auf Instagram? Bedeutet es etwas, oder ging es nur um den Transport der Metadaten? Dann hätte er auch einen blauen Himmel posten können.« Miguel trank einen Schluck Orangensaft und hinterließ einen sattgelben Schnurrbart über der Lippe.

»Jaime vermutet, dass die Brücke zum toten Vater dramatischer ist, und David so sicherstellte, dass sein Hinweis nicht untergeht«, sagte Lluc. »Eine weniger kryptische Ausführung hätte die Brillanz der Idee nicht geschmälert.«

»Vielleicht wollte er unsere Intelligenz nicht beleidigen und das Niveau anpassen.«

»Ich fühle mich von einer einfacheren Version nicht beleidigt. Was sagt das über meine Klugheit aus?«, warf Gual ein und setzte durch wiederholtes Drücken der Playtaste die Videoschleife fort.

»Der einzige Beleidigte bin ich. Ahnungslos, was für Sonderlinge, *bichos raros*, vor meiner Nase im Schatten der Tramuntana über Nacht gewachsen sind, ohne dass ich etwas mitkriege.« Wobei Lluc nicht klar war, ob seine Ignoranz oder seine Sorge ihn stärker belastete.

»Nachtschattengewächse.« Gual verzog das Gesicht.

»Wir bleiben am Ball. Wäre doch gelacht, wenn wir mit vereinten Kräften vor dem – zugegebenermaßen beachtlichen – Intellekt eines Jugendlichen kapitulieren.« Fina gähnte verstohlen, verschränkte ihre Arme über dem Kopf, streckte den schlanken Oberkörper wie eine Katze bei der Morgendehnung, was bei Miguel kurzzeitig Schnappatmung auslöste.

Das schrille Blinken der internen Leitung unterbrach die Ruhepause.

Fina setzte sich wieder, gab Miguel so Gelegenheit, sich wieder zu beruhigen.

Lluc hob den Hörer ab, zog an dem Kabel, das sich im

Schirm der Tischlampe verfangen hatte. »Vicente? Was gibt's?«

»Sargento, da ist eine Señora, die explizit nur mit Ihnen sprechen möchte.«

»Stellen Sie durch.« Er lauschte einem wehklagenden Julio Iglesias in der Warteschleife, bis eine aufgebrachte Frauenstimme die Romantik beendete.

»Sargento Casasnovas?«

»Am Apparat.«

»Ich möchte eine Vermisstenanzeige aufgeben.«

Lluc klemmte sich den Hörer zwischen Kinn und Schulter, platzierte die unbeschriftete Rückseite eines Antragsformulars vor sich und tastete unbeholfen nach einem Kuli.

Sein Blick traf Fina, deren Kopf durch das Spiralkabel des Telefons in zwei Hälften geteilt wurde. Sie zögerte, reichte ihm dann ihren Montblanc.

Lluc nickte Finas oberer Hälfte dankend zu. Eine großzügige Geste seiner Kollegin, die ihren Stift mehr hütete als der König Emeritus seine Affären.

»Um wen geht's? Wer ist verschwunden?« Der Kuli lag kühl und gewichtig in seiner Hand.

»Meine Kinder«, antwortete die Frau und schwieg dann, als wartete sie auf weitere Instruktionen.

»Seit wann werden sie vermisst?« Der Montblanc schwebte über dem Antragsformular, bereit, die Daten aufzunehmen. In den meisten Fällen hatten Kinder nur die Zeit aus den Augen verloren. Eine weitere Runde mit dem Roller oder Fahrrad gedreht, einen Gecko gejagt oder ausgesetzte Katzenbabys entdeckt.

»Seit vorgestern Nachmittag.«

Erstaunt ließ Lluc seine Hand auf die Tischplatte fallen. Die Spitze bohrte sich durch das Papier, hinterließ ein blau gerändertes Loch. Die Señora vermisste ihre Sprösslinge seit zwei Tagen und rief erst jetzt an? Es sei denn … »Ich brauche das Alter und die Namen Ihrer Kinder, bitte.«

»Sie sind vierundzwanzig und zweiunddreißig Jahre alt …«, bestätigte die Frau Llucs Verdacht.

Eltern, die nicht akzeptierten, dass ihre Babys erwachsen wurden, ein paar Tage in die Berge oder aufs Festland fuhren, ohne Mami und Papi mit einem stündlich getakteten Reiseplan zu versorgen. Tägliches Business in allen Polizeistationen dieser Welt.

Lluc kritzelte eine Notiz auf sein Schmierblatt, malte eine dickbäuchige Kumuluswolke um die Zahlen.

… und sie heißen Francisca und Catalina Hidalgo.«

Seine Hand erstarrte. Da Fina im Anschluss einen Termin beim Bürgermeister hatte, gestikulierte Lluc Gual mit einer Kopfbewegung, ihm zur Tür zu folgen, gab Fina ihren Stift zurück und erhob sich vom Stuhl. »Señora, wir kommen sofort persönlich bei Ihnen vorbei. Wenn Sie mir bitte eine Adresse geben.«

Nur wenige Minuten später hatten sie die Bäckerei der Hidalgos im Hafen erreicht. Mitten in der Fußgängerzone, zwischen einem Schuhgeschäft und einem indischen Restaurant, verströmte der winzige Laden den Duft von frisch aus dem Ofen gezogener Ensaïmada.

Die Eingangstür stand offen, eine kleine Frau in blütenweißer Schürze eilte bei ihrem Eintreten hinter dem Tresen hervor. Ihre Hand fuhr prüfend durch die dunkle Kurzhaarfrisur, Sorge tief in ihr Gesicht gegraben.

»Bon dia, Sie sind bestimmt der Sargento von der Polizei. Mein Mann ist auch gleich da.« Sie öffnete eine Schiebetür an der Rückwand, rief durch den Türspalt: »Ernesto, die Guardia Civil ist da.«

Ein intensiver Duft nach Croissants flutete das winzige Verkaufsvestibül. Während Gual sie beide offiziell vorstellte, sah Lluc sich in dem schmalen Laden um. Ein diverses Brotsortiment in wandhohen Regalen, das neben den salzlosen mallorquinischen aus dunklem und weißem Mehl auch verschiedene inseluntypische Körnerbrotvarianten beinhaltete. Die Tresenvitrine lud zu knuspriger *Coca mallorquina* mit Trampógemüse, roter Paprika oder Spinat ein. Llucs Magen knurrte bei dem Anblick.

»Danke, dass Sie sofort gekommen sind. Unsere Töchter sind seit Montagnachmittag verschwunden. Niemand hat sie gesehen.« Señor Hidalgo wischte sich die mehligen Hände an der nicht mehr so schneeweißen Schürze ab. »Wir machen uns große Sorgen.« Er trug sein rundes Gesicht und seinen vollen Körper wie ein glaubwürdiges Aushängeschild für die Qualität und Unwiderstehlichkeit seiner Backwaren.

»Besteht die Möglichkeit, dass sie einfach nur ein paar Tage mit Freunden unterwegs sind und vergessen haben, Ihnen Bescheid zu geben?«, sicherte Fina ab.

Señor Hidalgo baute sich neben der blitzblanken Verkaufsvitrine auf, verschränkte die Arme über seinem ausladenden Bauch. »Abgesehen von der Tatsache, dass meine Töchter niemals *ein paar Tage untertauchen*, ohne Bescheid zu geben …«, sagte er mit Verachtung, »… hat das ganze Dorf mitbekommen, dass sie nicht auf diesem verdammten Balkon waren, wie es ihnen zustand.« Sein Ton wurde härter,

Beunruhigung schob sich unter der wohltemperierten Fassade an die Oberfläche. »Eigentlich wollten wir uns schon unmittelbar danach melden. Doch dann hätte man uns auf diese Achtundvierzig-Stunden-Regelung verwiesen, die sie immer im Fernsehen bringen.«

Die Medien – Fluch und Segen zugleich.

Seine Frau nickte zustimmend, schob sich zwischen die Vitrine und ihren Mann, wie um ihre Unterstützung auch auf die körperliche Ebene auszuweiten. »Außerdem hatte Catalina heute früh Dienst in der Bäckerei. Unsere Angestellte ist krankgeschrieben, und meine Tochter hilft aus. Sie ist nicht zur Arbeit erschienen, hat sich nicht abgemeldet. Beide Telefone sind seit zwei Tagen ausgestellt – zumindest für Catalina ein unerträglicher Zustand, da sie damit verwachsen ist. Sie müssen wissen, sie ist ein *Influenza*.«

»Influencer«, berichtigte sie ihr Mann.

»Hab ich doch gesagt«, herrschte sie ihn an.

Señor Hidalgo winkte achselzuckend ab. »Sie müssen die beiden finden. Bitte. Wir machen uns große Sorgen. Ausgerechnet jetzt, wo hier plötzlich die Leute sterben wie die Fliegen.« Obwohl elterliche Beunruhigung der Wortführer war, hing ein leiser Vorwurf in seinen Worten.

Gual behielt ihren neutralen Gesichtsausdruck bei, doch ihr Unwille war deutlich.

Auch Lluc verkniff sich einen Kommentar auf den Seitenhieb. »Ich dachte, Ihre Töchter arbeiteten für das Bauprojekt von Can Tamany?«

»Hören Sie bloß auf. Dieser Verbrecher. Ich habe den beiden gleich geraten, zur Polizei zu gehen. Doch Francisca wollte ihm eine Frist geben.«

Señor Hidalgo beeilte sich zu erklären: »Erst bezahlt dieser Kerl meine Töchter schon seit Wochen nicht für ihre Arbeit. Und dann will er das Kunstwerk nicht mehr rausrücken, das Francisca ihm vermittelt und zur Ansicht überbracht hat. Es passte wohl zu gut an die Wand.«

Gual runzelte die Stirn. »Das ist doch einfach zu regeln. Eine Anzeige genügt. Er wird ja eine Empfangsbestätigung unterschrieben haben.«

»Meine Töchter sind ehrliche Mädchen, Sargento. Hier im Dorf geht das mit Handschlag. Wir brauchen uns unter aufrichtigen Leuten nicht mit tausend Papierchen abzusichern, die die Tinte nicht wert sind, mit der sie verfasst werden«, ereiferte sich die Mutter.

Ihr Mann hörte geduldig zu und fasste nüchtern zusammen: »Sie haben keinen Beleg, und er behauptet nun, das Bild nie erhalten zu haben.«

Lluc schnalzte mit der Zunge. Interessante Verwicklungen. »Handelt es sich dabei um ein wertvolles Kunstwerk?«

»Meine Tochter vermittelt keinen China-Schund«, entrüstete sich die Mutter.

Zwischen in Plastik gerahmten Massendrucken aus dem hiesigen Allround-Supermarkt und den »Femmes d'Alger« des guten Pablo Picasso lag eine unendliche Bandbreite an Gemäldeklassen, genug, um eine Brücke zum amerikanischen Kontinent zu errichten. »Von welcher Preisklasse reden wir? Kennen Sie vielleicht den Künstler?«

Beide Eltern schüttelten den Kopf. »Irgendeines dieser modernen Werke.« Was für sie gleichbedeutend mit dem Niveau eines Jackson Pollock zu sein schien.

Gual und Lluc wechselten einen Blick. »Arbeitete Francisca allein in der Kunstvermittlung, war es eine Firma? Gibt es jemanden, der uns da Auskunft geben könnte?«

»Sie ist selbstständig, keine Mitarbeiter. Catalina half ihr.«

»Eine Beziehung? Freunde? Ich nehme an, dass beide unverheiratet sind?«

»Sie sind Singles, stehen sich sehr nahe und wohnen zusammen«, klärte die Mutter auf. »Es sind halt unglaublich anspruchsvolle Mädchen, die sich nicht auf jeden einlassen«, schob sie wie eine Rechtfertigung hinterher. »Francisca hat eine Freundin, mit der ich heute früh telefoniert habe. Aber sie hat auch nichts von ihnen gehört. Eine Russin.«

»Tschechin«, korrigierte ihr Mann.

»Sag ich doch.«

»Es wäre schön, wenn Sie uns die Kontaktdaten dieser Freundin geben könnten. Sollte Ihnen noch etwas einfallen oder sollten Ihre Töchter sich melden, rufen Sie uns bitte an.«

Mit einer pfannengroßen Ensaïmada, die sich die Mutter nicht hatte abbringen lassen, ihnen mitzugeben, verließen sie die Bäckerei. Das Team brauchte schließlich Stärkung, um ihre Töchter zu finden.

Lluc sog die klare Luft ein, als sie die Hafenpromenade zurück zur Mole liefen, wo er das Auto geparkt hatte. Der Kokosduft von Sonnenöl lag in der frühen Morgenbrise, von den Hotelterrassen und Straßencafés klimperten Tassen und Teller in Vorbereitung des Frühstücks, Port de Sóller erwachte.

»Der Tag hat noch nicht einmal begonnen, und wir sind schon im Stress.« Gual schüttelte ihre gestufte Dauerwelle und stapfte energischen Schrittes zur Beifahrerseite.

Lluc holte sein Telefon aus der Hosentasche und drückte

Finas Nummer, die sofort abnahm, als hätte sie auf den Anruf gewartet.

»Ich wollte dich gerade anrufen.«

»Heb es dir auf für gleich. Dringende Lagebesprechung im Büro. Wir sind in fünfzehn Minuten da.«

Sie erreichten das Revier schon vor der achten Minute, und nach der zehnten saß das ganze Team aufmerksam mit Blick auf die Whiteboards, die um die neuen Informationen ergänzt wurden.

Neben Max Thiels Namen hingen schwebende Eurozeichen und das soeben hinzugefügte, mit Schlangenlinie eingekreiste Wort *Kunstwerk*, auf das Lluc mit dem roten Marker tippte. »Das hier könnte der Knackpunkt sein. Was haltet ihr von dieser Wendung? Wenn er tatsächlich ein wertvolles Kunstwerk hopsgehen lässt, ist es ein weiteres Motiv, sich um das Verschwinden der Schwestern zu kümmern.«

»Merkwürdig, dass sie keinen Lieferschein haben oder eine Empfangsbestätigung aufgesetzt haben«, warf Fina ein und trommelte nachdenklich mit ihrer Kulikappe einen Rhythmus auf die Unterlippe. »Ich kaufe ihnen diese Ehrlichkeitsnummer nicht ganz ab. Schließlich ist das Bild, das sie so großzügig zur Ansicht verleihen, nicht ihr Eigentum. Sie tragen die Verantwortung gegenüber dem eigentlichen Inhaber.«

»Das stimmt allerdings. Bestenfalls vermitteln die beiden einen unbeholfenen Eindruck. Professionelle Kunstdeals sehen anders aus.«

Fina klatschte laut in die Hände und vertrieb den letzten Schlummer aus den rauchenden Köpfen ihrer Kollegen.

»Okay, jetzt kommen meine News. Federicos Buchhalterin hat sich aus Thailand zurückgemeldet.«

»Und?«

Sie lächelte wie ein Zeichentrickhai im Anblick eines Fischschwarms. »Beim Thiel-Auftrag ist es nicht nur bei der vermuteten Verspätung wegen Bestellungsverzögerung geblieben. Sie hat bestätigt, dass bis jetzt fast keine Rechnung bezahlt wurde.« Fina machte eine strategische Pause.

»Er hat sich auf keine E-Mail zurückgemeldet, keinen Zahlungsplan akzeptiert, keine Anzeichen von Zahlungswilligkeit gezeigt. Nada. Es sieht aus, als sei unser Freund pleite.«

»Oder er hat vor, später zu zahlen? Dieser Punkt ist noch nicht ganz überzeugend.«

»Von welcher Summe sprechen wir hier?«

»Eine offene Forderung von über zweihunderttausend Euro.«

»Olé.« Lluc pfiff durch die Zähne.

Miguel, der Finas Ausführungen gefolgt war, ohne sie auch nur durch ein Blinzeln zu unterbrechen, setzte sich aufrecht hin – Bauch rein, Bärenbrust raus – und fuhr sich über seine Stoppelhaare. »Es wurden schon Menschen wegen viel weniger Geld umgebracht. Aber müsste dann nicht umgekehrt Federico die Mordlust kriegen? Immerhin ist er der Verprellte.«

Trotz der Hitze im Raum legte Gual beide Hände um eine dampfende Kaffeetasse, als wäre ihr kalt. »Wenn die Firma sonst nur aus Angestellten besteht, gibt es niemanden, der den Anspruch geltend macht. Aber wie passt David dort hinein?«

»Der Junge war Hilfsarbeiter. Sollte sein überschaubarer

Lohn ausstehen, war das sicherlich kein Motiv, ihn umzubringen.« Lluc strich sich nachdenklich übers Kinn. Irgendetwas war da noch, das er noch nicht erfasste. Er spulte die letzten zwei Tage vor seinem inneren Auge zurück wie einen Film. Irgendwo dort war das Detail versteckt.

»Vielleicht hat er etwas mitgekriegt?«, mutmaßte Fina. »Wie groß ist die Wahrscheinlichkeit, dass alle Wege an dieser Finca enden?« Sie knüllte laut die alten Tageszeitungen vom Vortag zusammen, die noch immer schlampig gefaltet neben ihrem Computer lagen, und stopfte sie in den überquellenden Papierkorb. Lluc starrte gedankenverloren auf den Haufen Papier, dessen Rascheln sich nun in seinem Kopf fortsetzte.

Er blinzelte, fokussierte seinen Blick. Seine Augen weiteten sich, als der Groschen fiel.

»So wie alle Wege nach Rom führen.« Llucs Meinung über Zufälle kannten sie – es gab sie nicht. Doch er schluckte den Satz hinunter, um nicht wieder wie eine gesprungene Schallplatte zu klingen. Wobei die jungen Kollegen mit diesem Musikmedium nicht einmal mehr vertraut sein dürften. Erst kürzlich hatte Llucs kleine Nichte mit kindlicher Kreativität seine Barry-White-Vinyl als Tablett interpretiert und ihm Kaffee darauf serviert.

Seine Laune hatte soeben Auftrieb erhalten. Manchmal lag das Glück auf der Straße, in seinem Fall hatte das verlorene Puzzleteil sich im Abfalleimer befunden. Nun gab es viel zu tun.

Der Teamgeist bekam Flügel. »Jedenfalls ausgezeichnete Arbeit, Fina. Gual, such bitte diese Freundin von Francisca Hidalgo auf und schau, was du herausfindest. Außerdem müssen wir die Telefone der Schwestern orten, bei welchen Funkmasten sie sich wann das letzte Mal eingewählt haben. Das kann Miguel übernehmen.« Er nickte dem Bären zu.

»Bevor wir diesen Thiel jetzt vorladen, gibt es noch einige Dinge zu erledigen. Wenn alle Wege nach Rom führen, dann ist Rom das Ziel.«

21

»Wie gut, dass Sie Ihren Rechtsbeistand mitgebracht haben, Señor Thiel, dann verlieren wir damit keine Zeit.« Lluc nickte dem Anwalt zu, der sich mit Fuster vorgestellt hatte.

Trotz der Hitze draußen und der unklimatisierten Enge des Zimmers herrschte im Verhörraum Kühle.

Das ging wohl mit Fina zusammen, die passend zu ihrer eisgrauen Bluse den Schneeköniginnen-Modus aktiviert hatte – wobei dieser sich an Andersens grausamem Original orientierte, nicht an der Disney-Version. Sie verzichtete aufs Händeschütteln und nickte dem Anwalt wortlos zu.

Der Anwalt lehnte sich im Stuhl zurück, faltete die Hände über dem gemütlichen Bauch eines Genussmenschen. »Was wird meinem Mandanten zur Last gelegt?«

»Es besteht dringender Tatverdacht an den Morden von Federico Fiol und David Medina. Beide haben auf Ihrer Baustelle gearbeitet, Señor Thiel«, sagte Lluc.

Bevor Thiel sich äußern konnte, antwortete sein Rechtsbeistand. »Was ja kein Strafbestand ist.«

Fina ignorierte den Anwalt, löste ihre Starre und schickte einen Stoß Eispartikel in Richtung Thiel. »Mit viel Wohlwollen und zwei zugedrückten Augen könnte man das als Zufall werten. Der leicht ins Wanken gerät, wenn man die Tatsache berücksichtigt, dass die nun vermissten Schwestern Hidalgo auch bei Ihnen tätig waren.«

Thiels Augen weiteten sich vor Überraschung, doch der Mann fing sich schnell. »Ich wusste nicht, dass sie vermisst werden. Hoffentlich ist ihnen nichts passiert.«

»Das hoffen wir auch«, fügte Lluc als wohltemperierten Ausgleich hinzu. »Sie sind ungefähr zur selben Zeit verschwunden, wie die Morde geschahen.«

»Warum schauen Sie mich so an? Was habe ich damit zu tun? Ich war noch nicht einmal dort.«

»Ja, das erwähnten Sie bereits … Besäufnisse seien nichts für Sie.« Lluc ließ seine Worte nachklingen. »Daher ist es unerklärlich, dass man Sie abends beim Verlassen der Plaza gesehen hat.« Eine Anfrage bei Kevin hatte eine Kettenreaktion in Gang gesetzt, die eine halbe Stunde später gleich drei Augenzeugen hervorbrachte, die alle Thiel während der abendlichen Feier im Dorf begegnet waren. Es hatte nicht nur Nachteile, in einem Dorf voller neugieriger Bewohner zu leben, die ihren Informationshunger ungeniert stillten.

Thiel schwieg nur einen kurzen Moment, sammelte sich schnell. »Das ist sehr einfach zu erklären. Bei unserem letzten Gespräch bezog ich mich auf die Schlachten am Strand. Um die ging es doch, richtig? Dort sind die Morde geschehen?« Er mochte die bewussten Reaktionen wie Ton und Gesichtsausdruck steuern, die physischen entzogen sich allerdings seinem Einfluss. Sein hellrotes Gesicht färbte sich im knalligen Ton einer kräftigen Gazpacho. »Später am Abend habe ich Hunger bekommen und brauchte für meine Tortilla noch Eier. Der Supermarkt hat bis 21.30 geöffnet.«

»Und da nahmen Sie den Umweg über die Plaza. Zu Fuß?

Trotz Absperrungen? Der nächste Laden von Ihrer Finca aus gesehen befindet sich auf der Ma-1.«

»Bei der Gelegenheit habe ich kurz bei der Siegesrede vorbeigeschaut. Die *Balanguera* ist immer sehr bewegend.«

»Merkwürdig, dass man Sie nicht mit Eiern im Arm oder Plastiktüte sah.«

»Die habe ich im Auto gelassen.«

Selbst der Genussmensch-Anwalt wirkte nun weniger gemütlich, rümpfte die Nase, als könnte er die stinkenden Ausreden seines Mandanten tatsächlich riechen. Sein Körper spannte sich in eine aufrechte Sitzposition, der Blick wach und scharf.

Lluc ließ das Thema dieses roten Fadens fallen, wechselte ohne Vorbereitung zum nächsten. »Was ist mit dem Bild passiert, das Sie von den Schwestern Hidalgo zur Ansicht bekommen haben?«

»Ich habe keins erhalten.« Thiel fixierte ihn, ohne mit der Wimper zu zucken. Entweder saß hier der talentierteste Lügner der Welt, oder Thiel sagte die Wahrheit. Da sein Gesicht immer noch gerötet war, fiel es schwer zu beurteilen, welche Variante die wahrscheinlichere war.

Finas Augenbrauen schossen in die Höhe. »Das ist nun aber merkwürdig. Laut unserer Information wurde Ihnen ein wertvolles Kunstwerk überlassen, das Sie jetzt nicht mehr herausrücken wollen.«

Thiels Mund entsprang etwas, was wohl ein überlegenes Lachen hätte werden sollen, aber eher nach glücklichem Pferd beim Grasen klang. »Dann bitten Sie die Damen, den Übergabebeleg zu zeigen. Niemand händigt ein kostbares Werk ohne Lieferschein aus. Diese beiden sind mit allen Wassern gewaschene Lügnerinnen. *Viel* kriminelle Energie.« Er streckte das *viel* auf drei Wörterlängen. »Bei mir kommen sie mit ihrer Betrügermasche nicht durch. Da sind sie an den Falschen geraten. Fragen Sie die beiden nach dem Beleg.« Thiel verschränkte die Arme und lehnte sich in seinem Stuhl zurück.

»Das würden wir gerne, nur leider sind sie verschwunden«, sagte Fina. »Außerdem gibt es Zeugen, die gesehen haben, dass Ihnen ein Bild gebracht worden war.« Kevin hatte sich als gute Quelle erwiesen.

»Das bestreitet niemand. Sie hatten es mitgebracht, mir gezeigt und dann wieder mitgenommen. Keiner lässt so ein Gemälde einfach da. Ihr Zeuge kann unmöglich beglaubigen, dass die Schwestern ohne Bild die Finca verlassen haben, hab ich recht?« Thiel hatte sich in Rage geredet.

Der nicht mehr so gemütliche Anwalt legte ihm beschwichtigend eine Hand auf den Arm.

Thiels Frage wurde von Fina weder bestätigt noch verneint. Doch Lluc entging nicht das unmerkliche Zucken ihrer Oberlippe. Kevin hatte die Schwestern *kommen* sehen, ihr Verlassen der Finca war nicht Gegenstand der Abfrage gewesen.

»Was ist mit Federico Fiol? Laut seiner Buchhalterin sind alle Zahlungen offen und keine Zahlungswilligkeit Ihrerseits zu erkennen. Lügt sie auch?«

»Ich wusste nicht, dass Obras Fiol neben handwerklichen auch über telepathische Dienstleistungen verfügt.« Thiel grinste höhnisch. »Wie wollen die meine Zahlungswilligkeit oder einen Mangel daran determinieren? Gedankenlesen? Ich bin nicht mit der Rechnung einverstanden, sodass wir gerichtliche Wege der Klärung einschlagen werden.«

»Nur leider ist Federico Fiol tot. Und wo kein Kläger, dort kein Richter.«

»Irgendjemand wird die Firma schon weiterführen.«

»Er ist alleiniger Inhaber. Das wissen Sie.«

Dem hatte Thiel nichts mehr hinzuzufügen, zuckte nur die Schultern. »Ohne pietätlos zu sein: Das ist nicht mein Problem. Ich gehe die legalen Wege, die mir der Rechtsstaat zur Verfügung stellt.«

»Und David? Wollten Sie die Rechnung des Jungen ebenfalls gerichtlich anfechten? Eine Überprüfung seiner Konten zeigt, dass auch er seit zwei Monaten keine Zahlungen erhalten hatte.«

»Ich tätige die Überweisungen ja nicht selbst. Da muss ein Versäumnis meiner Buchhaltung vorliegen. Mit denen müssen Sie reden.«

Das hatten sie, doch Lluc schwieg.

Thiels Blick hüpfte von Fina zu Lluc, um dann an seinem Anwalt hängen zu bleiben. »Sie glauben nicht ernsthaft, dass ich wegen zweitausend Euro etwas mit dem Tod des Jungen zu tun habe?« Er schickte ein verächtliches Schnauben hinterher. »Sie machen sich lächerlich.«

»Wo waren Sie am Montagnachmittag zwischen sechzehn und neunzehn Uhr?«

Thiel starrte suchend an die rechte Decke, wo die Antwort heute nicht zu hängen schien. »Weiß ich nicht mehr. Wahrscheinlich zu Hause auf der Finca.«

»Es sind erst zwei Tage vergangen, und so schlecht kann es nicht um Ihre Erinnerung stehen. Aber wir helfen Ihnen gerne auf die Sprünge: Nein, laut den Aussagen Ihrer Arbeiter waren Sie nicht in Can Tamany.«

Thiel schwieg, ließ die Kiefermuskulatur spielen.

Der Ausredenfindungsprozess schien in vollem Gange.

»Ich bin in der Gegend herumgefahren«, antwortete er schließlich.

»Wohin?«

»Wahllos, keine Ahnung. Ich hatte mich an dem Tag geärgert, und Autofahren bringt mich immer runter. Die Soundanlage in meinem Wagen ist besser als die zu Hause, da macht selbst der Jeep Spaß.«

Eine logische Erklärung, von der Lluc kein Wort glaubte.

»In welche Richtung?«

»Was?«

»In welche Richtung sind Sie gefahren?«

Thiel schien wieder überfordert, zögerte. »Richtung Deiá hoch.«

Lluc lächelte. »Das kann nicht sein, da die Straße nach Deiá an dem Tag zwischen sechzehn und siebzehn Uhr dreißig wegen eines Radrennens gesperrt war.« Um zu seinem Haus zu gelangen, musste auch Lluc ein Stück dieser Abzweigung zurücklegen. Da jegliche Einschränkungen des Verkehrs ihn und seine Nachbarn persönlich betrafen, waren sie stets über Daten und Uhrzeiten dieser Ereignisse bestens informiert.

Lluc sah auf die Uhr. Nun hatten sie lange genug Schleifchen gedreht. Zeit, ins Zentrum vorzustoßen. »Kommen wir zu dem, was am Montag geschehen ist. Man kann Ihnen Ihre schlechte Laune an dem Tag nicht einmal verübeln. Hätte ich auch, wenn ohne eigenes Verschulden meine ganzen Ersparnisse, meine gesamte Investition verpufft wäre.«

Thiels Adamsapfel hüpfte, als er geräuschvoll schluckte. Schwieg.

»Sie hatten nicht vor, Federico zu bezahlen. Und zwar nicht, weil sie es nicht wollten, sondern nicht konnten.«

Lluc lehnte sich vor. »MigaTech.« Das Wort sickerte in die Luft, tränkte die trockene Stille des Raumes.

Das Monogramm auf dem Mousepad in Thiels Büro – MT – hatte nicht wie angenommen für Max Thiel gestanden. Es handelte sich vielmehr um das Logo der Konkurs gegangenen MigaTech-Aktie, die seit Wochen die Schlagzeilen füllte und erst gestern neben Capitán Angellats die Frontseite der Última Hora geschmückt hatte.

»Ihr gesamtes Vermögen steckte in MigaTech-Aktien. Die Investition ist nun wertlos. Um das Problem zu lösen, musste Federico verschwinden. David hat Ihren Streit mit Federico mitbekommen, also musste auch er gehen. Und weil Sie so schön im Flow waren und alle Fliegen am liebsten mit einer Klappe schlagen, lassen Sie die Schwestern gleich mit verschwinden und behalten das Gemälde.«

Thiel starrte Lluc an, seine Mimik variierte. Sah es in einem Moment nach Gelächter aus, verdunkelte sich sein Gesicht im nächsten wie zu einem Ausraster.

Keines von beiden geschah. »Als Nächstes beschuldigen Sie mich noch, für den Klimawandel verantwortlich zu sein. Das ist alles nicht wahr«, sagte Thiel bloß, wandte sich zu seinem Anwalt, als könnte der dem Spuk ein Ende bereiten.

Lluc klatschte die Hände auf die Oberschenkel, rutschte mit seinem Stuhl zurück. »Wenn das alles ist, was Sie hinzuzufügen haben, machen wir jetzt eine Pause, in der Sie noch einmal in sich gehen können. Sie sind festgenommen.«

22

Nervös knibbelte Gual an den Fingernägeln und verfolgte die zähe Umlaufbahn des Sekundenzeigers an der Wanduhr. War er wirklich erst ein einziges Mal herumgewandert?

Im Verhörraum nahmen ihre Kollegen Thiel in die Zange, alles lief eigentlich wie geschmiert. Doch konnte sie das nagende Gefühl nicht abschütteln, irgendetwas übersehen zu haben. Etwas hatte sich ihrem Radar entzogen wie ein Flugzeug mit Tarnkappentechnologie. Etwas Wichtiges.

Doch bevor sie sich die Fingerkuppen abbiss, beschloss sie, sich lieber die Beine zu vertreten und für einen Snack den Gang zum kleinen Laden an der Ecke zu wagen. Das Sortiment umfasste neben Backwaren auch Obst und Gemüse, sodass ihr die nächsten fünfzig Meter für das Plädoyer blieben, *jetzt* die croissantfreie Zeit zu beginnen.

Sie nahm ihre Tasche von der Stuhllehne und trat auf die Straße Richtung Tankstellenkreisel. Gedankenversunken in ihrer inneren Debatte – die Obstfürsprache wies taktische Mängel auf –, passierte sie die Tierarztpraxis und bemerkte ihren Nachbarn erst, als er ihr den Weg versperrte.

»Hola, Gual. Lauf mich nicht um«, lachte Mateo und zog seinen angeleinten Hund näher zu sich heran. Der Jack Russell humpelte mit verbundener Vorderpfote neben sein Herrchen und machte brav Sitz.

»Was macht ihr denn hier?« Gual ging in die Hocke, strich über das borstige Köpfchen des Hundes und sah zu Mateo auf. Mitte dreißig mit nettem, aber unauffälligem Allerweltsgesicht, machte sein tief in die Stirn gezogenes Käppi ihn quasi unsichtbar. Mateo bewohnte das Erdgeschossapartment unter Guals Wohnung und war vermutlich schwerhörig – nur so ließ sich sein beschwerdeloses Ertragen der Trampelschritte ihrer kleinen Tochter erklären.

Der Hund rieb seine Schnauze an Guals Hand, leckte ihr über die Fingerknöchel. »Was ist mit Cocos Bein passiert?«

»Wir hatten einen kleinen Unfall, und seither wird das Hinken stärker. Heute früh wollte er nicht fressen. Deshalb habe ich ihn zum Tierarzt gebracht.« Er wies mit dem Kinn die Treppe hinauf, wo aus der Ladenpraxis des Veterinärmediziners im Hochparterre eine Frau mit einer Katzenbox trat. »Glücklicherweise ist es nur verstaucht, nichts gebrochen.«

Coco hob die gesunde Vorderpfote und schlug routiniert in Guals ausgestreckte Handfläche ein. »Was für ein Unfall?«

Der Nachbar verlagerte sein Gewicht, wickelte die Leine enger um sein Handgelenk, trat verlegen von einem Fuß auf den anderen. »Es ist im Auto passiert. Ich weiß, dass man es nicht darf, aber ich hatte die Box nicht parat und musste schnell los. Coco saß auf dem Rücksitz.«

»Keine Sorge, ich schreib dir schon keine *Multa*«, sagte Gual entrüstet. Als hätte sie ihrem Nachbarn jemals ein Ticket verpasst! Ächzend richtete sie sich aus ihrer hockenden Position auf, streckte ihre steifen Knie.

Mateo wirkte erleichtert. »Du weißt ja, wie ätzend die

Straße nach Sa Calobra ist. Kurvig. Ewig. Man muss sich total konzentrieren, auch ohne riesigen Jeep vor einem, der die Sicht versperrt. Kein Wunder, dass ich die Abzweigung nicht gesehen habe, als er plötzlich abbog.«

Um nicht doch wie eine Knöllchenpolitesse zu wirken, verkniff Gual sich einen Kommentar über die Fahrweise ihres Nachbarn, der immer so dicht auffuhr, als wolle er eine Staffel übergeben oder den Fahrer vor ihm kennenlernen. »Es ist ja nichts passiert, Gott sei Dank.« Vielleicht zog Mateo aus dem glimpflich verlaufenen Vorfall eine Lehre und nahm ihn als Anlass, seinen Fahrstil und seine Transportgewohnheiten einer Überprüfung zu unterziehen.

»Vielleicht sollte ich mir ein neues Auto zulegen. Eins mit integriertem Hundegitter hinten.«

Auch das war eine hervorragende Idee, denn sein tiefergelegtes Mustang Cabrio passte zum musikuntermalten Cruisen auf dem Corso der Strandpromenade, den Ellbogen lässig aus dem Fenster hängend. Weniger in die Berge.

»Ein Jeep wäre schon gut, obwohl es nicht unbedingt so ein Monstrum wie von dem Typen vor mir sein muss.«

Coco schien sich vernachlässigt zu fühlen, forderte mit einem Nasenstups gegen ihr Knie Guals erneute Aufmerksamkeit ein. »Du bist kein Monster«, versicherte sie dem Hund.

»Diese Mercedespanzer stammen aus einer Zeit, als noch keine Überbevölkerung herrschte und die Straßen doppelt so breit waren«, fuhr Mateo fort. »Aber trotzdem sind sie irgendwie cool.«

Guals Antennen stellten sich auf. »Sagtest du eben Mercedes Jeep? Vielleicht mit einem deutschen Kennzeichen?«

Mateo grinste schief. »Keine Ahnung, war zu dicht dran.«

»Farbe?«

»Silbermetallic.«

Wie viele Jeep-Ungetüme dieses Fabrikats gab es im Tal?

»Wann sagtest du, hatte Coco den Unfall?«

»Ich habe nichts gesagt, aber es war am Montagabend. So gegen neunzehn Uhr, falls du es ganz genau wissen willst.« Mateo runzelte besorgt die Stirn. »Was ist los, warum stellst du diese Fragen?«

Gual überschlug die Zeiten, während das Pochen ihres Herzens ihre Uniformbluse zu sprengen drohte.

Sie hegte keinen Zweifel, dass es sich um Thiels Wagen gehandelt hatte, der vor ihrem Nachbarn auf der Serpentinenstraße nach Sa Calobra gefahren war. Wenn er gegen neunzehn Uhr oben am Canyon gewesen war, musste der Deutsche, abzüglich der Stunde Fahrtzeit aus Sóller, spätestens um sechs oder halb sieben losgefahren sein. Ausreichend Zeit, die Morde an Federico und David zu begehen und sich auf den Weg zu machen. Doch was hatte er dort oben im Nichts gesucht?

»Wo genau geschah der Unfall?«

Mateo musterte sie befremdlich, offensichtlich war ihm klar, dass die Fragerei nicht reiner Neugier entsprang und seinen Antworten möglicherweise Konsequenzen folgten. »Na ja, ich würde es nicht wirklich Unfall nennen«, ruderte er zurück. »Und es war ja meine Schuld. Coco ist ja nichts Ernstes geschehen. Nicht dass du den armen Kerl …«

Gual winkte ab, unterbrach ungeduldig seine Einwände. »Auf welcher Höhe?«

Den Blick in die dünne Luft verloren, biss sich Mateo

nachdenklich auf die Unterlippe. »Es war nach dem kleinen Tunnel hinter Cala Tuent. Kurz vor dem Wald.«

Wald.

Gual japste nach Luft. Alle Mosaiksteinchen passten. Thiels Pleite. Die beiden toten jungen Männer. Der Wald aus dem Video. Die Schwestern.

Vielleicht hatte Thiel die Leichen der beiden Schwestern dort deponiert?

Sehr abgelegen führte die Straße zu der Schlucht von Sa Calobra, einem der größten Canyons in Europa. Doch außer Badeurlaubern im Sommer, Radfahrern und Wanderern war die Gegend wie ausgestorben. Obwohl nicht weit von Sóller entfernt, führte nur eine komplizierte Straße dort hoch, sodass der Seeweg das bevorzugte Transportmittel war, um in die Bucht zu gelangen.

Gual verabschiedete sich hastig von ihrem Nachbarn mit der Versicherung, wegen des Unfalls kein Nachspiel befürchten zu müssen, wünschte Coco gute Besserung und eilte zurück ins Revier.

Vergessen waren der Snack und ihr Croissant-Dilemma.

Ich glaube, ich weiß, wo die Schwestern sind, textete sie Lluc im Gehen, ohne auf ihre Schritte oder ihr Unglück bringendes Übertreten der Steinfugen zu achten.

23

Die Grillen zirpten, die Sonne brannte, der Duft von Rosmarin lag in der klaren Waldluft.

Die friedliche Stille wurde nur von den knackenden Schritten der Beamten des Suchtrupps unterbrochen, ihren gelegentlichen Rufen, die sich zwischen den Bäumen verloren, und dem leisen Winseln der Leichenspürhunde der Hundestaffel.

Sie befanden sich in geschätzten hundert Metern Höhe über dem Meer. Lluc schirmte mit der Hand seine Augen vor dem grellen Licht ab, blickte hinunter auf das Wasser, wo weiter vorne die Bucht von Cala Tuent lag.

Von Guals Nachbarn angeleitet, hatten sie schnell die richtige Stelle rekonstruiert, an der dieser mit einer Vollbremsung den Zusammenstoß mit Thiels Jeep verhindert hatte.

Azurblau glitzernd leckten die Wellen an den Felsen der Steilküste, wuschen das zerklüftete Kalksteinmassiv immer weiter aus.

»Das Gebiet ist riesig und unerschlossen. Was hat dieser Nachbar eigentlich hier gemacht?« Lluc stellte sich vor, in einem der wenigen Häuser in der Bucht zu wohnen und Lust auf Pizza zu bekommen. Der Gedanke an die Reaktion des Lieferservices ließ ihn auflachen. Nur zehn Kilometer Luftlinie von Sóller entfernt, erstreckte sich die einzige Verkehrsverbindung vierzig Kilometer in Serpentinen über die Berge.

Glasklares Wasser in einer wellengeschützten Bucht, fast unberührte Natur und eine geräumige Gastwirtschaft mit meerüberblickender Terrasse machten Cala Tuent im Hochsommer zum beliebten Ziel von Bootsausflüglern. Viele nutzten es als Zwischenstopp auf dem Weg nach Sa Calobra und dem Canyon des Torrent des Parreis.

»Friedlich wie ein Friedhof«, sagte Fina neben ihm, die lautlos herangetreten war. »Der perfekte Ort für die letzte Ruhestätte. Hier findet gewiss niemand die zwei Leichen.«

Schlimmstenfalls sie auch nicht.

Das Ende der Welt hatte einen geografischen Standort mit eindeutig nachverfolgbaren Koordinaten erhalten.

Team Natur spielte in Grün-Blau. Himmel, Meer, Berge. Selbst die Uniformen des Suchtrupps der Guardia Civil fügten sich in militärischem Oliv harmonisch in die Umgebung ein.

Nur Fina bildete mit einem knallroten Käppi den einzigen Farbklecks weit und breit.

»Bis jetzt keine Spur von nichts.« Sie klemmte sich eine gelöste Haarsträhne unter den Rand ihrer Schirmmütze. »Der Suchtrupp hat schon die rechte Abzweigung des Feldweges durchkämmt. Bleibt nur noch links.«

Llucs Blick suchte die Umgebung ab: Bäume, Sträucher, unberührter Naturboden, festgebacken von der Sonne oder mit einem dichten Laubteppich versehen.

Nichts, was kürzliches Hantieren mit Schaufeln oder anderen Werkzeugen andeutete.

Gual, die im Büro die Stellung hielt, hatte recht behalten.

»Der Wald aus Davids Video sieht diesem verdächtig ähnlich«, bemerkte Lluc. »Doch das trifft vermutlich auf tausend andere Stellen der Tramuntana ebenfalls zu.«

»Aber wie konnte David überhaupt von diesem Ort wissen, das Video und die Webseite vorbereitet haben, wenn Thiel erst am Montag hier gewesen war?« Fina stocherte mit ihrem Stab in einem Farn herum, zerteilte Zweige, klopfte auf den Boden.

Gute Frage. »Eigentlich nur unter der Voraussetzung, dass er schon früher hier war.«

Fina hielt in ihrem Stochern inne und wandte sich ihm zu. Der tiefe Schirm des Käppis warf einen langen Schatten über ihr Gesicht, ließ sie exotisch wirken. »Dann ist er womöglich noch anderem hier nachgegangen, als nur die Leichen der Schwestern zu entsorgen?« Sie verzog den Mund. »Mein Gott, wie das klingt.«

Lluc dachte in alle Richtungen. »Gesetzt den Fall, es sind *nicht* die Leichen der Schwestern. Was kann er sonst hier versteckt haben?«

Auch wenn es nicht sofort Antworten gab, wirkte es wie eine therapeutische Maßnahme, selbst die wirrsten Fragen laut zu formulieren. Einmal offiziell gestellt und losgelassen, bemühte das Leben sich nicht selten um eine Stellungnahme.

Fina schien das Prinzip auch vertraut, denn sie ließ es kommentarlos stehen. »Mal sehen, wie lange Thiel durchhält«, wechselte sie das Thema. »Ich hätte gedacht, dass er bei der Vernehmung einknicken würde. Wir haben ihn mit allen Fakten konfrontiert, für keinen hatte er eine Erklärung. Merkwürdig.«

»Merkwürdigkeiten zu untersuchen ist unsere Jobbeschreibung.«

»Stimmt«, sagte sie nachdenklich und zerpflügte die nächsten Sträucher mit ihrem Stab.

Tatsächlich hatte der Deutsche sich außer dem Abstreiten aller Anklagepunkte geweigert, Weiteres preiszugeben oder überhaupt irgendetwas zu dem Thema hinzuzufügen. Keine Erklärungen dazu, was er in diesem verlassenen Teil der Insel getrieben oder wo er die Schwestern versteckt hatte. Er hatte einfach gar nichts mehr gesagt.

Die Beweisführung stand auf wackeligen Füßen. Und sowohl Ermittlungsrichter als auch Staatsanwalt trommelten ungeduldig mit den Fingern nach eindeutiger Evidenz.

Fina musterte den Boden. »Vor lauter Geröll und Laubwerk ist das Verfolgen der Reifenspuren unmöglich. Die letzte Spur findet sich an der Abzweigung, von wo aus er sich ja nicht in Luft aufgelöst haben kann.«

Schweigend, den Blick auf den Boden geklebt, setzten sie den Weg fort. Meter für Meter klopften sie mit Stäben das hohe Gras ab, teilten Zweige und Büsche.

Ohne Erfolg.

Irgendwo aus dem Steineichenwald erklang Hundegebell. Lluc horchte auf und hielt inne.

Sein Blick traf Finas, die vorgebeugt mit ausgestreckten Armen mitten in der Bewegung erstarrt war. Keiner von ihnen regte sich.

Sie lauschten der Stille, horchten dem Bellen. Doch es verstummte nach nur zwei Kläffern.

Zu wenig, um es als Zeichen für einen Leichenfund zu werten?

»Entwarnung«, rief einer der Beamten aus dem Wald. Die Hunde hatten nicht angeschlagen.

Lluc atmete tief aus. Falscher Alarm.

Der Weg führte einen Hang entlang, rechts und links meterhohe Steineichen und Aleppokiefern, dazwischen das Blitzen der blauen Bucht unter ihnen.

Kurz darauf bog der Pfad nach rechts, tiefer in den Berg hinein, zwischen zwei runden Vorsprüngen, die an einen vollen Frauenbusen erinnerten.

Sie näherten sich dem Suchtrupp. Die Schritte der Kollegen wurden lauter, hier und da vereinzelte Wortfetzen, doch generell arbeiteten alle in stiller Konzentration.

»Hier ist was«, rief eine Frauenstimme weiter vorne.

Lluc und Fina wechselten einen Blick.

Die Beamtin schien tatsächlich etwas entdeckt zu haben, denn ein Kollege stimmte ins Rufen ein. »Kommt schnell. Rechts den Pfad runter.«

Lluc nahm die Abkürzung durchs Gestrüpp, dankbar für seine robuste Cargohose und die dicken Sohlen seiner Sneakers.

Hohe Gräser und elastische Schlingzweige wickelten sich um seine Waden, brachten ihn zum Straucheln.

Er riss sich frei, rannte weiter.

Mittlerweile hatten mehrere Kollegen die Stelle erreicht und bildeten eine zu Boden starrende Phalanx.

Llucs Herz klopfte in Erwartung, als er die letzten Meter zurücklegte und sich an den Beamten vorbei zur Fundstelle drängte.

Vor ihm erstreckte sich eine Spalte, als wäre die Erdkruste zu eng geworden und aufgeplatzt. Mehr als nur eine Grube erschien der Riss metertief und an der höchsten und weitesten Stelle etwa drei Meter breit.

Lluc kniff die Augen zusammen, ging in die Hocke und starrte in die Vertiefung.

»Was zur Hölle ist das?«

24

Bauschutt.

Verdammter, asbestverseuchter Bauschutt.

In Schockstarre hielt Gual noch immer den Telefonhörer in der Hand, obwohl die Leitung schon toter als tot war – fast untot.

Wie betäubt starrte sie auf die Haferflocken in der Müslischale vor ihr.

Schließlich legte sie auf, stützte den Kopf in die Hände, massierte mit Mittel- und Zeigefinger ihre pochende Stirn.

Die Freude, eine ermittlungsfördernde Spur beizutragen, hatte nicht lange gewährt. Mitzudenken und nicht nur die Sekretärin und Administratorin des Teams zu sein. Oder Taxi fahrende Kinderentertainerin, unbezahlte Haushälterin und Köchin, wenn sie schon dabei war, alle Rollen einer Inventur zu unterziehen.

Der Frust machte sie unfair, aber ein bisschen im Selbstmitleid zu baden tat besonders an heißen Tagen gut.

Natürlich verrichtete ihr Mann seinen Anteil – gemäß seinen Fähigkeiten. Dass der liebe Gott diese so ungleich verteilt und Gual mehr davon geschenkt hatte, war ja schwerlich seine Schuld. Francisco wusch grundsätzlich alle Kleidungsstücke ungeachtet ihrer Farbe und des Materials zusammen, sodass sie danach eine gemeinsame farbliche Schnittmenge annahmen. Auch mit der Kinderfütterung haperte es: Anstatt ihre Spiralnudeln mit Tomatensoße zu essen, wenn ihr Vater sie fütterte, fand ihre Tochter es interessanter, sie für den Musterdruck seines T-Shirts zu nutzen. Und was das Kochen anging – Gual sollte ihn das Abendessen zubereiten lassen, durch den faden Geschmack würde sich ihre Diät von selbst erledigen.

Stöhnend vergrub sie ihr Gesicht in den Händen. Wie war sie jetzt dorthin abgedriftet? Sie beendete die Gedankenschleife und schüttelte den Kopf, als könnte sie das in die richtige Spur bringen.

Bauschutt.

Thiel hatte seinen verdammten Bauschutt in der Spalte bei Cala Tuent abgeladen. Gewöhnliche Baumüllentsorgung war schon teuer, und wenn Dachplatten mit Uralita-Asbestzement dazukamen, blätterte man schnell ein kleines Vermögen hin. Laut ihrer Kalkulation lagen mindestens fünfzigtausend Euro der Staatskasse in der Grube versenkt, die Thiel der Balearenregierung vorenthalten wollte.

Kein Wunder, dass er mit den Informationen geizte und die Aussage verweigert hatte.

Ziemlich abgebrüht, sich nach den Morden an zwei Menschen um seine Müllentsorgung zu kümmern. Der Typ musste ein richtiger Psycho sein.

Gual hatte nicht daran gezweifelt, dass sie die Leichen der zwei noch immer vermissten Schwestern finden würden. Auch deren Telefone blieben weiterhin stumm, abgeschaltet, ohne Lebenszeichen.

Die Stunde, die die Kollegen für den Rückweg von Cala Tuent nach Sóller benötigten, wollte sie nicht untätig herumsitzen, sie stattdessen nutzen, um sich zu beruhigen. Noch immer nagte das Gefühl an ihr, etwas vergessen zu haben.

Seit der Geburt ihrer Tochter hatte ihre Intuition sich geschärft.

Für das Überleben der Menschheit machte es evolutionstechnisch Sinn, den Frauen eine verschärfte Intuition zu verleihen, um ihre Nachkommen zu schützen. Die Natur hatte an alles gedacht. Wieder etwas, das Francisco weniger gegeben war, wieder etwas, das sie ihm nicht vorwerfen konnte … Sie schob den Stuhl zurück, verließ ihren Arbeitsplatz und brühte sich in der Küche einen extrastarken Espresso, den sie in einem Zug runterkippte.

Der ersehnte Koffeinflash setzte ein, noch bevor Gual sich daranmachte, Thiels Personaleinträge aufzurufen.

Wohnort- und Melderegistereintrag ordnungsgemäß erfüllt. Steuern ans Rathaus abgeführt. Ticket für Geschwindigkeitsüberschreitung noch in der Bearbeitungsschleife …

Das Ticket!

Gual rief die gesamte Anzeige auf, scrollte, Datum, Uhrzeit, Ort. Blinzelte. Ließ sich zurück in den Stuhl fallen.

Scheiße.

Das war es, worauf ihr aufmüpfiger Instinkt hinweisen wollte.

Wie hatte ihr das entgehen können? Zu beschäftigt mit Nebenkriegsschauplätzen, Vorwürfen – nein, sie musste linear denken.

Sie schalt sich einen Dummkopf, eine blöde Kuh, selbst ihre Kreativität im Schimpfwörterfinden ließ zu wünschen übrig. Wie hatte sie das übersehen können?

Einer Mutter die Nachricht vom Tod ihres Kindes überbringen zu müssen, hatte Guals eigene Büchse der Pandora geöffnet, der ein Bataillon an Ängsten und Konflikten entschlüpft war.

Anstatt sich zu distanzieren, hatte sie es zugelassen, dass ihre eigenen Belange und Schwächen sich in den Fall mischten. Ihr Konflikt zwischen Mutterrolle und Job, das schlechte Gewissen, nicht ausreichend für die Kleine da zu sein, ihr nicht das zu geben, was Kinder in dem Alter brauchten. Der Wunsch nach einem zweiten und der gleichzeitige Horror davor.

Mea culpa. Eine Beichte stand an.

Gual vergrößerte den Ticketeintrag. Das Datum dieses Montags sprang ihr vom weißen Hintergrund entgegen.

Uhrzeit: 16.43 Uhr.

Doch es war der Ort, an dem der Blitzer Thiels siebenundsechzig Stundenkilometer aufgezeichnet hatte, statt der erlaubten dreißig.

Dass da oben in der Einöde überhaupt eine Radarfalle stand, war dem Busfahrer zu verdanken, der es vor nicht zu langer Zeit ebenfalls eilig gehabt hatte. Als Quereinsteiger in die öffentlichen Verkehrsbetriebe, früher Barmann am Hafen, waren ihm sowohl die örtlichen Gegebenheiten als auch der Lenkradius seines Dreißigsitzer-Reisebusses unbekannte Größen gewesen.

Eine widerstandsfähige Aleppokiefer hatte größeres Unglück verhindert, allen das Leben gerettet.

Cala Tuent.

Schon wieder diese Bucht.

Die Puzzleteile fügten sich zusammen. Die Menge des gefundenen Unrats in der Spalte erklärte, warum Thiel seinen Schutt in zwei Fuhren entsorgt hatte.

Eine gegen 16.45 Uhr, die andere gegen 19.30 Uhr.

Gual vergrößerte das unscharfe Foto des Blitzapparates, legte den Kopf schief. Selbst in nebulösem Schwarz-Weiß-Grobkorn war der Deutsche eindeutig zu identifizieren.

Doch wenn Thiel sich um diese Zeit noch da oben in den Bergen aufgehalten hatte, konnte er unmöglich vor 18 Uhr im Hafen gewesen sein.

Das bedeutete, dass er die Schlachten verpasst hatte.

Mit einem Seufzer rüstete Gual sich für den nächsten Anruf. Lluc würde ihr den Kopf abreißen.

25

»Die arme Gual macht sich total Vorwürfe«, sagte Lluc, öffnete mit einem Klacken sein Bier, lehnte sich im Gartenstuhl zurück und streckte die müden Beine auf dem Kies der Terrasse aus.

Die kalte Flasche in seiner Hand spendete auf traurige Art Trost. Er prostete Fina zu, bevor er die kondenswasserfeuchte Oberfläche an seine heiße Stirn drückte. »Wenn ich mich wegen jedes Versäumnisses verdammen würde, säße ich schon seit Jahren in der Hölle.«

»Wir alle hatten Zugang zum Register und keiner von uns hat das dämliche Ticket gecheckt.«

Es war das erste Mal in der gemeinsamen Kollegenzeit, dass er Fina auf einen Absacker zu sich auf die Finca eingeladen und sie seine Einladung angenommen hatte.

»Was für ein Tag.« Sie rückte den Verandasessel in Richtung Tal und die Bergwand, die das Dorf wie eine uneinnehmbare Festung umgab. »Und wir stehen wieder genau am Anfang.«

Lluc nahm einen Schluck, fühlte der kalten Flüssigkeit nach, die seine Kehle hinabrann, bis sie sich in seinem Magen auflöste. »Zwar mussten wir Thiel wieder gehen lassen. Dafür haben wir das Rathaus um mindestens fünfzigtausend Euro bereichert.« Man sollte in allen Lebenslagen die positiven Aspekte suchen.

Fina nickte wortlos.

Da sie die erfreulichen Punkte nun abgehakt hatten, blieb die nackte Konfrontation mit dem Nichts.

Schweigend betrachteten sie die zerklüfteten Spitzen, löschten den heißen Frust der Ermittlungsniederlage mit dem Kaltgetränk.

»Ich bin so müde«, sagte Fina schließlich.

Lluc hatte dem nichts hinzuzufügen. Die sich überschlagenden Ereignisse der letzten zwei Tage hatten sie Tag und Nacht gefordert, ihnen alles abverlangt, um zu einem verdreckten Haufen Bauschutt in einem Graben am Ende der Welt zu führen.

Fina sah in die Ferne, bestaunte mit großen Augen das rot-gold leuchtende Massiv des Penyal des Migdia, nahm ihr Handy vom Tisch, schoss ein Foto. »Ich habe noch nie gesehen, dass sie abends so von der Sonne angestrahlt werden. Wunderschön.«

»Du bist halt zu schnell weg nach Palma, ohne zurückzublicken, deshalb hast du es nicht mitgekriegt.«

Fina sah sich um, ließ den Blick über das alte Haus schweifen. Lluc versuchte, sein Zuhause mit ihren Augen zu sehen. Nahm die zweistöckige Sandsteinfinca mit frischem Blick wahr, die neuen Alufensterläden in Schokoladenbraun, nachdem er das Tramuntanagrün letztes Jahr endlich aussortiert hatte. Zeitlos schön. Der Garten – eine Repräsentanz seiner selbst – leicht verwildert, mit dem richtigen Gärtner viel ausbaufähiges Potenzial. Er war zufrieden mit seiner Inventur, und selbst Fina rümpfte nicht die Nase.

»Schönes Haus. Fehlt nur ein weiblicher Touch. Was ist aus deiner Reporter-Freundin geworden?«

Lluc öffnete den Mund und schloss ihn wieder. Zwei stressige Tage und noch kürzere Nächte hatten den Vorteil, dass sie das Gehirn randvoll ausfüllten. Er setzte an zu einer nichtssagenden abweichenden Antwort, doch Fina sah ihn ehrlich interessiert an, als erwartete sie eine tatsächliche Antwort.

Lluc seufzte. Irgendwann musste er es ja in Worte fassen. »Wir haben Schluss gemacht. Sie hat Schluss gemacht«, verbesserte er.

»Oh, das tut mir leid.« Finas Miene spiegelte eine ehrliche Betretenheit, die geradezu einlud, mehr preiszugeben und sich zu erklären.

»Ist schon okay, wir haben uns in der letzten Zeit ziemlich auseinandergelebt. Es kam nicht überraschend. Das Ende hat sich sogar in Plakaten angekündigt wie ein verdammter Hollywood-Blockbuster.« Und trotzdem traf es ihn irgendwie unerwartet.

Fina drehte die Flasche in ihrer Hand und betrachtete den rot glühenden Penyal des Migdia. »Ich weiß, wie das ist.«

Unauffällig musterte Lluc seine Kollegin, versuchte, sein Erstaunen zu verbergen. Der schlichte Satz gab mehr von ihr preis als alles, was sie im vergangenen Jahr über sich offenbart hatte. Fina wirkte wie ein Cyborg. Perfekt, unterkühlt, antiseptisch rein. Schwächedemonstration durch Gefühlswallungen passten nicht in das Schema.

»Leider fällt es mir schwer, Rückschläge dieser Art so wegzustecken wie du.«

»Ich tue nur so.« Am besten überzeugen konnte er damit sich selbst.

Ein Lacher entschlüpfte ihren Lippen. »Danke für den Tipp.«

Sie trank von ihrem Bier und sah wieder auf die Berge. »Meine Schwester ist frisch verliebt.«

»Das ist großartig.« Obwohl Lluc Ada nie persönlich kennengelernt hatte, wusste er von ihrer Tragödie, die nach einem Unfall zum Pflegefall geworden war. »Ich freue mich für sie, dass sie ein normales Leben führen kann.«

Fina zog eine missbilligende Schnute, schien weniger begeistert von Adas unerwartetem Liebesglück.

»Du magst ihn nicht?«, fragte Lluc.

»Ich kenne ihn nicht.«

»Er hat einen schlechten Ruf?« Ein Badboy, der die Schwäche der hübschen Ada ausnutzen könnte?

»Nein, er scheint ein netter Mann aus ihrer Therapiegruppe zu sein.«

»Wo ist dann das Problem?«

»Das Problem ist, dass es immer eins gibt. Wenn nicht jetzt, dann später.«

Was? Vielleicht war sein Hirn zu müde nach den Ereignissen der letzten Tage. Auch er mochte Ecken, um die er herumdenken konnte – nichts war spannender als die Neugierde, was sich dahinter verbarg. Aber dies war selbst ihm zu spitz. »Das Problem ist, dass eins auftauchen *könnte*?«

Fina nickte ernst, es schien kein Scherz zu sein.

»Ich finde auch, man sollte alle Babys bei der Geburt töten«, wagte Lluc im Scherz einen radikalen Vorstoß.

Finas Kopf schoss in seine Richtung. »Was? Und was heißt hier *auch*?«

»Warum tust du so entsetzt? Damit erspart man ihnen das ganze Leid, was da noch vor ihnen liegt. Das ist doch genau das Prinzip, das du eben angeführt hast.«

Fina runzelte die Stirn, musterte ihn prüfend. »Diesen unwitzigen Sarkasmus muss ich jetzt nicht kommentieren.«

»Ich spiegle dir nur deine Haltung wider.«

»Das ist schwerlich dasselbe: Babys töten.« Sie schnaubte verächtlich durch die Nase. »Also, manchmal hast du sie nicht mehr alle. Überhaupt so einen Vergleich zu bringen.«

Manchmal war die Kruste so hart, dass nur die Holzhammermethode half. »Liebe im Entstehen zu töten ist natürlich etwas völlig anderes.«

Fina schwieg. »Ja«, sagte sie dann, resolut. »Das ist es.«

Lluc beließ es dabei, bohrte nicht weiter. Wenn sie mehr über den Grund ihrer rigorosen Einstellung preisgeben wollte, würde sie das tun. In seiner Erfahrung liebten Frauen es, über Gefühle und solche Themen zu reden. Doch natürlich unterschied sich Fina auch in diesem Punkt. Denn sie schloss sich Lluc im Schweigen an. Ein Schweigen der angenehmen Art, das die Ruhe des Moments respektierte und genoss und das man mit guten Freunden teilte. Bierflasche zum Mund führen, kalte Flüssigkeit die Kehle runterrinnen fühlen, Blick auf die grandiose Macht der Natur. Frieden.

»Was machen wir nun im Fall?«

»Ich habe das Gefühl, dass es komplizierter ist, als wir denken. Die Mühe und Planung, die David da reingesteckt hat, deutet auf Tieferes.«

»Es sei denn, die Jungen wollten sich wichtig fühlen.«

Iago trottete heran, zweckentfremdete Llucs Füße zu einem Hundebett, folgte schläfrig mit seinem Blick dem Kreisen eines Milans am Himmel.

»Das ist natürlich nicht auszuschließen, nur glaube ich es

nicht«, sagte Lluc und setzte seine Flasche zu einem Schluck an.

»Ich vertraue deiner Intuition. Sie hat uns schon des Häufigeren den Arsch gerettet.«

Er verschluckte sich, beugte sich vor und hustete das Bier aus seiner Luftröhre.

Fina lachte, klopfte ihm auf den Rücken. »Musst ja nicht gleich abnippeln.«

Wunder geschahen, seltsame Dinge zwischen Himmel und Erde, die sich Llucs Verständnis entzogen. Dazu gehörte Finas progressiver Wandel, die früher keine Situation ausgelassen hatte, ihm zu signalisieren, dass sie ihn für einen engstirnigen, stillosen Dorftrottel hielt. »Was machen wir jetzt?«

Das war eine gute Frage.

»Wir müssen uns unbedingt tiefer in die Hintergründe der beiden toten Männer hängen. Und die Suche nach den Schwestern ausweiten.«

»Presse mit einbeziehen?«

»Uns bleibt gar keine andere Wahl, sonst tun es die besorgten Eltern. Außerdem Flugdaten und Passagierlisten der vergangenen Tage auswerten, nicht, dass sie sich wirklich abgesetzt haben. Boot und Flughafen.«

Gual sollte sich in die Recherche der familiären Hintergründe Davids verbeißen, das würde ihr helfen, sich nicht mehr so schlecht zu fühlen.

Beide Handys auf dem Tisch erwachten zum Leben mit einer eingehenden Nachricht. Llucs mit einem Wisch, Finas mit Ping.

Fina hatte ihres als Erste geöffnet. »Die Telefone der Schwestern wurden wieder geortet.«

26

Das Aufgebot der Polizei drängelte sich unten vor dem Eingang des zweistöckigen Wohnhauses in Santa Catalina in Port de Sóller. Lluc sah aus dem offenen Fenster im schmalen Treppenhaus, signalisierte einem der aufblickenden Beamten den erhobenen Daumen.

Während die gegenüberliegende Seite von Repic noch golden in der Abendsonne erstrahlte, lag dieser Teil des Hafens schon friedlich im Schatten. Die kleinen Fischerbötchen waren vertäut, mit Süßwasser abgestrahlt und in Erwartung der nächsten Fahrt am Morgen. Der würzige Duft von gebratenen Sardinen wehte aus dem Küchenabzug des Fischrestaurants nebenan.

Lluc ignorierte seinen knurrenden Magen, fokussierte sich auf die Eingangstür, über der wie überall im Tal die zwei Fahnen des Firó hingen. Das schmale Gebäude im mediterranen Stil beherbergte eine Wohnung pro Stockwerk, verbunden durch ein typisch mallorquinisches Treppenhaus mit hohen Stufen.

Er klingelte. Wie auf der Insel üblich, hing kein Namensschild an der Tür. Laut Melderegister wohnte ein gewisser Raymundo Torres hier, zweiunddreißig Jahre alt, ledig.

Jemand drängte sich von hinten auf den Stufen zu Lluc heran, der geruchlichen Tannenwaldstimmung nach Miguel, der seit Neuesten in seinem würzigen Aftershave zu baden schien. Wie beiläufig baute der Kollege seinen massiven Körper vor Fina auf, doch Lluc durchschaute die Geste. Falls Fina ihn bemerkte, zeigte sie es nicht und fixierte weiterhin unbeirrt die Tür, als wollte sie sie hypnotisieren.

Lluc drückte erneut den Klingelknopf, ein dumpfes Dingdong ertönte.

Jemand näherte sich, ein Schlüssel wurde im Schloss gedreht.

Lluc nickte Miguel wortlos zu, dessen Hand auf seinem Holster ruhte.

Die Tür öffnete sich einen winzigen Spalt. Ein Auge erschien. Blaue lange, schwarz getuschte Wimpern. Überrascht weitete es sich.

»Ja?« Die körperlose Frauenstimme klang jung, zögerlich.

»Guardia Civil, machen Sie bitte auf.« Lluc hielt dem Auge seinen Dienstausweis entgegen.

Die Tür öffnete sich knarzend.

Adrenalin schoss in Llucs Adern. Die kollektive Anspannung seiner Kollegen lag spürbar in der nach Abendessen riechenden Luft.

Eine dunkelblonde Frau Anfang zwanzig erschien im Türrahmen, musterte das Aufgebot im Treppenhaus, trat erschrocken einen Schritt zurück. »Ist was passiert?«

Überraschung, Erleichterung, aufsteigender Ärger folgten hintereinander im Stakkato. »Das hätten wir auch gerne gewusst …« Lluc stemmte die Fäuste in die Hüften. »… Señorita Hidalgo.«

Eine Minute später saßen Lluc und Miguel dem Mädchen auf einem winzigen ockergelben Samtsofa gegenüber. Fina zog es vor, an die Wand gelehnt zu stehen, mit vor der Brust verschränkten Armen und heruntergezogenen Mundwinkeln.

Es war Catalina, die jüngere der beiden Schwestern. Pausbäckig und kindlich wirkte sie, als wolle sie am liebsten im Boden versinken. Verkrampfte Schultern, eingezogener Kopf, gesenkter Blick.

»Haben Sie sich bei Ihren Eltern gemeldet?« Llucs strenge Stimme hallte von den hohen Wänden des spartanisch eingerichteten Wohnzimmers, in das man beim Eintreten durch die Haustür direkt gelangte. Billiger Lavendelduft hing in der Luft, versagte kläglich, die muffige Feuchtigkeit zu übertünchen. Die spärliche Einrichtung zusammengewürfelt, Stilrichtung Resterampe. Sofa, Esstisch, vier in Form und Farbe unterschiedliche Stühle. »Denn umgekehrt erhielt ich heute von Ihrem Vater geschätzte dreihundert Anrufe. Die anderen zweihundert stammten vom Bürgermeister und von besorgten Bürgern.«

Catalina rutschte unruhig auf die Kante ihres Holzstuhls. Ihr unsteter Blick wanderte verunsichert über die Gesichter der Kollegen, glitt von Fina ab, als sei sie Teflon, um ihn auf Miguels gutmütiger Miene zu parken. Mit fahrigen Bewegungen wischte sie sich eine Strähne ihrer dunkelblonden Haare hinters Ohr. »Natürlich, ich habe meine Mutter gerade ...«

Sie wurde durch das Drehen eines Schlüssels im Eingang unterbrochen. Die Tür schwang auf, und eine etwas ältere Version der jungen Frau erschien im Rahmen. Trotz der optischen Ähnlichkeit konnte der Eindruck nicht unterschiedlicher sein. Statt naiver Pausbäckchen das hagere Gesicht der Abgeklärtheit, aufrechte Haltung, fordernder Blick.

Francisca Hidalgo legte den Schlüssel auf einer Konsole ab, trat in den Raum. »Wir haben Besuch, Catia?«

Fina kam der Schwester zuvor. »Wir sind von der Guardia Civil. Es wurde eine Vermisstenanzeige für Sie aufgegeben. Ihre Eltern haben sich schreckliche Sorgen gemacht.«

»Ach das, ja«, wischte sie mit einer lapidaren Handbewegung fort wie eine lästige Stechmücke. Ohne die Riemchen zu öffnen, streifte sie sich ihre Plateausandalen ab, zog sich einen Stuhl heran und ließ sich mit untergeschlagenem Fuß nieder wie zu einem netten Pläuschchen.

»Wieso haben Sie sich denn nicht gemeldet?« Fina verfolgte das befremdliche Auftreten der älteren Schwester. »Laut Ihrer Mutter sei es sehr ungewöhnlich für Sie, so lange offline zu sein.«

Francisca musterte Fina abschätzend aus schmalen Augen. »Wir mussten dringend weg. Ein wichtiger Kunstdeal hat unsere sofortige Abreise erfordert. Dabei haben wir leider das Ladegerät vergessen.« Sie legte den Kopf schräg, zuckte entschuldigend eine Schulter.

»Ihre sofortige Abreise?« Lluc bemühte sich nicht, seinen Unglauben zu verstecken. »Was ist mit dem Auftritt beim Firó?«

»Es zu verpassen war sehr bedauerlich. Doch wenn sich eine einmalige Möglichkeit bietet, schnell viel Geld zu verdienen, fackelt man nicht lange.« Die junge Frau hielt seinen Blick, ohne mit der Wimper zu zucken.

»Wo ging es denn hin?« Etwas stank hier gewaltig.

Francisca spitzte die schmalen Lippen, zögerte einen Moment. »Nach Alcudia.«

Das war nun der letzte Ort, den er erwartet hätte. »Alcudia? Ich wusste nicht, dass die da über so eine florierende Kunstszene verfügen.« Der kleine Ort an der Nordostküste erwachte erst im Mai nach langem Winterschlaf zu neuem Leben.

Sie verdrehte die Augen, schnalzte mit der Zunge. »Natürlich nicht. Aber wenn ein reicher englischer Kunstsammler mit Feriendomizil verlauten lässt, Teile seiner Sammlung verkaufen zu wollen, stehen die Leute Schlange. Wir wollten ihm keine Möglichkeit geben, zurück nach London zu reisen und einen seiner Dealer dort aufzusuchen. Also haben wir die Gelegenheit beim Schopfe gepackt.«

Ihre Schwester folgte den Erklärungen mit großen Augen, nickte vehement. »Genau. Das ist ja nachvollziehbar.«

»Und?«

»Und was?«

»Haben Sie den Deal bekommen?«

»Ach so. Ja. Wir sind in Verhandlungen.« Sie wechselte das Thema. »Ich hoffe, das Fest war trotzdem gut, nach allem, was hier geschehen ist.«

»Das ist der zweite Punkt, über den wir gerne mit Ihnen reden möchten. Sie haben sicherlich vom Tod Ihrer beiden Kollegen erfahren. Selbst in Alcudia gibt es Zeitungen und Fernsehen, wenn es auch mit den Handys schwierig wird.«

»Tragisch.« Francisca nickte betroffen. »Obwohl das Wort Kollegen eine Nähe suggeriert, die es nicht gab. Wir haben zufällig für denselben Auftraggeber gearbeitet.«

»Sie kannten David und Federico also nicht näher?«

Francisca, die unangefochtene Pressesprecherin des Hidalgoclans, schüttelte entschieden den Kopf. »Nein. Vor allem mit David hatten wir keinerlei Berührungspunkte. Mit Federico schon ein bisschen mehr. Schwatzhafter Typ, der würde sogar Selbstgespräche führen, nur um sich quatschen zu hören. Außerdem waren wir die einzigen weiblichen Wesen auf einer testosteronüberfluteten Baustelle.« Sie hielt ihm die offenen Handflächen entgegen.

»Er hat mit Ihnen geflirtet?«

Catalina schnaubte, setzte zu einer Antwort an, doch ein Blick der Schwester brachte sie zum Schweigen. »Simples Geplänkel. Nicht mehr. Immerhin war er verheiratet.«

Lluc nickte bedächtig. Das Ganze hier entwickelte sich in eine andere Richtung als angenommen.

»Wann genau haben Sie Sóller verlassen? Sie wurden noch in der Tram in Repic gesehen.« Als traditionelle Hommage an alle mutigen Frauen transportierte zum Firó-Fest die kleine Straßenbahn, die das Dorf mit dem Hafen verband, alle als Bäuerinnen verkleideten Sóllericas zu den Schlachten an den Strand.

»In der Tram erhielten wir den Anruf, am besten sofort nach Alcudia aufzubrechen. Wir sind unverzüglich umgekehrt.«

»Haben Sie die Schlacht noch mitbekommen?«

Sie presste die Lippen zu einem Strich. »Nein.«

Lluc fing Finas unter hochgezogenen Augenbrauen geworfenen Blick auf. Der Einhornzeichentrickfilm seiner fünfjährigen Nichte besaß eine ähnliche Realitätsbasis wie die Geschichte der Señorita Hidalgo.

»Was ist das hier eigentlich für eine Wohnung?« Er sah sich in dem geschmacklos eingerichteten Raum um, der überhaupt nicht zu den schicken Schwestern passte. »Sie wohnen doch weiter oben in der Carrer de Bèlgica?«

»Das Apartment gehört einem Freund, der verreist ist. Wir sollten lüften und die Blumen gießen.« Aus ihrem Munde klang die Aufgabe dringlich, als müsste sie die botanischen Gärten von Alfabia betreuen und vor dem Austrocknen bewahren.

Lluc sah sich ungehindert um. Die lieblose Absteige entbehrte jeglichen Zeichens von Chlorophyll.

»Die Pflanzen sind nebenan im Schlafzimmer.« Francisca wies mit dem Kinn auf eine dünne Spanholztür, die zum Nachbarzimmer führte.

»Natürlich. Wo sonst«, sagte Fina und spießte die junge Frau förmlich mit ihrem Blick auf.

»Haben Sie noch weitere Fragen? Ansonsten würden wir uns jetzt gerne ausruhen. Die Reise hat uns doch ziemlich ermüdet.« Franciscas Stimme klang plötzlich so kraftlos wie nach achtzehnstündigem Flug mit mehrmaligem Umsteigen anstatt der fünfzigminütigen Autofahrt von der Nordostküste.

Lluc klopfte sich auf die Oberschenkel, erhob sich aus den durchgesessenen Polstern des Sofas. »Haben Sie eine gute Nacht. Ich bin mir sicher, wir sehen uns schon bald wieder.«

Draußen auf der Straße wehte eine Brise klarer Luft vom Meer aufs Land.

Lluc rümpfte die Nase.

»Schlägt dein Bullshitmeter auch aus?« Fina lachte und boxte ihn kameradschaftlich in die Seite.

»Selten so eine erstunkene Geschichte gehört.«

Miguels Telefon kündigte mit leisem Piepen einen eingehenden Anruf an. Er wandte sich ab und nahm ihn stirnrunzelnd entgegen.

Fina musterte ungeniert die kolossale Rückenansicht des Kollegen. »Nur was bezwecken sie damit?«

»Für mich haben sie sich gerade ganz nach vorne in die Schlange der Verdächtigen gedrängelt.«

»Welche Schlange? Ich sehe außer ihnen keinen einzigen Anwärter.«

Miguels Gespräch schien nicht zu seiner Zufriedenheit verlaufen zu sein. Leicht verstimmt stieß er zu ihnen, sagte: »Logistisch durchaus möglich, dass diese Francisca sich verkleidet, erst Federico und dann den armen David umbringt.«

»Warum sollte sie das tun? Und wäre es in dem Fall nicht unauffälliger, zu ihrem Auftritt auf dem Balkon zu erscheinen, anstatt überhaupt den Fokus durch Abwesenheit auf sich zu lenken?« Lluc starrte auf den Leuchtturm in der Hafenausfahrt, der in der rotgelben Abendfärbung des Himmels zartrosa erstrahlte.

Es machte keinen Sinn. Doch auch ihn hatte das Gespräch merkwürdig angetriggert hinterlassen.

Einem Impuls folgend, sah er auf die Uhr und zog sein Telefon aus der Tasche.

Der Junge würde sich noch zu seinem besten Informanten entwickeln.

27

Die Bässe dröhnten aus den im Sand aufgestellten Lautsprechern im Takt zu Échame la culpa. Da es erst zehn Uhr war, gab es noch keine Beschwerden wegen Lärmbelästigung gegen das Strandrestaurant an der Platja d'en Repic, in die Lluc oder einer seiner Kollegen hätten eingreifen müssen.

Glücklicherweise war Kevin einer dieser Menschen, denen ohne Handy ein Organ fehlte, sodass er Llucs Anruf schon beim zweiten Klingeln entgegengenommen hatte.

Der Weg von Santa Catalina auf diese Seite des Hafens wäre zu Fuß vermutlich schneller gewesen, als die obligatorische Schleife über den kleinen Tunnel zurück zum Monumento-Kreisel zu fahren.

Alle Tische waren mit der üblichen gemischten Klientel besetzt, Touristen und Sóllerics, der eine oder andere Palmesaner – unerklärlicherweise erkannte man sie immer, noch bevor sie den Mund aufmachten.

Grüppchenweise standen junge Leute barfuß im Sand herum, Bierflaschen in der Hand, rauchten, lachten.

»Coole Strandbar«, bemerkte Fina und wippte mit dem Kopf zum Takt. »Ich mag das Lied.«

»Du wirst hier noch einige interessante Dinge entdecken, wenn du nicht immer gleich abhaust.«

Der Vollmond zog wie ein beleuchteter Halloweenkürbis orangegelb über dem Alfabia auf, erhellte den Strand und spiegelte sich im seichten Wasser jenseits der Felsen.

Kevin saß auf einem umgedrehten Nussschalenholzboot, genüsslich an seiner selbst gedrehten Zigarette ziehend, im Gespräch mit einem bärtigen Mann, der sich bei ihrer Ankunft hastig verabschiedete. »Wir sprechen nachher, Tío.«

Die helle Afrofrisur leuchtete in einem goldenen Kranz um seinen Kopf. Kevin sah hinaus aufs Meer, wobei sich das feine Profil mit der schmalen, langen Nase wie gemeißelt vor der Dunkelheit abzeichnete und ihn wie eine Heiligenikone aussehen ließ. Lluc unterdrückte ein Lachen bei der Assoziation, als der typische Geruch von Marihuana ihm in die Nase stieg.

Fina baute sich in ihrer bevorzugten Position vor dem Jungen auf, vergrub die Hände tief in den Taschen ihrer Strickjacke und wippte auf den Zehenspitzen. Den Platz des Bärtigen neben Kevin auf dem Boot belegte Lluc.

»Wir wollen dich nicht lange stören.«

»Ich habe es nicht eilig«, grinste der junge Mann.

»Es geht um Federico«, begann er vorsichtig um das delikate Thema herumzutänzeln. »Du sagtest, er sei sehr kommunikativ und ziemlich beliebt gewesen.«

Kevin zog ungeniert an seinem Joint, nickte. Besaß aber den Anstand, den Rauch in die andere Richtung zu blasen.

»Da er die Arbeiten im Haus erledigte und beaufsichtigte, hatte er ja sicherlich auch mit Francisca Hidalgo zu tun, oder?«

Kevin hielt inne, vergrub die Füße im Sand. »Richtig.«

»Hattest du das Gefühl, sie kannten sich besser als nur flüchtig?«

Der Sandhaufen über Kevins Zehen brach auf, rieselte weg, um sich dann erneut einzubuddeln.

»Man kann schon sagen, dass es mehr als beiläufig war.«

Fina grätschte ein. »Das klingt danach, als wär da was gelaufen?«

Er sah auf, musterte sie, schien zufrieden mit dem, was er sah. »Abwegig ist es nicht.«

Lluc zog die Stirn in Falten. »Sagtest du nicht, sie würde sich aus Hochnäsigkeit niemals mit Handwerkern abgeben? Letztendlich war Federico ja genau das.«

Kevins Lachen klang bitter. »Aber einer mit eigener Firma.« Das Ende seines Joints glimmte in der Dunkelheit auf.

»Sicherlich waren sie nur Kollegen, die Spaß bei der Arbeit hatten.«

»Genau. So viel Spaß, dass sie diesen mitsamt Kollegenschaft auf dem Boot fortsetzten.«

Zufrieden nickte Lluc. Das war es, was er herauszufinden gehofft hatte. Er hatte schon bei seinem letzten Gespräch mit dem jungen Mann eine leichte Verbitterung bemerkt, die auf eine unglückliche Schwärmerei für die unerreichbare Francisca Hidalgo deutete.

»Welchem Boot?«

»Federico besaß eine kleine Chris-Craft, nichts Besonderes, aber gut in Schuss. Sein Anlegeplatz war gleich in der Nähe vom Boot meines Onkels.«

Er sah aufs Meer, wie verloren in der Erinnerung. »Wir fahren oft zum Fischen hinaus, und dabei habe ich ihn schon mehrmals beim Einlaufen in den Hafen gesehen. Zweimal mit Francisca an Bord.«

Lluc wechselte einen Blick mit Fina, die dann fragte: »Also hatten sie doch was laufen?«

»Scheint so.«

»Wirkten sie verliebt?«

Kevin zögerte. Starrte aufs Wasser. »Na ja, es schien nicht immer Friede im Paradies. Das letzte Mal ging es sogar ziemlich lautstark daher. Sie hat ihn ganz schön angeschrien.«

»Worum ging es? Was hat sie gesagt?«

Kevin riss seinen kontemplativen Blick vom Wasser, drehte sich Lluc zu. »Leider war ich nicht zu diesem Teambuilding eingeladen. Weiß also nicht, warum es ging. Nur dass sie ihn angeblafft hatte: Du hältst dich nicht an unsere Abmachung. So geht das nicht. Irgendwas in dem Kontext.«

»In welchem Zusammenhang? Hast du irgendetwas gehört?«

Kevin schüttelte den Kopf »Vielleicht wegen seiner Frau? Möglicherweise war Francisca sauer, weil Federico sich noch nicht getrennt hatte? Keine Ahnung …«

Der Mond hatte seine Endposition am Firmament eingenommen und erleuchtete den Strand in unnatürlich weißer Helligkeit wie die Flutlichter des Fußballstadions im Dorf, die bis nach Son Sales zu sehen waren.

Ein in der Bucht geankerter Zweimaster schaukelte geisterhaft auf den Wellen. Ergriffen von plötzlicher Unruhe, erhob Lluc sich vom Boot, klopfte nicht existenten Sand von seinen Hosenbeinen. »Danke Kevin, ich melde mich, falls wir noch eine Frage haben.«

Der Junge sah ihn an, die Kontur des sonst schönen Gesichts überzeichnet, scharfkantig und hohlwangig wie ein Totenkopf. »Immer doch. *Bona nit.*«

Während sie durch den Sand zurück zur Strandpromenade stapften, wo das Auto geparkt war, ordnete Lluc seine Gedanken. »Jetzt haben wir die Bestätigung, dass Francisca lügt. Lade die beiden bitte sofort für morgen früh vor.«

»Vielleicht war es wirklich Mord aus verletzter Liebe oder Eifersucht? Diese Gefühlsduseleien können aus einem intelligenten Menschen einen Wahnsinnigen machen.«

Ohne sich seine Überraschung anmerken zu lassen, musterte Lluc die Kollegin unauffällig. Sprach da jemand aus Erfahrung? »Bis morgen früh ist eine lange Zeit. Wir postieren einen Streifenwagen vor dem Haus der Schwestern. Wenn sie sich auch nur einen Millimeter aus diesem botanischen Paradies bewegt, dann will ich das wissen.«

Während Fina seine Anweisungen telefonisch weitergab, versuchte Lluc, das Gefühl der Unruhe abzuschütteln.

Er sah hinauf zum wolkenlosen Himmel und lächelte. Ein Song fiel ihm ein, den er vor Kurzem im Radio gehört hatte, der genau diese schwermütige Stimmung erklärte. *Blame it on the Moon.*

28

Francisca presste die Augen zusammen, veränderte die Position ihres Kopfes auf dem harten Kissen. Nicht nur der Geruchscocktail von Schimmelpilzmief und Lavendelduftstecker hielt sie wach.

Der Mond schien hell durch das kleine Fenster des winzigen Schlafzimmers. Obwohl nur wenige Meter das Gebäude vom nächsten trennten, genügte der schmale Lichtschacht, um den Raum wie eine Leuchtreklame zu bestrahlen. Gardinen gab es keine.

Neben ihr wälzte sich ihre Schwester zum gefühlt tausendsten Mal im gemeinsamen Doppelbett herum.

Das modrig riechende Minisofa im Wohnzimmer war als alternative Schlafstätte ausgeschieden, da ihre ein Meter fünfundsechzig selbst in Embryonalhaltung nicht draufpassten und es Catias Misstrauen geweckt hätte. Nun bereute sie ihre Entscheidung, da diese Nacht nicht zum Schlafen vorgesehen war.

Doch niemand hatte mit dem Vollmond gerechnet, ein Garant für Schlaflosigkeit und Gefühlswallungen.

Vielleicht war es auch der Besuch der Polizei, der Catias Unruhe verursachte. Wie der Bengalentiger im Zoogehege war sie von einer Ecke des winzigen Salons zur anderen gestreunt. Dabei hatte sie immer wieder aus dem Fenster gesehen, als würde sich die Aussicht auf die Sandsteinquader des Nachbarhauses plötzlich verändern.

Niemals hätte Francisca vor ihrer Schwester zugegeben, dass diese Sargentos sie ebenfalls ziemlich beunruhigt hatten. Das erklärte ihr gelassenes Getue, nachdem die Polizei gegangen war: das Blättern in der Hola!, hirnloses Vertiefen in die Liebschaften der Reichen und Schönen Spaniens, als gäbe es nichts Wichtigeres.

Sie musste den Schein der Kontrolle wahren, damit Catia nicht auch den Rest der Nerven verlor. Grenzwertig war es jetzt schon. Kaltblütigkeit war ein zu Unrecht verpöntes Gut, das Francisca glücklicherweise in Momenten wie diesem zur Verfügung stand.

Das Spiel war heiß, der Einsatz hoch, und sie mussten aufpassen, sich nicht zu verbrennen. Ein kühler Kopf war die erste Vorsichtsmaßnahme.

Dieser weibliche Sargento, López, Fernández, García – irgendeiner dieser typischen Namen – hatte sie mit pupillenlos wirkenden Augen unverhohlen fixiert. Sich dabei nicht einmal bemüht, ihr nacktes Misstrauen in irgendeine gesellschaftskonforme Kleidung zu hüllen.

Das machte diesen Casasnovas, für sie nur noch suspekter machte und ließ Franciscas Alarmglocken schrillen. Er schien nett zu sein. Doch die Netten waren die Gefährlichsten.

Der Dritte im Bunde, dieser gut aussehende Bär, war harmlos.

Das schlechte Gefühl lag ihr schwer im Magen. Als sie die Polizisten in ihrem Wohnzimmer sitzen sah, hätte sie am liebsten auf dem Absatz kehrtgemacht und wäre weggerannt. Doch sie hatten Catia.

Diese verdammten Handys.

Was nutzte es, sich in der heruntergekommenen Ferienvermietungsbleibe eines Nachbarn zu verstecken, wenn die Polizei jeden ihrer Schritte monitorte? Und wenn die Guardia Civil sie ausfindig machen konnte, dann …

Francisca hatte die Panik ihrer Eltern nicht einkalkuliert, nach einem Tag ohne Rückmeldung auszuflippen.

Eine simple Nachricht an die Eltern hätte alles unnötig gemacht. Doch es war zu riskant gewesen.

Francisca tippte auf das dunkles Handydisplay. 01.32 Uhr.

Unruhe kroch in ihr hoch. Ihr steifer Hals muckte in der unbequemen Position, die sie seit einer halben Stunde nicht gewagt hatte zu verändern aus Angst, Catia zu wecken. Wenn das nicht bald aufhörte, konnte sie ihr Vorhaben begraben.

Sie lächelte bei dem Gedanken. Die Ironie des Lebens.

Die Atemzüge neben ihr vertieften sich. Als Catias charakteristisches leises Schnarchen erklang, schloss Francisca vor Erleichterung dankbar die Augen.

Unbemerkt rollte sie sich aus dem Bett.

Sie verharrte auf dem kalten Fliesenboden. Hielt den Atem an, lauschte.

Francisca schlich aus dem Zimmer, schloss leise die offene Schlafzimmertür. Ihre Klamotten lagen im Wohnzimmer bereit.

Dunkle Hose und Pulli. Schwarz wie die Nacht. Schwarz wie ihre Seele.

Die Nacht war sternenklar, als Francisca Hidalgo um zehn vor zwei Uhr das Eingangsportal des alten Hauses aufzog und auf die Straße trat. Der Vollmond hüllte den Hafen in gespenstisches Licht, selbst die sonst in Dunkelheit getauchten Bergspitzen um das Hafenbecken zeichneten sich deutlich vor dem hellen Himmel ab.

Alles war still. Friede.

Den hoffte Francisca auch bald zu finden und diese schreckliche Geschichte hinter sich zu lassen.

Sie verfluchte den Tag, an dem alles angefangen hatte. Federico, diese alte Finca, die sie wie ein Hexenhäuschen in ihren Bann gezogen, die Schwächen ausgenutzt und für ihre eigenen Zwecke missbraucht hatte. Der Fluch von Can Tamany – er existierte wirklich. Und nicht zuletzt verdammte Francisca sich selbst, die in einem seltenen Anflug von Kontrollverlust der Versuchung nachgegeben hatte – doch wer hätte es an ihrer Stelle nicht getan?

Fast hätte sie ihn übersehen.

Die Streife parkte zehn Meter vor der Haustür, ein uniformierter Beamter lehnte gelangweilt in der offenen Tür des Wagens und checkte sein Handy.

Klopfenden Herzens duckte Francisca sich in die tiefen Schatten des Eingangs.

Scheiße, scheiße, scheiße. Ihre Gedanken rasten. Leise kehrte sie in den Hausflur zurück, zog die Tür hinter sich ins Schloss – nicht dass der Typ auf die Idee kam, hier drinnen zu warten.

Eine kleine Tür gegenüber dem Eingangsportal führte hinter das Haus. Mit etwas Glück ein Patio, eine Fluchtmöglichkeit.

Sie hatte Pech.

Die Tür führte auf ein schmales, asphaltiertes Rechteck, nicht mehr als ein Lichtschacht zwischen angrenzenden Gebäuden, das Abstellmöglichkeit für zwei verrostete Fahrräder und einen Elektroroller bot. Meterhohe schmucklose Häuserfassaden. Unüberwindbar.

Es gab keinen anderen Weg hinaus als durch den vorderen Hauseingang. Sie kehrte zurück zum Hauptausgang, zog vorsichtig die Tür einen Spalt auf, spähte hinaus zu dem Streifenwagen.

Der Polizist schien sich durch seine Nachrichten gearbeitet zu haben und war nun auf irgendeine Show umgestiegen. Jemand sagte etwas, das Publikum lachte und klatschte. Auch der Beamte fand es witzig, kicherte, applaudierte aber nicht.

In der Nachbarschaft jaulte ein Hund, laut, durchdringend. Das Kreischen und Fauchen einer Katze gesellten sich dazu, etwas fiel scheppernd zu Boden.

Unter dem andauernden Beifall des Publikums seiner Handyshow schnellte der Polizist erschrocken herum.

Jetzt oder nie.

Francisca nutzte die Gelegenheit, verließ auf leisen Gummisohlen den Hauseingang und rannte auf eine Mülltonnenansammlung zu.

Sie duckte sich hinter den Container zur Plastikentsorgung, bis der Beamte sich wieder zufrieden seinem Telefon widmete.

Der pochende Puls in Franciscas Schläfen ebbte ab. Im Schutz der langen Mülltonnenphalanx entfernte sie sich vom Haus. Das Gelände fiel ab, und schon bald befand sie sich außer Sicht.

Ein auflandiger Wind brachte angenehme Kühle. Jetzt war sie froh über ihren Pullover. Den würde sie oben an der

Felsküste brauchen, wo der Wind ungeschützt vom Meer pfiff.

Die Hände tief in die Hosentaschen versenkt, stieg Francisca die alte Treppe hinunter zur Promenade hinab, passierte ein knutschendes Pärchen, das noch immer in Tracht herumlief. Die Jugendlichen sahen auf, kicherten, setzten ihre Zuneigungsbekundung fort.

Mit zusammengepressten Lippen schluckte sie gegen den Knoten in ihrem Hals, doch auch das vermochte nicht, die Schwere ihres Herzens zu lösen.

Wie zur Antwort blinkten die Lichtreflexe des Mondes tanzend auf der dunklen Wasseroberfläche auf, vermittelten einen Schimmer Trost.

Franciscas Finger tasteten nach dem zusammengefalteten Papier in ihrer Tasche. Ihr Freifahrtschein, das Ticket in die Sicherheit. Manchmal konnte Geld Freiheit erkaufen, manchmal versteckte sie sich aber auch in einem gefalteten Stück Papier.

Catia ahnte von Franciscas Vorhaben natürlich nichts. Niemals hätte sie es zugelassen. Doch was wusste sie schon? Zu jung und hoffnungsvoll, um die Konsequenzen abzuschätzen.

Ihre Gummischritte quietschten einsam auf dem Pflaster der Straße, Grillen zirpten aus den Büschen, der Hafen schlief.

Bei Tage hätte sie den Weg zu ihrem Ziel zu Fuß zurückgelegt. Doch die Straße führte durch die Berge, fernab von Straßenlaternen, wo außer dem Licht des Vollmondes absolute Finsternis herrschte.

Das Auto parkte hinter der Rambla am Fußballplatz.

Francisca stieg ein, drehte die Zündung, atmete tief durch.

Natürlich war ihr nicht wohl bei der Sache. Auch hatte sie sich von keinem verabschiedet.

Tat sie das Richtige? Vermutlich nicht.

Doch im Leben wie im Tod musste man sich seinen Dämonen stellen.

29

Die pflaumenfarbenen Ringe unter Catalina Hidalgos Augen zeugten von einer kurzen Nacht.

Lluc musterte das Mädchen, das fahrig und nervös vor ihm im Vernehmungsraum saß, auf ihre gefalteten Hände starrte, die schmalen Finger in ständiger Bewegung. Ihr Atem ging schnell, laut, als hätte sie sich körperlich betätigt, obwohl sie schon seit fünfzehn Minuten auf dem unbequemen Plastikstuhl auf den Beginn des Verhörs wartete.

Lluc sah demonstrativ auf die Uhr. »Kommt Francisca noch?« Die Verspätung überzog das höfliche akademische Viertel, betrug mittlerweile schon über eine halbe Stunde.

Catalinas Blick huschte zur Tür, als käme ihre Schwester jeden Moment herein. Vielleicht checkte sie auch die Fluchtmöglichkeiten. »Ich weiß es nicht. Heute Morgen war sie nicht in der Wohnung, als ich aufgewacht bin.«

Fina, die bisher stoisch geschwiegen hatte, beugte sich vor, Sarkasmus kräuselte ihre Lippen. »Bestimmt wieder ein dringender Geschäftstermin, der ihr sofortiges Verschwinden erforderte?«

Statt auf die Provokation zu reagieren, verdunkelten sich Catalinas blaue Augen, ihr Blick ging wieder zur Tür.

Lluc widerstand dem Impuls, Fina vor den Eingang zu

platzieren, nur um den Fokus des Mädchens auf das Geschehen am Tisch zu konzentrieren.

Fina ergriff das Telefon, suchte in der Akte vor ihr nach einer Nummer, gab sie ein. Kopfschüttelnd legte sie auf. »Warum rufst du deine Schwester nicht an? Bei uns geht Francisca überraschenderweise nicht ans Telefon.«

Die Antwort war ein unverständliches Murmeln.

Lluc klopfte mit der Kulispitze auf die zerkratzte Resopalplatte des Tischchens, die bereits Spuren von Schlüsseln, Fingernägeln und anderen Objekten aufwies. »Gut, dann beginnen wir das Verhör mit dir. Ihr sagtet gestern, Federico nicht gut zu kennen.«

Das Mädchen schien ihre Aufmerksamkeit nur widerwillig von der Tür loszureißen. »Genau, wir kannten ihn nur von der Arbeit.« Noch immer nicht wirklich bei der Sache, sah sie Lluc nun mit leerem Blick an.

»Was heißt *nicht gut*?«

»Wir waren keine Freunde oder so.«

»Konkretisiere *Freunde.* Menschen, die sich außerhalb der Arbeit treffen?«

Catalina legte den Kopf zur Seite.

»Die in der Freizeit zusammen etwas unternehmen?«

Ihr Nicken kam zögerlich, wie in Zeitlupe.

»Gemeinsame Aktivitäten wie essen gehen. Wandern. *Boot fahren*?«

Wieder inspizierte das Mädchen ihre Finger. Die rosigen Wangen verblassten in offensichtlicher Ahnung über die Richtung der Befragung.

Zufrieden faltete nun auch Lluc die Hände, und sie saßen

vereint in bedächtigem Schweigen. »Nachdem wir jetzt gemeinsam eine Definition für *Freunde* gefunden haben, kehren wir zurück zu unserer Ausgangsfrage: Wie gut wart ihr mit Federico befreundet?«

Catalina schwieg.

Was sollte sie auch sagen? Die Lüge war entlarvt.

Lluc seufzte.

»Mehrere Zeugen haben deine Schwester und Federico wiederholt auf seinem Boot gesehen. Was haben sie dort gemacht, wenn sie nur entfernte Arbeitskollegen waren?«

Als nur das Summen der Neonröhren über ihnen antwortete, fuhr er fort:

»Ihr kanntet beide Opfer, habt kein Alibi zur Tatzeit, wart zwei Tage wie vom Erdboden verschluckt und tischt uns hier eine Fortsetzung von Grimms Märchen auf. Es besteht dringender Tatverdacht gegen euch, in die Morde an Federico Fiol und David Medina verwickelt zu sein.«

»Nein. Nein.« Das Mädchen schüttelte unablässig den Kopf, als folgte sie einem inneren Rhythmus.

»*Vale*. Ihr lasst uns keine andere Wahl, habt lang genug unsere Zeit und Ressourcen vergeudet. Du solltest deinen Anwalt anrufen.« Er wandte sich an Fina. »Schreibt Francisca Hidalgo zur Fahndung aus. Et cetera.« Letzteres beinhaltete den Haftbefehl des Ermittlungsrichters.

Erwacht aus ihrer Apathie, rutschte Catalina auf die Stuhlkante vor und richtete sich auf. »Ich brauche keinen Anwalt. Ich habe nichts getan.«

»Wo ist deine Schwester?«

»Ich weiß es wirklich nicht. Ich schwöre.« Das Mädchen schien endlich den Ernst der Lage zu begreifen, ihre Augen füllten sich mit Tränen, blickten panisch in Richtung Eingang.

Wie durch Zauberhand schwang die Tür tatsächlich auf. Doch statt einer selbstgefälligen Francisca Hidalgo erschien Gual.

Sie gestikulierte hektisch, jedoch fehlte Lluc der notwendige Code, um ihre Zeichen zu entschlüsseln.

Auch Fina schien überfragt. Lluc signalisierte ihr, die Vernehmung weiterzuführen. Sie nickte und wandte sich wieder dem Mädchen zu.

Fina war eine ausgezeichnete Vernehmerin, eine wahre Grillmeisterin, die Zeugen sowie Tatverdächtige röstete, bis diese alle erwünschten Informationen ausspuckten.

»Was gibt's?« Lluc zog im Flur die Tür hinter sich zu.

Guals Miene wirkte ernst, als sie sich sammelte. »Die Policia Local hat gerade angerufen. Wir haben eine Leiche oben an der Torre Picada.«

Die Art, in der sie das sagte, bedeutete, dass die Hiobsbotschaft noch eine Fortsetzung in petto hielt. Da war mehr.

»Wer ist es?«

»Wir sollten sofort los.«

30

Nordöstlich der Hafeneinfahrt von Port de Sóller befand sich in hundertsechzig Metern Höhe der *zerhackte* Wach- und Wehrturm, der Torre Picada.

Lluc stützte die Ellenbogen auf die steinige Burgmauer zu Füßen des alten Bauwerks, sah hinab aufs Meer. Hier an der Küste wehte eine frische Brise.

Das Wasser war aufgewühlt, weiße Schaumkronen tanzten auf den Wellen.

Ein Moment der Ruhe, doch die Gedanken in Llucs Kopf fuhren weiter Karussell.

»Das ist der schönste Blick auf Port Sóller, den ich bisher gesehen habe.« Fina war lautlos an ihn herangetreten, wies auf die von Bergen gebildete Hafenenge zu ihrer Linken, den Leuchtturm Far de Cap Gros, das glitzernde Meer.

»Der Turm ist nach dem großen Piratenangriff entstanden, er war einer der größten im inselumspannenden Netz von Befestigungs- und Wachanlagen.«

»Immer wieder diese Piraten.«

Lluc lächelte müde. »Schon von Weitem konnte man ankommende Schiffe frühzeitig erkennen. Sie haben dann die Botschaft per Rauchzeichen an andere Wehrtürme entlang der Küste weitergegeben.«

Heute befand sich der Torre Picada in Privatbesitz, und

wurde in Ermangelung von Seeräubern und technischem Fortschritt nicht mehr als Piratenwarnsystem genutzt. Dafür als Sprungbrett für Selbstmörder.

Die transparente Tüte in Llucs Händen knisterte im Wind, verweilte sicher in seinem kraftvollen Griff – vielleicht hielt *er* sich aber auch daran fest. Sichergestelltes Beweismaterial, das dem Fall eine merkwürdige Wendung verlieh.

Diese Ermittlung wurde immer verzwickter.

»Wer hat die Leiche gefunden?«

Fina schob die Sonnenbrille auf ihre Nase, beugte sich über die Mauer vor und sah in den Abgrund hinab, der in mehreren Etagen ins brausende Meer fiel.

Sie zeigte auf das erste Plateau etwa zwanzig Meter tiefer. Der Fundort der Leiche. »Mönchsgeier und Milane kreisten am Himmel. Der Aufseher des Turms vermutete eine tote Bergziege. Dann fand er aber den Brief hier oben.«

Lluc wendete das eingetütete DIN-A4-Blatt in seiner Hand.

Weißes, standardisiertes Druckerpapier. Computergeschriebene Druckbuchstaben in Arial oder Times New Roman.

Die Spurensicherung und die forensische Abteilung hatten ihre Arbeit erledigt, Spuren auf dem Plateau gesichert, die Leiche in die Pathologie abtransportiert.

»Selbstmord?«

»Es wäre nicht das erste Mal, dass jemand von der Mauer des Torre Picada springt.« Nur passte es in diesem Fall überhaupt nicht ins Bild. »Die Autopsie wird ergeben, ob der Sturz tatsächlich die Todesursache war.«

Fina wies auf das Beweisstück in Llucs Händen, das hier oben auf der Mauer, von einem dicken Stein beschwert, gelegen hatte. »Der Brief passt.« Ihre leise Stimme klang tröstlich, spiegelte ihre eigene Verwirrung über diese Wendung.

»Hm.« Zu glatt. Zu günstig. Eine zu bequeme Lösung. Oder war es so simpel, und er jagte eingebildete Phantome?

Lluc dachte an den Körper, der gebrochen, zerschmettert, kaum wiedererkennbar auf der Felsformation zwanzig Meter tiefer gelegen hatte. Und nun in einer Metallschublade der Pathologie in Palma kühlte.

Der ihnen noch vor wenigen Stunden von einer dichten Parfümwolke umgeben, auf klackernden Absätzen und in schicke Klamotten gehüllt blasiert entgegengetreten war. Auch die Arroganz hatte den Sturz nicht überlebt.

Francisca Hidalgo.

»Hat man ihr Handy gefunden?« Die Taschen der Leiche waren leer gewesen.

»Nein, kein Telefon.« Fina warf ihm einen eindringlichen Blick zu. »Was aber nichts bedeuten muss. Wenn es aus der Tasche heraus in den Abgrund gefallen ist, finden wir es nie.« Sie scannte das Terrain unter ihnen, die zerklüftete Felslandschaft, Bäume, Sträucher, das tosende Meer.

»Klar.« Lluc seufzte.

Sanft nahm ihm Fina die Beweistüte aus der Hand, positionierte sich mit dem Rücken zum Wind, las laut vor.

Meine liebe Cati,

Wenn du das hier liest, bin ich nicht mehr.

Bitte verzeih, dass ich diesen Weg wählen musste. Doch ich finde keine andere Möglichkeit, diesem Psycho-Wahnsinn in mir zu entgehen.

Meine große Liebe Federico ist nun fort. Er hat mich getäuscht, verraten, und Verrat erfordert Strafe. Ihn in blinder Wut zu töten hat weder Spaß noch Genugtuung gebracht.

Ich dachte, mich danach besser zu fühlen. Was für eine Idiotin ich war.

Meine kleine Catalina, der Schmerz unerwiderter Liebe vergeht, nicht aber die Schuld.

Die Schuld brennt wie das ewige Feuer der Hölle. Ich sehe seine sterbenden Augen vor mir, selbst wenn ich meine schließe. Sie verfolgen mich lauernd am Tag, mustern mich anklagend im Schlaf. Psycho.

Verzeih mir. Pass auf dich auf, und mach es besser als ich,

Deine Dich immer liebende Schwester.

31

»Das ist alles zu glatt.« Lluc tigerte im engen Gemeinschaftsbüro auf und ab.

»Glatt ist das falsche Wort, um einen Zwanzigmetersturz zu beschreiben«, schüttelte Gual den Kopf. »Was soll eigentlich noch in dieser Woche des Horrors geschehen?«

»Die Analyse von Papier und Drucker und die Autopsieergebnisse stehen noch aus, aber nach ersten Einschätzungen war der Sturz tatsächlich die Ursache für den Tod.«

»Warum sollte sie sich umbringen? Ihr habt sie gesehen. Gewissensbisse? Sie machte auf mich nicht den Eindruck eines sensiblen Seelchens.« Lluc schnalzte mit der Zunge, schüttelte den Kopf. »Federicos Mörderin. Und was ist mit David?«

»Es waren ja zwei unterschiedliche Tatwaffen. Vielleicht hat sie ihn tatsächlich getötet, und wir haben einen zweiten Täter?«

In der Gefahr, bockig zu erscheinen, schüttelte Lluc vehement den Kopf. »Wenn Francisca die Unverfrorenheit besaß, aus verschmähter Liebe zu töten, geschah das nicht im Affekt. Man hätte sie gesehen, immerhin erregte sie Aufsehen als eine der Valentes Dones. Das bedeutet sorgfältige Planung und Kaltblütigkeit. Und so jemand stürzt sich nicht aus Gram von einer Mauer. Im Übrigen ein absolut unweiblicher Tod, was meint ihr?«

Fina verzog das Gesicht. »Bin mir nicht sicher, ob es so etwas wie einen weiblichen Tod gibt. Aber ich würde andere Mittel wählen, aus diesem Leben zu scheiden. Sauberere Methoden, die meinen Hinterbliebenen erlauben, im offenen Sarg von mir Abschied zu nehmen.«

Gual bestätigte mit vehementem Nicken, das Leben in ihre dauergewellten Haare brachte. »So ein Sturz tut doch weh.«

»Das merkst du ja dann nicht mehr.«

»Trotzdem. Der Gedanke daran genügt.«

»Ich stimme zu.«

»Wie ist sie überhaupt aus dem Haus entwischt? Da saß doch eine Streife vor der Tür«, warf Miguel ein, der sich bislang nachdenklich zurückgehalten hatte.

»Hinter dem Haus gibt es zwar einen kleinen Patio, doch den umranden hohe Häuserwände. Ziemlich schwierige Kletterpartie. Deswegen neige ich eher zu der Annahme, dass der Kollege gepennt hat.«

»Lasst uns das durchspielen. Gesetzt den Fall, Francisca ist die Täterin – wieso dann David? Was hat der damit zu tun? Sein Video? Dort war von keiner Frau die Rede.« Lluc hatte erneut die Wand erreicht, starrte aus zu naher Distanz auf die verschwommenen Buchstaben der Vermisstenanzeige einer Perserkatze. Beki oder Beli, schwer zu sagen, ohne Brille. Drehte auf dem Absatz um.

Doch anstatt denselben Weg zurückzumarschieren, blieb er stehen, stemmte die Hände in die Hüften. »Francisca Hidalgo war ebenso das Opfer eines perfiden Killers, genau wie David und Federico. Wenn wir den Grund kennen, kennen wir den Täter.« Lluc wandte sich zum Whiteboard, wischte die Tafel sauber, schrieb mit einem roten Marker eine große eins auf die Fläche.

»Wir fangen an mit …«

»Ich fürchte, Sie werden vorerst mit gar nichts mehr anfangen«, sagte eine Stimme wie aus dem Off.

Niemand hatte sein Eintreten bemerkt. Madrugada.

Was nicht verwunderte, denn er war ganz in Grau gekleidet, was ihn harmonisch mit der Wand verschmelzen ließ. Seltsamerweise hatte er auch heute trotz des warmen Wetters seinen Schal umgebunden. Vielleicht war er erkältet, obwohl seine Stimme weder nasal noch kratzig klang.

Miguel, Gual und Fina starrten den Beamten der *Asuntos internos* wortlos an, als hätte er sich aus dünner Luft vor ihren Augen materialisiert. Auch Lluc hatte den Faden verloren, senkte irritiert den erhobenen Rotstift und drückte mit lautem Klacken die Kappe zurück.

Keiner rührte sich.

Mit wenigen Schritten durchschritt Madrugada den kleinen Raum und stellte sich neben Lluc auf. Die Aura eines Inquisitors flatterte hinter ihm her wie ein wehender Umhang.

Der Mann reichte ihm gerade bis zum Kinn, und Lluc hatte nicht schlecht Lust, mit einer kleinen Aufwärtsbewegung des Ellenbogens das Problem auf die Art eines Höhlenmenschen zu beenden.

Madrugada hielt ihm ein Papier vor die Nase. »Die Kommission der *Asuntos Internos* hat entschieden, Sie bis zur finalen Anhörung und Urteilsverkündung nächste Woche vom Dienst zu suspendieren. Bitte geben Sie Ihre Waffe und Ihren Dienstausweis ab.«

Die folgende Stille detonierte in Llucs Ohren. Sein Herz setzte einige Schläge aus, um dann das Versäumte stolpernd und rasend nachzuholen.

Lluc öffnete den Mund und schloss ihn wieder. Was sollte er auch sagen? Unter Mühen lenkte er den Blick zu seinen Kollegen.

Guals Lippen waren wie zu einem Schrei geöffnet. Lautlos, erstarrt.

Finas aufgerissene Augen und fallende Mundwinkel vereinten sich in einer grotesken Maske des Entsetzens, Miguel sah betreten zu Boden.

Nach einigen Sekunden der Beklommenheit wurde Lluc bewusst, dass eine Reaktion von ihm erwartet wurde. Kurz überlegte er, sie zu verweigern. Einfach wortlos stehen zu bleiben, bis eine Aufforderung kam. Doch dann fiel ihm ein, dass er schon eine erhalten hatte. Die Dienstwaffe abgeben. Als würde er eine Gefahr für den Inquisitor und seine Kollegen darstellen und in John-Wayne-Manier seinen Colt ziehen.

Das Kichern braute sich tief im Bauch zusammen, raste den Hals hinauf und entschlüpfte seinem Mund, ehe Lluc das Kontrollzentrum im Gehirn aktivieren konnte.

»Interessant, dass Sie das witzig finden.« Madrugadas Blick bohrte sich in Llucs Augen.

Lluc schüttelte den Kopf, noch immer dieses dämliche Grinsen im Gesicht, das sich dem Befehl, sofort zu verschwinden, wie ein rebellisches Kind widersetzte.

Nickend nahm er das offizielle Schreiben entgegen.

Mit demonstrativem Blick auf Llucs Holster streckte Madrugada auffordernd die Hand aus.

Lluc starrte auf die zerfurchte Handinnenfläche. Die erst kürzlich in der Sonntagsausgabe von *El Mundo* beschriebene Lebenslinie zur Daumenwurzel war abgebrochen und kurz. Ohne nachzudenken schlug er ein und schüttelte die Hand des Mannes mit festem Griff.

Wortlos schob er sich an einem verblüfften Madrugada vorbei und verließ den Raum.

Sein Minibüro hatte eine Grundfläche von etwa sechs Umzugskartons und war entsprechend voll. Es hatte nicht nur den Anschein einer Rumpelkammer. Ein Lager für Werbegeschenke und Andenken, für die niemand Verwendung fand, zum Entsorgen zu schade. Zwei Wand- und ein Aufstellkalender, drei über dem Stuhl hängende Jutebeutel mit dem Aufdruck eines lokalen Immobilienmaklers und eine stehen gebliebene digitale Tischuhr mit Caixa-Banklogo.

Die Waffe lag schwer in seiner Hand, als er sie aus dem Holster löste und auf den Schreibtisch legte. Sollte Madrugada sie doch hier einsammeln. Außer dem Gewicht der Heckler & Koch fühlte er nur Taubheit.

Schlüssel, Brieftasche und sein geliebtes Safari-Käppi waren schnell eingepackt. Er klopfte seine Hose nach dem Handy ab, das wie auf Kommando in der Hintertasche vibrierte.

Auf dem Display erschien der Name seines Kollegen Emilio aus der Hauptdienststelle in Palma.

Lluc überlegte, den Anruf ins Leere laufen zu lassen, entschied sich dann aber doch ranzugehen.

»Hola, Emilio. Es ist gerade ein bisschen schlecht. Ist es etwas Dringendes oder kann ich dich nachher zurück…«

Die Stimme seines Kollegen überschlug sich, als er ihn unterbrach. »Ich habe Neuigkeiten, wegen dieser Korruptionsbeschuldigung. Rate mal, worauf die beruht.«

Lluc klemmte sich das Telefon zwischen Kinn und Schulter, entwirrte das Aufladekabel aus dem Kabelgedärm unter dem Tisch, packte es zu dem winzigen Haufen seiner Habseligkeiten. »Wie meinst du das?«

»Na wer für diesen ganzen Schlamassel verantwortlich ist.«

Es klopfte an der Tür, und bevor er antworten konnte, erschien Finas Kopf im Türrahmen. Mit erhobenem Zeigefinger bedeutete ihr Lluc, einen Moment zu warten, während er seinem Freund am anderen Ende der Leitung lauschte.

Emilios Worte drangen in Llucs Ohr.

Er musste sich verhört haben.

Finas Räuspern brachte ihn zurück in die Gegenwart. Er sah sie an, ihre Blicke trafen sich. Das einfallende Licht des Patiofensters griff in seine Trickkiste, ließ ihre Augen feucht schimmern.

Er schnaubte, lächelte bitter.

Seine Welt lag in Trümmern.

32

Der Saharawind blies roten Wüstensand auf Autodächer und Asphalt. Nach der brütenden Sonneneinstrahlung der Woche bahnte sich der erste Regen an.

Der Jutebeutel baumelte in Llucs Hand, in die er eilig seine Habseligkeiten geschmissen hatte, bevor er das Revier fluchtartig verlassen hatte.

Warum geschah immer alles auf einmal? Erst der komplizierte Fall, dann die Suspendierung und jetzt auch noch *das*. Vertrauen und Verrat, die beiden Zwillingsbrüder, die selten allein auftraten.

Er lief den Kirchplatz hinab, grüßte im Vorbeigehen die Bedienung in der Bar Plaza, die die Markise der Terrasse herunterkurbelte. In Erwartung des baldigen Regens schob das Verkaufspersonal der anliegenden Geschäfte Warenkörbe, Regale und Sonderangebotsständer in die Innenräume.

Lluc erreichte das Ende der S'Alqueria Conde, wo die Bourgeoisie ins *Rústico* umschlug und statt der Jugendstilhäuser nun Natursteinfincas das Straßenbild beherrschten.

Das Telefon in seiner Hand vibrierte zum sechshundertsten Mal.

Lluc drückte den Anruf weg, genau wie die fünfhundertneunundneunzig vorher auch.

Was gab es da zu sagen?

Vertrauen und Verrat, Zwillingsbrüder. Doch Verrat wog schwer.

Lauf, lauf, lauf. Kies und Steinchen knirschten unter seinen Sohlen, je mehr er die gepflasterten Gassen verließ und in die Außenbezirke des Dorfes vordrang.

In Höhe der Cooperativa Agrícola löste sich die Taubheit in seinem Kopf, ließ wieder Gedanken zu.

Das Telefon vibrierte erneut.

Wieder Fina.

Dieses Mal machte er sich nicht die Mühe, sie wegzudrücken, ließ den Anruf ins Leere laufen.

Der Sinn ihrer Versuche erschloss sich ihm nicht. Nichts konnte das Geschehene geradebiegen, ihre Erklärungen, Ausflüchte und Anbiederungen eine überflüssige Energieverschwendung.

Emilios Informationen waren doppelt bestätigt und über jeden Zweifel erhaben: Die Korruptionsanschuldigungen, die eine Riesenlawine ausgelöst hatten, beruhten auf einer Beschwerde von Fina.

Sie hatte ihn mit unwahren Behauptungen angeschwärzt.

Die Beruhigung, dass sich am Ende alles auflösen würde, klang selbst in seinen Ohren schal.

Bis dahin Ärger, Bauchschmerzen und ein Fall, an dessen Ermittlung er nicht mehr teilnehmen durfte. Und eine Freundschaft weniger.

Wie hatte er so dumm sein können zu glauben, Fina hätte sich geändert? Sich über ihre aufkeimende Kameradschaft zu freuen, wenn es in Wahrheit nur ihr ausgeklügelter Modus Operandi war, seinen Alarmradar auszuschalten? Wie ein Trojanischer Gaul hatte sie sich eingeschlichen, seine Gunst mit List gewonnen, um dann unerwartet anzugreifen. Ihm Freundschaft vorgespielt, um sich hintenrum den Chefposten zu sichern?

Sie konnte ihn haben.

Er wollte nichts mehr von dieser Frau wissen.

Ohne ihre Kommentare abzuwarten, hatte er sich wortlos an Fina vorbeigedrückt und das Revier verlassen.

Ein erster Regentropfen klatschte auf den Boden, hinterließ einen dunklen Fleck auf dem Asphalt, gefolgt von weiteren, die die Straße in einen Tupfenteppich verwandelten.

Was sollte er jetzt tun? Nach Hause gehen und der Dinge harren, bis sich diese unangenehme Geschichte auflöste?

Das Telefon meldete sich erneut, doch dieses Mal war es Gual.

Lluc musterte den Namen auf dem Display, zögerte, nahm seufzend ab. Früher oder später musste er sich bei seiner Kollegin melden.

»Gut, dass du rangehst. Habe schon befürchtet, Kamikazeanrufe starten zu müssen, bis ich dich an die Strippe bekomme.«

Llucs Antwort war mehr ein Brummen. Was sollte er auch sagen?

»Ich wollte dich nur wissen lassen, dass du meine hundertprozentige Unterstützung hast. Wenn du aus dem Revier etwas brauchst, sag nur Bescheid. Fina übernimmt bis zur Klärung die Leitung, aber sie wird natürlich auch …«

»Hör mir mit der Frau auf.«

Sein barscher Ton ließ Gual stutzen. Nach einem Moment

des Schweigens sagte sie: »Reiß mir nicht den Kopf ab. Was ist passiert?«

»Eine lange Geschichte für einen anderen Moment.«

Gual zögerte, als überlegte sie weiterzubohren, wechselte dann aber das Thema. »Na gut. Jedenfalls kam aus Palma die Instruktion, den Fall bald abzuschließen.«

»Wie soll das denn gehen, ohne Täter?«

»Es gibt ein Geständnis …«

»Es gibt ein bedrucktes Blatt Papier, mehr nicht. Das stinkt wie eine alte Dose Thunfisch.« Die sechs Wochen im Müll verbracht hatte.

Guals Seufzer hallte in der Leitung nach. »Also, was schlägst du vor?«

»Nichts. Ich bin raus.«

»Was soll das heißen? Du lässt uns im Stich?«

Uns? Um Gual tat es ihm leid, aber Fina tanzte vermutlich gerade Riverdance vor Freude. »Ihr schafft das schon alleine.« Er würde sich eine Woche bezahlten Urlaub gönnen, das alkoholfreie gegen normales Bier austauschen und irgendwann wieder zur Arbeit gehen. Über eine zukünftige Zusammenarbeit mit Fina konnte er sich dann Gedanken machen, wenn es so weit war.

Kommt Zeit, kommt Rat.

Ihrem Ton nach blieb Gual skeptisch. »Ich rufe dich später wieder an, wenn die beleidigte Leberwurst sich wieder eingekriegt hat.«

Wütend beendete Lluc das Gespräch und schmiss das Telefon in den Jutebeutel.

Beleidigte Leberwurst.

Aus der Zuschauerloge redete es sich leicht, die Urteile

saßen locker, Ratschläge gratis. Er hätte gern ihre Reaktion erlebt, wenn sie in seiner Position gewesen wäre.

Alles hatte er gegeben, nur um am Ende wieder verarscht zu werden. Doch glücklicherweise war er von der schnellen Sorte, wenn es um Lernprozesse ging. Einmal ist keinmal. Zweimal ... das zweite Mal gab es bei ihm nicht. Seine Mutter schimpfte den Zug als nachtragend, er nannte es lernfähig.

Mechanisch lief er weiter.

Vielleicht konnte er Jaime endlich zu der versprochenen Angeltour mitnehmen, die er seit Monaten wegen Zeitmangels aufschob. Entweder die Arbeit oder Lucía hatten Zeit und Prioritäten okkupiert. Da beide nun wegfielen, wies sein Terminkalender erhebliche Vakanzen auf.

Lluc setzte seinen Weg fort, bog in die schmale Straße nach Biniaraix ein und füllte im Geiste die kommenden freien Tage mit positiven Aktivitäten. Juan und Tolo besuchen, seinen Dachboden aufräumen, mit Emilio in Palma essen gehen. Doch nichts weckte auch nur einen Funken Vorfreude.

Seine Gedanken kehrten zurück zum Tagesgeschehen.

Sollte Francisca Hidalgos Selbstmord tatsächlich als solcher angesehen werden, wie würden sie Davids Tod erklären? Denn dafür hatte sie keine Verantwortung übernommen.

Wahrscheinlich landete er in der Liste der ungelösten Mordfälle. Oder als Unfall deklariert werden, ohne dass sein Mörder die gebührende Strafe erhielt.

Der Regen nahm zu, durchnässte Llucs Kleidung, klatschte ihm die Haare an den Kopf.

Das Versprechen, das er seinem kleinen Freund Jaime gegeben hatte, drängte sich in sein Bewusstsein. Sein Bestes zu geben, damit David Gerechtigkeit erfuhr.

Scheiße.

Der Gedanke brannte sich in ihm ein. Gerechtigkeit für David.

Zwanzig Schritte lang dachte er über die Optionen der Ausführung nach. Die Straße stieg an, das Laufen und Denken wurden beschwerlicher.

Selbst wenn er passiv weiter an dem Fall arbeitete, wäre es mit dieser Frau in der Leitung nicht möglich.

Diese Frau.

Ab heute würde er sie nur noch so nennen.

Die Straße wand sich weiter den Berg hinauf, verließ das Dorf, verwandelte sich in einen Schotterweg, der an einem Aussichtspunkt endete.

Selbst bei Bewölkung präsentierte das Tal sich in seiner vollen Schönheit, in der Ferne das offene Meer.

Lluc setzte sich auf einen Stein und starrte aufs Wasser hinaus.

Der dunkle Himmel verschmolz mit dem noch dunkleren Wasser zu einer Fläche.

Vereint besiegen wir den überlegenen Feind. Der Gedanke schob sich aus dem Nichts in seinen leeren Kopf. Wirklich eine schöne Phrase, die als Slogan oder Schlachtruf für den Firó genutzt werden konnte. Der beispiellose Zusammenhalt der Sóllerics, der Unmögliches möglich machte. Damals hatten die Leute in Sóller begriffen, dass nur vereint eine Chance bestand, die in der Überzahl befindlichen Piraten zu schlagen.

Männer, Frauen, Kinder – selbst die Bandoleros mit ihren Hunden hatten sich dazugesellt und waren mit offenen Armen aufgenommen worden. Die geächteten Banditen, die damals das Passieren der Tramuntana in ein lebensgefährliches Unternehmen verwandelt hatten, sodass Reisen nach Palma nur im Konvoi angetreten worden waren.

Selbst die verdammten Bandoleros, Mörder und Diebe, mit ihren Höllenhunden …

… waren willkommen gewesen.

Lluc wischte sich seine nassen Haare aus der Stirn.

Vereint.

Scheiße.

Wohin hatte ihn seine *Konsequenz* geführt?

Wie oft mochte er Lucía mit seinem passiven Groll, seiner selbstgerechten Moral und Prinzipienreiterei vertrieben haben? Ein moralischer Sieger, doch im Leben ein Loser. Sein innerliches Zumachen und Beleidigtsein, wenn nicht alles nach seiner Vorstellung lief, hatten eine unüberwindbare Mauer geschaffen. Geplatzte Dinner, verschobene Treffen, einsame Nächte. Zu Beginn bestimmt unbeabsichtigt, doch seine innerliche Abwehr hatte Lucía auf Abstand gehalten. Wenn die Liebe zur Verpflichtung wurde …

Das Prinzip war übertragbar und zog sich durch alle Lebensbereiche, er musste nur genau hinsehen.

Prinzipien waren eine gute Sache, wenn sie einem höheren Zweck dienten. Wie die Achtung vor sich selbst und anderen Menschen. Doch vielleicht war die Zeit gekommen, ebenfalls im Sinne des höheren Dienstes seine Prinzipien einer Prüfung zu unterziehen.

Das Telefon im Jutebeutel vibrierte zum sechshundertzweiten Mal.

33

Fina beendete den Anruf, der wie die gefühlten sechshundert zuvor ins Leere gelaufen war.

Die letzte Option war, eine Nachricht zu schicken. An ihr war keine große Autorin verloren gegangen, ihre Mitteilungen waren für gewöhnlich kurz und knapp.

Sie lehnte sich in Llucs Bürostuhl zurück und begann zu tippen.

Allein hier zu sitzen, in seinem Office, an seinem Platz, der Stuhl noch warm von seinem kräftigen Körper, lösten Scham und Schuld in ihr aus.

Sie konzentrierte sich auf die Nachricht.

Erstaunlicherweise flossen die Wörter nur so aus ihr heraus. Ihre Finger flogen über die Tasten.

Fina scrollte zurück, las das Geschriebene durch. Schüttelte den Kopf. Löschte alles. Begann von vorn.

Sie offenbarte sich schonungslos. Ihre Schuld. Ihre Scham. Wie leid es ihr tat. Die aufrichtige Bitte um Vergebung.

Auch der zweite Anlauf war grauenvoll. Kitschig, blumig und unglaubwürdig.

Seufzend löschte sie auch diese Version.

Die letzte Variante war um zwei Drittel kürzer, auf den Punkt gebracht, prägnant, Fina. Bevor sie es sich anders überlegte, schickte sie sie ab, wohl wissend, dass Lluc die

Nachricht entweder ignorierte oder ungelesen in den Papierkorb schob.

Warum machte sie immer alles falsch? Sie hatte sich solche Mühe gegeben.

Auf Madrugadas Bestreben hatte Palma sich eingeklinkt und Fina die Leitung des Reviers übergeben.

Ihr Ziel war erreicht. Das, was sie seit ihrem Arbeitsbeginn in Sóller letztes Jahr vorgehabt hatte. Grund für ihren Wechsel aus Palma, der nächste Schritt ihrer sorgsam entwickelten Lebensplanung. Und jetzt hasste sie jede Minute der zwei Stunden vierzehn ihres Chefdaseins.

Schuld und das Gefühl, ungerecht behandelt zu werden, lieferten sich ein Wettrennen.

Ja, dieser ganze Korruptionsquatsch beruhte auf einer ihrer unsinnigen Intrigen. Beziehungsweise einer Machenschaft ihres alten Ichs. Fina 1.0 aus dem letzten Jahr. Deren einziges Ziel gewesen war, Lluc aus dem Weg zu räumen und die Kontrolle zu übernehmen. Der Zweck heiligt die Mittel, und der Zweck war edel. Im irrigen Glauben, in guter Absicht zu handeln, jagte ein Fehler den nächsten. Ein Zeitungsartikel mit dem Hotelier Verdera, in dem auch Lluc abgebildet gewesen war, hatte ihr die Idee geliefert, ihn anzuschwärzen und ihm lästige Papierarbeit und eine nervige Vorladung in Palma zu verschaffen. Dreißig Minuten Fahrt, unerfreuliche Fragen, eine Aussage, fertig. Niemals wollte sie diesen Rattenschwanz an Ereignissen auslösen.

Weit entfernt von Perfektion, hatte sie sich trotzdem weiterentwickelt, ihre Sichtweise verändert, ihren Horizont erweitert. Alles mithilfe eines eingekesselten Dorfes, schrulliger Bewohner und noch merkwürdigerer Kollegen. Lluc. Gual mit ihrer seltsamen blauen Wimperntusche.

Fina schmunzelte, streckte den Arm aus, um das Fenster zu öffnen.

Draußen braute sich ein Gewitter zusammen, und trotz des starken Windes hing eine Glocke der Schwüle über dem Tal.

Das Telefon in ihrer Hand klingelte, schreckte sie aus ihren Gedanken. Für einen lächerlichen Augenblick keimte die Hoffnung auf, Llucs Namen auf dem Display zu lesen. Doch es war nur ihre Schwester.

Ihr Herz öffnete sich vor Freude.

»Hola Amor. Wie geht es meiner Lieblingsschwester?«

Doch statt des rituellen Kicherns und der Berichtigung, nur eine zu haben, erfrischte eisige Stille der Leitung die stickige Schwüle des Büros.

»Mamá sagt, ich darf nicht mehr mit Nuno ausgehen.«

Finas Herz schlug schneller. Der Schock über die Kälte in Adas Stimme wog schwer. Ihr Mund fühlte sich trocken an. Erst dann fiel ihr die flüssigere Sprache ihrer Schwester auf.

Finas Gedanken rasten, sie überlegte, wie sie Adas ziemlich korrekte Wiedergabe des Sachverhalts milder ausdrücken könnte. Ihre unverblümte Mutter taugte nun mal nicht zur Diplomatin.

Bevor ihr die richtigen Worte einfielen, fuhr Ada fort:

»Ich weiß, dass du dir Sorgen machst. Aber dich derart in mein Leben einzumischen, überschreitet eine Grenze.«

Fina seufzte, schlug einen versöhnlichen Ton an. Ada würde schon verstehen. »Amor, ich meine es doch nur zu deinem Besten. Schau doch, was …«

»Wieso glaubst du zu wissen, was das Beste ist?«, unterbrach Ada sie ganz untypisch. »Welche Errungenschaft in deinem Leben erlaubt dir, das zu behaupten?«

Die Frage brannte wie eine Ohrfeige. Fina sammelte sich, versuchte es erneut. »Du hast ja recht, nur …«

»Nur nichts. Nada. Da ist nichts. Schau dich an.«

Adas harter Ton entbehrte jeder Rage, auf die Fina es später hätte schieben und das Gesagte abtun können. »Einsam und allein, zerfressen vor Sorge und Kontrollsucht.«

Die Worte schlugen ihr ins Gesicht, hinterließen Taubheit und Schock und machten Fina um eine Antwort verlegen.

Doch darum brauchte sie sich nicht zu sorgen, weil Ada weitersprach: »Halte dich raus, Fina. Das ist mein letztes Wort zu diesem Thema.«

Noch immer sprachlos lauschte Fina in die Stille einer toten Leitung. Ada hatte aufgelegt.

Fina stützte den Kopf in die Hände.

Ihre Schwester sprach auch nicht mehr mit ihr.

Natürlich hatte sie diesen Nuno, der auch einen vernünftigen Namen besaß, überprüfen lassen. Ignacio. Vierunddreißig, ledig, Industrieingenieur.

Bevor besagter Nuno während der Inspektion einer Solaranlage von der Leiter gefallen und sich schwere Kopfverletzungen zugezogen hatte, war er den Behörden mehrfach – dreimal, um genau zu sein – wegen Geschwindigkeitsüberschreitung aufgefallen.

Zwar kein brisantes Vergehen, aber Indiz für eine impulsive, gedankenlose Persönlichkeit. Einen nicht auf Sicherheit bedachten Wiederholungstäter. Außerdem kannte man ihn in der Ausgehszene Palmas, wo ihm diverse Beziehungen nachgesagt wurden. Nichts für ihre süße Schwester, wenn Fina irgendein Mitspracherecht besaß.

Was ihr leider soeben entzogen worden war.

Erst Lluc und nun auch noch Ada.

Wo immer sie hintrat, schob das Leben einen Fettnapf darunter. Bei genauerer Überlegung standen die Näpfe vielleicht schon vorher da, nur hatte Fina sie in ihrer besserwisserischen Arroganz bewusst ignoriert.

Die Auseinandersetzung mit Ada würde sie beilegen. Wenn in Finas Leben ein Punkt der selbstlosen Hingabe existierte, dann war das die aufrichtige Liebe zu ihrer Schwester.

Anders stand es um Lluc. Diese Verwicklung gestaltete sich komplizierter.

Die Zeit war gekommen, sich nicht mehr hinter Ausreden zu verstecken. Sondern zu handeln.

Fina erhob sich aus dem unbequemsten Stuhl des Reviers, machte sich eine mentale Notiz, ihn schleunigst austauschen zu lassen, und begab sich zum Sekretariat.

Sie glättete die Falten ihrer Bluse, zog die Hose zurecht, klopfte an die Tür.

»Señor Madrugada, haben Sie einen Moment Zeit?«

34

Der Gewitterhimmel hatte sich abgeregnet, die Abendsonne bohrte sich durch Ritzen in der nun ausgedünnten Wolkendecke.

Zwei holländische Radfahrer in ihren orangefarbenen Trikots waren die einzigen anderen Gäste in der Strandbude über der Platja d'en Repic, die von Einheimischen wenig frequentiert wurde. Genau deshalb hatte Lluc dieses Lokal für sein Treffen mit Gual ausgewählt.

Seine Kollegin musterte ihn abschätzend. »Du siehst scheiße aus.«

»Danke. Du nicht.«

Ein junger Kellner brachte ihre Bestellung, balancierte unbeholfen das voll beladene Tablett. Mit einem trockenen Lappen wischte er über die blitzblanke Tischplatte, servierte, ohne etwas zu verschütten, gezapfte *Cañas* und die gleiche Auswahl kleiner Tapasgerichte, die die zwei Männer am Nachbartisch aßen. Patatas bravas, Pimientos de padrón, frittierte Sardellen und Hähnchenflügel.

Gual probierte einen Bissen aus allen Schälchen, bot Lluc die würzigen Kartoffeln an und zog sie in sichtbarer Erleichterung zu sich, als er ablehnte.

Ihm war absolut nicht nach essen. »Gibt es Neuigkeiten?« Das Bier war kühl, soft, eine Wohltat.

»Laut Autopsiebericht ist Francisca Hidalgos Tod durch den Sturz erfolgt. Nichts weist auf vorherige Verletzungen hin, soweit das überhaupt beurteilbar ist.« Gual warf einen Patatawürfel in ihren Mund, leckte die scharfe Soße von ihren Fingern. »Der Briefbogen ist Nullachtfünfzehn-Druckerpapier aus dem Carrefour, Drucker und Patronen überall erhältliche Standardware.«

»Besaß Francisca denn ein solches Gerät?«

»Nein, aber sie hat häufig in diversen Copyshops oder anliegenden Hotels PDFs ausdrucken lassen.«

»Warum hat sie es nicht handschriftlich verfasst?«

»Das haben wir auch nachverfolgt. Ihr Vater sagt, niemand war in der Lage, ihre Schrift eindeutig zu lesen, sodass ihre Familie nicht verwundert über den computergeschriebenen Brief scheint. Wahrscheinlich wollte sie sichergehen, dass keine Zweifel oder Unklarheiten in ihrem Abschiedsbrief zurückblieben.« Nach einem Blick auf Llucs Miene fügte sie hastig hinzu: »Falls sie sich wirklich umgebracht haben sollte.«

»Und was sagt die Schwester?«

»Gar nichts. Sie hat sich zurückgezogen, steht unter Schock, geht nicht ans Telefon. Der Vater meint, wir sollten ihr ein paar Tage Ruhe geben.« Gual schluckte, wischte sich die rote Patata-Brava-Soße vom Kinn.

Trotz seines Vorsatzes griff Lluc geistesabwesend in das Paprikaschälchen und fischte eine der kleinen grünen Schoten am Stil heraus.

»Jetzt der Clou: Palma will die Fälle abschließen.«

Lluc biss in den Pimiento, verzog das Gesicht, sog die Luft ein.

»Hast du eine scharfe erwischt?«

»Nein. Der Fall. Er ist nicht gelöst.«

»Das haben wir auch beanstandet. Fina hatte Fusseln am Mund vom Reden …« Sie sah auf, musterte Llucs Gesicht, hob beschwichtigend eine Hand. »Lluc, es tut ihr unglaublich leid. Es war ein dummer Fehler, den sie letztes Jahr begangen hatte, um dich zu ärgern. Sie hätte nie gedacht, dass das solche Kreise zieht und nach so langer Zeit noch immer präsent …«

Er hatte wider besseres Wissen Finas Nachricht gelesen. »Verschon mich mit der Leier. Was ist mit dem Fall?«

Gual seufzte, ließ ihre Kartoffel in die rosarote Suppe zurückplatschen. »Mit Francisca Hidalgos Selbstmord und Geständnis ist für sie der Fall Federico Fiol gelöst.«

Lluc verzog verächtlich den Mund. Politische Stümper. »Und was ist mit David?«

»Da die Tat mittels anderer Tatwaffe erfolgte, wollen sie es als ungeklärten Unfall während des Festes deklarieren, der nichts mit dem ersten Mord zu tun hatte.«

»Das war's also?«

Gual zuckte die Schultern. »Für *Palma* war es das.«

Lluc horchte auf. »Was ist mit euch?«

Sie stemmte empört die Hände in die Hüften, hinterließ rosarote Abdrücke auf ihrer weißen Bluse. »Glaubst du etwa, dass wir brav nicken, unseren Verstand in den Kühlschrank sperren und im Gleichschritt zum nächsten Fall marschieren?« Rote Hektikflecken der Empörung erschienen auf ihrem Gesicht.

Lluc runzelte die Stirn und versuchte, ihr zu folgen. »Warum in den Kühlschrank?«

Guals einfühlsame Mamistimme kam zum Einsatz, die sie sonst zur Welterklärung für ihre Tochter reserviert hatte. »Na, weil das doch eine verbotene Zone ist.«

»Ah.« Lluc gab sich Mühe, nicht auf die soßengetränkten Patatas Bravas zu starren. »Ich will euch da nicht mit reinziehen. Das gibt nur Ärger.«

»Jetzt hör mir mal gut zu. Es reicht mit deinem Einsamer- Cowboy-reitet-in-den-Sonnenuntergang-zu-Spiel-mir das- Lied-vom-Tod-während-die Geier-über-seinem-Kopf-kreisen …«

Er hob die Hand, bevor sie noch fünf weitere Elemente hinzufügte. »Ich denke, ich hab das Bild verstanden.«

»Schön. Dann haben wir das ja geklärt. Hör endlich auf, alle um dich herum von dir wegzustoßen. Nimm die Hilfe in Anspruch, die man dir anbietet. Und rede nicht immer nur von einem Team – lebe es.«

»Si, Señora.« Zu dieser Einsicht war er selbst auch gekommen – um sie bei der ersten Gelegenheit gleich zu verbocken.

»Also, was ist der nächste Schritt? Denn natürlich …«

»… sperren wir unseren Verstand nicht in den Kühlschrank«, lachte Lluc.

»Du hast es erfasst.«

»Was ist mit Davids Laptop und diesem angeblichen Vintage-Telefon?«

»Die bleiben verschwunden. Seine Mutter beharrt darauf, dass niemand in dem Haus war. Dann fiel ihr aber ein Mitarbeiter der Wasserwerke ein, der kurz ein Rohr überprüft hat. Überall reißen sie die Straßen auf, und ich kann mich an eine Baustelle vor dem Haus der Medinas erinnern. Kann Zufall sein oder nicht.«

»Scheiße.«

»Genau. Ein Mann, mit Maske und Käppi. War angeblich nur kurz im Haus.«

»Festplatten und Computer einzustecken dauert zehn Sekunden.«

Lluc ließ seinen Blick nachdenklich über das silbrig schimmernde Wasser des Hafenbeckens wandern, das irgendwie tröstend wirkte. Am Horizont versprachen rote Schlieren bessere Aussichten für den kommenden Tag.

Gual hatte ihre Portion Patatas verputzt, signalisierte dem Kellner, zwei weitere Biere zu bringen, und testete mit einer Gabel die Knusprigkeit des Hühnchens der *Alitas de pollo*. »Es gibt eine Sache, die mir aufgefallen ist. Du hast mir die Recherche zu David und Federico aufgetragen. Dabei bin ich deinen Prinzipien gefolgt.«

»Welchen?« Toll, dass sich jemand an sie erinnerte, wenn Lluc selbst es schon nicht tat.

»*Merk dir die Namen* und *folge den Zufällen*.«

Ersteres bezog sich auf komplexe Fälle, wo scheinbare Randfiguren in anderen Zusammenhängen wieder auftauchten und unerwartete Verbindungen schufen. Was die Zufälle betraf: Es gab sie nicht.

»Alle gaben an, dass David sich seit dem Tod seines Vaters verändert hatte, der kürzlich bei einem Unfall ums Leben gekommen ist. Die arme Familie tat mir so leid, als ich mir vorstellte, dass innerhalb kurzer Zeit gleich Vater und Sohn starben. Und schon befand ich mich mitten in der Recherche, wie der Senior wohl gestorben sein mochte.« Sie fischte eine Paprika am Stil aus der Schale, hielt sie in die Luft wie einen Zeigestock. «Und hier kommt Prinzip zwei.«

»Sag bloß, auch er ist versehentlich in die Spitze eines Schwertes gerannt?« Die Wahrscheinlichkeit, von einem Einhorn überrannt zu werden, war höher.

»Nein. Er ist von einer Mauer gefallen.«

35

Gual setzte ihr charmantestes Lächeln auf, als der Beamte der Mordkommission in Palma sie am Eingang des Polizeipräsidiums abholte. Der Fall Martín Medina, Davids Vater, war damals in die Zuständigkeit der Policia Nacional gefallen.

Telefonisch hatte Gual nicht viel aus dem Kollegen der *Brigada de homicidios y desaparecidos*, wie die Mordkommission hier in vollem Wortlaut hieß, herauskitzeln können. Einer der unsympathisch muffeligen Sorte oder jemand, der Unabhängigkeit und Trennung zwischen den Polizeikorps so strikt aufrechterhielt wie die Landesgrenzen außerhalb der EU.

Da sie in Palma ihre Tochter von einem Kindergeburtstag abholen musste, hatte Gual die Gelegenheit genutzt, ihr Glück persönlich zu versuchen und dem Kollegen einen kurzen Besuch abzustatten.

Der Beamte in Zivil erschien, lächelte und widerlegte den Muffeleindruck vom Telefongespräch. Gual schätzte ihn in ihrem Alter, braunhaarig, breite Schultern, gut aussehend. Doch zu einem echten Hingucker fehlten ihm zwanzig Zentimeter.

Er begrüßte sie mit einem Handschlag, offerierte ihr den Aufzug, den sie ablehnte, um sie dann über ein in der Renovierung begriffenes Treppenhaus in den dritten Stock zu führen.

»Nehmen Sie Platz. Ich bin Alex.« Er bot ihr den Stuhl vor einem alten Schreibtisch an. Gual setzte sich, dankbar für den Ventilator auf dem Arbeitstisch.

Das winzige Büro war ein trauriges Beispiel für die Staatsbürokratie. Uralte Gerätschaften, fahle Wände, flackernde Neonleuchten ohne Gehäuse, nicht zusammenpassende Tische und Bürostühle.

Der Mann setzte sich breitbeinig auf seinen Stuhl und öffnete den senffarbenen Aktendeckel vor sich. »Der Fall Martín Medina, der am Ende keiner war. Was wollen Sie wissen? Und warum?« Seine großen Hände über der Akte gefaltet, musterte er sie auffordernd, der bohrende Blick aus seinen dunklen Augen entnervend direkt.

»Der Junge, der diese Woche in Sóller ermordet wurde, ist sein Sohn. Wir überprüfen alle losen Enden.« Gual hoffte, dass die Deklaration als Unfall noch keine Kreise in die Policia Nacional gezogen hatte.

Alex pfiff durch die Zähne, lehnte sich zurück und verschränkte die Hände hinter dem Kopf, was seinen mächtigen Brustkorb in Szene setzte. Er schien es zu wissen, denn er verstärkte sowohl Dehnung als auch den forschen Blick.

Flirtete er etwa mit ihr? Gual musste sich täuschen. Beim letzten Mal, an das sie sich erinnern konnte, galten Klapphandys mit Plastikgehäuse ohne Video- oder Internetfunktion als marktführend. Nicht dass es sie störte, immerhin war sie glücklich verheiratet. Meistens zumindest, wenn er sich nicht gerade wie der unbegnadetste Mensch der Welt aufführte …

»Die arme Familie. Eine ungewöhnliche Anhäufung von Pech.«

»Genau das versuche ich festzustellen: Ist es tatsächlich nur ein unglücklicher Zufall, oder gibt es einen Zusammenhang?«

»Ich verstehe Ihre Bedenken. Martín war sturzbesoffen, ein Promille, wenn ich mich recht erinnere. Er ist von der Stadtmauer an der Kathedrale gestürzt, ohne Hinweis auf Fremdeinwirkung. Laut Zeugenaussagen hatte er eine Weile dort gesessen und muss dann das Gleichgewicht verloren haben. Oder er war eingeschlafen.« Er blätterte in den wenigen Papieren im Ordner, überflog einige Seiten, blätterte zurück, schloss den Deckel. »Wir haben in alle Richtungen gründlich ermittelt. Aber da war wirklich nichts.«

Gual zückte ihren Block. Keine Fremdeinwirkung. Bei dieser Menge Blutalkohol musste man auch nicht viel nachhelfen. »Hat jemand den Sturz beobachtet?«

»Nein, das nicht«, warf Alex ein.

»Was machte Martín beruflich?«

»Er war Journalist bei *El Mundo Baleares.* Laut Freunden und Kollegen ein merkwürdiger Kauz, der des Öfteren Zuflucht im Trinken gesucht hatte.«

Guals Stift pausierte über dem Papier. »Wieso merkwürdig?«

Alex hob die Augenbraue, als sendete er neben seinen Worten eine doppelte Botschaft. »Er war obsessiv. Sie wissen, diese Leute, die nicht loslassen, wenn sie sich festgebissen haben.« Zurücklehnen, Brustdehnung, Lächeln.

Gual rutschte nervös auf die äußerste Kante ihres Stuhls. »Interessant. Was für eine Obsession?«

»Zum einen war da sein Auto – irgend so ein Vintage-Modell, an dem er regelmäßig rumgeschraubt hat. Ansonsten war er besessen von der Idee, seinen vor dreißig Jahren verschwundenen Vater zu finden.«

Gual stemmte die Hacken in den Boden, um ihre plötzliche Anspannung zu vertuschen. »Ein verschollener Vater?«

Ihrer blühenden Fantasie Einhalt gebietend, hob Alex abwehrend die Hand. »Harmlos. Einer von denen, die Zigaretten holen gehen und nicht mehr wiederkommen. Das kam damals häufig vor, so konnte man die Familie verlassen, ohne sich mit einer Scheidung herumschlagen zu müssen. Die meisten haben dann auf dem Festland oder im Ausland ein neues Leben angefangen. Tragisch, aber es kam vor.«

»Und? Hatte er was gefunden?«

Der Mann lachte. »Das hat er wohl mit ins Grab genommen.«

Gual kritzelte ihre Notizen fertig, schlug den Block zu und schob ihren Plastikstuhl zurück. »Vielen Dank, Sie haben mir sehr weitergeholfen.« Sie lächelte und verließ hastig das Büro, bevor er noch auf die Idee kam, sie zum Kaffee einzuladen – und sie womöglich einschlug.

36

Lluc stellte sich mit seinem *Queso semicurado* von der Käsetheke an der Kasse des lokalen Agromarts an und presste das Telefon ans Ohr. Zwei schwerhörige Omis hinter ihm diskutierten lautstark über die beste Methode, dünne Brotscheiben zwischen das Gemüse bei der Zubereitung von *Sopas mallorquinas* zu schichten. »Wiederhol den letzten Satz noch einmal, Gual.« Erstaunlich flott und schnörkellos hatte die Kollegin bisher die Ergebnisse ihres Treffens mit dem Beamten der Policia Nacional wiedergegeben.

»Ich habe mich bei Davids Mutter nach dem Hobby ihres Mannes und dieser Autowerkstatt erkundigt. Es ist eine kleine Garage am Ortsausgang Richtung Fornalutx. Vielleicht ist es Zeitverschwendung, aber …«

»Nein, ausgezeichnete Arbeit. Keine Zufälle, richtig?« Lluc lachte, um Gual aufzumuntern, obwohl ihm nicht danach zumute war. Sie fischten im Trüben bei aufgewühltem Meer und dichtem Seenebel, doch gab es keine Alternativen in diesem verzwickten Fall. »Hat sie etwas zu dem verschollenen Vater gesagt?«

»Darauf reagierte sie verhalten, hat es als Spinnerei ihres Mannes abgetan. Eine Ausflucht, um sich nicht mit der schmerzhaften Realität zu konfrontieren, dass sein Vater ihn als Kind im Stich gelassen hat. Wahrscheinlich war es wirklich ein Spleen, in den Martín sich verrannt und seine Familie genervt hatte.«

»Ich schaue mir diese Werkstatt mal an. Wir sprechen nachher.«

Lluc legte auf, zahlte, verließ den Laden. Der Jeep parkte auf dem Hof des Geschäfts, und keine fünf Minuten später hielt er vor der beschriebenen Garage in einer kleinen Seitenstraße, die von der Ma-10 abging.

Ein dunkelblauer VW Golf balancierte auf einer Hebebühne, zwei turnschuhbekleidete Füße unter seinem Rumpf waren das einzige Zeichen menschlichen Lebens.

»Hola?« Lluc trat durch das offene Tor und klopfte an die metallene Tür.

Die Füße krabbelten auf ihn zu, verlängerten sich zu langen stoffbekleideten Beinen, die wiederum an einem dürren Mann mit freundlichem Lächeln hingen.

Er sah auf, wischte sich die ölschmutzigen Hände an einem verschmierten Tuch neben ihm auf dem Boden ab. »Wie kann ich Ihnen helfen?«

»Sargento Casasnovas, von der Guardia Civil«. Nicht gelogen, beides war er ja noch. »Ich habe eine Frage zu einem Ihrer Kunden. Leider ist er vor Kurzem verstorben. Martín Medina.«

Der Mann setzte sich auf, erhob sich von seinem Rollbrettchen. Um die dreißig, dürr, wilde braune Locken. »So ist es besser«, lächelte er und stieß seinen Atem aus. »Der arme Martín. Ich habe ihm geholfen, seinen alten Mustang aufzupäppeln. So haben wir uns beim Herumwerkeln ein bisschen angefreundet.«

Die Frage stand in keinem Zusammenhang, trotzdem

stellte Lluc sie, auch wenn er nicht wirklich mit einer hilfreichen Antwort rechnete. Verzweifelte Zeiten erforderten verzweifelte Maßnahmen. »Hat er Ihnen die Geschichte mit seinem Vater erzählt?«

Anstatt des erwarteten Stirnrunzelns bildete sich ein Fächer feiner Linien um die Augen des Mannes, als sein Gesicht sich in einem schiefen Grinsen verzog. »Na klar. Deswegen ist er überhaupt hier gelandet.«

Lluc gab sich Mühe, seine Aufregung zu verbergen, strich mit dem Zeigefinger über den staubigen Lack des Kotflügels des angehobenen VWs und fragte betont gelassen: »Der Vater ist doch schon lange fort?«

»Martín hat nie akzeptiert, dass sein geliebter Vater einfach wortlos verschwunden ist.« Der Mechaniker wählte einen Schraubenzieher auf der Arbeitsbank neben der Hebebühne und hielt ihn in die Luft. »Macht es Ihnen etwas aus, wenn ich dabei weiterarbeite? Ich muss heute fertig werden.«

»Bitte, lassen Sie sich nicht stören. Ich danke Ihnen für Ihre Zeit.«

Der Oberkörper des Mannes verschwand in der geöffneten Motorhaube.

Selbst kein Meister der Materie, erzeugte ein Talent für Automechanik höchste Bewunderung in Lluc.

»Eines Tages stand er hier. Genau da, wo Sie stehen, und fragte nach Teresa.«

Lluc trat einen Schritt vor, beugte sich dem Mann entgegen, der im Kabelgedärm des Motors wühlte. »Wer ist Teresa?«

»Mein Vater führte die Werkstatt vor mir. Teresa wohnte damals in unserer Nachbarschaft und suchte Papá häufiger wegen ihres Mopeds auf.«

»Warum fragte Martín nach ihr?«

»Das müssen Sie Teresa selbst fragen. Aber es hatte etwas mit seinem Vater zu tun.«

Llucs Herz trommelte gegen seinen Brustkorb. »Wo finde ich diese Teresa?«

Der Kopf des Mannes erschien wieder über dem Motor.

»In dem Weinshop in der Calle de la Luna, gegenüber der Apotheke. Sie ist die Besitzerin.«

Lluc bedankte sich bei dem Mechaniker und machte sich auf den Weg.

Zehn Minuten später stellte er sein Auto auf dem Parkplatz des Carrer d'Adela Olivér Llinás ab und lief am Marktplatz vorbei durch die Gassen von hinten in den Carrer de sa Lluna.

Die Vinoteca befand sich zwischen einem Damenwäscheladen und einer Bäckerei am Museum für moderne und zeitgenössische Kunst.

Wandhohe Holzregale füllten den kleinen Verkaufsraum, ein würziger Duft von Zimt und Nelke lag in der Luft.

Hinter einem zum Tisch umfunktionierten Holzfass hockte eine Frau in Llucs Alter auf dem Boden und füllte das unterste Regalbrett mit Weißweinflaschen der Bodega Son Prim.

Sie sah auf, lächelte und richtete sich etwas umständlich auf. »Man wird nicht jünger«, lachte sie. »Was kann ich für Sie tun?« Das attraktive Gesicht war von burgunderfarbenen Kringellocken umrahmt, in dem Ton, den die Natur für *Vino tinto* und Herbstlaub reserviert hatte. Angestrahlt von einer Wandlampe schimmerten sie wie öliger Wein im Kerzenlicht. Die Verkaufsstrategie funktionierte, denn Lluc bekam Lust auf ein Glas Ribera del Duero.

»Sind Sie Teresa? Der junge Mann in der Autowerkstatt hat mir gesagt, dass ich Sie hier finde.«

Ein Schatten der Enttäuschung, vielleicht doch keinen zahlenden Kunden vor sich zu haben, huschte über die anfängliche Begeisterung, doch sie fing sich schnell. »Das war Toni, mein Nachbar. Ich bin Teresa.« Sie stellte die Flasche in ihrer Hand auf dem Fass ab und sah ihn erwartungsvoll an.

»Sargento Lluc Casasnovas. Wir ermitteln in den zwei Mordfällen vom Firó.«

Teresa legte den Kopf schräg. »Kam heute nicht im Radio, dass sie gelöst sind?«

»Es gibt ein paar Ungereimtheiten, die wir natürlich schnell geklärt haben wollen.« Unbedeutende Inkonsistenzen wie zum Beispiel den wahren Täter, der noch immer frei herumlief und drei Menschen auf dem Gewissen hatte.

»Und wie kann *ich* Ihnen dabei helfen?« Eine schwarze Augenbraue schoss in die Höhe, während Teresa eine Kiste Obac aus Binigrau aufriss und zu anderen lokalen Rotweinen im Regal sortierte.

»Es geht um Martín Medina.«

Sie hielt inne und schnellte überrascht zu ihm herum. »Martín? Was hat der damit zu tun?«

»Er ist der Vater eines der verstorbenen Jungen.«

Teresas Mundwinkel sanken. »Das habe ich nicht gewusst. O mein Gott.« Ihre Hand zitterte, als sie die letzte Weinflasche auf dem Fass abstellte und sich auf einen der beiden Hocker setzte.

»Kannten Sie ihn gut?«

»Nein, nicht wirklich. Er suchte mich auf, um Antworten auf ein paar Fragen von damals zu finden. Später dann einfach so, um einen Wein zu kaufen oder Hola zu sagen.« Sie schwieg einen Moment, in Gedanken versunken. »Er hat in der letzten Zeit zu viel getrunken und versuchte erfolglos, es zu verbergen.«

Lluc hielt die Luft an. Sämtliche Ereignisse dieser verdammten Woche wurzelten in der dunklen Erde der Vergangenheit. Dort musste er suchen. Er zog den zweiten Hocker heran und klemmte sich auf die Kante der Bastsitzfläche.

»Was ist damals geschehen?«

»Nicht viel, um ehrlich zu sein. Aber ich sehe es noch genau vor mir. Seltsam, dass man manchmal nicht mehr weiß, was es vorgestern zu essen gab, doch uralte Begebenheiten detailliert und lebendig vor Augen hat.«

Ein Sachverhalt, der Lluc des Öfteren gerettet hatte. Das Unterbewusstsein war ein dunkles Meer, unergründlich und tief, doch hinterließ es immer Wegweiser im Wachbewusstsein, die so manche Antwort lieferten.

Sie sah auf, legte den Kopf schief. »Es war vor dreißig Jahren. Ich fuhr mit dem Fahrrad aus Fornalutx zurück. Auf der Hauptstraße herrschte viel Verkehr, also nahm ich einen Umweg, querbeet. Damals war noch nicht alles mit Straßen befestigt.«

Lluc nickte, auch er war hier groß geworden und mit den Gegebenheiten vertraut.

»Ich wollte gerade bergab eine Kurve nehmen, als ein Junge unerwartet aus den Büschen sprang. Wie aus dem Nichts.« Sie zögerte. »So dreizehn, vierzehn Jahre vielleicht.«

Lluc schwieg. Die Holzkante des Hockers bohrte sich schmerzlich in sein Hinterteil.

»Ihn umzufahren war keine Option, also bin ich ausgewichen und im Graben gelandet.« Sie rieb sich den Ellenbogen, als brannte die davongetragene Schürfwunde nach dreißig Jahren noch immer. »Glücklicherweise ist mir außer ein paar Kratzern nichts passiert. Der Junge starrte mich entsetzt an und lief weg.«

Als sie nicht weitersprach, wagte Lluc zu fragen: »Und dann?«

»Mein Fahrrad war völlig verbogen.« Die Weinhändlerin lachte. »Wie ein Unendlichkeitszeichen – auch daran erinnere ich mich noch ganz genau. Also habe ich es den ganzen Weg hinunter in die Werkstatt geschoben, wo Toni senior es mir wieder richtete.«

Enttäuscht sackte Lluc in sich zusammen. »Und warum hat sich Martín so für diese Geschichte interessiert?«

»Es war der Tag, an dem sein Vater verschwand. Ich war wohl eine der Letzten, die ihn gesehen haben. Oben in Fornalutx, als ich losfuhr und die Abkürzung durch den Wald nahm.« Sie zuckte die Achseln, presste die Lippen zu einer Linie. »Er war mit einer Frau zusammen. Das Verschwinden seines Vaters hat ihm sehr zugesetzt. Selbst als Erwachsener hatte Martín sich nicht damit abgefunden, dass sein alter Herr einfach abgehauen sein könnte. Er wollte nicht wahrhaben, dass seine Eltern jeden Tag stritten, der Vater möglicherweise eine Affäre hatte. Es war für ihn kein Grund, sein Kind zu verlassen. Womit er in einer idealen Welt ja recht hat.«

Gedankenversunken kaute Lluc auf der Innenseite seiner Wange herum. Das Trauma eines zurückgelassenen Kindes zündelte auch Jahre später wie ein frisches Feuer.

»Wer war die Frau? Kannten Sie sie?« Wenn es sich um

jemanden aus dem Dorf gehandelt hatte, bestand eine hohe Wahrscheinlichkeit der Wiedererkennung.

»Leider nein. Ich habe sie nur von hinten gesehen und das im Vorbeifahren. Hochgesteckte blonde Haare und so etwas wie ein Kamelhaarmantel. Sah schick aus, sehr teuer. Nichts, was die Leute im Dorf so trugen.«

»Und Martín hat sich an diesem Treffen festgebissen?«

»Ich glaube, er hat jeden Strohhalm ergriffen, um Beweise für irgendeine seiner Theorien zu finden. Und mein Erlebnis war einer davon. Nur dass es eher das Gegenteil belegte. Es sah tatsächlich nach einer heimlichen Verabredung im Wald aus. Wahrscheinlich ist der Vater einfach abgehauen. Mit Scheidungen war es damals nicht ganz so einfach«, schloss sie ab.

Niedergeschlagen rutschte Lluc vom Hocker. Die Enttäuschung wog schwer, hatte er doch gehofft, einen Durchbruch zu erlangen, irgendein Detail zu entdecken, das den Weg zur Wahrheit wies.

Doch stattdessen nur eine alte Geschichte.

»Tut mir leid, dass ich Ihnen nicht weiterhelfen kann.« Teresa erhob sich ebenfalls von ihrem Hocker und lächelte ihn an.

»Doch, das können Sie. Packen Sie mir bitte eine Flasche Pago de los Cappellans ein.« Auf einer Ablage genau in seiner Blickrichtung befand sich der Ribera del Duero, den er sich heute Abend verdient hatte.

37

»Ich freue mich sehr, dass Sie sich bereit erklärt haben, mir zu helfen, Pau.« Bel drückte wiederholt in vertraulicher Geste die pigmentfleckenbedeckte Hand des Historikers, als wären sie alte Freunde. »Unser Sargento hier hat mir viel von Ihnen erzählt, allerdings hat er versäumt zu erwähnen, in was für einem Palast Sie wohnen.« Ihr vorwurfsvoller Blick streifte Lluc nur kurz, um sich dann mit voller Kraft zurück auf Doktor Pau Font zu werfen.

»Die Gelegenheit hat sich nicht ergeben«, murmelte Lluc aus der ignorierten Nachhut, während sie die geschwungene Wendeltreppe in das Turmzimmer des Herrenhauses hinaufstiegen.

Die hoffentlich nur vorübergehende Dienstbefreiung hatte ihm nicht nur den Fall, sondern auch die Entschuldigung entzogen, Bel aus Zeitmangel nicht bei ihren Recherchen zu helfen. Da er nun über Zeit im Überfluss verfügte, war Lluc ihrer telefonischen Bitte nachgekommen, sie mit seinem Historikerfreund zu verbinden. Auch wenn der Besuch ein reines Pflichtprogramm war, würde es ihn ablenken. Mit der richtigen Einstellung, ohne Erwartungshaltung, freute er sich sogar, Pau nach langer Zeit wiederzusehen.

Es hatte genau zehn Sekunden gedauert, bis Bel den alten Mann mit ihrer Charmeoffensive entwaffnet hatte.

Lluc musterte die Gräfin aus seiner unbeobachteten Position.

Es war nicht ihre reizende Erscheinung – viele Frauen waren hübsch, ohne über diese außergewöhnliche Gabe zu verfügen, die Herzen der Menschen zu gewinnen.

Vielmehr mangelte es Bel an einer bestimmten Art von Zurückhaltung, dieser reservierten Zaghaftigkeit, die manche normalerweise an den Tag legten, wenn sie sich zum ersten Mal begegneten.

Sie lauschte Paus Erklärungen über die Geschichte des Hauses mit einer Hingabe, als wäre er der einzige Mensch auf der Welt – da Lluc, der hinter den beiden herlief, irgendwie nicht zählte.

Pau kicherte heiser, sichtlich überfordert mit dem Multitasking von Stufensteigen, Lachen und Antworten.

Weit über siebzig, klein und fragil wie die alten Bücher, die er sammelte, stützte der Historiker sich auf dem hölzernen Handlauf des Geländers ab, während seine Füße Stufe für Stufe den Turm erklommen.

»Meine Familie besitzt viele schöne Häuser. Aber das hier ist ein Kuriosum der besonderen Art«, sagte Bel.

Herrenhaus-traf-auf-Finca-traf-auf-Festung skizzierte die architektonische Rezeptur für Can Vista Alegre.

Das Anwesen befand sich auf dem Gipfel eines Hügels. Hier überblickte es das Tal, umgeben von seinen großen Brüdern Alfabia und Teix, den Riesen der Tramuntana.

Die sensationelle Aussicht bezahlte man mit einem leicht beschwerlichen Weg, der sich steil und schmal den Berg hinaufwand. Am Sicherheitsgurt festgekrallt, die Füße in den Unterboden des Jeeps gedrückt, hatte Bel die fünfzehn

Minuten Fahrt auf dem Beifahrersitz in der Hoffnung verbracht, auf keinen Gegenverkehr zu stoßen.

Der überdachte Turm barg ein Arbeitszimmer mit Bibliothek, dessen wandhohe Bücherregale einen antiken Schreibtisch und lederbezogene Ohrensessel rahmten.

Pau öffnete die Tür der Glasfront und führte sie ins Freie auf die Terrasse.

Hingerissen sog Bel die Luft ein.

»Das ist unser Tal von oben.« Stolz schwang in dem Lächeln des alten Mannes.

Obwohl Lluc die Aussicht schon häufig genießen durfte, überwältigte ihn das Panorama immer wieder aufs Neue. Eingebettet zwischen riesigen Bergflanken, zum Anfassen nah, über die sich in der Ferne das glitzernde Meer und der Hafen von Port Sóller erhoben. Alles leuchtete üppig in verschiedensten Nuancen von Hell- bis Olivgrün.

»Sie residieren hier wie der König des Tales«, lachte Bel.

»Sehen Sie diese Posesión auf der anderen Seite des Talkessels?« Pau deutete auf ein sandsteinfarbenes Gebilde am Fuße des Penyals in der Größe einer Streichholzschachtel. »Von hier aus ist es nicht so deutlich zu erkennen, aber das müsste das Anwesen gewesen sein, in dem Ihre Vorfahren die Zeit auf Mallorca verbracht haben.«

»Tatsächlich?« Bel schirmte die Augen vor dem blendenden Sonnenlicht ab. »Woher wissen Sie das? Ich habe keinerlei Aufzeichnungen gefunden, die irgendetwas über ihren genauen Aufenthaltsort verrieten.«

»Can Rubot. Sie können es nachschlagen. Es ist heute weiterhin in Privatbesitz, irgendein Schwede hat es gekauft. So ist das halt, wenn wir Mallorquiner selbst unsere Großmutter an den Höchstbietenden verscherbeln.«

Er seufzte, lud sie nach einigen Minuten des schweigenden Genusses ein, ihm zurück ins Arbeitszimmer zu folgen.

Lluc und Bel machten es sich in den Ohrensesseln bequem, während Pau hinter dem Schreibtisch Platz nahm, wo mehrere Bücher zu einem schiefen Turm von Pisa gestapelt waren und ein Tablett mit Kaffee und Wasser wartete. Lluc hatte niemanden kommen und die Erfrischungen bringen gehört, aber vielleicht beschäftigte Pau ja Hauselfen.

»Nach unserem Telefongespräch habe ich schon mal ein bisschen gewühlt und einige relevante Werke herausgesucht. Heutzutage bin ich froh über jede akademische Aufgabe oder Rätsel, damit meine grauen Zellen nicht vor Langeweile einschlafen«, sagte Pau, obwohl geistige Trägheit sein letztes Problem zu sein schien.

»Ihre Sammlung, das Haus … es ist wirklich beeindruckend.«

Der Alte winkte ab. »Ich bin nur Nummer zwei hinter Ihrem Freund Luís Rodriguez. Seine Sammlung ist auf den Balearen nicht zu toppen. Nur hat er sich auf Kunstgegenstände spezialisiert, während mich eher historische Bezüge interessieren. Leider hatten wir nicht das Vergnügen, uns besser kennenzulernen und auszutauschen. Die Schnittmenge und Querverbindungen unserer Interessensbereiche eröffnen viele Horizonte.«

»Das kann man ja schnell nachholen. Ich werde schon bald eine kleine Dinnerparty geben, wozu ich Sie beide herzlich einlade. Luís war ganz betroffen, dass er nicht sofort an Sie gedacht hat.«

»Hocherfreut.« Paus Hand zitterte leicht, als er nach dem obersten Buch griff und eine mit einem Stück Papier markierte Seite aufschlug. »Das hier ist eine Kopie des handgeschriebenen Berichts eines Zeitzeugen.«

»Wahnsinn! So viel Material.« Isabel setzte sich überrascht auf, rutschte auf die Kante des kühlen Ledersessels. »Ich habe in der Bibliothek alles abgesucht und fast nichts Gesellschaftliches gefunden. Ich musste mich durch Reiseberichte eines Mönches quälen, der mit Großonkel Eduardo eng befreundet war.« Sie lachte und verdrehte die Augen. »Aber selbst in diesem langweiligen Bericht hatte jemand eine Seite herausgerissen, könnt ihr euch das vorstellen?«

»Wie bitte?« Pau runzelte die Stirn über ein derart befremdliches Benehmen.

»Unglaublich, nicht wahr?« Schalk funkelte in Bels dunklen Augen. »Die hilfreiche Bibliothekarin wollte mir dann als Alternative ein anderes Werk des Autors andrehen. Diesmal so etwas Spannendes wie *Flora und Fauna der Felsküste* oder so was.« Schnell hob sie die Hand. »Nichts gegen Naturkunde der Tramuntana, aber ich brauche nur Namen und Verbleib einer Familie, nicht die von Adlern und Milanen.« Bewundernd sah sie zu dem Bücherstapel auf dem Tisch. »Wie haben Sie so schnell so viele Quellen finden können?«

»Sie haben sozialgesellschaftliche Berichte in der Bibliothek gesucht. Da wird es nicht so viele mit Relevanz geben. Stattdessen müssen Sie nach dem größten Ereignis dieser Zeit schauen.«

»Welches Ereignis?« Isabel fischte ihr Notizbuch aus den

Tiefen ihres großen Shoppers, schlug eine leere Seite auf und wartete mit gezuckter Kulimine.

»Der Piratenangriff von 1561.«

Obwohl in normalem Ton gesprochen, knallten die Worte in den Raum wie die eine das Gefecht eröffnende Kanonenkugel.

Erstaunt sah Lluc auf. Davon hatte Bel nichts erwähnt.

Ihrem Gesichtsausdruck nach, weil sie es selbst nicht gewusst hatte, wo Verwirrung und Scham sich ein Wettrennen um die Vorherrschaft lieferten. »Wie habe ich das übersehen können?«, murmelte sie.

»Ich habe in Dokumenten und Schilderungen gewühlt, bin Aufzeichnungen und Illustrationen durchgegangen, ohne mich auch nur einmal um das Zeitgeschehen zu kümmern.« Sie schlug sich mit der flachen Hand auf die Stirn. Der Solitär an ihrem Ringfinger fing die einfallende Abendsonne ein, reflektierte das Licht wie ein Minileuchtturm.

»Geh nicht so hart mit dir ins Gericht. Schließlich bist du keine Mallorquinerin. Selbst die Leute aus Palma kennen das genaue Datum und Jahr des Piratenüberfalls nicht«, tröstete sie Lluc.

»Der Bürgermeister hat mir am Montag detailliert die Geschichte erzählt.«

»Ich merke mir bei Partygeplauder nicht einmal die Namen der Leute, geschweige denn die runtergerasselte Jahreszahl eines historischen Ereignisses.« Die Situation erfreute sich allgemeiner Bekanntheit: Jeder sagt seinen Namen, Küsschen rechts, Küsschen links, *encantado*, angenehm, und das ganze Ritual, um am Ende entweder alle zu verwechseln oder sich an keinen einzigen Namen zu erinnern.

Bel schien beruhigt, nicht als völlige Versagerin in die Annalen der Familienrechercheure einzugehen. Sie stellte ihre Miene zurück auf Charmemodus. »Pau, Ihr Guthaben auf dem Gefallenskonto wächst und wächst. Ich muss eine baldige Dividendenausschüttung vornehmen, sonst kann ich bei der Wachstumsrate nicht mehr nachkommen.« Sie pfiff leise durch die Zähne. »Sind Sie sich sicher? Der Piratenangriff? Das könnte auch erklären, warum sie danach verschwanden. Wahrscheinlich haben sie den Überfall nicht überlebt.«

»Es ist genau in diesen Jahren, dass sich die Spur Ihrer Verwandten verliert. Sie sind 1555 in Sóller angekommen, haben sich in Can Ribot eingerichtet, Freunde gefunden, gesellschaftliche Verbindungen geknüpft. Danach nichts mehr.«

Er zeigte auf den Stapel vor sich. »Alle diese Werke handeln von der Zeit. Ich habe sie schon vorsortiert, jetzt fehlt nur noch die Feinarbeit. Wenn wir es zusammen durchgehen, sind wir schneller.«

Bel legte ihre Hand auf Paus Arm, der sich dünn und knochig unter dem viel zu weiten Hemd abzeichnete. »Ich kann Ihnen gar nicht genug danken.«

Er winkte ab. »Meine Liebe, wenn Sie wüssten, wie langweilig das hier manchmal ist, bekämen Sie eine Vorstellung davon, wer hier wem einen Gefallen tut.« Er nahm ein Buch vom Stapel, hielt Bel den goldbedruckten Schinken hin. »Blättern Sie selbst.«

Sie nahm den schweren Band mit zwei Händen entgegen. »Was glauben Sie, ist mit meinen Verwandten passiert?«

Pau zuckte die Schultern. »Genau sagen kann man das nicht, aber hier ist ein Zeitzeugenbericht über den Hergang der Schlacht.« Er deutete ihr, das Buch an der markierten Stelle zu öffnen.

Während Bel sich in die Lektüre vertiefte, schenkte Lluc Kaffee und Wasser aus und nahm das von Pau für ihn ausgewählte Buch zur Durchsicht entgegen.

Vorsichtig, um die Seiten nicht zu beflecken, trank Lluc einen Schluck Kaffee. Stark und würzig, versorgte der Koffeinstoß ihn mit Instantenergie.

Verstohlen sah er zur Gräfin, die konzentriert las, die Augen gesenkt, die langen Wimpern wie ein dichter Fächer auf der cremigen Haut … Lluc stockte, leerte seine Tasse in einem Zug, öffnete das Buch. Glücklicherweise hatte er seit Neuestem immer die Lesebrille dabei.

Konzentration und Fokus ließen auf sich warten. Er starrte auf die flirrenden Buchstaben, bis das Bild schärfer wurde und er den von Pau gekennzeichneten Absatz in altspanischer Sprache überflog.

Die Piraten hatten einen Viehwagen gestohlen, plünderten Häuser und Anwesen, luden ihre Beute auf das Fahrzeug. Schmuckkästen, Kerzenständer, Gemälde, Stoffballen – und die eine oder andere Frau.

Er las den letzten Satz der Seite. Hielt inne. Überflog ihn erneut.

Hart unterbrach Lluc die konzentrierte Stille. »Hier steht, die Seeräuber zogen in Can Ribot und die benachbarten Häuser ein, kamen aber mit leeren Händen wieder raus?«

Pau legte den Kopf schräg, überlegte. »Das könnte zweierlei bedeuten: Die Bewohner waren geflohen, oder mit ihnen wurde kurzer Prozess gemacht. Schwer zu sagen, welche Variante.«

»Aber sie werden ja nicht mit ihrem gesamten Hab und Gut geflüchtet sein.«

Lluc blätterte vor, dann zurück, sah auf.

Das Versprechen eines langweiligen Nachmittags voller höflicher Pflichten nahm eine gefährliche Wendung.

Das hier drohte spannend zu werden.

»Eins ist sicher: Die Piraten kamen mit leeren Händen heraus. Was sagt uns das?«, fragte er.

Bel setzte sich aufrecht, sah von einem zum anderen. Auch sie schien Llucs Riecher für Abenteuer zu besitzen, denn ihre Augen glänzten in neuem Eifer. »Großonkel Eduardos Familie war sehr wohlhabend. Er war der älteste und reichste der vier Brüder. Das ist äußerst merkwürdig.«

Pau runzelte die Stirn, streckte die Hand nach Llucs Buch aus. »Wird das wirklich explizit im Text so erwähnt?«

»Doch, schau selbst.«

Zeile für Zeile ging Pau den Text durch. Langsam, akribisch, gelehrt. Dann legte er das Buch wortlos ab, nahm seine Brille von der Nase, rieb sich die Augen, massierte die Nasenwurzel. »Dass ich das auf meine alten Tage noch erlebe.« Seine Stimme klang andächtig, ließ Llucs und Bels spekulatives Geplapper verstummen.

»Was meinst du damit?« Aufgeregt beugte Lluc sich vor und stützte gespannt die Ellenbogen auf die Schreibtischplatte.

Pau sah auf, blickte sie beide einige Sekunden stumm an.

Lluc fühlte sich wie vor dem Weihnachtsmann. »Was? Erzähl schon!«

Statt einer Antwort schob der Alte seinen Stuhl zurück, eilte erstaunlich beschwingten Schrittes zum Bücherschrank, und kam mit einer Flasche Ximénez-Spínola Tres mil Botellas Brandy und drei eisgefüllten Gläsern zurück.

Lluc starrte ihn an, während Pau allen zweifingerbreit einschenkte. »So schlimm?«

»Im Gegenteil, mein Junge, im Gegenteil. Das Puzzle setzte sich soeben zusammen.« Das Eis klirrte, als Pau das Glas schwenkte, an die Lippen hob und einen großen Schluck der bernsteinfarbenen Flüssigkeit nahm.

»Na gut, dann schließe ich mich an«, sagte Bel und prostete ihnen zu. »*Salut* auf … was auch immer jetzt kommt.«

Das samtige Aroma des Alkohols zerging auf Llucs Zunge, brannte in der Kehle und schürte das Feuer der Neugier. »Wo sind die Reichtümer Eduardo de Falcós also hin?«

»Ich habe natürlich nur eine Theorie.« Pau benetzte seine Lippen mit einem weiteren Schlückchen, setzte das Glas ohne Zittern ab und wandte sich ihnen zu. Seine Augen leuchteten, die Haltung kerzengerade, als hätten ihm die letzten Minuten einen Hormonschub verpasst, der Muskeln wachsen, Zellen verjüngen ließ. »Welche Legenden kursieren hier im Tal?«

Solche Fragen leiteten im Regelfall blanke Leere im Kopf ein. Doch danach poppte meist ein Detail auf, durchbrach die glatte Oberfläche des Bewusstseins. Lluc warf den Blick zur rechten Deckenecke, als ob er nachdenken würde, was ihm einige Sekunden schenkte. »Neben meinen eigenen Hypothesen zu Schmugglerhöhlen, fallen mir eigentlich nur die Ufos und die unterirdische Militärstation im Meer ein.«

Bel wich überrascht zurück, klemmte sich ein reizendes Doppelkinn an den Hals. »Ufos?«

Mit einer Handbewegung bedeutete Pau ihm weiterzuraten. »Außerirdische und Militäroperationen haben mit dieser Geschichte nichts zu tun.«

»Wer hätte gedacht, dass es in diesem verträumten Tal so abgeht? Was habe ich verpasst?« Bel nahm einen kräftigen Schluck von ihrem Brandy, lachte, schüttelte erstaunt den Kopf.

Lluc kniff die Lippen zusammen, wie um ihnen die richtige Antwort herauszupressen. »Ansonsten ist da noch die Spukgeschichte von Can Tamany …«

»Stopp«, sagte Pau.

»Grüne Männchen und hochmoderne fliegende U-Boote sind tabu, Geister aber okay?« Lluc schüttelte den Kopf.

»Wer redet denn von Gespenstern? Was besagt die Legende von Can Tamany?«, fragte Pau streng, Rudiment seiner Zeit als Hochschullehrer.

»Der Geist der tapferen Schwester wacht über …«

Pau unterbrach ihn mit einer rotierenden Fingerbewegung. »Weiter?«

»Wacht worüber?«

Lluc kratzte sich am Bart, der wieder eine dringende Rasur benötigte. »Hm … Ich bin immer an dem Geist hängen geblieben, um dann den Rest der Geschichte als Quatsch zu verwerfen … wacht über den Schatz«, stieß er schließlich hervor.

Pau klatschte in die Hände und sah triumphierend in die Runde.

Enttäuscht lehnte Lluc sich in dem Ledersessel zurück. Er hatte gehofft, eine abenteuerliche Spur zu entdecken. »Du willst doch nicht andeuten, der Schatz der Falcós sei in Can Tamany versteckt?«

Llucs Ernüchterung schien Paus Enthusiasmus nicht zu schmälern. »Nein, der wäre längst entdeckt worden. Unzählige Besitzer, zahlreiche Renovierungen. Außerdem hätten sie den Schatz niemals unbewacht mit zwei ausgehungerten Frauen gelassen.«

»Die dann eine ganze Meute Piraten in die Flucht schlugen«, erinnerte ihn Lluc.

Pau verzog das Gesicht, winkte ab. »Legenden.«

Lluc schmunzelte. Er fühlte sich an seinen Freund Tolo erinnert, dessen Logik ähnlichen Pfaden folgte. »In Ordnung, Maestro, worüber wacht der Geist/Nicht-Geist von Can Tamany?«

»Was wäre, wenn es nicht der Schatz selber ist, sondern die Koordinaten, irgendeine Angabe, wo er versteckt liegt?«

»Eine Schatzkarte?«, fragte Bel.

Lluc ließ seinen Gedanken freien Lauf. Was wäre, wenn sie bei der Renovierung eine Karte oder Ähnliches gefunden hätten? Thiel hatte ausgesagt, elektrische Leitungen, Rohre und das gesamte Heizsystem erneuert zu haben. Auch die Wände, früher verputzt und mit weißer Wandfarbe bemalt, erstrahlten nun in neuer, frisch verfugter Natursteinoptik.

Federico, die Schwestern, David waren allesamt auf der Baustelle tätig und direkt an den Arbeiten beteiligt.

War es die ganze Zeit um einen Schatz gegangen? Es wäre nicht das erste Mal in der Geschichte der Menschheit, dass die Spur zum Gold mit Toten gepflastert war.

Sie mussten Catalina Hidalgo sprechen. Sofort.

»Darf ich die Toilette benutzen?« Lluc schälte sich aus den

weichen Polstern seines Sessels und ließ Bel und Pau aufgeregt schnatternd zurück.

Er folgte den Instruktionen zur Gästetoilette ein Stockwerk tiefer, schloss die Tür und zog sein Handy aus der Tasche.

Nach dreimaligem Klingeln meldete sich Gual.

»Wir müssen Catalina Hidalgo sprechen. Am besten sofort.«

»Dir auch einen guten Tag. Ich versuche, sie seit gestern zu erreichen. Ihr Telefon ist entweder aus, oder sie geht nicht ran. Der Vater blockt ab, sagt, seine Tochter bräuchte Ruhe.«

»Orte das Telefon.«

»Das kann ich nicht, ich habe keine Befugnis, wie du weißt. Nur Fina …« Sie ließ den Satz unbeendet, warf ihm den Ball zu.

Fangen oder nicht?

Er presste die Zähne zusammen, bis es schmerzte.

Zurückgeschleudert in eine Erinnerung, stand Lluc auf einem Felsen, sah hinab ins kristallklare Wasser. Springen oder nicht? Die anderen Kinder, die ihn von unten ermunterten, es zu wagen. Lluc schloss die Augen. Sprang.

»Wollte Fina nicht helfen? Da hat sie ihre Gelegenheit.«

Am anderen Ende herrschte Schweigen. Gerade als er dachte, Gual hätte aufgelegt, antwortete sie mit einem Schwung in der Stimme, als wäre sie selbst gerade vom Felsen gesprungen: »Schon erledigt.«

38

Oben auf dem Hügel lugten die ersten braunen Dachziegel aus endlosen Trassen der Olivenhaine. Ein neuer Hoffnungsschimmer auf der bisher erfolglosen Suche nach Catalina Hidalgo.

Nachdem Lluc die Gräfin in ihrer Bleibe im Hafen abgesetzt und Gual am Kreisel aufgesammelt hatte, waren sie in Richtung Sa Figuera abgebogen und so lange hoch in die Berge gefahren, bis nur noch unbefestigte Feldwege weiter zum Gipfel führten. Dort hatten sie das Auto geparkt und waren das nächste Stück des steilen Weges zu Fuß bergauf gestiegen.

Der Duft der Orangenblüte, vermischt mit dem Geruch feuchter Erde, hing schwer in der warmen Luft.

Gual wischte sich den Schweiß von der Stirn und sah Lluc triumphierend an. »Ich bin so kaputt, dass meine Beine ohne Befehl von alleine laufen.« Sie tippte sich mit dem Zeigefinger an die Stirn. »Das ist also das Geheimnis von regelmäßigem Sport. Permanente Müdigkeit, die das Denken und Entscheiden umgeht.« Sie stemmte die Hände in die Hüften, gab vor, das Panorama zu betrachten, obwohl sie offensichtlich die Minute zum Verschnaufen benötigte.

»Weniger ist mehr«, bemerkte Lluc. »Das schließt Denkanstöße, Befehle, Kontrollaktionen ein. Meistens steht man sich nur selbst im Weg und behindert den Fluss des Lebens.«

»Da spricht jemand aus Erfahrung.«

»Weisheit ist halt teuer bezahlt. Deswegen ein seltenes Gut«, sagte Lluc und zwinkerte ihr zu. Selbst Atemlosigkeit und Kreislaufkollaps hinderten Gual nicht daran, ihn aufzuziehen.

Hier irgendwo hatte sich Catalina Hidalgos Telefon das letzte Mal ins Netz eines Funkmasts eingewählt.

Gemessen an der Schnelligkeit, in der die Info zur Verfügung gestanden hatte, schien Fina tatsächlich bereitwillig geholfen zu haben. Zur Kenntnis genommen – Ende. Lluc weigerte sich, weitere Schlüsse zu ziehen oder Überlegungen anzustellen, die Fina betrafen.

Zwischen Jasminbüschen und weißem Oleander, inmitten eines Zitronenhains, eröffnete sich vor ihnen eine winzige Siedlung. Vier Grundstücke mit kleinen Hütten, die größte davon ein in den Berghang gebautes Steingebäude, nicht größer als ein Hobbithäuschen im Auenland, und mindestens so pittoresk.

Die Häuseransammlung wirkte verschlafen, ohne Hausnummern, Straßennamen oder Gebäudebezeichnungen. Dafür mit einer lebenden Alarmanlage in Gestalt eines riesigen schwarzen Hundes – vielleicht ein direkter Mitarbeiter der Security Firma Trablisa, deren Aufkleber fett auf dem schmiedeeisernen Tor hing. Seitdem sie den ersten Schritt auf den Feldweg gesetzt hatten, war sein markerschütterndes Bellen nicht verstummt und das Echo sicherlich bis hinunter in den Hafen zu hören.

Ein Mann trat an den Zaun, zog seinen keifenden Pastor

mallorquín an dem Lederhalsband zurück und beäugte sie mit offensichtlichem Misstrauen.

»Was wollen Sie?«

»Selten so einen herzlichen Willkommensgruß erhalten«, murmelte Gual. »Wir sind von der Guardia Civil und suchen die Hütte der Hidalgos«, sagte sie laut und trat an das Tor.

»Das kann ja jeder behaupten. Ihre Ausweise bitte.«

Gual sah an ihrer Uniform herab und schüttelte entgeistert den Kopf. »Genau, die habe ich mir im Karnevalsladen an der Plaza Patines in Palma gekauft.« Trotzdem hielt sie ihm den Ausweis vor das unbeeindruckte Gesicht.

»Ich habe keinen von den Hidalgos gesehen.«

In seinem Blick lag die unmissverständliche Aufforderung, zu verschwinden, während der Hund am Lederhalsband zerrte, sich die Kehle heiser bellte und den trockenen Boden mit seinem wütenden Speichel begoss.

»Schon gut, Rodolfo«, ertönte eine verschlafene weibliche Stimme aus dem geöffneten Fenster der unscheinbaren Hütte nebenan. »Ich kenne sie. Sargento, kommen Sie rüber.«

Mit einem Nicken verabschiedeten sie sich von dem Mann. Sollte Lluc jemals einen Wachposten vergeben, würde er Rodolfo und seinen Zerberus vormerken, die im Kombipack Kamerainstallationen und Sicherheitssysteme überflüssig machten.

Eine Kletterbegonie bedeckte das Dach der Hütte der Hidalgos, rankte sich die Hausmauern entlang und ließ sie fast unsichtbar mit der Natur verschmelzen. Ein gutes Versteck. Und genau das war es vermutlich, was Catalina hierher verschlagen hatte.

Ein Mädchen, die wie eine Fünfzehnjährige aussah, öffnete die Tür. Lluc musste zweimal hinschauen, bevor er Catalina erkannte. Verquollene Augen ohne Make-up, strähnige Haare, barfuß.

Sie wandte sich kommentarlos zu einem gemütlich eingerichteten Wohnzimmer um und überließ es Lluc und Gual, das Eingangsportal zu schließen.

Zurück auf dem geblümten Sofa lümmelte sie sich wieder in eine dünne Wolldecke. Wortlos starrte sie aus dem Fenster in den Garten und haderte vermutlich mit dem Schicksal. Der bittere Zug um ihren Mund zeugte von Wut und Verzweiflung.

Lluc setzte seine sanfteste Stimme auf. »Unser herzliches Beileid, Catalina. Wo habt ihr euch da nur hineinkatapultiert?«

Sie schien eine andere Einleitung erwartet zu haben, blinzelte überrascht. »Wie haben Sie mich gefunden?«

»Dein Vater hat eingesehen, dass es besser ist, sich mit uns zu verbünden.« Eine Halbwahrheit, die sie anstandslos schluckte. Denn Señor Hidalgo hatte tatsächlich gesagt, seine Tochter sei in der Hütte in den Bergen, ohne allerdings eine Adresse anzugeben.

Das Mädchen schnaubte höhnisch, verteilte glasigen Rotz über ihre Oberlippe, den sie wie ein Kleinkind mit der Decke abwischte. Ihre Lippen zitterten, als sie die Worte hervorstieß: »Wozu soll ich mich mit Ihnen verbünden? Sie haben meine Schwester doch schon zur Mörderin deklariert, als ihr Körper noch nicht einmal kalt war.«

»Drücken wir es mal so aus: Da waren andere Fraktionen am Werk. Wir sind an der Wahrheit interessiert, und das ist *nicht* die Wahrheit. Hab ich recht?«

Das Mädchen starrte ihn an, die blassblauen Augen zwei schimmernde Seen, die jeden Moment über die Ufer traten. »Sie hatte mich niemals Catalina genannt. Niemals. Auch nicht Cati.« Die Tränen kullerten über das kindliche Gesicht – viel zu jung und unschuldig für Kummer und Schmerz dieser Dimension.

Gual legte ihr tröstend die Hand auf den Arm.

»Der Brief?«, fragte Lluc.

Das Mädchen nickte, zog die Nase hoch, wischte sich mit dem Handrücken über die Augen. »Sie hasste den Namen Catalina, ich war immer nur Catia. Wie unsere Großmutter. Diese Hütte gehörte der *Abuela.*« Trost suchend zog sie die Knie an die Brust, glättete die Decke darüber und sah sie mit flehenden Augen an. »Bitte sagen Sie niemandem, wo ich bin. Mit Rodolfo nebenan fühle ich mich sicher. Nachts schlafe ich bei ihnen auf der Couch.«

»Du glaubst, du bist in Gefahr?«

»Jemand beobachtet mich.«

Der unauffällige Blick, den Lluc mit Gual wechselte, blieb nicht unbemerkt, denn das Mädchen beeilte sich zu versichern: »Ich täusche mich nicht. Am Ende musste ich mich zwischen die aussteigenden Menschen der Tram mischen, um unbemerkt davonzukommen.«

»Wie sah dein Verfolger aus?«

»Ich habe ihn nicht wirklich gesehen.« Gemessen an ihrem flehenden Ton schien es selbst in ihren Ohren fragwürdig zu klingen. »Sie müssen mir glauben, man spürt so etwas. Wer auch immer es ist, besitzt erstaunliche Ressourcen. Man kann sich kaum vor ihm verstecken. Er findet einen. Schauen Sie, was meiner Schwester passiert ist.«

»Was *ist* geschehen? Worin seid ihr da verwickelt?«

Catalina schwieg, sah auf ihre Hände, wo Halbmondreste eines hellblauen Glitzernagellacks auf den ungepflegten Fingernägeln splitterten.

»Es geht um den Schatz der Falcós, richtig?«, fragte Lluc leise.

Ihr Blick schnellte hoch, die Lippen formten stumme Worte. Catalinas Hand suchte Guals, die noch immer tröstend auf dem dünnen Mädchenarm lag, und drückte sie.

»Du kannst es uns sagen. Wir sind bei dir. Du bist hier sicher«, flüsterte sie.

Das Mädchen nickte, schob die Decke weg und lief auf nackten Sohlen zu einer künstlichen Topfpalme neben einem Flachbildfernseher.

Die Pflanze steckte in einem quadratischen Hanfübertopf auf Rädern. Catalina drehte das Plastikgewächs um und zog aus dem hohlen Unterboden ein buntes Kulturtäschchen hervor.

»Hier ist es.« Vorsichtig legte sie die Tasche mit spitzen Fingern auf Llucs Schoß ab, als würde es bei der geringsten Erschütterung detonieren. »Deswegen sind alle gestorben.«

Der Reißverschluss des Beutels ließ sich nicht öffnen. Lluc zog fester und löste den Schieber aus einem Faden, der sich in den Krampen verhakt hatte.

Seine Hand tastete eine Papierrolle und einen in Stoff gehüllten kleinen Gegenstand. Vorsichtig leerte er das Täschchen auf dem Wohnzimmertischchen zwischen ihnen aus.

»Was ist das?« Guals Stimme war kaum mehr als ein Hauchen.

Vergilbt und grobfaserig trug das zusammengerollte Blatt

ein zerbrochenes Siegel aus dunkelrotem Wachs. Der zweite Gegenstand war streichholzschachtelgroß und in braunes Leinen gehüllt.

Lluc faltete den Stoff auseinander.

Kniff die Augen zusammen.

Das kam ihm bekannt vor.

Gual schob sich neben ihn, starrte auf Llucs Hand.

Ein dicker goldener Ring, mit einem riesigen grünen Stein, plastisch, unecht wie aus dem Kaugummiautomaten seiner Jugend.

»Den kenn ich«, sagte Gual.

»Mir kommt er auch bekannt vor. Ich komme nur nicht drauf.«

»Den hatte Federico auf einem Foto in seinem Telefon. Mit den anderen Schnappschüssen vom Firó. Er schickte es an diese Nummer, die nicht nachverfolgbar war. So ein Prepaid-Handy. Weißt du noch? Wir haben gedacht, es sei eine Verkleidung für die Piratenfeier und es nicht weiter verfolgt.«

»Stimmt, er sieht auch aus wie ein Teil eines billigen Kostüms.«

Catalina meldete sich zu Wort. »Federico hat das Foto weitergeschickt? Francisca hatte also recht gehabt. Er war das Leck.«

Sie ließ sich auf das Sofa plumpsen und faltete die Hände im Schoß. »Meine Schwester hatte es vermutet. Federico hat mal einen Sammler erwähnt und vorgeschlagen, ihn mit ins Boot zu nehmen, um mehr Geld herauszuschlagen. Doch davon wollte Francisca nichts hören, und es gab immer wieder Streit. Am Ende haben sie sich geeinigt, keine Außenstehenden mit hineinzuziehen. Doch so ganz hat sie ihm nie vertraut, weswegen sie auch den Ring und das Pergament aufbewahrt hat und nicht er. Nach seinem Tod war offensichtlich, dass etwas sehr schiefgelaufen war, und um die Sache zu beenden, plante Francisca, sich mit der Person zu treffen und einen Deal zu machen. Leider wussten wir nicht, wer es ist, nicht einmal, ob Mann oder Frau, es gab nur diese Telefonnummer, mit der man sich per SMS in Verbindung setzt. Ich war total dagegen, bin ausgeflippt und habe gesagt, wenn sie das macht, gehe ich zu Papá und zur Polizei.« Dicke Tränen kullerten erneut über die geröteten Wangen. »Sie versprach, es nicht zu tun, und ich habe ihr geglaubt. Stattdessen hat sie gelogen, um mich zu beruhigen und das Ding allein durchgezogen. Ich hätte sie begleiten sollen, dann wäre es nie geschehen.« Mittlerweile weinte sie ungehindert.

Gual legte den Arm um sie und streichelte tröstend ihre Schulter. »Es ist nicht deine Schuld. Du konntest es nicht wissen. Du hast getan, was in deiner Macht stand.«

Catalina schniefte, wischte mit dem Ärmel übers feuchte Gesicht und wies mit dem Kinn auf den Ring. »Federico hat recherchiert. Das Ding soll angeblich einem gefürchteten Piratenmeister gehört haben und *Estrella del Este* heißen.«

Lluc wechselte einen fragenden Blick mit Gual, die kopfschüttelnd Ahnungslosigkeit signalisierte. Da würde sein Freund, der Historiker Pau, mehr wissen.

»Was also ist geschehen?«

»Thiel ließ den Verputz von den Wänden nehmen und alle Natursteine säubern und verfugen. Neue Leitungen wurden verlegt. Hinter einem der losen Steine hat Federico das Papier und den Ring gefunden.«

»Wer wusste davon?«

»Nur Francisca, Federico und ich.«

»Was ist mit David?«

»Unmöglich, wir hatten fast nichts mit ihm zu tun. Er arbeitete meist draußen im Garten.«

»Vielleicht hat Federico sich verplappert?«

Catalina zuckte ratlos die Schultern. »Er hat ständig geplappert. Und natürlich hatte meine Schwester keine Beziehung mit ihm. Allein die Idee ist lächerlich.«

»Weshalb seid ihr vor eurem Auftritt am Firó geflüchtet?«

»Überall ging das Gerücht rum, dass jemand gestorben war. Federicos Name fiel, da sind wir durchgedreht.«

»Ihr wart bestimmt hier, hab ich recht?«

Catalina nickte. »Als wir dann von David hörten, war das natürlich tragisch, aber wir haben gedacht, dass es nichts mit dem Schatz zu tun haben konnte, weil David nicht involviert war. Wir kannten ihn tatsächlich kaum. Ich verstehe es nicht.«

Vorsichtig, als würde es jeden Moment zu Staub zerfallen, entrollte Lluc das alte Werk, obwohl es robust wie Lederpappe war. Ein zweites, gröberes Papier fiel heraus.

Das erste enthielt einen geschwungenen, mit Tinte und Feder geschriebenen Vierzeiler. Das zweite entstammte eindeutig einem anderen Verfasser: unbeholfene Buchstaben, krakelig wie von einem Kind.

»Lag der Ring all die Jahrhunderte dort?«, fragte Gual.

»Sieht so aus«, murmelte Lluc, während er die Schriftstücke inspizierte.

»Die waren doch total arm. Warum haben die Schwestern den Ring nicht verkauft?«

Lluc sah auf, legte die Papiere vorsichtig auf den Tisch – nach fünfhundert Jahren war selbst Klopapier kostbar. Er wies auf den Stofffetzen. »Das zweite Stück ist von Catalina Casasnovas, der jüngeren der historischen Schwestern. Sie schreibt, dass sie versucht haben, es an die Bandoleros, die Banditen, zu verhökern, wobei ihre Freundin María getötet wurde. Catalina schaffte es, bei der Übergabe mit dem Geld zu entkommen, auf dem Ring aber liege ein Fluch. Die Spur des Blutes klebe an ihm.« Erneut überflog er die ungelenken Zeilen, um sicherzugehen, dass er die verquere Logik richtig verstanden hatte. »Sie teilte sich das Geld ein, lebte sparsam, damit es niemandem auffiel. Es genügte, um niemals heiraten zu müssen.« Der letzte Kontext sorgte bei ihm für Verwirrung.

»Eine listige Dame.« Gual spitzte nachdenklich die Lippen. »Eine unverheiratete Frau war damals eine Schande, eine zu schlaue wahrscheinlich auch.«

»María war die Zofe der Falcós. Wir haben alles recherchiert.« Catalina setzte sich in den Schneidersitz und strich sich die fettigen Haare hinters Ohr. »Als Mallorca vor dem Piratenangriff gewarnt wurde, hat Eduardo Falcó seine Reichtümer fortgeschafft und für den Fall, dass ihm etwas zustieß, Hinweise über den Ort hinterlassen. María sollte eine Karte in Sicherheit bringen, bis die Gefahr gebannt war.«

»Habt ihr das Versteck des Schatzes gefunden?« Lluc starrte auf den kryptischen Vierzeiler, der von einem Teich in Asturien bis zur Wüste in Tunesien auf alles hätte hinweisen können.

»Fast. Federico hat nach Informationen in der Bibliothek

gesucht, weil wir das mit dem Mönchsgeier nicht verstanden hatten. Er fand einen Bericht über die Familie, aber das mit dem Vogel blieb weiterhin ein Rätsel.«

Dabei handelte es sich bestimmt um die fehlende Seite in dem Reisebericht des Mönches, von der Bel berichtet hatte.

»Lies das Papier mal vor«, sagte Gual.

Lluc räusperte sich, setzte eine andächtige Stimme auf:

»*Der Mönchsgeier seinen Kopf im Neste ruhete,*
Wo Menschens Fuße niemals wandert.
Vom ewigen Meer umspült, das heilige Profil Gottes
Stets wachet.«

»Ich verstehe gar nichts. Wie soll das einen Hinweis geben, wo der Schatz versteckt ist?« Gual ließ ihre Arme neben ihren Körper fallen, kniff sich in den Oberschenkel.

»Was machst du da?«

»Ein Kneiftest, dass ich nicht träume. Ich kann nicht glauben, dass wir jetzt wie die Goonies auf Piratenschatzsuche gehen.«

»Wie wer?«, fragte Catalina.

Gual winkte ab. »Vergiss es, war lange vor deiner Zeit.«

»Deshalb wurde Francisca auf dem Boot gesehen, richtig?«, hakte Lluc nach. »Ihr habt das Versteck gesucht.«

Catalina nickte. »Wir glauben, es ist in einer Höhle an der Felsküste. *Vom ewigen Wasser umspült.*«

Lluc klatschte in die Hände, das Geräusch lauter als beabsichtigt. »Ich habe mir oft vorgestellt, dass in einer dieser Höhlenverstecke etwas vergessen wurde. Oder die Leute sind gestorben, bevor sie die Güter wieder abholen konnten.« Piraten, Banditenüberfälle, Welt- oder Bürgerkriege –

an Hindernissen und lebensbedrohlichen Zuständen hat es auf der Insel im Laufe der Jahrhunderte nicht gemangelt.

»Genau das ist passiert.« Catalina wies mit dem Kinn auf das zweite Papier. »Die historische Schwester schreibt, dass Eduardos ganze Familie bei der Flucht ermordet wurde.«

»Und der Schatz ist noch immer dort draußen?« Gual kämpfte weiterhin mit dem Akzeptieren der Realität.

»Das *heilige Profil* muss irgendeine Gesteinsformation oder ein Relief sein, das auf den Ort deutet. Die Küste ist lang und zerklüftet. Tausende von interpretierbaren Gesteinszeichnungen. Wir wissen nur nicht wo. Im Norden Richtung Pollença oder Süden Richtung Andratx?« Lluc starrte nachdenklich auf die Papierrolle, doch kein weiterer Hinweis eröffnete sich.

»Auf jeden Fall ein einsamer Ort.«

»Damals war alles einsam. Es gab nicht so viele Menschen, keine Touris, keine Motorboote«, sagte Gual.

»Wir reden von einem Küstenabschnitt von vielleicht fünfzig Kilometern?« Lluc pfiff leise durch die Zähne. »Das kann überall sein.« Er betrachtete den Vierzeiler. »Wo ruhet denn dieser Mönchsgeier?«

»An der ganzen Küste.«

»Ich korrigiere mich: Wo *ruhete* dieser Vogel? Die Frage ist nicht, wo er heute brütet. Sondern damals. Und da kommt mir eine Idee.« Abrupt stand er auf. »Gual, Abfahrt.«

39

Seitdem sie vor fünfzehn Minuten Catalina Hidalgos Hütte verlassen hatten, summte es in Llucs Schädel, befeuert von der Nervosität, die greifbar mit ihnen im Jeep fuhr wie eine vierte Person.

Die Anspannung schien sich auch auf Bel, die sie soeben im Port de Sóller eingesammelt hatten, zu übertragen. Statt mit der gewohnten Souveränität über den Dingen zu schweben, stieg sie synchron in Guals nervöses Plappern ein und rutschte unruhig auf dem Rücksitz herum.

Glücklicherweise hatten sie die Gräfin noch erreicht, bevor diese zu einer neunzigminütigen Yoga-Paddelsurfstunde verschwand, die mehrmals wöchentlich im Rahmen des Sport- und Kulturprogramms im Hafenbecken angeboten wurde. Stattdessen hatte Bel sich einen bunten Kaftan über ihren Badeanzug geworfen und auf dem Parkplatz vom Playa d'en Repic auf sie gewartet.

Ganze zwanzig Sekunden hatte es gedauert, bis die Gräfin Guals Sympathie gewonnen hatte. Ein Umstand, der sich in Scherzen, Lächeln und Miteinbeziehen in die nächsten Schritte äußerte. Ungewöhnlich für die Kollegin, die im Erstkontakt für gewöhnlich mallorquinische Verschlossenheit und Schweigsamkeit an den Tag legte.

»Ich hoffe, die Bibliothek ist noch geöffnet. Die wirkten

das letzte Mal nicht gerade überarbeitet.« Bel quetschte sich in den Spalt über der Mittelkonsole zwischen den Vordersitzen.

»Sie ist geschlossen«, sagte Gual. »Allerdings habe ich eine Sonderöffnung bestellt. Die nette Bibliothekarin schließt extra auf. Sie erwartet uns in fünf Minuten.«

»Ich kann nicht glauben, dass ihr herausgefunden habt, wo der Schatz versteckt ist.« Bel stützte sich an den Sitzen ab, musterte Lluc und Gual abwechselnd im Rückspiegel.

»Noch nicht. Dafür benötigen wir diese Textstelle von deinem Mönch. Und deine Hilfe.«

Die Lösung lieferte das Werk über Flora und Fauna der Tramuntana, das Bel bei ihrer Verwandtensuche in der Bibliothek begegnet war. Irgendwo hatte Eduardo de Falcó erfahren, wo dieser Geier brütete. Die Wahrscheinlichkeit, dass die Quelle sein enger Freund, dieser naturinteressierte Mönch und Verfasser des besagten Werks, war, grenzte an hundert Prozent.

Bel lächelte, Spuren des Stolzes auf den hübschen Zügen. »*Por Dios*, mein Gott, bin ich jetzt froh, dass die Bibliothekarin mir dieses Ding andrehen wollte. Mit dem Teil kannst du Menschen erschlagen, so dick ist es. Mir graut es vor der Durchsicht, das wird bestimmt einige Zeit in Anspruch nehmen.«

Lluc winkte ab. »Die anderen Tiere und Pflanzen lassen wir in Frieden. Wir brauchen nur den Mönchsgeier.« Wie viel gab es schon über den Vogel zu berichten?

Gual hielt sich die Hand vor die Brust, atmete tief ein. »Wir sind kurz davor, das Rätsel zu lösen.« Sie fächerte sich Luft zu.

Etwas störte. Nachdenklich biss Lluc sich in die bereits wunde Innenseite seiner rechten Wange. Der tote David und sein Vater passten nicht so richtig in die Schatzgeschichte. Wenn es eine Verbindung gab, so war sie Llucs Team entgangen.

Wer war außer ihnen noch hinter dem Schatz her? Die einzige Person, die Kenntnis darüber besaß, war der nicht nachverfolgbare Prepaid-Handy-Besitzer, dem Federico das Foto von dem Ring geschickt hatte. Und höchstwahrscheinlich der gesuchte Täter. Hatte Francisca ihn auch kontaktiert? Schwer nachzuprüfen bei abgeschlossenem Fall, verschwundenem Handy und einer Toten, die ihr Wissen mit ins Grab genommen hatte.

Ungeachtet der Häufigkeit, in der Lluc über den Schatz nachdachte, schoben sich David und sein Vater in seine Gedanken.

Martín Medina war ein außergewöhnlicher investigativer Reporter gewesen. Sah man von der Obsession mit seinem verschwundenen Vater ab, glänzte seine Karriere von herausragender Professionalität. Ein bisschen Psycho hatte dem kreativen Geist noch nie geschadet. Ganz im Gegenteil, schienen die genialen Köpfe dieser Welt mit psychotischen Strukturen versehen zu sein, die mit schräger Power und Einfallsreichtum die Errungenschaften der Zivilisation vorwärtstrieben. Allen voran das nicht zu übertreffende Beispiel von Nikola Tesla, auf dessen Erfindungen die halbe elektronische Welt basierte, und der in eine Taube verliebt gewesen sein sollte.

Vielleicht war das der Grund, warum Llucs Leben Weltbewegendes entbehrte – er war einfach zu normal. Für einen Mallorquiner zumindest. »Wie passt ein Viereck in ein rundes Loch?«, murmelte er vor sich hin, während er am vorletzten Kreisel vor dem Tunnel links in Richtung Dorf abbog.

»Du meinst David?« Gual übte sich wieder in Gedankenlesen.

»Genau.«

»Vielleicht hatte sein Vater bei seinen Recherchen etwas herausgefunden, das ihn in Gefahr gebracht hatte?«

»Gut möglich. Aber was hat das mit dem Firó, dem Schatz und den Schwestern Hidalgo zu tun?«

Gual zuckte die Schultern, sah schweigend aus dem Fenster, begutachtete die frisch gestutzten Platanen des Carrer de Centre.

»Aber du hast recht, es ist auf jeden Fall eine Überprüfung wert.«

Guals Lächeln drückte Grübchen in ihre vollen Wangen. »Sobald wir den Geier gefunden haben, nehme ich mir die letzten Artikel von Medina noch einmal vor. Vielleicht findet sich dort etwas Relevantes.«

Schweigend manövrierte Lluc das Auto durch die Gassen des Dorfkerns und parkte den Jeep in der Carrer del Bisbe Mateu Colom einige Meter vor der Bibliothek.

Seit Stunden gingen ihm die Weinhändlerin Teresa und ihre Aussage nicht aus dem Kopf.

Wieso erinnerte sich die Frau in dieser Präzision an ein Ereignis, das dreißig Jahre zurücklag? Das an Dramatik sicherlich von weitaus spektakuläreren überboten wurde?

Noch ein loser Faden, dem aber schnell Abhilfe geschaffen werden konnte. Der Carrer de Sa Lluna befand sich zwei Parallelstraßen weiter. Wenn Lluc sich beeilte, traf er Teresa noch im Laden an.

Sie stiegen aus dem Wagen, drei Autotüren fielen zu.

Bel und Gual traten vor das schmiedeeiserne Tor der Bibliothek.

»Geht ihr schon rein, und fangt mit der Suche an. Ich bin sofort zurück«, warf Lluc den verdutzten Frauen zu und rannte los.

Das Schild mit dem Aufdruck *cerrado*, geschlossen, hing schon in der Tür, doch war Teresas Rotschopf eindeutig im dunklen Innenraum zu erkennen.

Lluc klopfte ans Glas.

Die Weinhändlerin sah auf, schob die Lesebrille aufs Haar, lächelte und schloss auf.

»Sargento, welch Überraschung.« Sie schien ehrlich erfreut über seinen Besuch.

Verlegen kratzte Lluc sich das borstige Kinn. Er räusperte sich und kam zur Sache. »Ich war gerade in der Gegend und habe noch eine Frage zu dem Ereignis damals.«

Sie nickte und tackerte zwei Kreditkartenschnipsel an eine Rechnung.

»Mir ist aufgefallen, dass Sie sich unglaublich gut an die Vergangenheit erinnern, obwohl es fast dreißig Jahre her ist. Der Junge, die Frau. Wie kommt das?«

Meistens gab es etwas, ein Detail oder eine Besonderheit, was die Erinnerungen konservierte. »Der Sturz vom Fahrrad war sicherlich schmerzhaft, der Schaden ärgerlich. Aber nicht wirklich weltbewegend. War da vielleicht noch etwas anderes?«

»Portwein«, sagte sie mit Selbstverständlichkeit.

Lluc zog die Brauen zusammen, doch auch das eröffnete ihm nicht den Sinn der Aussage. »Ich verstehe nicht.«

»Ich hatte schon immer ein Faible für Wein. Burgunderrot ist meine Lieblingsfarbe.« Sie zupfte an einer widerspenstigen Strähne ihres Haars. »Egal ob in der Flasche, im Glas oder auf dem Tisch.« Sie grinste, zuckte mit den Schultern. »Der Junge hatte einen Portweinfleck«, sie zeigte auf ihre rechte Halsseite. »Auf seiner hellen Haut sah es aus wie verschütteter Rotwein auf einer weißen Tischdecke.«

Portweinfleck? Der Begriff sagte Lluc nichts.

Teresa schien seine Irritation zu bemerken. »Man nennt sie auch Feuermale. Ein riesiges Feuermal auf dem Hals. Als Weinhändlerin vergisst man so etwas nicht so schnell.«

Das Blut in Llucs Ohren rauschte.

Hastig verabschiedete er sich von Teresa, versprach, bald wiederzukommen, und verließ eiligen Schrittes die Einkaufsstraße.

Die vage Ahnung in seinem Kopf konkretisierte sich.

Davids Video.

Die letzte Einstellung in dem Kurzfilm, mit dem sie bisher nichts hatten anfangen können, zeigte ein Glas Rotwein auf einem Tisch, das umfiel. Der Zuschauer beobachtete, wie der tiefrote Fleck sich auf der hellen Tischdecke ausbreitete, bevor das Video einige Sekunden später endete.

Genau wie Teresa beschrieben hatte.

Portweinfleck.

Burgunderrot auf hellem Grund.

Zwei Straßen weiter in der Carrer del Bisbe Mateu Colom brannte Licht im herrschaftlichen Gebäude, als er außer Atem den Eingang erreichte. In Erwartung seiner Ankunft war die Tür unverschlossen.

Lluc wandte sich zur Empfangstheke, wo eine Dame

Bücher auf einen Rollwagen stapelte und auf einem Papier abzeichnete. Dem bitteren Zug um ihren Mund und den gespitzten Lippen zufolge schien sie wenig erfreut über die Überstunden.

»Sie müssen der Sargento der Guardia Civil sein, auf den die zwei Damen warten«, sagte sie und sah ihn abschätzend über den Rand ihrer an einer Perlenkette hängenden Goldrandbrille an. »Ihre Kolleginnen sind dort hinten in der historischen Abteilung.«

»Genau genommen habe ich eine zweite Anfrage, die ich ohne Ihre Hilfe nicht bewältigen kann, fürchte ich.« Er steckte seine ganze Bedürftigkeit in sein Lächeln, wie er es bei Bel beobachtet hatte in der Hoffnung, wenigstens einen Bruchteil des Effekts der Gräfin zu erzielen.

Die verschlossene Miene der Frau wurde tatsächlich weich, ihre verkniffenen Lippen formten ein Lächeln. Seufzend legte sie Papier und Stift beiseite: »Dann wollen wir unserem Freund und Helfer mal zur Hand gehen. Was brauchen Sie?«

Eine gute Frage. Leider hatte er nur diese vage Ahnung , ohne Garantie, dass sie die Ermittlung in irgendeiner Hinsicht weiterbrachte.

Doch wenn David es ebenfalls für wichtig genug gehalten hatte, die Anspielung in seiner Botschaft einzubauen, war es einen Versuch wert.

Wer war der Junge mit dem Portweinfleck? Es musste jemand aus dem Dorf gewesen sein. Eine solch prominente Hautveränderung konnte über die Jahre nicht unbemerkt geblieben sein, irgendjemandem war sie aufgefallen.

Ein Schuss ins Blaue.

Sicherlich bewahrte die Bibliothek alte Zeitungsberichte über Schulaufführungen auf. Fotos vom alljährlichen Krippenspiel, von den Osterumzügen oder der Zeremonie der *Personajes históricos* in der San-Bartomeu-Kirche, die jedes Jahr vor dem Firó stattfand. Lluc konnte sich an seine Schuljahre erinnern, in denen er die Gunst von Pater Gerardo für die Rolle des mittelalterlichen Standesbeamten eingeholt hatte. Natürlich war der Auftritt gebührend dokumentiert worden, auch wenn er es damals nicht in die Lokalzeitung geschafft hatte. Dafür hatten seine Mutter, Tanten und Großeltern dieses Defizit durch ein Dutzend verknipster Filme mit ihren Codac-Disc-Fotoapparaten mehr als wettgemacht.

Die Bibliothekarin schien genau zu verstehen, was er suchte, und zehn Minuten später saß Lluc vor einem Monstrum von Mikroform-Monitor und kämpfte sich durch Mikrofiches alter Zeitungsberichte.

Mittlerweile schien die Dame Gefallen an ihrem neuen Helfersyndrom zu finden. Sie beugte sich über den Monitor, zwinkerte Lluc zu. »Sagen Sie Bescheid, wenn Sie damit durch sind. Dann bringe ich Ihnen die nächsten fünf Jahre.«

Lluc nickte dankbar, machte sich an die Arbeit.

Die erste Fuhre von 1978 bis 1983 brachte keine Erkenntnis.

Ebenso wenig wie die folgende.

Zweiundzwanzig Minuten später, beim dritten Anlauf, wartete die erste Überraschung.

40

Eilige Schritte auf dem Mittelgang schreckten Lluc aus seiner Starre.

Die tänzelnde Beschwingtheit, mit der Gual an Regalen vorbei auf Llucs Arbeitsecke zulief, ließ darauf schließen, dass sie gute Nachrichten hatte.

»Wir haben es gefunden.« Trotz ihrer Müdigkeit leuchteten Guals Augen wie blaue Sonnen. Sie hob ein ledergebundenes Buch der Größe eines Atlasses in die Luft, legte es mit einem Plumpsen auf dem Tisch neben Llucs Monitor ab. Die gold imprägnierte Schrift leuchtete im Schein der Halogenlampen. *De Natura tramuntanae.*

»Was ist los?« Gual musterte ihn stirnrunzelnd und wies mit dem Kinn auf den Bildschirm. »Was machst du da?«

»Ich erhole mich gerade von einer Überraschung.« Er sah an Gual vorbei. »Wo ist Bel?«

Die Kollegin deutete mit dem Daumen in Richtung Fenster nach draußen, wo das Licht des Spätnachmittags allmählich der Dunkelheit wich. »Sie ist kurz mal raus. Irgendein wichtiger Anruf.« Gual zuckte mit der Schulter. »Was hast du gefunden?«

Llucs Blick folgte ihrem Finger hinaus durchs Fenster auf einen leeren Innenhof. Pappeln, ein Kiesweg, säuberlich gestutzte Büsche, keine Bel. Er runzelte die Stirn, fokussierte sich dann auf seine Neuigkeiten. »Wusstest du, dass Madrugada in Sóller zur Schule gegangen ist?«

»Was? *Unser* Madrugada?« Gual zuckte zurück.

»Ich kenne keinen anderen.«

»Unmöglich. Das hätten wir doch mitbekommen, wenn er im Dorf groß geworden wäre.« Gual schürzte die Lippen.

»Altersmäßig liegt er zwischen dir und mir. Kann schon sein, dass seine Klassenstufe an uns beiden durchgerutscht ist. Die Familie ist dann nach Palma gezogen, als er in der siebten oder achten Klasse war.« Lluc lehnte sich in seinem Stuhl zurück. »Das würde auch den vertraulichen Umgang mit dem Verleger Luís Rodriguez erklären, der mir schon bei dem Rathausempfang aufgefallen ist.« Luís' Familie stammte ebenfalls aus dem Dorf und hatte den Jungen zumindest in den Kindergartenklassen im Tal zur Schule geschickt, bevor noblere Privatschulen in Palma und ein Internat in Madrid für die adäquate Ausbildung gesorgt hatten.

»Aber was hat das mit den Morden zu tun?«

Lluc kratzte sich nachdenklich am Kinn. »Vermutlich nichts.« Allerdings war das eine interessante Wendung.

Doch bisher hatte die Fotorecherche nichts ergeben. Keine Kinder mit Hämangiom, laut Google der medizinische Begriff für Feuermale. Halstücher und hochgestellte Kragen der historischen Verkleidungen erschwerten jedoch eine Aussage. Dabei war er überraschenderweise auf einen zwölfjährigen Madrugada gestoßen, der lachend den Segen des Geistlichen entgegennahm.

Gual kehrte zum Ausgangspunkt zurück. »Ich meine jedenfalls, das Versteck zu kennen.« Sie tippte auf den Atlas und grinste. »Du hattest recht. Glücklicherweise ist nur ein

Kapitel diesem Geier gewidmet, sodass wir es schnell gefunden haben.« Ein zwischen die Seiten gestecktes Papier markierte die besagte Stelle. »Es liegt bei Sa Calobra.«

»Hervorragende Arbeit. Wenn wir jetzt bloß noch David logisch in die Geschichte integrieren könnten.«

Gual schlug sich mit der flachen Hand auf die Stirn. »Apropos David. In der Aufregung mit dem Piratenschatz habe ich vergessen, dir eine Nachricht von Fina weiterzuleiten. Auch wenn ich keine weltbewegende Relevanz für das Weiterkommen in unserem Fall erkennen kann.«

Lluc setzte sich interessiert auf. »Was ist es?«

»Fina ist das Bewegungsprofil von Davids Handy in der letzten Woche durchgegangen. An dem Morgen seines Todes war er auf einer Veranstaltung, die der *El Mundo Baleares* organisiert hatte.«

Die Räder in Llucs Kopf standen still. »Die Zeitung, bei der sein Vater gearbeitet hat? Was hat er denn dort gemacht?«

»Genau die.« Gual scrollte in ihrem Handy, bis sie Finas Nachricht gefunden hatte. »Es war eine Veranstaltung über die Zukunft des investigativen Journalismus. So eine, an der alle Mitarbeiter des Verlags teilnehmen und zu der sich auch externe akkreditierte Reporter anmelden konnten. Mit Brunch, Begrüßungsrede vom Konzernchef Luís Rodríguez persönlich, der ganze Schmu eben.« Sie sah auf, vergewisserte sich Llucs Aufmerksamkeit. »Wir haben keinen Schimmer, ob es etwas bedeutet, aber Fina fand, dass es erwähnenswert sei.«

Was machte ein Achtzehnjähriger, der nichts mit Journalismus zu tun hatte, auf einer Sitzung über investigativen Journalismus? Und das an einem Morgen, den das ganze

Dorf in Vorbereitung auf das Fest mit Vorglühen im Kostüm verbrachte? In der Tat merkwürdig.

Gual sah sich in der stillen Bibliothek um. »Wo bleibt eigentlich Bel? Scheint ja ein schwieriges Telefongespräch zu sein.«

Lluc folgte ihrem Blick hinaus auf den Hof, doch die einfallende Dunkelheit verhinderte, dass er viel sah.

»Was kann David also auf dieser Sitzung gewollt haben?«, kam Gual auf das Thema zurück. »Es *muss* sich um irgendeinen der Artikel seines Vaters handeln.« Gual blätterte in ihrem Notizbuch, fand die gesuchte Seite und las vor: »Die letzten drei Veröffentlichungen: der Skandal über die illegalen Baugenehmigungen in Calviá neu aufgerollt, die Konsequenzen der Freigabe des Sóllertunnels, die Vergabe von Regierungsaufträgen ohne regelmäßige Ausschreibung.« Sie klappte das Notizheft zu. »Das waren seine letzten Artikel. Nichts Neues, Weltbewegendes oder Erschütterndes. Irgendetwas übersehen wir.«

Statt einer Antwort drängte sich das Foto aus Davids Postmortem-Instagrambeitrag in Llucs Gedanken. Während er das Bild in seinem Telefon aufrief, teilte er Gual die Erinnerungen der Weinhändlerin Teresa mit und brachte die Kollegin auf den neuesten Stand.

Gual spitzte die Lippen. »Ein Feuermal? Ich kenne diese Hautveränderungen unter dem Begriff Storchenbiss. Ein Junge in meiner Parallelklasse hatte einen, allerdings an der Wade. Das zählt ja wohl dann nicht?«

»Nein. Teresa sagte ausdrücklich am Hals.«

Gual trommelte mit den Fingern auf dem Buchdeckel des dicken Tramuntana-Schinkens. »Die Weinszene in dem Video könnte tatsächlich der Hinweis auf so ein Feuermal sein. Vor allem, weil David die Information von Teresa hatte und sie es explizit mit verschüttetem *Vino tinto* verglichen hat.«

Müde senkte Lluc die hinter dem Kopf verschränkten Arme. »Mein Gehirn schmilzt. Uns bleibt nichts anderes, als der Spur nachzugehen.« Er konzentrierte sich auf das Bild vor ihm auf dem Tisch. Starrte den elegant in Sakko und Hemd gekleideten David und seinen Vater an, die sich bei einem festlichen Event mit Sektgläsern zuprosteten.

Lluc runzelte die Stirn, vergrößerte das Bild.

»Schau dir den Hintergrund an.« Er schob Gual das Handy über dem Tisch zu und tippte auf das Display.

»Eine Pressetafel?« Sie starrte auf das rautenförmige Logo, zog es größer, pfiff durch die Zähne. »El Mundo Baleares.«

»Wenn wir davon ausgehen, dass David mit diesem Post eine Nachricht senden wollte, zählt jedes Detail. Er hätte schließlich auch ein Foto mit seinem Vater auf dem Boot, am Strand oder einfach vor dem Fernseher hochladen können.« Gemeinsam starrten sie auf das Bild, als würde sich eine geheimnisvolle zweite Ebene eröffnen.

»Ich lande wieder bei einem seiner Artikel. Der Schlüssel zu dem Ganzen muss darin versteckt liegen«, sagte Gual und lehnte sich entmutigt auf ihrem Stuhl zurück. »Ich klemme mich dahinter, was die Themen des Workshops am Montag waren.«

»Lass doch bitte Fina anfragen, unter welchem Namen David an dieser Veranstaltung teilgenommen hat. Ich wette, es war Juan Carlos Romero.« Der Name, den er für den gefälschten Ausweis gewählt hatte.

Gual schob geräuschvoll den Stuhl zurück. »Wird erledigt, ich rufe sie gleich an. Und schaue nach, wo Bel bleibt.« Sie warf einen Blick auf die große Wanduhr, die über einem Ständer mit Landkarten hing, zog eine Augenbraue hoch und verschwand in den Gängen des Bücherlabyrinths.

David, Konferenz, Storchenbiss, Piratenschatz. Llucs Gedanken wirbelten durcheinander.

Wie hing nur alles zusammen?

Er massierte seine pochende Stirn.

Seufzend zog er den letzten, von der Bibliothekarin bereitgestellten Kasten mit Mikrofiches heran. Die weitere Suche schien nicht vielversprechend, doch in Ermangelung anderer Spuren konnte er sie ebenso abschließen. Ein Kasten war schnell erledigt.

Artikel um Artikel arbeitete er sich vor, scrollte alte Berichte, überflog körnige Schwarz-Weiß-Fotos.

Die Taufe des Sohnes des Bürgermeisters von 1988, die Hochzeit von Adolfo Piqueras ein Jahr später, die obwohl sie in der Forteza-Finca bei Pollença stattgefunden hatte, trotzdem im Lokalanzeiger Sóllers Erwähnung fand. Das schillernde Liebesleben berühmter Schlagersänger stieß in dörflichen Umgebungen eben auf besonderes Interesse.

Seine Augen juckten, sein Kopf pochte. Die Melodie von Piqueras' Hit *Qué hiciste* im Ohr blätterte Lluc den nächsten Artikel vor die Linse.

Es war ein Bericht über die *Fiesta de la Virgen del Carmen* in der Marinebasis im Hafen, die den Treffer erzielte.

Zu dem Fest, das eine Huldigung an die Schutzpatronin der Fischer darstellte, trafen sich die Menschen in ganz Spanien zu einer Open-Air-Messe, um dann in einer Zeremonie aufs Meer hinauszufahren. Der Junge stand in einem teuren Sonntagsanzug vor dem blumengeschmückten Boot, hielt zwei Opferkerzen in den Händen und lächelte unsicher. Mit schräg gelegtem Kopf posierte er für eine andere Kamera, ohne den zweiten Fotografen zu bemerken, der das Artikelfoto von der Seite geschossen und das Feuermal in seiner vollen Größe eingefangen hatte. Dunkel ergoss es sich auf der blassen Haut, wie verschütteter Rotwein. Genau wie von Teresa beschrieben.

Lluc starrte auf die Bildunterschrift. Blinzelte ungläubig, rieb sich die juckenden Lider. Dann wandte er sich dem vergilbten Artikel zu, las die Fotolegende. Staubpartikelchen tanzten vor Llucs Augen, als er sich zurücklehnte und den Blick in die Ferne schweifen ließ. Gemächlich, in feinen Hüpfern bewegte sich der Sekundenzeiger der riesigen Wanduhr über dem Empfangstresen von der zwei auf die drei. Als der Zeiger die Sechs erreichte, stemmte Lluc die Füße in den Boden und setzte sich aufrecht hin.

Seine anfängliche Ahnung hatte sich nicht bewahrheitet. Er hatte falschgelegen.

Doch die Wahrheit erschien viel erstaunlicher und ließ ihn sprachlos zurück. Und die Puzzleteile fügten sich endlich zu einem Bild.

Ein Plan nahm in seinen Gedanken Gestalt an, während er die Nummer des Bürgermeisters von Palma wählte.

Lluc betete, sich nicht zu verzocken. Zu viel stand auf dem Spiel, und das Letzte, was sie sich leisten konnten, war eine weitere Leiche.

Es würde eine lange Nacht werden. Wieder einmal.

Qué hiciste – was hast du getan?

41

Bel drückte das Gespräch weg und starrte auf den Bildschirm, bis die Beleuchtung erlosch.

Nachdenklich trommelte sie mit dem Handy auf ihrer Handfläche. Verdammte Scheiße. Das ging alles viel schneller, als sie erwartet und vorhergesehen hatte. Selbst die Eckpfeiler ihrer zugegebenermaßen rudimentären Planung musste sie nun umschmeißen. Genau deshalb steckte sie nie übermäßige Energie und Einsatz in Pläne. Das Leben kam einem doch immer in die Quere.

Dunkelheit hatte sich über das Dorf gelegt und hüllte den Vorhof der Bibliothek ein. Außer dem Ruf eines Kauzes aus den Wipfeln der Pappeln herrschte Stille. Nur das erleuchtete Fenster, das zur Rezeption der Bibliothek führte, deutete auf Leben und andere Menschen.

Trotz des warmen Abends fröstelte Bel.

Das Vorhaben, das sie auf die Insel geführt hatte, war mehr als von Erfolg gekrönt. Die Hoffnung, die alte Ahnenlinie zu finden, mit dem positiven Nebeneffekt, ihrem Leben in Madrid für kurze Zeit zu entfliehen, hatte ihr als Sahnehäubchen noch die Entdeckung eines verschollenen Familienschatzes geliefert. Nun gut, noch nicht wirklich, aber praktisch so gut wie. Laut Gual waren die vom Mönch hinterlassenen Beschreibungen einem eindeutigen Ort zuzuordnen. Wie schwer konnte es sein, ein verdammtes Loch im Gestein zu finden, das zu einer Höhle führte?

Ein knisterndes Geräusch ließ Bel herumwirbeln. Ihr pochendes Herz stolperte, beruhigte sich aber schnell, als eine zusammengeknüllte KitKat-Verpackung vom Wind durch die Luft geweht wurde.

Sie lächelte. Es lief glatt – wäre da nicht das Problem mit dem Timing, das alles verkomplizierte. Und natürlich der ganze unerfreuliche Rest.

Seufzend stützte sie die Hände auf das schmiedeeiserne Geländer des Sprossenfensters der Bibliothek und spähte in den hell erleuchteten Raum. Die Rezeption war unbesetzt, der Saal leer.

In der Studierecke steckten die beiden Polizisten – nach Guals Gesten zu schließen – die Köpfe in einer heftigen Diskussion zusammen.

Bel mochte die verschrobene Mallorquinerin. Sie lächelte bei dem Gedanken an die mit blauer Mascara verklebten Wimpern. An das missbilligende Zusammenpressen ihrer perlmuttfarbenen Lippen im Versuch, sich in Höflichkeit zu üben, um dann doch die Klappe nicht halten zu können und ihren Senf dazuzugeben.

Beide Polizisten drehten sich nun zu ihr herum. Die Blicke leer und suchend, ohne ein Erkennen.

Sie musste schleunigst zurück in die Bibliothek, wenn sie keine Aufmerksamkeit erwecken wollte.

Bevor sie sich abwandte, warf sie diesem Sargento Lluc einen letzten unbeobachteten Blick zu. Dunkle Haare, an den Schläfen ergraut, so groß, dass er ihre ein Meter fünfundsiebzig selbst in Absätzen noch überragte – ungewöhnlich für diese Insel mit ihren eher kleinwüchsigen Bewohnern.

Der Mann spielte in einer anderen Liga. Gefährlich. In vielerlei Hinsicht. Nachdenklich knetete Bel ihre Unterlippe. Sie musste sich in Acht nehmen.

42

Nuria zog die Schublade des Kleiderschrankes auf und zu, nur um das Geräusch zu hören.

Schschscht. Beruhigend, glatt, mühelos.

Noch immer hatte sie sich nicht an die Stille der Wohnung gewöhnt und verbrachte so wenig Zeit wie möglich in dem schicken Apartment in der Gran Vía. Schnell frische Klamotten holen, den Hibiskus gießen, Post checken.

Federico war eine lebende Geräuschkulisse gewesen. Atmen und quatschen hatten für ihn untrennbar zusammengehört.

Was zu Beginn ihrer Beziehung noch scherzhaft die Frage nach seinem Ausschaltknopf ausgelöst hatte, war später zu einer Auslotung ihrer Toleranzgrenze mutiert. Sie hatte keinen Mann gewollt, der mehr redete als sie.

Doch nun herrschte diese Stille, die zu Nurias Überraschung noch unerträglicher war. Und so viel lauter.

Fast vulgär in ihrer Aufdringlichkeit.

Sie hatte es mit Ohrstöpseln versucht– immerhin erzeugte das wenigstens dieses wohlige Rauschen einer Muschel.

Doch selbst durch den porösen Schaumstoff des Ohropax war das Kreischen der Stille gekrochen.

Erneut zog Nuria die Schublade auf, ließ sie dieses Mal offen. Federicos Unterhosen, allesamt schwarz, stapelten sich ordentlich zusammengelegt in zwei Reihen wie in einem Unterwäschegeschäft.

Ihre Hand grub einen Tunnel unter die militärische Ordnung, bis sie auf Widerstand stieß. Nuria atmete erleichtert aus wie jedes Mal, wenn sie sich vergewissert hatte, dass sich noch alles an seinem Platz befand. Es war zu gefährlich, die Sachen mussten weg.

Sie nahm sie heraus, schloss die Schublade, setzte sich aufs Bett und starrte auf das Notizheft und den mit Gummiband zusammengehaltenen Geldbatzen in ihrer Hand. Geldscheine, mittig gefaltet, so dick wie ein Ziegelstein. Hauptsächlich lila, einiges in Gelb und wenig Grünes.

Die Fünfhunderter zitterten in ihrer Hand, als sie den Betrag abzählte. Sie verhedderte sich, begann von vorne, kam zum wiederholten Mal bei fünftausend an, begann von Neuem.

Mindestens die dreifache Menge verblieb ungezählt. Entmutigt knüllte sie die Scheine wieder zusammen, fixierte das Gummi und warf ihn aufs Bett. Dreckiges Blutgeld.

Die welligen Blätter des vollgekritzelten Notizhefts knisterten, als Nuria den blauen Deckel aufklappte.

Federicos kleine enge Schrift füllte die Seiten, was das Entziffern zu einer Herausforderung gemacht hatte. Doch mittlerweile kannte Nuria den Inhalt der Pfeildiagramme, Pläne und Listen auswendig.

Wütend pfefferte sie das Heft neben das Geld auf den cremefarbenen Bettüberwurf. Die Erfahrung hatte sie gelehrt, dass Wut nur Trauer verdeckte. Schmerz, dem sie sich letzten Endes stellen musste. Sie vergrub das Gesicht in ihren Händen, wo die wohlige Dunkelheit einen winzigen

Moment der Geborgenheit spendete. Nuria atmete tief ein und ließ ihren Tränen freien Lauf.

Wie hatte es so weit kommen können? Wann war es so aus dem Ruder gelaufen? Es war zu spät. Alles ein einziger, großer Fehler.

Doch Fehler ließen sich korrigieren.

In der Hoffnung, nicht die nächste Dummheit zu begehen, erhob Nuria sich von der Bettkante, durchquerte Schlafzimmer und Diele, wo ihr Handy auf der Kommode neben dem Eingang lag. Jeder Schritt entlockte dem Fischgrätenparkett ein Knarzen, als wäre es uralt. Wie ein Gruß von Federico, der den Boden erst vor zwei Jahren eigenhändig verlegt hatte.

Ein Wohnungsverkauf stand als Nächstes ganz oben auf der Liste. Sie musste die verdammte Bude so schnell wie möglich loswerden, ein neues Kapitel in ihrem Leben aufschlagen. Nein, am besten gleich ein neues Buch.

Das Display ihres Telefons zeigte nichts an. Instagram hatte sie seit Tagen nicht mehr bedient, und die Beileidsbekundungen und guten Wünsche ihrer Freunde waren ebenfalls abgeebbt. Das Leben ging weiter, *Business as usual.*

Endlich hatte sie die Nummer gefunden.

Nuria wählte, lauschte dem kaum vernehmlichen Klingeln am anderen Ende.

Als abgenommen wurde, atmete sie erleichtert auf. »Wir müssen reden.«

43

Madrugada beendete das Gespräch und ließ das Telefon in der Hosentasche verschwinden.

Während er die Melodie des Adagios von Albinoni mitsummte, die in einer Celloversion aus strategisch verteilten Sonos-Lautsprechern hallte, musterte er sich vor dem großen Wandspiegel im Hausflur. Schwarze Hose, dunkelgrauer Sweater. Selbst seine naturblonden Haare erschienen durch das Gel dunkler. Perfekt angepasst an die Erfordernisse der nächsten Aktion.

Zufrieden lachte er sein Spiegelbild an und schloss den Mund sofort. Zu hell, zu auffällig. Seine Zähne waren sein ganzer Stolz, die er lieber bei Degustationsmenüs mit einem seiner Dates präsentierte. Während des Zwischengangs beim Sorbet, um sein Gegenüber für die nächste Geschmacksexplosion vorzubereiten. Und natürlich danach, als Ouvertüre in den letzten Gang, den sie dann bei ihm zu Hause verköstigten, während seine Lautsprecher ein italienisches Streichorchester live in sein Schlafzimmer versetzten.

Er schmunzelte, bemüht, es dieses Mal mit geschlossenem Mund zu bewerkstelligen, und seufzte über die Leiden des schöngeistigen Menschen in einer Welt der Verblendung.

Seine lang vorbereitete Mission war in die kritische Phase

getreten. Ihr Erfolg hing jetzt vom letzten notwendigen Schritt ab.

Ging das schief, war alles umsonst gewesen. Die Mühe, die Planung. Und nicht zuletzt die Opfer, die leider jeder gute Zweck als Mittel heiligte.

Er strich sich das dünne Haar aus der Stirn, entschied sich um und ließ es wieder ins Gesicht fallen. So verdeckte es mehr dieser blassen Haut, die, wenn zu viel entblößt, bei ihm das unerträgliche Gefühl von Nacktheit auslöste – ein Tick, mit dem er gelernt hatte umzugehen. Verstecken schrieb die Geschichte seines Lebens, Unauffälligkeit sein Motto. So war es immer gewesen. Trotz Status, Aufklärung, kosmetischen Fortschritts und Erklimmens der Karriereleiter hatte das Erwachsenenalter daran wenig geändert.

Er würde immer der kleine Junge bleiben, der anders war. Manche Triebe setzten Wurzeln. Aus der Ecke heraus, aus den Schatten der Heimlichkeit – das war sein Modus Operandi. Das Erfolgskonzept, mit dem er stets auf der Gewinnerseite gelandet war. Und Madrugada hätte keinen besseren Job dafür wählen können.

Das Leben händigte einem die Karten aus, seine Aufgabe war es, das ihm zugewiesene Blatt zu spielen.

Madrugada sah auf die Uhr. Zeit zu gehen. Die Nacht würde lang werden.

Er nahm den seidigen Schal vom Haken, ließ den weichen Stoff durch seine Finger gleiten. Obwohl er stets die feinsten Klamotten trug, legte er auch dort auf dezente Unauffälligkeit Wert. Niemand im Revier musste wissen, dass es sich bei seiner einfachen schwarzen Jeans um beste Designerware handelte, die einen beachtlichen Teil seines Monatsgehalts auffraß.

Doch diesem Schal sah selbst ein Banause der Guardia Civil an, was für eine Summe er im Corte Inglés dafür hingeblättert hatte. Aus dünnstem Kaschmir, selbst im Sommer tragbar. Für seinen Tick zahlte er gerne, Rollkragenpullover beengten ihn.

Sein Hals leuchtete hell und auffällig im Spiegel.

Lächelnd band er sich den Schal um.

Bereit. Nahm Schlüssel und Handy von der Konsole.

Öffnete die App ein letztes Mal, überprüfte die Koordinaten.

Er zog den Hut vor den Generationen vor ihm, die alles ohne diese kleinen Hilfsmittelchen hatten bewältigen müssen.

Neue Zeiten, neue Werkzeuge, neue Herausforderungen.

Das Alarmsystem war schnell aktiviert.

Er schloss nicht ab, als er die Wohnung verließ.

44

Der Bug des kleinen Motorboots zerschnitt tosend die dunkle Oberfläche des Wassers, wich gekonnt größeren Wellen aus.

Isabel checkte die Zeit. Kurz vor sechs Uhr. Morgendliche Kühle lag über dem Meer. Sie fröstelte, zog den Reißverschluss der dünnen Windjacke zu, das Käppi tiefer in die Stirn, unter dem sie ihre Haare zu einem Dutt gebunden hatte.

Die Sonne versteckte sich noch hinter dem Horizont, doch Vorboten ihres Lichts verdrängten die schwindende Dunkelheit der Nacht. Die Konturen der Felsküste formten sich zu einem Bild, offenbarten Details und Farbe.

Catalina Hidalgo blickte grimmig über das Steuer, das lederne Lenkrad fest in der Hand, die Lippen zusammengepresst. Der blonde Zopf flatterte nervös im Fahrtwind, ein Sinnbild ihrer Stimmung.

»Bist du okay?«, fragte Bel besorgt. Ernste Zweifel über die in der Nacht gefällte Entscheidung keimten auf. Trotz allem schlummerte in ihr noch immer ein Gewissen. Das Mädchen war so jung, nach dem schweren Schicksalsschlag ungeeignet, Bel bei dem waghalsigen Unternehmen zu helfen. Doch sie hatte keine Wahl.

Überredung hatte es nicht gekostet, die Kleine hatte sich

nicht abbringen lassen, sich förmlich aufgedrängt, Bel zu begleiten. Ihre Schwester sollte nicht umsonst gestorben sein.

Das Mädchen sah sie mit leerem Blick an, nickte wortlos.

Der Wind trug Bels Seufzer aufs Meer hinaus.

Ihre Zusammenkunft war riskant. Verdammnis oder Segen. Doch nur gemeinsam konnten sie den Ort finden. *Vereint gegen den Feind* poppte Bel in den Kopf, erzeugte ein hysterisches Kichern. Wobei der *Feind* je nach Situationserfordernis unterschiedliche Gesichter annahm.

»Ich weiß nicht, ob wir das Richtige tun.« Catalinas Zuversicht bröckelte.

»Wir haben keine Wahl. Alles oder nichts.«

»Dann alles.«

Bis spät in die Nacht hatten sie zusammengesessen, den Plan entworfen, den Plot erdacht. Jetzt musste das Leben nur noch dem Drehbuch folgen.

Der Schatz der Falcós.

Bels verschollene Vorfahren.

Was auch immer sie fanden, Bel war die rechtmäßige Eigentümerin. Beziehungsweise ihre Familie, doch warum kleinlich sein?

Die einzige Schwachstelle waren die genauen Koordinaten der Höhle. Doch dieser Sargento und seine Kontakte schienen an der groben Beschreibung nicht zu zweifeln. Bevor ein Unberechtigter das Versteck fand, würde Bel sich holen, was ihr ordnungsgemäß zustand.

Wer hätte geahnt, dass die Flucht auf diese Insel ihr solche Abenteuer bescheren würde?

Catalina drosselte die Geschwindigkeit. »Dort drüben ist Sa Calobra.« Sie zeigte auf die Bucht vor ihnen. Der Ort, wo fast fünfhundert Jahre zuvor dieser Mönch den größten Brutplatz der inselansässigen Geierart entdeckt hatte.

Das Zodiac näherte sich den Felsen, die sich in schwindelerregender Höhe über ihnen auftürmten.

Hinter Sa Calobra gab es bis zur Gegend um Pollença nur unbewohnte Küste und freie Natur.

Die Sonne war mittlerweile aufgegangen und spiegelte sich rot und orange auf der silbrigen Oberfläche des Meeres. Ausreichend Tageslicht, um das von Wind, Wetter und Wellen zerfressene Kalkgestein der Felsen mit seinem zerfurchten Relief zu offenbaren. Muster, Zeichnungen, groteske Figuren – das zerklüftete Steinmassiv wirkte wie eine Hausfassade von Gaudí.

Der Fahrtwind ließ nach. Bel wagte es, die Karte auszubreiten.

»Wir müssen nach dem Profil Gottes suchen.«

»Ich habe keine Ahnung, wie Gott aussieht, geschweige denn sein Profil«, sagte Catalina durch zusammengebissene Zähne.

Bei dem Ton überkamen Bel wieder grobe Zweifel. Doch nun war es zu spät umzukehren. Sie würde ein wachsames Auge auf die Kleine haben. »Ich schätze, dass *Gott* synonym benutzt wurde. Wir suchen also etwas, das wie Jesus oder ein Heiliger aussieht. Oder irgendetwas anderes Kirchliches.«

Im Schritttempo tuckerten sie an den Felsen entlang, den Blick auf die rissigen Steinformationen gerichtet. Höhlen, Löcher, wohin das Auge reichte.

Doch nichts, was auch nur annähernd mit Gottähnlichem in Zusammenhang gebracht werden konnte.

Sie passierten einen Schlitz. Eine Vertiefung, deren Schatten einer Bergziege ähnelte.

Catalina sog laut die Luft ein. »Könnte es das sein?« Ihre Stimme war kaum mehr als ein Hauch.

Bels Blick folgte dem ausgestreckten Zeigefinger des Mädchens. Über ihnen in ungefähr fünfzehn Metern Höhe hatte die Witterung das Kalkgestein erodiert und etwas hinterlassen, das wie das Profil eines Mannes aussah. Spitzer Steingrat als Nase, ein tiefes Loch wie ein Auge, fliehendes Kinn. Schräg darunter befand sich eine Wellenmeißelung: Die in ein Gewand gehüllte Gestalt einer Frau, über ihrem Kopf eine kreisförmige Erosion, die sofort die Assoziation einer Marienstatue mit Heiligenschein hervorrief.

Trotz kühler Brise wurde Bel heiß. Ein Schweißfilm legte sich auf ihre Haut unter dem dünnen Stoff ihrer Jacke, befeuert von ihrem klopfenden Herzen.

Sie hatten die Stelle tatsächlich gefunden.

»Es ist zwar nicht das Profil Gottes, kommt dem aber frei interpretiert sehr nahe«, murmelte sie, nahm ihr Telefon und schoss ein Foto. »Fahr ran, hier muss irgendwo ein Eingang sein.«

Beide Frauen konzentrierten sich auf die Feinheiten des Gesteins. Sargento Lluc hatte von ins Massiv gehauenen Stufen berichtet, die zu einem berühmten Schmugglerversteck bei Sa Costera führten.

Zentimeter für Zentimeter suchte Bels Blick das Relief des Felsens ab, fahndete nach einer Höhle, Treppe, Rampe oder etwas anderem, das auf einen Zugang hindeutete.

Doch außer dem kleinen Auge des Profils, gerade groß genug, einem Greifvogel Zuflucht zu gewähren, befand sich keine Pforte in dem Gesteinsabschnitt. Nur fünfzig Meter steile Felswand, die sich dann weiter oben in grünen Berggipfeln fortsetzte.

Unterhalb der Marienzeichnung ragte ein Felsvorsprung aus dem Wasser.

Das Zodiak glitt heran. Bel kletterte auf den Bug, stieß sich mit dem Bootshaken von den scharfkantigen Spitzen der Felsen ab und verhinderte so einen Zusammenprall mit dem Gestein. Beim Zurückweichen bemerkte sie aus dem Augenwinkel die dunkle Linie einer Spalte, die sie fast übersehen hätte. »Warte mal. Da ist was. Fahr langsam zurück.«

Getrieben von den Wellen der Strömung, trieb das Boot fort. Catalina steuerte dagegen, legte den Rückwärtsgang ein.

»Warte.« Bel signalisierte ihr, in den Leerlauf zu schalten.

Eine größere Welle schob sich unter das Schlauchboot, drehte den Bug und brachte es wieder auf Kollisionskurs mit den Felsen.

»Ich muss zurück, sonst keilen wir uns fest. Hier ist Dünung.« Catalina wandte sich um, schätzte die Distanz ab, hantierte gekonnt mit dem Schalthebel.

»Warte.« Bel starrte auf die dunklen Schatten zwischen den Gesteinsschichten am Wasser. Hatte sie richtig gesehen? »Kannst du dort ranfahren?«

Eine weitere Welle peitschte heran, trieb sie in großem Satz auf die dunkle Wand zu.

Catalina presste die Lippen zusammen, steuerte dagegen, spielte mit Vorwärts- und Rückwärtsgang, schrie auf, als eine Welle über den Rand des Schlauchbootes klatschte und ihr rotes Fleece mit dunklen Flecken benetzte.

Eine Möwe solidarisierte sich, kreischte auf und tauchte im Sinkflug neben ihnen ihren Schnabel ins Wasser.

Bel krallte sich an den am Bootsrand eingelassenen Riemen fest und kniff die Augen zusammen.

»Catalina, dreh bei.«

Was von vorne wirkte wie ein ins Wasser ragender Felsvorsprung, war in Wirklichkeit ein getrennter Steinbrocken, der einen etwa drei Meter breiten Spalt zum Küstenmassiv ließ. Und dahinter – ein Höhleneingang!

Bels Herz stampfte Flamenco.

»Hier ist es. Wir müssen hinter diesen Felsen.« Die konvexe Form des vorderen Gebildes verbarg vollständig die Doppelformation. Zu späteren Wiedererkennungszwecken schoss Bel erneut ein Foto der Stelle.

»Wahnsinn. Man kann es von vorne gar nicht sehen«, staunte Catalina. Glücklicherweise hatten sie das sechs Meter kleine Schlauchboot der Hidalgos für ihre Fahrt genutzt, das das Mädchen nun souverän in den Zwischenraum steuerte.

Der Eingang zur verdeckten Höhle war schmal, gerade breit genug, sie passieren zu lassen.

Die Luft roch nach Salz und Seetang. Dahinter herrschte absolute Finsternis.

»Da sollen wir rein? Bist du sicher?« Verunsicherung schwang in Catalinas Stimme. Sie starrte in den finsteren Eingang, legte den Kopf schräg, als würde sie lauschen, doch außer dem Klatschen kleiner Wellen gegen das Gummi des Bootes herrschte Stille. Aus einem Fach unterhalb der Steuerkonsole zauberte sie eine riesige Maglite hervor und leuchtete in den Höhleneingang.

Bel aktivierte die Taschenlampe ihres Handys. »Solange wir nicht stecken bleiben, kommen wir auch wieder heraus. Das Boot passt durch.«

Der Strahl der Leuchte schnitt einen Kegel in die Dunkelheit, offenbarte einen größeren Hohlraum als erwartet.

Mindestens zehn Meter tief und mehrere Meter hoch. Durch die geschützte Lage herrschte hier kaum Seegang.

»Ich fühle mich wie in der *Grotta azzurra,* der blauen Grotte auf Capri«, scherzte Bel in der Hoffnung, ihre Beklemmung zu vertreiben. Obwohl es nicht wirklich eng war, wurden doch klaustrophobische Ängste geschürt.

»Solange ich nicht *O Sole Mio* singen muss, ist mir das recht.«

Im Licht der Taschenlampe leuchtete das Wasser türkisblau, erschien bodenlos tief und undurchsichtig. Die ersten Takte der Filmmusik des weißen Hais im Ohr verdrängte Bel die Vorstellung davon, was da unten herumschwimmen mochte. Überlegte, wie viel ihr das Abenteuer und alle Schätze dieser Welt wert waren. Zog die rote Linie bei Einlagen à la Schwimmen-mit-den-Delfinen.

»Gibt es hier Haie?«

»Man merkt, du bist ein *forester* vom Festland«, antwortete Catalina, ließ die Frage aber unbeantwortet. Bel wertete dies als Nein und wagte es nicht nachzuhaken, für ihren Seelenfrieden.

»Was jetzt?«

»Leuchte die Wände ab.« Irgendeinen Hinweis musste es geben.

Der handtuchhaltergroße, verrostete Metallring war nur zu erkennen, weil sich die feuchte Grottenwand im Schein des Lichts reflektierend abhob. »Fahr dorthin. Wir binden das Boot an.«

Mit tuckerndem Motor, der die Luft mit seinem Benzingestank verpestete, steuerte Catalina das Zodiac tiefer in die Grotte.

Sie schaltete den Motor aus, sicherte das Boot mit einem Fender und band es mit einem Seil an dem Ring fest.

Der Kegel der Maglite tanzte über dunkles Felsgestein, ermöglichte aus dieser Position eine andere Perspektive auf die unregelmäßigen Wölbungen der Höhle.

Erst jetzt entdeckte Bel die Stufen, die neben ihnen, beginnend kurz oberhalb der Wasseroberfläche, eineinhalb Meter höher in einen Schacht führten.

»Da ist ein Gang.« Catalina wies auf das schwarze Loch im Stein über ihren Köpfen.

Vorsichtig kletterten sie aus dem Schlauchboot auf die erste Steinstufe.

»Ich habe Angst.«

Bel nahm Catalinas Hand, drückte sie. Die Augen des Mädchens schimmerten wie zwei schwarze Seen, in denen sich der grellweiße Strahl des Handys widerspiegelte. »Wir schaffen das. Ich gehe vor.«

Die Maglite in der Rechten, Catalina an der Linken ging Bel langsam die Stufen hoch, hinein in den Gang.

Erst schmal und eng, wurde dieser bald weiter, erlaubte aufrechtes Gehen. Es roch nach Staub und Algen, weniger abgestanden als in der Grotte unten, was auf eine Frischluftzufuhr über eine der unzähligen Spalten deutete. Solange keine Haie unterwegs waren, war es Bel egal.

»Ich kann nicht glauben, dass wir es tatsächlich gefunden haben«, flüsterte Catalina, als hätte sie Angst, ein schlafendes Ungeheuer zu wecken.

Obwohl Bels Herz ihren Brustkorb zu sprengen drohte, lief sie stoisch weiter. Setzte einen Fuß vor den anderen, verdammte den Tag, an dem sie entschieden hatte, diese Insel zu betreten, um sich im nächsten Moment genau dazu zu beglückwünschen.

Der Gang weitete sich plötzlich trichterförmig in einer natürlichen Ausbuchtung und mündete in einem breiten dunklen Loch.

Abrupt blieb Bel stehen. Catalina lief weiter, stieß mit ihr zusammen. »Perdón«, murmelte sie und krallte sich an Bels Hand fest.

Mit angehaltenem Atem schickte Bel den Strahl der Lampe vor. Ebener Boden. Weit. Eine Höhle.

Sie schwenkte das Licht. Meterhohe Wände, Stalaktiten, ein gebogener Raum, dessen längerer Schenkel über einen verborgenen Lichtschacht verfügte. Der Schein der Taschenlampe fiel auf das Loch im Gestein, durch das schummriges Tageslicht und einigermaßen frische Luft in die Höhle drang. Die andere Seite des Gewölbes lag in Dunkelheit gehüllt.

Sie traten ein, einen vorsichtigen Schritt nach dem anderen. Der Kegel der Lampe fraß sich vor, traf auf Steine, Staub, Stalaktiten.

Um dann auf etwas zu landen, das wie eine Kiste aussah.

Verwittertes Holz.

Bel hielt die Luft an. Entlang der gesamten Höhlenwand stapelten sich Holzkisten bis zur Decke. Es mochten hundert sein, die Lichtverhältnisse erlaubten keine genaue Schätzung.

»Ich kann es nicht fassen, dass wir sie gefunden haben.« Catalina hielt Bels Hand noch immer im Schraubstock ihres Griffes. Bel löste den Druck und trat auf den Fund zu.

Das Holz fühlte sich erstaunlich trocken und splittrig an, was angesichts der jahrhundertelangen Lagerung nicht verwunderte. Zwei Metallriegel hielten den Deckel verschlossen. Das korrodierte Material klemmte, erforderte etwas Gewaltanwendung beim Lösen.

Bel hob den Deckel an, hielt andächtig und klopfenden Herzens inne.

Stroh bedeckte den bis zum Rand gefüllten Inhalt, doch konnte sie einen Widerstand ertasten, der auf größere Objekte darunter hindeutete. »Der Schatz der Falcós, in einer alten Piratenhöhle versteckt. Bitte kneif mich, dass ich nicht träume.« Ehrfurcht erfüllte sie.

Doch anstatt Catalinas Antwort löste sich irgendwo ein Steinchen, schlug gegen eine Felswand, hallte als Echo im Gewölbe nach. Irgendwo hörte man einen Schritt, obwohl weder Bel noch das Mädchen sich bewegten.

Sie schnellten herum.

Panik griff mit kalten Fingern nach Bels Hals, drückte zu, raubte ihr den Atem.

Ein Licht erschien am Grufteingang, und bevor es sie blendete, richtete Bel geistesgegenwärtig ihre Maglite darauf.

Im Schein der Taschenlampe stand ein Mann.

Catalinas spitzer Schrei hallte durch die Höhle, schreckte irgendwo Fledermäuse auf, deren flatternde Flügelschläge in der fernen Finsternis widerhallten.

Verblüfft starrte sie die Gestalt an. Fasste sich schnell. »Was machst du denn hier? Du hast uns zu Tode erschreckt.«

Der Mann trat näher.

Auf seinem Gesicht spiegelten sich Irritation, Entsetzen und Überraschung.

Luís Rodriguez fragte ungläubig: »Isabel? Bist du das? Mit der Mütze habe ich dich gar nicht erkannt. Was machst du denn hier?« Der dunkle Gegenstand in seiner Hand war nur schemenhaft zu erkennen, doch bevor Bel ihn näher ins Visier nehmen konnte, ließ Luís ihn zügig in seiner Hosentasche verschwinden.

»Dasselbe frage ich dich auch.«

Er zögerte, wie um seine Erklärung anzupassen. »Ich bin Catalina gefolgt. Sie hat etwas, für das ich bezahlt habe.«

»Morgens um fünf Uhr vor meiner Haustür?« Catalina verbarg ihre Skepsis nicht. »Und mir haben Sie gar nichts bezahlt, ich kenne Sie nicht einmal.«

Luís hob beschwichtigend die Hand. »Jemand anders, der jetzt leider verhindert ist, hat mir etwas verkauft, was ich nun einzulösen gedenke. Du hast mich nur hergeführt.«

Isabels Gedanken rasten. »*Wir* haben die Höhle gefunden.«

»Ich weiß. Allerdings habe ich für die Info teuer bezahlt. Man sagte mir, es liege ein Schatz von hohem historischem Sammlerwert verborgen. Da war es praktisch meine Pflicht einzusteigen. Und gemessen an dem, was ich dafür bezahlt habe, steht mir wohl ein Teil zu.«

Bel schüttelte den Kopf, weigerte sich, das Offensichtliche zu akzeptieren, als gäbe es eine ganz normale Erklärung, um sechs Uhr morgens in einer gottverlassenen Höhle am Ende der Welt zu stehen. »Dann warst du es?«

»Ich war was? Mir wurde ein Deal angeboten, den ich jetzt gerne einlösen möchte. Mehr nicht.«

»Wie stellst du dir das vor?« Sie sah demonstrativ auf die Ausbuchtung in seiner Hosentasche, wo sich der Umriss eines Revolvers unter dem dünnen Stoff abzeichnete. »Wolltest du damit deinen Anteil sicherstellen?«

Er winkte ab. »Das ist nur eine Sicherheitsmaßnahme.«

Gegen einäugige Piraten, skrupellose Schmuggler, auf Krawall gebürstete Einhörner? Bel glaubte ihm kein Wort.

Luís wandte sich von den Frauen ab und richtete den Strahl seiner Taschenlampe auf die Holztruhen, wo er auf ein verblasstes Emblem fiel. Die Kiste schien sein Interesse zu wecken, er runzelte die Stirn, trat näher. »Wir finden einen Weg, um das hier zu lösen.«

»Allerdings einen, den Sie nicht in Betracht gezogen haben, Luís«, meldete sich eine Stimme hinter dem Mann wie ein Deus ex machina aus dem Off.

Rodriguez wirbelte herum, sah sich Lluc Casasnovas und einem Dutzend Beamter der Guardia Civil gegenüber.

Er starrte sie an, die Lichtkegel unzähliger Taschenlampen warfen Kreise auf sein Gesicht und die Höhlenwand hinter ihm, offenbarten ungläubige Überraschung.

Plötzlich wurde es hell, als hätte Gott ein Machtwort gesprochen. Einer der uniformierten Beamten richtete eine riesige Leuchte aus.

Amüsiertes Gelächter erscholl aus Luís' Mund und hallte von den Wänden der Höhle wider.

45

Am liebsten hätte Lluc sich die Ohren zugehalten, aber dafür brauchte er beide Hände, und seine Rechte umklammerte schon Guals Heckler & Koch.

»Das Spiel ist aus, Luís. Legen Sie die Waffe nieder, und kommen Sie mit erhobenen Händen vor.«

»Selbstverständlich. Die Pistole war ja nur eine Sicherheitsmaßnahme, man weiß ja nie, wem oder was man in dunklen Höhlen begegnet.« Luís hob demonstrativ seine Linke in die Höhe, kramte mit der freien Rechten den Revolver aus seiner Hosentasche, um ihn auf dem Höhlenboden abzulegen.

»Sie sind verhaftet wegen des dringenden Tatverdachts, Federico Fiol, David Medina und Francisca Hidalgo getötet zu haben.«

»Wahrscheinlich bin ich auch für den Klimawandel verantwortlich.« Luís lachte erneut, schüttelte den Kopf. »Sargento, bitte machen Sie sich nicht lächerlich. Ich habe niemanden umgebracht. Wir können das hier gänzlich friedlich klären, ohne dass es weitere Kapriolen für Ihre berufliche Laufbahn schlägt.« Er sah ihn an, legte den Kopf schräg. »Sind Sie nicht suspendiert? Ich hörte, Sie stecken schon bis zum Hals in der Scheiße.«

»Genau dann sollte man den Kopf nicht hängen lassen.«

Lluc lächelte über den kläglichen Provokationsversuch. »Wir sind nicht hier, um meine Karriere zu erörtern.«

»Sie glauben doch nicht ernsthaft, dass ich wegen Geld töten würde? Ich bin nur einem Tipp gefolgt.« Luís schüttelte bedauernd den Kopf wie ein Vater über den unartigen Fünfjährigen, der seinen Kartoffelbrei nicht aufaß. »Sie enttäuschen mich, Lluc. Ich habe mehr Geld, als ich jemals ausgeben könnte.«

Lluc schwieg. Halte niemals jemanden auf, der im Begriff ist, sich selbst zu vernichten.

Seiner überheblichen Miene zufolge interpretierte Luís es als Terraingewinn. »Wenn Sie also nichts dagegen haben, gehe ich jetzt.« Er warf einen demonstrativen Blick auf die Uhr. »Die Geschäfte rufen. Mein Anwalt wird sich dann später mit Ihnen in Verbindung setzen, wenn Sie eine Aussage brauchen.«

Der Lauf der Heckler & Koch zielte nun mittig auf den hochgewachsenen Mann. »Sie gehen nirgendwohin.«

Luís lächelte. Nickte. »Verstehe. Ich habe Sie gewarnt, Ihnen eine Hand geboten. Aber manche Leute rennen lieber in ihr Verderben.« Er seufzte in kapitulierender Manier, als bliebe ihm keine Wahl. »Heute Nachmittag geht eine schriftliche Beschwerde an den Coronel.« Harte Geschütze auffahren, direkt mit dem obersten Boss der Guardia Civil drohen. »Und vollständigkeitshalber sollte die Dienstaufsichtsbehörde, die *Asuntos Internos,* auch gleich eine Kopie bekommen, die sie Ihrer laufenden Akte hinzufügen kann.«

Kopfschüttelnd lenkte er seine Schritte Richtung Höhlenausgang.

»Diese Kopie kannst du mir direkt in die Hand geben und

dir den Weg nach Palma sparen.« Die körperlose Stimme kam aus den Schatten der Höhlenvertiefungen am Treppenaufstieg.

Ganz in Schwarz gekleidet wie ein Dieb auf nächtlichem Beutezug, trat Madrugada hinter einem Felsvorsprung hervor. In seinem Gefolge eine ebenfalls in Dunkelheit gehüllte Fina. Für einen Einsatz der *Operaciones Especiales* fehlte die Sturmhaube auf den blassen Gesichtern, aber es genügte, um Team Madrugada deutlich von den anderen Beamten abzugrenzen.

Lluc erinnerte sich daran, den Mund zu schließen.

Sein sorgsam ausgetüftelter, wenn auch höchst riskanter Plan hatte vorgesehen, Catalina wieder zu Hause auftauchen zu lassen, den Täter mit ihr als Köder zur Höhle zu locken und in flagranti zu stellen. Bels Anwesenheit diente als Zusatzversicherung, da man die Gräfin nicht einfach durch Unfall, Selbstmord oder Dornröschenschlaf entsorgen konnte, ohne ein riesiges Spektakelfass zu eröffnen. Ganz abgesehen von Luís' offensichtlicher Schwärmerei für die Gräfin.

Koordiniert von Gual, hatte Finas Befugnis die Guardia Civil in Alarmbereitschaft positioniert, da Lluc sich bisher geweigert hatte, die Kollegin aus der Verbannung ins Reich der Ungnade zu entlassen und sie persönlich in die Planung einzubeziehen.

Doch ab jetzt würde er nicht mehr nachtragend sein.

Diese Wendung kam selbst für ihn unerwartet. Wenn auch überraschend, so hatte Finas Anwesenheit als Revierleiterin ihre Berechtigung. Aber was machte Madrugada hier?

»Sargento Casasnovas hat sich bereit erklärt, zugunsten

unserer Ermittlungen eine Suspendierung auf sich zu nehmen. Natürlich nur vorübergehend, versteht sich. Aber das muss ich ja nicht dir erörtern.«

Anstatt zu klären, hatte der Mann alles undurchsichtiger gemacht. Lluc hätte sich einverstanden erklärt … was redete Madrugada da?

Unsicherheit schlich in Luís' Gesicht, verschloss seine eben noch selbstbewusste Miene. »Ich habe mit dem hier nichts zu tun. Die sind verrückt geworden. Ich töte doch nicht wegen Geld oder Schätzen.« Trotz aller Herausrederei klang er ehrlich. Lluc konnte erste Zweifel in dem Ausdruck seiner Kollegen lesen. Miguel runzelte die Stirn, Gual zog die Augenbrauen zusammen, biss sich auf die Lippe, wie immer, wenn sie nervös wurde.

»Korrekt«, stimmte Lluc zu. »Es war auch nicht Habgier, die Sie dazu getrieben hat, die Morde zu begehen. Ich schätze, selbst der Tod von Davids Vater Martín geht auf Ihr Konto.«

Madrugada trat näher. »Klären Sie uns auf, Sargento.«

»Das Ganze hat seinen Anfang vor dreißig Jahren genommen.« Es hatte viel Arbeit und Recherchen bedurft, doch zum Schluss hatten sich die Puzzleteile zu einem unglaublichen Ganzen zusammengefügt.

Die Augen zu Schlitzen zusammengekniffen, legte der Verleger den Kopf schräg auf die rechte Seite, sodass er die linke Wange seinem Gegenüber zuwandte. Eine Gewohnheit, die vermutlich noch aus Jugendtagen stammte.

»Vor vielen Jahren hatte Luís' Mutter eine Affäre mit Martín Medinas Vater. Es hat uns einige Mühe gekostet, den Tathergang vollständig zu rekonstruieren, aber im Groben sollte es so stimmen.« Die damaligen Gerüchte um die kriselnde Ehe des Verlegerpaares Rodriguez entsprachen der Wahrheit, doch wie beim Hörensagen üblich, brachte die stille Post die Fakten verzerrt ans Tageslicht. So war es nicht Señor Rodriguez senior, der den Gerüchten zufolge es mit der Treue nicht so eng nahm, sondern die Señora, Luís' Mutter.

»Sie wussten von der Affäre, sind den beiden in den Wald gefolgt«, fuhr Lluc fort. Der von der Weinhändlerin beschriebene Kamelhaarmantel war tatsächlich auf eine reiche Dame aus feinem Hause zurückzuführen. »Vermutlich um ihn zu ärgern, haben Sie Medina senior eine Falle gestellt.« Hier betraten sie spekulatives Terrain, detaillierte Beweise für den genauen Tathergang gab es keine. Lluc tippte auf eine ausgehobene Grube, mit Zweigen und Blattwerk getarnt, strategisch in der Nähe des Ortes der Schäferstündchen platziert, in die der Medina-Vater hineinfallen musste. »Er ist reingetappt, hat sich schwer verletzt und ist dort oben in den Bergen gestorben.« Lluc machte eine andächtige Pause, dem Toten zu Ehren. »Gestern Abend wurden seine vergrabenen Überreste geborgen.«

Luís' Kopf sackte auf seine Brust, als wäre er gerade eingenickt.

Die Weinhändlerin war in der Lage gewesen, den Ort, an dem der Junge vor dreißig Jahren verschreckt aus den Büschen gesprungen war, bis auf einen Kilometer eingegrenzt zu lokalisieren. Die Leichenspürhunde hatten den Rest erledigt und die Gebeine schnell gefunden. Lluc war sich sicher, dass die vorläufige Diagnose eines Todes durch Genickbruch bei der pathologischen Untersuchung am Nachmittag formell bestätigt wurde.

»Es war ein Unfall.« Luís' Zuversicht und Großspurigkeit waren wie fortgewischt, seine Worte kaum mehr als ein Flüstern.

»Das glaube ich Ihnen sogar«, nickte Lluc. »Ein dummer Jungenstreich, der gründlich schiefgelaufen war. Martín hat sein ganzes Leben nach seinem verschwundenen Vater gesucht.« Llucs Brustkorb erschien plötzlich eng bei dem Gedanken an den armen Jungen, der sich berechtigterweise geweigert hatte, die Geschichte des lieblosen Vaters zu glauben.

Ein uniformierter Polizist erschien im Steinbogen des dunklen Ausgangsschachts. Der Beamte suchte Llucs Blick, hielt sein Handy in die Höhe, nickte.

Lluc hob dankend die freie Hand, fuhr fort: »Martín hat recherchiert, alles rekonstruiert. Als Journalist arbeitete er für Ihre Zeitung, Sie waren sein oberster Chef. Wie war es, als er völlig betrunken auf der Mauer saß und Sie mit seinem Wissen konfrontierte? Ich schätze, der Schubs war der Panik geschuldet.«

Luís schwieg. Starrte in die Dunkelheit.

»David hat sehr an seinem Vater gehangen und mit seinen … nennen wir es mal *Computerfähigkeiten* Martíns Recherchen unterstützt. Er ist Ihnen auf die Schliche gekommen, hat Ihnen vermutlich das Video mit den Andeutungen geschickt. Da sind Sie ausgeflippt, und um Ihre Taten zu vertuschen, haben Sie den Jungen umgebracht.« Selbst das Foto auf Instagram war ein Hinweis gewesen: David mit seinem Vater vor der Pressewand einer Party des *El Mundo Baleares.*

»Ich sage nichts mehr ohne meinen Anwalt.«

Lluc nickte. Jedes Verhör ohne Rechtsbeistand war rechtswidrig. Aber es war auch nicht notwendig. »Während wir hier reden, hat bei Ihnen zu Hause eine Durchsuchung stattgefunden. Sie waren sogar arrogant genug, die Tatwaffen nicht zu entsorgen. Sie hingen noch immer an der Wand, bei den anderen Säbeln und Generalsbildern.« Lluc nickte Fina zu, die durch ihren Besuch bei Federicos Frau Nuria den Anstoß gegeben hatte, sich in der Sammlung umzuschauen. »Ich bin mir sicher, dass die Schwerter genau zu den Wunden passen und als Tatwaffen identifiziert werden.«

»Wie sind Sie ihm auf die Schliche gekommen, Casasnovas?« Madrugada hatte schweigend zugehört, war in seinem schwarzen Outfit reglos mit den Schatten der Höhle verschmolzen. Nur sein wacher Blick, der unablässig die dunklen Gesichter des Teams abgraste, das Kommen und Gehen einzelner Beamter verfolgte und immer wieder zum Ausgangspunkt Luís Rodriguez zurückfand, warnte davor, diesen Mann zu unterschätzen.

»Ich hatte ihn nicht auf dem Schirm, denn die Zeugin sprach von einem Jungen mit Feuermal am Hals. Aber letztendlich war es das, was ihn entlarvte.« Lluc unterließ es zu erwähnen, dass er für einen Moment Madrugada selbst im Verdacht gehabt hatte. »Mittlerweile gibt es gute Methoden, die Blutschwämme fast rückstandslos zu entfernen. Aber die alte Gewohnheit des Verbergens ist geblieben, nicht wahr Luís?«, sagte Lluc und spielte auf die Kopfhaltung an, die durch die gebeugte Schräglage die rechte Halsseite fast vollständig verdeckte.

Der Verleger korrigierte sofort seine Haltung, richtete seinen Blick geradeaus.

»In der Bibliothek gibt es unzählige alte Zeitungsberichte und Fotos von Rodriguez senior mit seiner Familie, auf denen der kleine Luís mit dem Feuermal deutlich zu sehen ist. Der Rest fügte sich zusammen.« Lluc zuckte die Schultern, als hätten die Puzzleteile sich von allein wie magnetisch angezogen in die richtige Position gebracht.

Madrugada nickte bloß, seine Miene weiterhin undurchdringlich.

»Du bist verhaftet, Luís.« Madrugada trat zur Seite, um die Beamten vorbeizulassen, die den Verleger abführten.

»Also ging es nie um den Schatz? Die Beute war nicht das Motiv? Und was ist mit Federico? Wie passt der ins Bild?« Fina zurrte ihren Zopf zurecht. Madrugada verfolgte ihre Bewegungen regungslos, saugte jede Geste, jedes Wort auf wie ein Schwamm.

»Eine Verstrickung unglücklicher Umstände. Zur falschen Zeit am falschen Ort. Zeitgleich mit Davids Investigation erhielt Federico den anonymen Kontakt eines Kunstinteressenten, dem er sein Wissen um die Piratenschatzhöhle verkaufen wollte. Was Federico nicht wusste: Es handelte sich dabei um den großen Kunstsammler Luís Rodriguez. Um sich wichtig zu machen und einen höheren Preis herauszuschlagen, schrieb er diesem eine forsche Nachricht, die wir ja schon in seinem Handy gefunden haben.«

»Wie hast du das so rekonstruiert?«

»Federicos Witwe, Nuria, ist zu uns gekommen. Sie hat einen Batzen Bargeld und Federicos Notizen in seiner Unterwäscheschublade gefunden. Er hatte so ein Faible, sein Leben wie ein Kriegsgeneral zu planen, alles aufzuzeichnen.«

»Und wie passen diese zwei Storylinien zusammen?«

»Nicht so richtig. Durch die gleichzeitigen Kontaktaufnahmen entstand der Eindruck, dass auch Federico von dem Mord an Davids Vater gewusst hat. Die Jungs von der Baustelle haben den Freitagnachmittag immer im Team auf der Plaza ausklingen lassen. Sehr wahrscheinlich hat Luís die beiden zusammen gesehen, sie für Freunde gehalten, die sich austauschen, ohne zu ahnen, dass sie nur Arbeitskollegen waren.«

»Es ging also die ganze Zeit um diese alte Geschichte, die nie bestraft worden war?« Madrugada verschränkte die Arme vor der schmalen Brust.

»Genau, um die Vertuschung dieses Unfalls. Er hat Davids Computer und Telefon aus seinem Elternhaus geholt, sich als Mitarbeiter der Wasserwerke getarnt«, warf Gual ein. »Ich habe das überprüft, die haben keine Häuserrohre in dieser Straße untersucht.«

»Und was ist mit Francisca?«

Lluc vergewisserte sich, dass Catalina außer Hörweite war, und senkte die Stimme. »Das Hidalgo-Mädchen ist der wunde Punkt an der Geschichte, ihr Tod war völlig überflüssig.« Betrübt schüttelte er den Kopf. Wenn auch unberechtigt, machte er sich doch Vorwürfe. »Davon ausgehend, dass sich die Morde um den Schatz drehen, hat Francisca den anonymen Sammler von Federico kontaktiert, um ihm einen Deal anzubieten. Sie wog sich in falscher Sicherheit, überzeugt, alles unter Kontrolle zu haben, da sie die Papierrolle mit dem Vers und somit als Einzige die Informationen und Anhaltspunkte über das Versteck besaß. Leider hat sie sich verzockt, denn Luís fürchtete die ganze Zeit nur um sein dunkles Geheimnis.«

Bel war sprachlos dem Geschehen gefolgt, trat nun auf die Holzkisten zu und beäugte den Inhalt. »Aber Luís war auf dem Empfang im Rathaus. Ich habe ihn doch gesehen«, sagte sie. Das letzte Aufbäumen des Unglaubens, ein Restversuch der Selbstüberzeugung, dass das soeben mit eigenen Augen Bezeugte eine logische, normale Erklärung haben musste.

»Es blieb mehr als genug Zeit, beide Schlachten am Strand zu besuchen, sich umzuziehen und auf dem Empfang zu erscheinen. Ganz abgesehen davon, dass er zu spät kam. Behauptete, beim Bürgermeister in Palma aufgehalten worden zu sein. Nur leider befand sich dieser an jenem Tag in Ciutadella de Menorca, und auch sonst gab es keine Termine im Rathaus.«

Bels hohle Stimme unterbrach die Wiedergabe der Ereignisse. »Gütiger Himmel.« Sie trat einen Schritt zurück und wies auf die Kiste, aus der nun lange hellgelbe Strohhalme ragten. »Schaut euch das mal an.«

46

»Was ist?« Catalinas Stimme zitterte.

Bel beugte sich über eine Kiste, wühlte im Stroh, das sie auf den Höhlenboden fallen ließ. Es schien ihr nicht zu gefallen, was sie sah, denn sie wandte sich hastig der nächsten zu, wiederholte die Prozedur.

Fieberhaft riss sie den Deckel förmlich von der zweiten Holztruhe. »Das kann doch nicht wahr sein.« Kraftlos ließ sie die Arme sinken, drehte sich langsam zu Lluc, blankes Entsetzen in ihrer Miene.

Catalina trat vor. Deutlich kleiner als die hochgewachsene Bel, kostete es sie mehr Anstrengung, den Inhalt der Kiste zu inspizieren. Ihr Kopf verschwand fast vollständig in der obersten Truhe, in der sie mit bis zur Achsel versenktem Arm wühlte.

Der lange schwarze Gegenstand, den sie herausbeförderte und gegen das helle Licht der Tatortleuchten hielt, ließ alle Erwartungen wie Seifenblasen zerplatzen.

»Eine Flasche?« Catalinas Stimme brach, als sie hektisch in die Kiste griff und eine weitere zutage förderte.

Dunkles Glas, der Form nach Wein. Das Etikett schwarz, verstaubt.

Panisch riss sie eine Kiste nach der anderen auf, zog weitere Flaschen in verschiedenen Farben und Formen heraus, hielt sie zur Inspektion in die Luft, legte sie zurück, um sich auf die nächste Truhe zu stürzen. Doch der Inhalt wiederholte sich: dunkle lange, die auf Wein schlossen, eckige transparente, mit einer bernsteinfarbenen Flüssigkeit gefüllt. Auf die Entfernung tippte Lluc auf Whisky oder Brandy.

Entgeistert starrte Catalina auf das dunkle Glas in ihrer Hand. »Flaschen?«, wiederholte sie ungläubig, suchte Llucs Blick, als wüsste er die Antwort auf dieses Rätsel.

Sein Seufzer kam aus tiefstem Herzen, als er die wenigen Schritte zur Höhlenwand zurücklegte und sein Verdacht sich zu einer ernüchternden Realität formte.

Auch die Kiste, die er sich vornahm, glich äußerlich den bereits geöffneten. Der Metallriegel löste sich leicht, schnappte auf, der Deckel klappte um. Lluc entfernte die ersten Lagen Stroh, bis seine Hand die kühle, glatte Oberfläche von Glas tastete und seinen Verdacht bestätigte. »Natürlich werden wir jede Kiste untersuchen, aber ich fürchte, wir werden keine Besitztümer der Falcós hier antreffen.«

Alle Kraft schien aus Bels Körper gewichen zu sein. Sie stützte sich an den aufgestapelten Truhen ab. »Ich verstehe das nicht.«

»Es ist eine Schmugglerhöhle.«

Der Funke von Verständnis keimte in Bels Augen auf, huschte über ihr Gesicht. Ihr Blick wanderte über die Kisten, um sich dann mit Llucs zu verschränken.

»Nachdem die Höhlen von Sóllerics und Piraten im Mittelalter genutzt wurden, haben die Schmuggler um und nach dem Zweiten Weltkrieg die Tradition wiederaufgegriffen. Während der Blockadepolitik der Alliierten, der Francozeit und des Bürgerkriegs herrschte totale Knappheit. Von Grundnahrungsmitteln bis hin zu Luxusgütern wurde alles Mögliche geschmuggelt, an Orten wie diesem versteckt und für den Weitervertrieb nach Palma vorbereitet«, erklärte Lluc.

»Zucker, Mehl, Penicillin, Klappräder – die Höhlen von Sóller hielten alles parat«, sagte Gual. »Später dann Feinstrumpfhosen, Fernseher, Radios.«

»Und eben Alkohol und Zigaretten.« Lluc nickte betreten.

»Das habe ich nicht gewusst.« Die Kraft hatte nun auch Bels Stimme verlassen.

Gual zuckte mit den Schultern, stemmte die Hände in die Hüften und baute sich neben Miguel auf. »Das war kein großer Deal. Mein Vater und Großvater haben auch mitgeschmuggelt.«

Miguel, der sich bisher zurückgehalten hatte, meldete sich ebenfalls zu Wort. »Willkommen im Klub. Meine auch. Vermutlich das halbe Dorf, um sich einen Cent dazuzuverdienen. Es war einfach ein Mittel, das der Existenzsicherung diente.«

Lluc nickte zustimmend. »Es sieht so aus, als hätten die Schmuggler diese Höhle schon vor vielen Jahren entdeckt, ihre Sachen hier versteckt, dann vergessen. Oder sie wurden in den Wirren des Krieges getötet, bevor sie die Güter abholen konnten.« Geprägt von Gräueltaten und Brutalität, war letzteres Szenario das wahrscheinlichere für diese dunkle Epoche der Zeitgeschichte. »Wenn hier tatsächlich der Schatz der Falcós versteckt war, ist er längst fort.«

Catalinas Schrei unterbrach den Exkurs in die Geschichte

der Insel. »Dafür ist meine Schwester gestorben? Für Scheißweinflaschen?« Die Laute, die ihrem Mund entwichen, klangen wie das Jaulen eines verletzten Hundes.

Betreten starrten die Beamten auf den Boden, um der jungen Frau ein Quäntchen Privatsphäre in diesem schmerzvollen Moment zu gewähren.

»Dieser. Scheiß. Schatz«, schrie Catalina. Sie verlagerte den Griff um den Flaschenhals in ihrer Hand, holte aus und schleuderte den Wein auf den Felsboden, wo das Glas in hundert Stücke zerbrach.

In lauten Schluchzern sackte das Mädchen zu Boden, vergrub sein Gesicht in den Händen. »Alles war umsonst. Meine Schwester ist umsonst gestorben.«

Bel ging in die Hocke, funktionierte einen Strohballen zu einem Besen um, mit dem sie vorsichtig Scherben zusammenkehrte. Unbeholfen setzte sie sich neben die junge Frau und legte den Arm um ihre bebenden Schultern.

Nur wenige Zentimeter trennten das zerbrochene Unterteil der Flasche von Bels Knie und eine unbedachte Bewegung von einer blutenden Wunde.

Vorsichtig ergriff sie das Stück, ohne den gezackten Frakturrand zu berühren. Dabei wischten ihre Finger über das verstaubte Etikett, hinterließen schwarze Schlieren auf dem dunklen Papieraufkleber.

Bel stockte, runzelte die Stirn. Starrte einen Moment auf die Goldumrandung und wischte mit dem Ärmel ihrer Windjacke über die Fläche. »Oh, *Por Dios*. Gütiger Gott.« Sie befreite ihren Arm von Catalinas Schulter, aktivierte die Taschenlampe ihres umgehängten Handys und leuchtete auf die zerbrochene Flasche in ihrer Hand.

Noch nie hatte Lluc jemanden so flink und elegant aus der sitzenden Position aufspringen sehen. »Schaut euch das an.« Freudige Aufregung hatte den Weg zurück in ihre Stimme gefunden, Elan in ihre Schritte, ein Lächeln in ihr Gesicht. »Das ist der Wahnsinn«, rief sie und hielt das Flaschenstück Madrugada und Lluc direkt vor die Nase.

Ein schwarzes Etikett, goldverzierte geschwungene Schrift, irgendwas Französisches. Lluc zuckte die Schultern.

Madrugada wirkte ebenso unbeeindruckt.

»Catalina, hör sofort auf, auch nur eine einzige Flasche zu zerstören. Ich weiß nicht, was die transparenten Behälter beinhalten, aber der Wein ist ein Vermögen wert.«

Erschrocken hob das weinende Mädchen den Kopf von den angezogenen Knien. »Was?«

Bels Stimme überschlug sich. »Château Comte de Saulac, Jahrgang 1947«, rief sie aus und sah erwartungsvoll in die Runde, wo nur Stille und Ratlosigkeit ihr begegneten.

»Diese Flasche«, sie hielt das Glasgerippe in die Luft, »ist *Premier Grand Cru Classé A*.«

Als müsste spätestens jetzt alles klar sein. Nur einen Adeligen begeisterten solche Dinge. »Ich kenne bloß Ribera del Duero. Oder Rioja«, antwortete Lluc. »Übersetz bitte für uns Plebejer, was das bedeutet.«

Bel verdrehte die Augen, grinste. »Das ist teuerster Bordeauxwein.«

»Teuerster wie in was?« Hundert Euro? Zweihundert? Man hörte von Verrückten, die für eine Flasche alten Essigs sogar einen Tausender hinblätterten.

»Den genauen Preis pro Flasche müsste ich schätzen.« Bel spitzte die Lippen, legte den Kopf schräg, wandte sich an

Catalina. »Ich würde sagen, dass du hier …« Sie sah an die Decke, überlegte. »… fünfzehntausend Euro zerstört hast, meine Liebe.«

Grabesstille legte sich über die Höhle.

Llucs Blick flog über die aufgereihten Behältnisse entlang der Höhlenwand, die eher Truhen als herkömmlichen Flaschenkisten glichen. Achtzig? Hundert? Wie viele waren es? Er überschlug die Kalkulation im Kopf und kam ungeachtet der genauen Anzahl zu einem Ergebnis.

Ein Vermögen.

Catalina brach das Schweigen, deren Schultern wieder bebten, begleitet von Geräuschen, bei denen es sich sowohl um Lachen als auch Weinen handeln konnte.

»Fünfzehntausend Euro? Wer zahlt so was für sauren Wein?« Miguel schüttelte entgeistert den Kopf.

»Das ist sogar noch wenig«, belehrte ihn Bel. »Aus dem selben Jahrgang stammt einer der teuersten Weine der Welt, der *Château Cheval blanc*. Über zweihunderttausend Euro. Nagelt mich nicht auf den genauen Betrag fest.«

»Ein Schatz, nur anders als erwartet.« Catalinas Lachen hallte irre durch die Höhle.

Gual musterte das Mädchen besorgt. »Der Piratenschatz wäre mir lieber gewesen. Ich hatte uns schon in alten Truhen herumwühlen sehen. Was ist mit den hellen Flaschen?« Sie wies auf die eckige, die Lluc noch immer in der Hand hielt.

Er schwenkte die cognacfarbene Flüssigkeit, die wie geschmolzener Bernstein ölig gegen den schwarzen Deckel schwappte.

»Da bin ich auch gespannt. Mit Single Malt Whiskys kenne ich mich nicht aus«, gab Bel zu.

»Ich würde ja jetzt googeln, aber leider haben wir in dieser Lazarus-Höhle keinen Empfang«, scherzte Lluc und rief damit Madrugada auf den Plan, der keine Blödeleien um sich herum zu tolerieren schien.

»Ein guter Zeitpunkt, um heute alles abzuschließen.« Der Mann der Internen klatschte in die Hände. »Eigentlich hatte ich mir das in einem anderen Setting vorgestellt. Aber wenn wir uns schon am Hauptsitz der Schmuggler und Piraten befinden, können wir ihre zeitgenössische Version ebenso hier ihrer gerechten Strafe zuführen.«

Was redete der Typ?

»Sie meinen die *modernen Ausbeuter*?« Piraten, Schmuggler, moderne Ausbeuter – so hatte er sich ausgedrückt, wenn Lluc sich richtig erinnerte.

Madrugada nickte, lächelte und zeigte diese bemerkenswerten Zähne, die im Dämmerlicht der Höhle wie Elfenbein leuchteten. Lluc starrte den Mann an, gespannt, was die Auflösung dieses Rätsels brachte. Die letzten Tage hatten so viel Unerwartetes bereitgehalten, dass eine Überraschung mehr ihn schwerlich umhauen würde.

Fina trat einen Schritt vor, stellte sich neben den Mann der Dienstaufsichtsbehörde und verschränkte die Hände hinter ihrem Rücken. Die offene wehrlose Haltung reflektierte sich in ihrem direkten Blick, mit dem sie Lluc einfing. »Ich habe Madrugada reinen Wein eingeschenkt, wie es zu dieser ganzen Beschwerde gekommen ist.« Es schien ihr nichts auszumachen, dass die halbe Belegschaft zuhörte. »Eine Dummheit, aus Wut entstanden, mit dem einzigen Ziel, dich zu ärgern. Niemals hatte ich auch nur vermutet, dass es solche Konsequenzen nach sich ziehen würde.« Sie machte eine Pause, räusperte sich. »Es tut mir aufrichtig leid, es war ein dummer Fehler.«

Llucs Haut brannte. Er rechnete es Fina hoch an, sich vor versammelter Mannschaft hinzustellen und die seelische Beichte vor Padre Madrugada abzugeben. Trotzdem zog er vor, dazu zu schweigen. Was sollte er auch sagen?

Glücklicherweise kam Madrugada ihm zuvor. »Das stimmt, Sargento Fina García hat mir die Wahrheit gesagt und sich in der Wiedergabe des Geschehens nicht geschont. Allerdings wäre es nicht nötig gewesen, Sargento Casasnovas stand nie wirklich unter Verdacht.«

Finas Kopf schnellte zu Madrugada herum. Sie öffnete den Mund, setzte zum Sprechen an, doch verharrte dann in dieser Position.

Was die Überraschungen anbelangte – vielleicht hatte Lluc sich vor wenigen Minuten doch getäuscht.

»Jetzt wird es aber bunt. Ausbeuter, falsche Anschuldigungen. Ich verstehe gar nichts mehr.« Gual sah Hilfe suchend zu Miguel, der neben ihr stand und nur ahnungslos die massigen Schultern zuckte.

»Wir haben die Beschwerde gegen Sargento Casasnovas als Vorwand genommen, um ungehindert hinter den Kulissen nach dem wirklichen Komplott graben zu können und euer Revier genauer unter die Lupe zu nehmen.«

Llucs Kopf schwirrte. Sicherlich hatte er sich verhört? Die Hitze in der Höhle, die niedrige Sauerstoffkonzentration der abgestandenen Luft – die Felsspalten erlaubten nur eine geringe Frischzufuhr – trübten schon sein Urteilsvermögen.

Doch es schien genau das zu sein, was Madrugada mitgeteilt hatte, denn auch die Kollegen sahen den Mann erstaunt an.

»Sehr schnell wurde klar, dass die Anschuldigung aller Grundlagen entbehrt – dennoch bin ich dankbar für Garcías Eingeständnis, damit wir es zu den Akten legen können.« Er machte einen Diener Richtung Fina, deren Kiefermuskulatur gefährlich zuckte. Nun hatte sie völlig umsonst vor allen Anwesenden ihren Seelenstriptease abgeliefert. »Was soll das heißen? Sie haben es die ganze Zeit gewusst und uns absichtlich an der Nase herumgeführt?«, fragte sie.

»So würde ich das nicht ausdrücken. Sehen Sie es als ermittlungstechnische Maßnahme, die man manchmal anwenden muss.«

»Auf Kosten anderer?« Fina sah aus, als würde sie ihm gleich einen Vorschlag unterbreiten, wo er sich seine Maßnahmen hinstecken konnte.

Bevor dieses anfänglich Erfolg versprechende Kumbaya ungut endete, übernahm Lluc das Wort: »Von welchem Komplott sprechen Sie?«

»Es gibt tatsächlich eine undichte Stelle im Revier. Einen modernen Ausbeuter, der seine Stellung missbraucht, um sich und zahlenden Parteien Vorteile zu verschaffen. Die Einzelheiten sind noch unter Verschluss, Sie verstehen, dass ich in diesem Rahmen nichts preisgeben kann. Nur dass die Person überführt ist und nun ihre gerechte Strafe erhält.«

Gerechte Strafe, moderne Ausbeuter … Madrugada schien so verliebt in mittelalterliche Begrifflichkeiten wie in diesen Schal, den er immer trug. Obwohl der Typ in der letzten Stunde erhebliche Sympathiepunkte gesammelt hatte, war seine Sonderlichkeit nicht zu leugnen.

»Und deswegen …«, sagte Madrugada und zauberte ein zusammengefaltetes Papier aus seiner Hosentasche. Während er es entfaltete und glatt strich, trat er auf Gual zu.

Llucs Herz setzte aus.

Gual?

Unmöglich.

Vor dem Rauschen des Blutes in seinen Ohren verstand er die nächsten Worte nur bruchstückhaft.

»… Ihnen mit sofortiger Wirkung.«

Der Satz erschien wie eine abgewandelte Reprise von der Szene im Büro, als noch Lluc der Empfänger des Schreibens gewesen war – wie eine dieser Täglich-grüßt-das-Murmeltier-Filmvariationen.

Madrugada blieb vor Gual stehen. Streckte die Hand mit dem Dokument aus, auf dem der offizielle Stempel der *Asuntos Internos* wie ein blaues Brandmal das Seitenende und das Schicksal seines Rezipienten besiegelte.

Gual stand stocksteif, die Arme neben dem Körper baumelnd, als hätte sie Wurzeln geschlagen. Die Fassungslosigkeit in Person.

Zögerlich hob sie schließlich die Hand, um das Papier entgegenzunehmen.

Doch Madrugada reichte es an ihr vorbei an Miguel, der noch immer neben Gual an der Höhlenwand lehnte.

Das ferne Flattern der Fledermäuse und Bels leises Trösten von Catalinas Freude-oder-Trauer-Schluchzen waren die einzigen Geräusche in der Höhle.

Lluc schloss den Mund, schluckte. Miguel war das Leck.

»*Damas y caballeros,* meine Damen und Herren. Dann beenden wir das Spektakel hiermit«, sagte Madrugada und erteilte den Beamten Anweisungen, das Lager aufzulösen.

»Was sagst du dazu? Miguel? Was für ein Schock«, flüsterte Fina, die unbemerkt an Lluc herangetreten war.

Ihre Frage drang durch die Nebel der Erleichterung, die sich über seine Sinne gelegt hatte. Nicht weil die Last der Anklage sich von seinen auf andere Schultern verlagert hatte. Sondern weil Gual, die treue süße Gual, nicht Teil der Geschichte war.

47

Lluc brannte der Hintern.

Die Sonne knallte auf die dunklen Sitze des schwarzen Zodiacs. Eine weiße Variante hätte sich in dem Fall vorteilhafter gezeigt, doch nahm man das gern in Kauf, um in einer Wasserversion des Batmobils kutschiert zu werden. Ein schnittiges schwarzes Zwölfmetergeschoss, dem nur das Bat-Lichtlogo am Himmel fehlte.

Sein Freund Tolo stand am Steuer der *Blu*, manövrierte das Motorboot gekonnt an größeren Wellen vorbei, preschte an der Felsküste Richtung Deià entlang, als wäre der Joker persönlich hinter ihm her.

»Hört euch die schnurrenden Kätzchen an«, verwies er stolz auf die 500-PS-Außenborder.

»Eher zwei Kalahari-Löwen beim Anblick einer verletzten Antilope«, schrie Lluc über den Lärm der brüllenden Motoren zurück. »Wird Zeit, dass du langsam auf Elektromotor umwechselst.« Die eisgekühlte Coladose in seiner Hand schwappte über, als Tolo nach rechts abdrehte und eine Welle schnitt.

Bel saß wie eine Sirene mit flatterndem Haar neben ihm und sog zufrieden das vorbeiziehende Panorama ein, ohne das Malheur bemerkt zu haben.

»Es ist wunderschön hier.« Bel sah hinaus auf die vorbeifliegende Felsküste, die von der späten Nachmittagssonne in einen warmen orangefarbenen Schimmer getaucht wurde. »Danke Tolo, dass du mit uns diese Spritzfahrt machst.«

Seit Wochen versprach Lluc seinem Freund, die kommende Sommersaison mit einer Fahrt der *Blu* zu eröffnen. Irgendwie hatte sich die Gelegenheit noch nicht ergeben, oder das instabile Wetter des Frühjahrs hatte die Lust darauf in überschaubare Grenzen gehalten. Jetzt erschien ihm der perfekte Augenblick, auf die Einladung zurückzukommen und Bel mitzunehmen. Beziehungsweise lieferte die Bootsfahrt eine ausgezeichnete Ausrede, sie in neutralem, unverbindlichem Rahmen zu treffen. Nicht alleine auf einem Date.

Lluc hatte das Gefühl nicht abschütteln können, dass dafür die Zeit noch nicht reif war, ungeachtet der Tatsache, dass sie sich kaum kannten. Sein Blick suchte den Ledersitz neben Bel, deren Hand auf einem Promimagazin lag und den Großteil der Titelstory verdeckte. Trotzdem konnte Lluc den genauen Wortlaut ausmachen, und er beglückwünschte sich zu seinem Vorgehen. Was auf Bel zurollte, brauchte Zeit und Geduld.

»Schaut Euch diese Löcher an.« Bel zeigte auf die unregelmäßigen Risse und Spalten im Felsgestein, zerklüftet wie ein Schwamm im Zerfall. »Warum haben sie den Schatz nicht hier versteckt? Hier sind viel mehr Höhlen.« Sie hielt mit der rechten Hand das wehende Haar zurück. »Tatsächlich ist der Anteil der Löcher höher als der des massiven Steins.«

»Möglicherweise, weil die Strecke nach Valldemossa befahrener ist und es auffallen würde, hundert Kisten mitten auf dem Meer auszuladen.«

Tolo steuerte die *Còdols Blancs*, die weißen Felsen vor Cala Deià an, drosselte die Geschwindigkeit. Seine weite Badehose bauschte sich im Wind auf. »Was passiert jetzt mit diesem Schatz?«

»Da kein Schmuggler aus dem Grab zurückkehrt und Besitzanspruch auf achtzig Jahre alten Wein erhebt, fällt alles dem Finder zu. Wenn alles planmäßig verläuft, wird das in diesem Fall Catalina sein.« Bel zog ein Gummiband von ihrem Handgelenk und band ihre Haare zu einem Dutt. »Ich werde ihr helfen, den Wein in einer Versteigerung zu verkaufen. Es wird natürlich nicht ihre Schwester zurückbringen, aber ist vielleicht ein kleines Trostpflaster auf die Wunde ...«

»Und was ist mit der *Estrella del Este*? Ich kann immer noch nicht glauben, dass an dem alten Ammenmärchen über den Schatz in Can Tamany auch nur ein Korn Wahrheit ist.« Tolo hatte das Boot zum Stillstand gebracht und setzte den Anker, dessen Kette sich knatternd aus seiner Versenkung rollte.

»Ich vermute, der Ring gehört Thiel, da er aus seinem Haus entwendet wurde.« Lluc vermochte nicht den Wert zu schätzen, doch sicherlich entschädigte der Erlös über einen Teil des Verlusts der MigaTech-Aktie.

»Ich habe gestern Abend deinen Kollegen im Hafen getroffen«, sagte Bel.

»Welchen?«, fragte Lluc erstaunt. Außer dem auf unabsehbare Zeit suspendierten Miguel und ihm selbst gab es nur noch Vicente von der Rezeption, aber den kannte Bel nicht. Lluc nutzte die Gelegenheit, sie direkt anzusehen, nicht nur dieses flüchtige Huschen über ihre Züge, wie er es bisher gehandhabt hatte. Alle glotzten sie an, und sich in diese Schlange einzureihen war nicht seine Vorstellung von Vergnügen. Wie Bel zuvor die Details der Landschaft, musterte Lluc sie nun. Sog jede Einzelheit dieses schönen Gesichts ein.

»Diesen netten, der wie ein Deus ex machina in der Höhle erschienen ist.«

»Ah, Madrugada.« Noch immer hatte Lluc ein ambivalentes Verhältnis zu dem Mann, das sicherlich einige Aufarbeitung benötigte.

»Mit seinem neuen Freund. Schönes Pärchen.«

Lluc sah sie überrascht an. »Ich habe nicht gewusst, dass er homosexuell ist.« Nicht dass es einen Unterschied machte. »Wahrscheinlich weil ich die Kollegen immer im rein beruflichen Kontext sehe.« Besonders Madrugada war in Llucs Vorstellung der menschlichen Attribute beraubt worden und in eine Art maschinenähnlichen Cyborg mutiert, mit dem einzigen Programmbefehl, Lluc fertigzumachen.

»Ich hatte den Eindruck, dass es ihm peinlich war, von mir gesehen zu werden. Erstaunlich, dass es heutzutage immer noch Menschen gibt, die sich wegen ihrer Affinitäten schämen könnten.« Bel sah nachdenklich aufs glitzernde Wasser, tauchte eine Hand in die kühlen Wellen. »Es kommt immer der Tag, an dem man sich den Gespenstern im Kleiderschrank stellen muss. Um dann festzustellen, dass es nur der alte Regenmantel war.«

Der Kommentar konnte sich sowohl auf Madrugada als

auch Bels eigene Situation beziehen. Um den Nachmittag nicht mit Problemen zu belasten, wechselte Lluc das Thema. »Jetzt hast du deine Recherche viel schneller erledigt als erwartet. Nicht nur die Spur deiner Vorfahren hast du gefunden, sondern auch das Versteck ihres Schatzes, wenn dir nicht die Schmuggler zuvorgekommen wären.« Lluc biss die Zähne zusammen. »Fliegst du nun schon eher zurück nach Madrid?« Jetzt war es raus. Fast bereute er die Frage, denn er fürchtete die Antwort. Bevorzugte die nebulöse Ungewissheit des Nichtwissens, so keimte noch ein Same der Hoffnung. Warum interessierte er sich bloß ständig für Frauen, die in diesem völlig überschätzten Madrid wohnten? Enge, Asphaltdschungel, stundenlange Verkehrsstaus.

Bel lächelte ihr charmantes Lächeln, hielt das Klatschmagazin in die Höhe. »Du hast doch selbst gesehen, was gerade abgeht?«

Ein Sonnenstrahl brach sich auf dem Hochglanzpapier der Zeitschrift, blendete die Überschrift auf dem Cover aus, das Bel im Kiosk am Hafen gefunden hatte.

»Es war nur eine Frage der Zeit, dass der Mediendamm bricht. Ich bin zumindest froh, für eine Weile hier in der *República Bananera* unterzutauchen.« Sie betonte das Wort Bananenrepublik und zwinkerte Lluc scherzhaft zu.

»Hat seine Vorteile, in der Provinz zu wohnen«, wobei sich auch dieser abgeschwächte Begriff nur auf ihre Position im Mittelmeer begründete, denn immerhin war Palma die achtgrößte Stadt Spaniens. »Ich habe nicht gewusst, dass du Felipe Iglesias' Frau bist.«

»Warst«, korrigierte sie ihn. »Deshalb ja das ganze Drama.«

Die weißen Druckbuchstaben prangten auf rotem Grund

der elegantesten spanischen Klatschzeitschrift. *Felipe Iglesias, Trennung. Isabel de Falcó reicht Scheidung ein.*

Lluc schluckte. Es gab einiges zu verdauen. Ehemals Spaniens Vorzeigeökonom und Techinvestor, kürzlich wegen Veruntreuung und Insidertrading zum in Ungnade gefallenen Enfant terrible degradiert. Bels Mann. Ex-Mann.

Als genügte es nicht, dass sie vermutlich den König von England bei einer Gartenparty mit zwei Wangenküsschen begrüßte – waren sie nicht alle eine große Familie? Nein, es musste auch noch Felipe Iglesias sein, mit dem sie die letzten Jahre das Bett geteilt hatte. In Anbetracht dieser Tatsache erstaunte es, dass Bel es so lange erfolgreich geschafft hatte, sich aus der Presse herauszuhalten.

Die ganze Sache bereitete ihm Magenschmerzen. Gab es keine normalen Menschen mehr?

Er nippte an seiner Cola, betrachtete das türkisfarbene Wasser, klar bis auf den weißsandigen Grund. Die Klatschnachrichten bauten sich auf wie kurzlebige Wellen, um sich dann wieder im großen Ganzen des Meeres aufzulösen.

Die Leute preschten immer voran, mit dem Kopf und den Sorgen in der Zukunft. Oder hinterherhinkend in der Vergangenheit, wühlend im Staub des Verflossenen. Nie beachteten sie das, was existierte. Das Jetzt.

Und genau das würde er nun tun. Das Morgen sorgte schon für sich selbst.

Gedankt sei …

… meinen Testleserinnen und lieben Freundinnen, die mir immer mit einem offenen Ohr und ehrlichen Meinungen zur Seite standen: Silke Reinhardt, Alexandra Pilz und Heike Maurer – danke fürs Vorablesen, euren Input und das wertvolle Feedback.

Elke Becker, meine liebe Autorinnenfreundin – egal ob im Kochworkshop oder auf der Terrasse mit Cava auf Eis –, die Treffen mit dir könnten nicht inspirierender sein.

Besonderen Dank an Silvia de Couët, mein *genie in a bottle*, die mich durch alle Phasen meines Lebens begleitet und mit ihrem Allroundtalent auf allen Ebenen unterstützt hat wie keine andere.

Natürlich dürfen meine Lektorinnen nicht unerwähnt bleiben: herzlichen Dank an Sarah Mainka und Ingola Lammers fürs »Entrümpeln« und die fruchtbare Zusammenarbeit.

Und wie immer, last but not least – mein Maunzi. Danke für deine Unterstützung, ohne die ich nicht ein Wort schreiben könnte.

Ich habe mir die dichterische Freiheit erlaubt, der dokumentierten Geschichte der Schwestern Casasnovas, die jedes Jahr in Sóller groß gefeiert werden, einen Kuchen, eine Geisterlegende und mörderischen Zorn hinzuzufügen. Diese tauchen in der Überlieferung nicht auf.